旅の序章

善野 烺
Zenno Ro

解放文学双書●3

解放出版社

旅の序章●もくじ

装丁●森本良成
装画●上田耕平

時の流れ

八幡神社の厄神さんも、今日で最後の日となった。夜遅く下弦の月も出てきたが、人出はいっこうに減らなかった。相変わらず樫原次男の綿菓子屋の前や、横のお面屋や竹細工屋の前には、帰りの参詣客たちが、こっちを見たりあっちを見たりして、ぞろぞろ押し流されてきたように歩いている。夜店の通りはそれぞれの店の軒先につけたライトで、煌々としていた。手をひかれている子どもらは嬉々として、いくらでも続く両側の夜店をきょろきょろ見、さっさと通り過ぎようとする両親の手をひいて、しきりにおねだりしていた。樫原はそんな子どもらを見ると、自分にも子があればその子のまた子、つまり孫はちょうどこれくらいだろうか、と思って自然と微笑とため息がもれてくるのだった。それで、若い夫婦が三歳ぐらいのかわいい女の児を抱いて店の前に立つと、つい商売気を忘れて、最近流行のマンガの絵を描いたビニール袋に入れた作り置きの綿菓子を売ったあとでも、オマケオマケ、と言って割り箸をもって機械の前で砂糖をほうりこみながら、実演してみせ、子どもがめずらしそうに、キャッキャと喜んで笑うのが、うれしかった。

「ほんまに、子は宝なんちゅうのは、ようゆうてある。ほんまにかわいいもんや」樫原次男は、「おおきに」と言って若い夫婦と子どもを見送って、そう思った。

「おっさんよ、どないや」

長く客がよりつかなくなったとき、樫原の隣でお面とおもちゃを売っている原口が声をかけた。

「あかんな」樫原はそう言ってにんまり笑い、上着の胸ポケットからエコーを取り出し、百円ライターで火をつけて、大きく一つ吸った。

「こんなもんちゃうかいの」

お面屋の原口は、樫原と同じぐらいの年かさの男だった。しかし見かけはずっと若くみえる。角刈りで体もがっしりしているので、こわい顔をするとヤクザの幹部みたいにみえたが、実は気の優しい男である。この男も今は独り者で、五年ほど前に三人目の妻をなくして、二人目の妻との間にできた息子は自衛隊に入って九州にいるということだった。毎年ここの厄神さんや三木のえべっさんで、しょっちゅう会うので古なじみの一人だった。それに店をたたんで車に商売品や道具を積んでの帰りによく一緒にカーレストランに入ってメシを食った仲でもある。

原口はお面を桟からはずし、

「このごろのガキャ何でもよう知っとうワ。さっき、これのォ、おっさんよ。こんなもん流行遅れやでいわれてのォ」と言って苦笑して、トンボの顔のような面を樫原に見せた。樫原が、かなんのォ、と言って笑い返すと、それをまた元にもどして、折りたたみのパイプ椅子の横に置いていたダンボール箱の中からインスタントコーヒーを出し、「一服するか？」と樫原に聞いた。

「ワシャ、お茶がええの」樫原が言うと、原口はまた箱に入った緑茶のティーバッグを一つ取り出し、湯のみに入れ、ポットの湯をそれに注ぎ、箸でかき回した。

「急須ないのんか」樫原が笑って言うと、原口も苦笑して、「いらん、いらん」と言いながら、箸でつまんで、ティーバッグをダンボール箱に捨てた。

「う」と言って原口が樫原にそれを差し出すと、「すまんなあ」と言って、樫原も機械の後ろに置いていたパイプ椅子を少し原口の店の方へずらして腰かけた。うっすらと茶のにおいがした。樫原は、ちょっとぬるいかなと思いながらも、ゆっくり飲んだ。そしてほっとした、というように、あー、うまいワ、と言って原口に笑いかけた。

「上等やもん」原口はそう言って笑った。

そうしているとき、樫原の店で綿菓子を求める子どもが続き、樫原は湯のみをパイプ椅子に置いたまま、五人ほどに売った。横の原口も台の上のゴムガエルを売っていた。

「さあ、うまいで、うまいで。アメリンゴ、アメリンゴ。さあさあ、買うていってよ」

向かいの菓子屋の若い男が通りの人の流れにさかんに声をはり上げていた。この男も樫原とは顔なじみだった。まじめでおとなしそうな感じのする男だったが、声はカン高かった。三木のえべっさんでは、すぐ横に店を並べて商売したこともあった。誰からも好かれるふうな男であるらしく、仲間うちではギッチョの鉄とか鉄っちゃんと、愛称で呼ばれていた。年は二十八だと言った。樫原はいい若いもんが、他に何かええ仕事でもないもんかなと思ってかわいそうになるときもあった。

　左手で、割り箸を突き刺して丸ごとアメを塗っててかてか光るリンゴをさしあげ、客に呼び声をかけている若い男を見て、樫原は、その体全体から出てくる香気のようなものを感じて、うらやましい気もした。鉄は色白でほっそりとしている。黙っていると、こんな商売をしている男にはとても見えなかった。本当の名前は青木鉄男という。樫原は前に聞いて知っていた。明石の二見の者だと言った。樫原も二見のどこだとは聞かなかったが、いろいろ話をすると、あ、礼児のムラか、とすぐ思いあたった。だが、あのムラに青木という苗字があったかしらんと樫原は聞いたとき考えた。

　まだ独身だとも言った。しかしいい女はいる、と言っていた。樫原は誰とであれ、女の話はあまりしたがらなかった。女ぎらいというのではもちろんなかった。若いときは、体があつぐるしく夜中転々とし眠れぬ晩が続き、それが、吹き出てくるような性欲のせいだとわかったときには、明石に出て、錦江橋を渡ったこともあった。しかし、なぜかそんな女遊びにおぼれることは、樫原には一度もなかった。

　鉄男がいい女がいると言ったとき、そうか、何か他にええ仕事みつけて、早う身をかためるのがええやろ、と忠告してやった。根っからヤクザな男でもないように見えた。普段は土山のインターチェンジを降りた辺で、タコ焼きを売っているとも言った。樫原はミゼットで雑貨の行商をしていると言った。すると鉄男が、もうかるか、と聞くので、樫原は、サラリーマンみたいにはいかんわな、と言って苦笑すると、鉄男は、サラリーマンのう、と言って、ちょっと遠くを見るような目をした。

「おっさん、どないや」

気がつくと鉄男が樫原の店の前に来て立っていた。自分の店は若い女にまかせていた。まあ、こっちきて座われ、と樫原は立ってにこにこしている鉄男に言った。鉄男は土方の親方が着るような濃い緑色の、ポケットが両胸と両脇にあるぶわぶわのジャンパーを着て、青いスラックスをはいていた。

樫原はさっきから、向かいの鉄男の店で一緒に並んで客に釣り銭を渡したりしていた女が、鉄男の恋人かと思って気になっていた。目が大きく、鼻は小さいが筋がとおっていて背は低い。少し小ぶとりであどけない感じがした。夜店の煌々としたあかりの下で、あまり笑顔も見せず、少しうけ口になった口もとをぎゅっとむすんで、こまごまと働いていた。

樫原はもう一つもってきたパイプ椅子を開いて、鉄男にすすめた。鉄男は、へっ、すんません、と言ってそれに腰かけた。

「鉄っちゃんよ、コーヒーがええこ?」横で原口が、言った。

「あっ。おおきに」鉄男が答えてペコッと頭を下げた。原口はそれを見て、

「あの子ォにもええたろか?」とまた言った。

「ああ、すんまへんな」鉄男はそう言って頭を掻いた。

「もうかっとる?」鉄男は樫原に言った。樫原は、まあまあやの、と答え、鉄っちゃん、と言って向

かいの鉄男の店を指さした。

「あれ、あんたのええ人か？」と樫原は聞いた。鉄男は、ええ子やろ、と言って苦笑した。

「べっぴんさんやがな。ええ子や」

樫原はほとほと感心した、というように言った。

「ちゃう、ちゃう。ワイの妹や」鉄男はうれしそうにそう言った。樫原は初めて聞いたので、ひどく意外な感に打たれた。ほう、とうなずいて見ていると、

「今年から短大生や」と鉄男はまた言って目を細めた。

原口がコーヒーを二つもってきたので、鉄男は一つもって、また前の人の流れを横切って渡り、妹だという女にコーヒーを渡していた。女の背丈は鉄男の胸あたりしかなかった。女の肩をぽんぽん叩いて何かこそこそ言いながら、人の流れの切れ目を計って、さっと原口を指さした。女はにっこり恥ずかしそうに笑って、原口の方にペコッと頭を下げた。それに原口は手をあげて笑い返した。鉄男はまた人の流れを横切って樫原の店の内側に入ってきて、コーヒーを置いていたさっきの椅子に座った。

「あれが妹てか、鉄っちゃんよ」原口が聞くと、

「せやねん」と言って笑い返した。

「べっぴんさんやのォ。ピチピチしとる」原口がため息をついてそう言うと、鉄男は、去年、明石の花火大会のときにも連れていって手伝ってもらったことがある、と言った。

「夕方から来とったな」樫原が言うと、

「何か昼に友だちと映画見に行った帰りやいうて、来んでもええのにな」鉄男が弁解するように言うと、「そない言うたりな。ちょっとでも手伝うたろか思て来とるのに。ワイの息子なんか見てみィ。勝手に家出てもて心配して心配してしとったら自衛隊に入って九州におるいうてハガキもうたなりや。えっ、高い金払うて私立の高校出したったのに、親孝行しょうちゅう気が全然あらへん。ワイなんかいっぺんも手伝うてもうたことないワ。かっこ悪い、言うての」原口がそう言って、くやしそうな顔で、笑った。

「ほんまにええ子やの。わしもあんな娘がおったら、どんなええか思うな」

樫原は、まじめな顔でリンゴに割り箸を突き刺し、それを一つひとつドロドロに煮立ったアメの鍋につっこんで、またアメの滴をていねいにきって、台の上に立てている鉄男の妹を見て、つくづくと言った。そして、それ以上は口にしなかったが、自分の人生の中で、あの娘が手にしている、かじると口の中でぱっと芳香を放つ、リンゴの味のようなものが、一度もなかった、と、今傍に店を並べている原口や鉄男だけでなく、もっと他の誰かれにも大声で叫んでみたいような気がした。

客がまた何人か来たので、樫原は急いで立って売りだした。原口の店にも子どもらが足を止めたので原口も元にもどった。鉄男は手もちぶさたにコーヒーを啜っていたが、それを飲み終えると、「おっちゃん、おおけに」と原口に声をかけ、樫原にも、

「おっちゃん、ようもうけや」と言って立って向こうに帰っていった。樫原は、もう少し話がしたいと思い、残念な気がしたが、仕方なかった。客がいるので「はいよ」と答えただけだった。

月が中天に近づいた。参詣客がきれたのか急に人の通りは減っていった。あと十個も売れば全部かたづくと思い、ほっとしていると、鉄男の店に妹がいないのに気がついた。鉄男の方でも、もうアメリンゴを作るのをやめ、鍋をポリバケツの水で洗っていた。ガスボンベも元栓をきって、ゴムホースをコンロからはずし、巻いて輪にしてボンベの把手の内側にほうりこんでいた。そんな仕舞い作業をしながら、もう安しとくで、どないでェ、安しとくから買うていってよォ、とかけ声を出していた。それを見て樫原も売り上げをざっと計算してみた。三万とちょっとだった。こんなものかと思い、去年より悪いように感じたが、はっきりとは覚えていなかった。

店の仕舞い時は、まるで戦場だった。早く売るだけ売ってしまい、一刻も早く仕舞って後ろに置いてあるミゼットに機械を積み、台をたたんで載せて帰らないと、先の出口の鳥居のあるところで必ず同業者のトラックがつかえて、動かなくなる。近辺に駐めてある参詣客たちの車も道路でひどく渋滞するので警察の交通課が毎年数十人も動員されて、要所要所で交通整理にあたった。へたをすると鳥居を出るまで一時間ということもあった。十時に仕舞って、家に帰ると二時、三時というのは珍しくなかった。早々と商売道具を二トントラックに積んで、そろそろと人の流れをかきわけ、両側の夜店の軒をすれすれに出口に進んでいく同業者もあった。

大変なのは、夜店の並びから奥にひっこんだ境内でやっていた植木屋である。何百とありそうな大小さまざまの鉢植えや根をつけたまま縄で巻いた松や柿、梅、桜、ヒイラギ、その他何百とある苗木をまた種類ごとにドンゴロスで包んで縄でしばらなければならない。そこはいつも四トントラックで二回にわけて搬入してきていた。だから仕舞い作業も一家中で五、六人がかりでやっても一晩中かかる、と言った。商品の単価が大きいので一日に三十万でも四十万でも平気で稼ぐが、その手間は並大抵でなかった。

遅なったら植木屋と同じ時間になってしまうで、というのが、仕舞い時に同業者仲間の間でかけあう言葉だった。

樫原は売れ残った綿菓子をダンボールに詰め、台をたたみ、電気のコードをはずし、機械をミゼットに積んだ。パイプ椅子もその他の道具も全部積んで、ビニールのシートを被せてロープできつくしばった。もう十一時をだいぶん過ぎた。夜店が次々と姿を消した景色はいかにも淋しげであった。今はもう厄神さんの主催者側の、地元の自治会や消防団がとりつけたまばらなライトだけが夜店のあった石畳の通りを照らしている。それでもぱらぱらと参詣人がそこを通った。樫原はがらんとした景色を見ながら一服つけた。厚着の下で少し汗ばんだ体が、また寒気にさらされて、ひやりとした。ブルッときた。しかし樫原はそれが気持ちいいと思った。

横の原口もほとんど終わりかけていた。軽四輪トラックに、オモチャを収めたダンボール箱をいくつも積んで、側のすきまに台を立てて、シートを被せずに直接ロープをかけてしばった。

「もう終わったか？」樫原が煙草を吸いながら声をかけると、原口はロープを両手でもって、うん、うんと力をこめて下にひっぱりながら、せやな、だいたい、と答えた。そしてそれがすむと原口は、店のあったところをひとわたり見回してみて、何も忘れ物がないか確かめ、胸のポケットから煙草を取り出して吸った。

向かいの鉄男は、まだ台をたたんだまま置いていた。ポリバケツに入れた水の中で、カネタワシで、鍋をこすっていた。

「鉄っちゃんよ、まだなかなかかい？」原口が声をかけると、鉄男は体を起こして、苦笑して白い歯を見せた。早よう仕舞わな、植木屋と一緒に帰らなあかんど、と樫原も原口も声をかけておいて、二人で世間話を始めた。すでに同業者の車がつまって目の前に止まっていたし、それがずっと出口まで続いていたので、二人とも車を出すのをあきらめたのだ。それに、二人とも家に帰っても誰もいない独り者だから、早く帰っても仕方がないという気もあった。すぐに二人の話は去年の夏の盆踊り大会のことになっていた。

「去年の賀屋川の盆踊りな、あんた行ったやろ？」

原口が言った。

「あ、いたいた」

「あんたも、赤い腕章巻いた若い衆に、千円とられたか？」

「あ、あんたもか？」

「とられたワ。あれ、何のこっちゃ？」

「さいな」

「なんや二、三人で来てな。おっさん、カンパ千円やで、わかっとるか、やんな？　ちょっと待ってよ。ワイらなあ、ちゃんと組合の親方に場所代払とるしな、あんたらにそんなん言われてもな、ちゅうたら、あ、おっさんな、それとこれとは別なっとんねん。わしらあっこの端から軒なみ皆もろてきたんやさかい、いうわけや。そやけどそんな話知らんしなあ、いうたら、おっさん、あのなあ、この盆踊りな、ワイらが主催や。そやからちゃんとおっさんらとこの親方とも話しとるさかい、心配ない。これ以上もうもらうことないさかいに、心配することあらへん、とこうや。何や今までそんなことなかったけど、ここち悪なってきてな。千円ぐらいやったらええワ、思うて払ともたけどな」

「ワシもそや。何や、みんなとられてしもたらしいな」そう二人は言いあって苦笑した。原口は鉄男に声をかけた。

「鉄っちゃんよ」

「何や」鉄男はもうガスボンベも台も積んで、資材や道具をダンボール箱に入れだしていた。作業の手をやすめて体を起こしてから、「今いそがしいのに」と言って樫原と原口を見て苦笑した。

「あんたも賀屋川で千円出したか？」

鉄男はすぐ笑い顔を消した。そして、不快だというように顔を曇らせ、

「あんなん、むちゃくちゃやな」と言った。そして、だいぶ口論したが、とうとう払ってしまった、と言った。

「あれら、何や、ヤクザか?」樫原が聞くと、鉄男は、あの近くに北川いうて大きなムラがあるやろ? あそこの自治会たら何とかの支部たらいう役員やよった、と言った。樫原はハハァ、と思った。あの大きな盆踊りは毎年一万人から人出があるが、あのムラだけで主催していたのかと思い知らされる気がした。しかし場所代の上にまだ金をとられるのは腑に落ちないと考えながら、何となく樫原も原口も納得した。とにかくヤクザでないことがわかって安心したように思った。

車の続いていたのが少し切れたので、樫原も原口も道に車をのり入れた。するとすぐまた後ろに同業者の車が延々と続いた。鉄男は荷をようやく積んでシートを被せていた。車の列がゆっくりゆっくりと鳥居の方に向かって進んだので、樫原と原口は、「鉄っちゃんよ。さき帰るワ。はよせなベッタなってまうで」と声をかけた。鉄男はシートをのばしてひっぱりながら、片手を振ってこたえ「さいなら」と言って白い歯を見せて笑った。樫原は窓から突き出していた顔をもどして、ハンドルを両手で握りなおし、ゆっくりゆっくり、前の車の進むままに車を前進させた。

原口の車も後ろからそろそろついてきた。しばらく進んでは止まり、進んでは止まりしていたが、半分ほど来たところから意外と前の車の進み具合がよくなり、三十分ぐらいで鳥居を抜けることができ、県道までの川沿いの道路の渋滞を十分ぐらいできりぬけ、T字路を左に曲がって、原口の車がプウ、と鳴らして右に曲がるのをサイドミラーでちらっと見た。T字路から右折すると夜中まで渋滞するが、左折すると道路はすいている。樫原はほっとして、ぐっとアクセルを踏み込んでいった。

樫原の車はすごい音を出した。昭和四十一年製のダイハツ・ミゼット三輪だ。もうどこを走ってもほとんど見かけない。樫原はこの車には愛着以上のものを感じていた。昭和三十五年に運転免許をとってから、初めて乗ったバタコトラック以来、車といえばずっと三輪だった。樫原は、いまだに四輪の前輪二本が一つのハンドルで一度に左右に一緒に動くのがピンとこなかった。前輪一本で方向をとるのが理にかなっているし、経済的だと思っていた。

県道の両側は、稲の刈り株がある田んぼが広がっていた。月の光に照らされて、田んぼの面や農道がいやにくっきり見えた。アスファルト道路はその中を濃い藍色の帯のように前に続いていた。樫原の車は、もう五十キロもだすとやっとなので、いつも四十キロから四十五キロで走っていた。今夜もそれぐらいで走っていると、じれったいのか乗用車やトラックが何台も反対車線に飛び出してビュンビュン追い越していった。そんなことはいつものことで気にならなかったが、樫原は急に空腹を覚えた。左側前方の道路わきの空き地にプレハブ作りのラーメン屋があるのを見て、樫原はスピードを落とし、バリバリ爆音をたてながら、ジャリ石を敷いたラーメン屋の横の空き地に車を停めた。樫原は、車のキーを抜き、とっくの昔にロックがバカになってしまったドアをばたんと閉めて、ラーメン屋に入っていった。

「いらっしゃい!」ラーメン屋の主人が威勢よく声をかけた。店の中に入ると、あたたかい空気がふわっと樫原の顔の肌をまず撫で、じんわりとすぐ包んだ。

口もとや頰の表面がピリピリしびれながら、ちぢこまった皮膚がゆるんでくるのを感じて樫原はほっと一息ついた。汚れた白い割烹着の裾で両手を下げるようにこすりながら注文を聞く主人に樫原はラーメンと言った。名前は知らないが、近くに寄ったときにはたまに入るので、主人とは顔見知りだった。

樫原がカウンターの前に座るのと入れちがいのように、二十歳前ぐらいの若い男ら三人が、立ち上がった。樫原はそれを見て少し胸さわぎがした。年をとってきて、若い男たちを見ると、一種の羨望とおそれを感じるようになった。今、樫原は三人の男たちが、自分に向かってきたのではないか、と思ったのだ。しかし、それは樫原の勘違いだった。若い男らは全く樫原などに関心をもたなかった。若い男らは、主人に「なんぼ?」と言って値段を確かめ、皆割り勘で払って外へ出ていった。

樫原がカウンターで主人が出してくれた水を飲んでいると、外の方からどっと喚声があがった。樫原は最初それが何のことかわからなかったが、車のドアをバタン、と閉めてはまた開けてバタン、と閉める音が聞こえてきて、初めてさっきの三人連れが、自分のミゼットにいたずらをしているのだとわかり、びっくりして外に飛び出した。外に出ると、静かな月夜の中で、小さな子牛をとりかこんで、いたぶっているように、三人連れはミゼットのボディーをけったり、荷台に手をかけて上下にゆすったり、ドアをあけて中をのぞきこんだりしていた。店の前に三台、自分らの大きな単車を停めてあったのに、連中はわざわざミゼットが珍しさに、喚声をあげてそこまで行って、樫原の車を勝手に触っていた。それを見ると、樫原はまるで自分が侮辱され、いたぶられているように思い、腹立ちで体がぶるぶる震えてきた。樫原は一瞬乱れる呼吸を整えて、

「こらっ！　なにしょんじゃ」と大声を出した。

「これ、おっさんのんか？」一番背の高いがっしりした男が、荷台に手をかけたままふり向いて、悪びれる様子もなくそう言った。

「せや。ひとの車をそんな勝手にいらうもんやない」

樫原は一歩一歩意識しながら連中に近づいていった。ふと、袋叩きにされる自分を想像した。三人ともなりは暴走族のようだった。しかし愛車に手を出させないと思った。

「古いなあ！」運転台をのぞきこんでいたパーマをかけた小柄な男が、頭をもとにもどして、樫原に呼びかけるように言った。

「これ、走るんか、おっさんよ」二メートルほど離れたところで立った樫原に、また背の大きな男が言った。

「走る。古うてもよう走る。エンジンがええさかいに。おっさんと一緒じゃ」樫原は、三人が意外とあどけないのに気づいて、そう言った。三人は笑い声をあげた。車のフロントガラスが白くうっすらと光っていた。月明かりが降るようにジャリ石を敷いた空き地に落ち、そのジャリ石の一つひとつが柔らかい静かな光を受けながらまた一つひとつその光の降る反対側にくっきりと鋭い影をひきのばしていた。ジャリジャリと踏む足音がした。三人は、樫原の前を囲むように迫ってきた。樫原は動揺して、

「な、なんじゃ？」と言った。

「いっぺん、動かしてくれへんか？」一番大きな男がいった。

「走るのん見たかったら、ワシが飯食うてからの帰りしなについてこい。へたらどんだけ走るかわかる」樫原はとりあわない、というふうに言いすて、三人に背を向けてまた店の方に歩き出した。後ろの方で、ちっ、けちっ、往のか？　という声がした。樫原はほっとして店に戻った。

店の中に戻って、ほどなく単車の爆音がものすごい響きをたてて遠ざかるのを聞いて、樫原はやれやれと思いながらラーメンを食った。空腹だったせいか、樫原は、うまいうまい、と思いながら顔中にいっぱい汗を吹き出しながら食った。目からも流れるものが出るのを知って、樫原はこみあげてくるものをぐっと抑えるように、また、うまい、うまいと頭の中でつぶやきながら、油っこい汁を啜った。


食い終わって、首に巻いていたタオルをとり、何度ふいても流れ出る汗をようやくぬぐってしまうと、樫原はそのタオルで音をたてて鼻をかんだ。そしてまた、そのタオルを今度は腰のベルトにひっかけた。煙草を出し、火をつけて大きく吸い、長く鼻から吹き出すと、ようやく一息ついた心地がした。

もう一人いた客が、カギ形になった奥のカウンターの一番向こう端に置いてあるテレビを見ていた。深夜映画の西部劇だった。大きな中年男が、部屋の中で若い男に殴られてソファの上にぶったおれて、ソファごと大きくあお向けになった。大男は二、三度首を振り、ゆっくり起ち上がると、顎をさすりながら、うすら笑いをうかべ、若い男に近寄っていく。今度は若い男がたじろいだような、困ったような顔をして、少し後ずさりした。すると、こうやって殴るんだぜ、と言って見事にその若い男をぶっとばし返した。若い男もさっきの中年男と同じようにあお向けにぶったおれた。しばらくぶったおれていたが、やがて起き上がると、「おとうさん！」といって泣き面になって胸にくらいついていた。

樫原はそれを見ていて、訳のわからぬままにちょっと気がひかれた。しばらくするとその親子が、一緒に悪者たちとピストルで撃ち合いを始めていた。樫原はそれにしばらく見蕩れていたが、やはり話の筋がさっぱりわからなくて、興味をなくした。しかし、西部劇がてっきり最初から終わりまでピストルの撃ち合いとばかり思い込んでいた樫原は、親子が殴りあった、さっきのあっけらかんとしたシーンが妙に心に残った。

四百円払い、ラーメン屋を出た。外は月明かりでほんのり明るく、ジャリを敷いた空き地と用水路をへだてた向こうは、キャベツ畑だった。幾筋もの畝がのび、広がっていた。刈りあとの田や畑のはてしなく広がる平野のはるか向こうに山並みの稜線が低く薄墨色にくっきりと見えた。

樫原は、大きく息を吐いて、車の方にもどった。運転台に座ってドアを閉めると、もう店の中でもらった暖気はすっかり外気にとられているのがわかった。樫原は、おお、さぶっ、と言いながら、上着の脇のポケットからキーを取り出し穴に差しこんで、回した。二、三度セルがうなり、すぐ、ババババッと大きな爆音がして車がぶるんぶるんとしゃくり上げるように震えた。車の震動を体いっぱいに感じて、樫原はつくづくこのオンボロ車がかわいいと思い、うれしくなった。しばらく空き地でエンジンをあたためて、ゆっくりと発車させ、またアスファルト道路にのりあげて、とばした。ここからまっすぐ五分ほど岡の交叉点まで走り、それを東におれて二十分も一本道をとばせば、家につく。樫原は、誰もいない暗くて寒いアパートの自分の部屋を思いうかべたが、今は寝床がひどく恋しい気がした。

道路は反物を広げたようにまっすぐに前方はるかに伸びており、田畑がその両側に続いた。単調な運転だった。樫原は月夜の静かな田舎の景色をながめながら、腹がくちたためか、眠くなってくるのを、ふり払うように、鼻唄をうたいだした。

あなたが来いと言うのなら
ついて行きます
どこまでも
夜の銀座の浜風に
ふかれて歩く
二人の今夜
連絡船の汽笛が悲し

夜の波止場を
離れていけば
明日は高松、阿波の国
一緒にゃなれぬ
明石ブルース……

バリバリ音をたてる車の中で、樫原はハンドルを握りながら、商売のかけ声で潰してしまった太い低い声で唄った。昭和三十五、六年、明石の運送会社でバタコに乗っていた時分、飲み屋の有線でよくかかっていた「明石ブルース」という歌だった。今は誰も知っている者はいない。

樫原は唄いおわってしばらくまた黙って車を走らせていた。が、突然エンジンの調子がおかしくなりだした。車がどんどん減速していくのである。樫原はおかしい、と思いながらぐっとアクセルを踏み込んだ。すると空ぶかしをしたようにものすごい爆音がして、ガクガクと車が前にのめりこむように弾んだ。そのとき後ろから夜中の田舎道のこととて百キロ近くで猛烈につっぱしってきた乗用車が樫原の車の減速に気がつかず、すぐ後ろまで迫ってきた。サイドミラーが後ろの車のヘッドライトを反射して、ピカッと光った。危ない！　と樫原は思ってさっと左の路肩につっこむようにハンドルを切った。後ろで激しくタイヤの軋む音がした。アッと思ったが、後ろの車はさっと反対車線に出、樫原の車をすれすれによけて追い越し、そのままものすごいスピードで遠ざかっていった。ほっとした一瞬、ブレーキを強く踏み込んだ樫原はドンという衝撃を受けてフロントガラスにしたたか頭をぶちあて、ハンドルに被さるようにつっぷして、気を失ってしまった……。


「おっさん、おっさん」

近くで声がした。その声で樫原は目がさめた。頭がぼうっとしていた。ドアを勝手に開けて、そう言って肩を叩く男の声を聞きながら、樫原はうつぶしたまま頭をあげず、声の主を確かめようという気も起きなかった。うーん、と言いながら声が誰か知っている男だと感じつつも、誰と思い出して判断する意識がまだもどらなかった。脇の下にハンドルをかかえ、フロントガラスに頭をつけたまま、ぼんやりして薄目を開けて運転台の黒い床を見ていた。

「どないしたんや。ケガしてへんか？　大丈夫か？」

樫原はまた肩を激しくゆすぶられて、ようやく頭をあげた。まだぼうっとしている感じだったが、気ははっきりしていた。

「ああ……。鉄っちゃんか」

「うん、大丈夫か？」

「さいな。どないやろ……」

樫原はそう言いながら上体を起こし、額に手を当てた。指で探っていくと、額の左側にぷっくりと瘤ができていた。押さえると痛んだ。一台、すごいスピードで横を通り過ぎる車の音を聞いた。

「あ、べっちょない。べっちょない」

樫原はそう言って車から出た。鉄男と一緒に車の具合を見た。車は用水路のすぐ上の、少し幅の広くなった空き地のような路肩に建つ大きな、畳二枚ほどもある石碑の礎石の側面とほぼ直角に正面からぶつかっていた。もう少し角度がちがっていたら、きっと三輪のこととて、ごろんと横転していただろうと樫原も鉄男も言って苦笑した。それにもう少し手前か先にのりだしていたら、石碑の礎石にぶつけて止まるどころか、幅の二メートルもある用水路につっこんで、こんなことぐらいではすまないところだと思い、今さらにぞっとした。そして急に腹が立ってきた。足で車のボディーをけって、

「ええ、このポンコツが！」と言った。

「どないしょったん？」鉄男はそんな子どもじみた樫原の仕草を見て笑いながら、そう聞いた。

「急に音がおかしなってな。そしたら走らんようになってきての、アクセル踏んでも止まっていくんや。こらいっぺん止めなあかん思たとき、後ろの車がとばしてきとって、追突されそうになったさかい、あわてて左に切ったんや。それでほっとしたら、ドン、や。ブレーキもあんまりきかんかったみたいや」樫原がそう言って苦笑すると、

「あぶないのう。そやけど、これはもう寿命やで、おっさん」

鉄男はそう言って、つくづくとミゼットを見た。そして、荷台のボディーの側面にある穴をみつけてそれに指を入れ、ペリッと錆びたぼろぼろの鉄板のかけらを剥がした。そうしながら、こらあかんワ、と言って、声をたてて笑った。

「ちょっと後ろにやっとこか」鉄男が少し考えてからそう言った。樫原も賛成して、運転台にいってギアをはずし、二人で前から押して石碑の礎石から車を離した。猿の上唇のようにまるく突き出たボンネットが、ぐしゃっと内にめりこんで、あわれな様になっていた。前輪がそのめりこんだボンネットの鉄板にひっかかって動かなかった。

「あーあ。えらいこっちゃ」鉄男と樫原は同時に言って、顔を見合わせた。それから樫原が運転台に入ってエンジンをかけてみたが、セルが重苦しくうなるだけで、かかる様子もなかった。

「おっさん、どないする？」

「レッカー車呼ばな、しゃあないなあ」樫原があきらめた、というように答えた。

鉄男は、すると、電話してきたろか？　と言った。樫原はすまんなあ、と言って頼んだ。樫原の車の五メートルほど先の路肩に車を駐めていた鉄男は、そこから車を方向転換して反対の車線に車をつけた。そこから鉄男はドアの窓をあけ、首をのばして樫原にふり返った。

「おっさん、やっぱり一緒に行こ。ラーメン屋に行ってあっこから電話しょ。こんなとこで待っとったら寒いで」と呼んだ。樫原はすまん、すまんと言いながら道路を横切って鉄男の車に乗った。

「もしもし？　あっ、赤星レッカーさんでっか？　あのなあ、車が動かんようになってもてなあ。えっ？　あ、場所は今から言う。よろしまっか？　ええっと、加古郡稲美町。そうそう、イネに美しい……。せやなあ、第二神明の大久保インターを降りて、そっから岩岡抜けて、そうそう……。そしてからなあ……」

鉄男がそんな調子で、ラーメン屋のクリーム色の電話で連絡をとっていた。電話をかけおわると、鉄男はラーメンと飯とギョーザを注文した。おっさんは？　と聞くので、樫原はさっきここで食べたと答えた。

鉄男はへえと言わんばかりににやっとした。

「一時間ほどしたら来るて。二時ごろにまたあっこにもどろか」鉄男が言うと、

「鉄っちゃん、そら悪いワ。ここで食べてまたあっこで帰りに降ろしてくれたら、ワシ一人で待っとうさかいに……」樫原が言った。そう言っても、かまへん、と鉄男は言った。一時過ぎだった。付き合わせるのは悪いと思いながら、樫原はそう言われると、うれしかった。

店の主人が水を出してくれた。樫原はビールを頼んだ。もう一つコップをもってきてくれと主人に頼むと、横で鉄男は、「ワシはあかんで」と言ったが、ちょっとだけやりィな、と言って一杯注いでやった。鉄男はまあええか、と言ってぐいっと一気に飲み干した。

また注ごうとすると、鉄男は、もうええ、もうええ、と手でコップをふさいでしまった。樫原は苦笑して、一人で残りを飲みだした。

「鉄っちゃんよ」

「ん？」

樫原は何とか鉄男に好意を示したいと思った。酒も奢ってやれないとなれば、どうしていいかわか

らず、何か話しかけたい気がした。何を言おうというつもりもなかったが、

「鉄っちゃんのおやっさん、何しとんの?」とふと聞いてみた。鉄男はラーメンを食っていた箸をちょっと止めて、

「おやじ?」と聞き返した。樫原がうなずくと、

「おらへん」と何ともそっけなく答えて、またズルズルいわせて食いだした。樫原は鉄男の顔色がちょっと曇るのを見て、気がさすようでそれ以上聞かなかった。ビールを飲んでしまうと、小便がしたくなって、腰かけを起った。鉄男は爪楊枝で歯をほじくりながら深夜テレビを見だしていたが、樫原が立ったのに気づいて、「まだ早いで、おっさん」と声をかけた。樫原が小便、小便と言って苦笑すると、あ、そうか、という表情でまた向こうのテレビを見だした。


プレハブの便所は、店の裏側の出口のすぐ横にあったが、樫原は空き地の端にいった。寒さでブルッ、ときたが、気持ちよかった。中天を過ぎた月を見上げた。下弦の、冴え冴えとした白い月だった。

樫原は用水路がすぐ下にある空き地の端までジャリジャリとジャリ石を踏んで歩いていき、そこで立って小便をした。柔らかい一物の先から月明かりでちらちら放物線を描いて、水の流れに落ちて、ちょぼちょぼ音を立てた。そのとき、そうしている自分の中にある思い出がよみがえった。ああ、と樫原は嘆息した。

まだ南神に住んでいて土方をしていたころ、父親に言いつけられて、夏のある月の明るいむしむしする晩に、田んぼの畦で、夜どおし鍬をかついで水番をしていた。小便がしたくなって溝に向かってちょぼちょぼやっていた。すると、後ろの方から、変な、かすかな声が聞こえてきた。しかしふり返ると何もなかった。月明かりで稲の葉先がちらちらと銀色に光っていた。カエルの声があっちこっちでゴワッ、ゴワッ、ゴワッ、と聞こえた。虫の声もした。夜の物音にまじって、うう、うう、とかすかにやはり声が聞こえた。公民館で若い者が集まるたびに聞かされ、自分もしゃべったことのある怪談話を思い出し、樫原は、ぞっとした。しかし、おれももう二十歳の大人だ、と思い直し、声のする方向を見定めようとした。

その声は、自分の家の田んぼの向こうの、吉田の田んぼの端にある雑舎から聞こえてきていた。樫原は細い畦道を通って、そっちに行ってみた。だんだん声が近づくので肩にかついでいた鍬を左手にもちかえて、身構えるように雑舎に近づいていった。雑舎の向こうに回ると、浴衣をきた女がしゃがんでいるのを見て、あっと樫原は大声をあげた。美代ちゃんかっ！　びっくりして立ち上がった女を見て、まだ興奮さめやらぬままに、樫原は言った。

美代子は樫原より一つ年下の吉田の娘だった。美代子も立ち上がりざま、わあ、と言った。こんなとこで、こんな晩に何しとんや、と樫原が聞くと、ツグオちゃんか、と言って安心したように積み上げた竹の上に腰かけて、恥ずかしいなあ、と言った。そしてまたポロポロと涙をこぼすので、変な子だと思った。ムラで美代子だけが高等女学校に行った。ムラの女の子が小学校を出てすぐ子守や女中に行ったりする中で美代子ひとりは、一年失敗して高等科に通ってからも女学校に行けたのは、吉田が南神で一番のええ衆だったからだ。樫原は、ひそかに美代子にあこがれていた。器量もよかった。色白で、女としてはすらりと背も高かった。青年団で寄れば、美代子の話の出ないことはなかった。吉田に比べて、樫原はムラで自家が一番貧乏だということを子どものときから知っていた。家の手伝いで小学校もろくに行けず、敗戦後の十三歳のときから親と一緒に、明石の朝鮮人の親方のところへ土方に行きだした。樫原が毎日毎日泥だらけになって、親方のバタコの荷台につまれて帰ってくるころ、美代子は明石の女学校からバスで、セーラー服を着て黒いカバンを提げて帰ってきた。青年団では酒を飲むたびに殴り合いのケンカになり、あげくの果てには全裸になって一物をたてて、誰ぞ美代子呼んでこいと叫ぶと、よし！　ワイが呼んでったる、などと冗談とも本気ともとれるやりとりが始まるのだ。

樫原は一度もそんなことを言ったりしたりしたことはなかったが、気持ちは他の若い衆と同じだった。それが今、すぐ横で嫁にいく話がきまりそうで、でもそれが嫌で嫌で、家の者に見られるのがつらいから、ここで泣いていたと言って涙を流している、と思うと、樫原は息苦しくなった。それでなあ、あたしなあ、と泣き泣き何か訳を言っている美代子に樫原は上の空で、うん、うん、と相槌をうった。そのうち、美代子の襟元から香るものを感じて、樫原は、鍬をおっぽりだして美代ちゃん、ワイなあ、ワイなあ、と言って、美代子の柔らかい肩を抱き、押し倒した。そして初めて、夢のような体験をした。

それから二度、夜中に樫原は美代子と同じところで逢い、同じことをした。しかし樫原にはそのことが美代子と自分の間でどういう意味があるのかわからなかった。二度とも美代子は泣いた。

美代子はそれからまもなく三田の方に嫁に行き、樫原は明石に出て、左官の見習いに行きだした。そして家を出て一人になってから、樫原は、自分が美代子をどうしなければならなかったか、ということに気づいたが、もうそれは後の祭だった。その後、樫原は新聞配達、土方、パチンコ屋、鉄工所、出前持ち、と明石で転々と仕事をかえ、そのうち免許をとって運送屋で働いたのが長かったが、体を潰してそれもやめ、気がついたら、明石城の裏の神毛というムラのアパートにいた。親戚も何軒かあったので、そこに落ちついた。そのうちに、近所の連中にさそわれて、今の商売に入りだした。初めは南神の村内の者の手前を気にした兄にいろいろ言われたが、ついにやめなかったのは、それまでの勤め場でつくづく人間関係に神経をすりへらしたからだ。ムラの者を悪く言う者も多かった。神毛の仲間うちでは、笑顔ももどった。

しかし仲間は店をもって一人減り、二人減りという具合に減っていった。南神の家は兄が継いだが、父親が死に、母親が死ぬと自然と足が遠のいた。兄から財産分けだといって少しまとまった金をもらったが、その金で店を持とうという勇気も出なかった。さらに兄がガンで死んでからこっちは、兄嫁と若い甥夫婦がいるが、今はもう滅多に往き来がない。

小便が水に落ちる淋しい音を聞きながら、樫原は幻燈を次々見るように昔のことをたどった。明石にひとりで出てきてからは、全く女に縁のない半生だった。女と暮らしたいと思ったこともあったが、行商暮らしの男と一緒になろうという女など、ついぞいなかった。樫原は二十歳のときのそのたった一つの思い出を繰り返し繰り返し反芻して、かろうじて自分を支えてきた。

思えば、何もかも変わっていったが、自分ひとりは何も変わらない。ただ時が流れ、老いていく、と思った。今さらにそれが少し口惜しい気もしたが、それは世間のせいでも自分が悪いせいでもないと樫原は思う。


樫原と鉄男は、二時にラーメン屋を出た。出るときに、飯代は奢りだと樫原は腹巻から千円を出したが、鉄男はまじめな顔で、いい、いい、と言ってどうしてもとらなかった。

石碑のところにまた戻ったが、レッカー車はまだ来てなかった。もう少ししたら来るだろうと言いあって、二人は樫原のミゼットの手前の路肩に駐めた鉄男の軽四輪の運転台の中で、エンジンをかけたままヒーターを入れて、待った。

「すまんなあ」樫原が言うと、

「かまへん」と鉄男は答えた。

「さいぜんのなあ、鉄っちゃんよ……」

「え?」

「おやっさんがおれへん、いう話なあ」

「あ、それか」

「あんたがこんまいときに死なはったんか？」

「うん、……いや」

「最近かいな」

「もとからやな」

「もとから？……そんなアホな」

「おっさん、ワシの今おるとこなあ、礼児いうとこやけど、昔は北畑いうとこにおってん」

「あ、ほうか。北畑やったら青木いう姓があるワ。おっさんの伯母さんの家がある」

「おやじが死んで、おかんが再婚して、こっちにきてな。大西いう家に。妹はそれから生まれたから、ワシとは種がちゃうねん」

「はあ、そうかいな。ほなあんた、北畑の青木さんの息子さんかいな」

「いや。ワシも長いことそれがホンマのおやじや思とってんけどなあ、ちゃうねん。ワシは三田の田井いうムラで生まれたらしいねん」

「三田で？」

「うん。なんでや知らん、そこはワシが一つになるかならんかで離婚したらしいてな、おかんはワシを連れて青木のおやじと再婚してんけど、そこではワシが五つぐらいのときにおやじが死んどもて、また大西のおやじんとこ来たんや。青木のおやじが一人息子やって、ワシに姓だけでも継いでくれて言うのんでそないしたらしい。そやからおかんと妹は大西で、ワシだけ今でも青木言うねん」

樫原は三田と鉄男が言ってから妙な気がしだした。心臓の鼓動が早くなり、どきどきして急に息苦しくなった。

「そいで、そいで……今のおやっさんはまだ元気でいてはるん？」

「あ、そらもう五年前に死んだ。大西のおやじはおかんが後妻で行ったとき十五も年上やってな。ワシが小学校あがるぐらいのときはもう五十すぎやった。そやから妹のやつはおやじの四十五ぐらいのときの子ォや」

「おかあさんは、まだ元気で？」

「うん、まあ。近所のスーパーでパートしとるワ」

「ほう」

「妹のやつをなあ、短大出して、幼稚園の先生にでも、思うてがんばっとるワ」

「そら、ええこっちゃ」

「大西のおやじが体弱うて、貧乏してな、うち。おかんも苦労しとるワ。ワシをよう上の学校行かしたられへんかった言うて、今でもすまなんだ、言うて泣くワ。そやから妹だけでもいうて気張っとうねんけどな」

「………」

「ワシもなあ、妹のやつがかわいいてなあ、おっさん。気になっとうねん。おかんもだんだん年いってくるし、あれが学校上がって年ごろなったら結婚のこともあるやろ？　ワシがこんな商売しとるから、心配になることあるねんけどな。……ワシ、中学出てから何でもやったけど、ひとつもあかなんだ。人にこき使われるばっかりで、あほらしい思たし。それやったら思て、近所の知り合いのおっさんらと組んで行商はじめたんやけどなあ。気が楽やしな」そう言いながら鉄男は遠く前を見て、遅いなあ、とつぶやいて煙草に火をつけた。そして窓ガラスをほんの少し開け、エンジンを止めた。しんとした。

「鉄っちゃんよ」

「え？」

「あんなあ、あんたさっき、もとからおやっさんがおれへんいうて……。そやけど三田のその家で生まれたんやろ」

「あ、それなあ。それは、ワシがもう大きなってから聞いたんやけどなあ。ワシは長いこと、青木のおやじがワシのおとうさんで、それに死なれておかんはワシを連れて大西にきたと思とってん。三田の話はずっと後から、それも親戚の人から聞いたことやねん。おふくろは、長いことそれを隠しとったし、それに、今でもワシが知らん思とるで」

「三田で生まれた、いうことをか？」

「うん。……、いや。おっさんにやからもう言うてまうけどな、三田に嫁いく前に、おかんの腹ん中にワシがおった、いうこっちゃ。……それで離婚したんやと思うで。昔はそんなん、ごっついうるさいやろ？　今はもう、ワシもおかんのこと、かわいそうや思てるけど。二十歳ぐらいにそれ聞かされたとき、ごっつい腹が立ってきてな。いっときはそれで荒れてむちゃくちゃにごっつい悪なってもてな、ワシ。明石の飲み屋通り歩き回ってケンカばっかりしとったワ。悪仲間で銀座の鉄いうたら知らんもんないぐらいやった。鉄工所もそんなんでやめともて、気がついたらこの商売やっとってん」

助手席で、樫原は上体をがっくり落として両手で頭をかかえた。鉄男はびっくりして煙草を窓のすき間から捨て、

「おっさん、どないしたんや。気分悪なったんか？」と言って樫原のやせた背中に手を当てた。

「いや、そやない……。鉄っちゃん、ちょっと出よ。あつい」

「あつい？」

樫原はドアを開けて外に出た。すぐ足元の下に用水路の水が流れていた。静かに音をたてていた。ちょろちょろと波立ってあお白く光っていた。

「大丈夫か？」そう言う鉄男の声に、べっちょない、と言って、しばらくその水の流れを見つめていた。

ふり返ると、鉄男は石碑の前に立っていた。そしてそれを腕を組んで見上げて、何かぶつぶつ言っていた。鉄男は、「おっさん、こっち来てん」と声をかけて手招きした。

「何ぞいな」そう言って樫原もそこへ行った。樫原が横に立つと、

「おっさんな。この石碑にな、ワシとこの先祖の名前があるねんで」鉄男は、誇らしげにそう言って笑った。

「へえ、ほんまかいな」樫原も、ぎこちない笑いを返して言った。

「ここにな、大けな字で、大古川疏水記念之碑、いうて彫ってある」

鉄男はそう言ってジャンパーの脇のポケットからライターを取り出し、礎石の上に上って火をともし、その手を上にのばして照らした。

「なっ？」鉄男が樫原を見下ろして言った。

「ほうかいな」

「ほうかいな、いうて……。おっさん見えへんのかいな」

「いや、見えとる。見えとるけど、恥ずかしいけど、おっさんら、そんな漢字ばっかりの、難しい字、よう読まんがな」

「あ、そうか」

鉄男はそう言って礎石からトンととび降りた。

石碑の左端の方に樫原に来るように言って、ここに疏水の功労者の一人として、かなり初めの方に、岡本善兵衛という人の名が彫られている、と言って、左手でそこを指さした。樫原も大古川疏水のことは昔、子どもの時分から大人たちに何度も何度も聞かされてきた。

何度もその前を通りながら、この石碑がその記念碑だとは知らなかった。鉄男は、今自分らの立っている前の用水路がそれだと言った。明治の初めに、このあたりの大きなムラの岡本という資産家に養子にいった母親の実家の先祖の男が善兵衛さんで、この印南台地の畑地と荒地を何とか広大な水田地帯に変えたいと決意して、ずっと二十キロも北に離れた賀屋川の支流、大古川の上流にまで毎日毎日弁当を下げて、家の仕事もおっぽりだして、疏水工事のできそうな線を実測に歩いたのが、この人で、当時同じことを思いつく人は何人もいたが、この人が一番熱心に、現実的に考えた人だったらしい、と鉄男はしゃべった。

「今でいうたら、サイフォンの原理ちゅうやつやな。長い距離水路を引こ思たら、何べんも山や峠を越さなあかんやろ？　それでも出発点から結果的に低いとこへ引いたら、何べん峠や谷の上り下りがあっても水て流れるらしいな。せやから地図を作って、自分の歩幅を計えてその線を測った、いうこっちゃねん。おっさん、知らんかいな、その善兵衛いう人の出たのが、南神の吉田いうねん。うちのおふくろの実家や。そやからワシは、この偉い人のヒイヒイ孫になるんかな。とにかく偉い人やったて、おかんによう聞かされた」

「ほう……」

石碑の前で鉄男は、礎石に片足をかけたまま、今、思いきって借金をして、二見の駅の裏で何か店をしようかと考えている、と樫原にうちあけた。このままやっとっても先が見えてこない。おかんの蓄えと自分の蓄えを合わし、ワシの女とおかんとワシで三人、死ぬほど働いたら何とかなるやろ思とる、そんなことをまじめに話しだした。

樫原がうん、うんと上の空で相槌をうっているうちに、レッカー車が来た。鉄男が、遅かったのォ、どないしとった、と言うと、鉄男と同じ年かさの二人の作業員が、すんません、ちょっと道まちごう

てもて、と言いわけしながら、素早く樫原の車を前から吊りあげた。鉄男はそれを見届けると吸っていた煙草を用水路に投げ捨て、

「ほな、おっさん、帰るワ」と言って車に乗り込んだ。エンジンをかけ、道路に出して、プッと一つ警笛を鳴らしたとき、樫原は、こらえきれない気がして、

「おーい！　ちょっと待ってくれぇ」と叫んだ。

少し先で鉄男の車は停まった。樫原は左手を振り回して、必死で走ってそこに行った。

鉄男は助手席の方に身をのばして窓ガラスを下ろして、変な顔をした。樫原はそのドアの窓に手をかけて荒い息を整えた。

「何？　忘れ物したん？」鉄男が言った。

「ちゃう、ちゃう。鉄っちゃんに礼言わなんだらアカン思とったのに、つっと帰ってまうさかいに……」

樫原は鉄男の運転台をのぞきこむようにちょっときょろきょろした。

「鉄っちゃん。おっさんなあ、神毛におんねん。明石の……。神毛のムラや、明石城の裏っかわの……。知っとるやろ？　いっぺん近くに寄ったら遊びにきて。信号のあるとこのな、角。米屋があるワ。そこの角ちょっと入って希望荘いうアパートの一階や。わかるな？　来てよ。……剣菱があるねん。うまいどォ。剣菱。なっ？　おっさんな、ひとりで、あんまり飲まへんさかいな、ええ酒でも余ってしもて。な、おいで、いっぺん、一緒に飲も。ぜったい来てや。あっ、せや、……それより、

いっぺん、遊びに行きたいな、あんたとこ。……いや、それは、ちょっとあれか、せや電話番号書いとくワ、おっさんのとこの……」

樫原はそう言って胸ポケットからボールペンをとって、ズボンのポケットに紙きれでもないかと探った。ないので、鉄男に聞くとないな、と言われた。

樫原は腹巻から千円札を取り出し、それに殴り書きをした。そして「うん」と言って窓の中へ手を入れ、鉄男に渡した。暗くてわからなかったのか、それとも知って受け取ったのか、すぐ鉄男はそれをジャンパーの脇ポケットにねじこんで、

「ほなら」と言って左手をあげ、ガラスを上げ、すぐギアを入れて走らせた。鉄男の車はみるみる小さくなって、ついに見えなくなった。樫原は呆けたようにそれを見送っていた。

樫原はレッカー車の後ろの座席に乗り込んで出発した。南に走っている車の右窓から白い月が見えた。が、すぐ岡の交叉点を東に折れると月は後方に姿を消した。そしてレッカー車は樫原の住む神毛に向かった。

十年後の手紙

駅を降りて、学校に向かう途中で、信夫は、向こうから歩いてくる女性の姿に何か違和感をもった。その女の人が、子犬を抱えて歩いているように見えたのである。その人との距離が縮まってくるにつれて、抱えているものが、子犬ではなくて、灰色の何か大きな風呂敷包みだとわかって、信夫はかなり意外に思った。

最初に見たときは、子犬だと確かに見えたのに、あれは目の錯覚だったたか、と思い、すれ違うときにさらに注意してみると、それは、赤ん坊だった。信夫はそれにまた、ぎょっとした。赤ん坊はまるで死んでいるように身動きひとつせず、声も立てなかった。何かぼんやりした表情で、その人はすぐに通り過ぎていった。

通り過ぎていった女の人が、気にはなったが、しかし、信夫は、振り返って見はしなかった。道路沿いの歩道を、信夫は、速足で進んでいった。

信夫は、高校三年生であった。神戸市の最も北西にある農村地帯から私鉄で一時間ほどかけて、市内の県立高校に通っていた。夏休みもずいぶんと前に終わり、秋も深くなって、周囲の者は目の色を変えて、受験勉強をやり出していたが、信夫は、人並みにそれをしていないということと、目標とする大学に受かる自信がないということで、悩んでいた。しかし、その悩みというのは、そう単純なものではなかった。第一に、信夫には、自分が将来何になりたいとか、どんな仕事がしたいとかいうことが、はっきりしなかった。漠然と、物を書いて暮らせたらいいな、という夢があるばかりで。一応、国立大学の法学部志望だったが、実のところは、自分で納得できるなら、どこの大学のどこの学部でもよかったのだ。

父親が、土地の争いで十数年来、居住する村の財産区管理会を相手に訴訟を起こしていた。父親は、そのことで、村の寄り合いでしばしば、和解せよ、とか、取り下げろなどと、いろいろと言われた。寄り合いには酒がつきものだから、そういう不愉快な思いをしながら、深酒をして家に帰ってくる父親は、信夫に、こう言うのだった。「お前は、学校がよくできるから、ええ大学に入って、法律を勉強して、村の奴らを見返してやってほしい。わしのところは、こうなんやと、見せてやってほしい」と。父は、家庭の事情で小学校しか出ておらず、信夫が幼いときから、タクシーの運転手をしていた。タクシーの非番（休日）の日には、田んぼに出た。父なりに屈託の多い不本意な人生だったのだろう。そうした父であったから、信夫が、中学校をほぼ首席でとおし、市内の西の学区でトップの進学校に入れたので、大変な期待をもってしまったのだ。しかし、信夫にはそれが、どうにもじっとりと背に張り付いたような、やりきれない重荷だった。

高校に入学して、しばらくすると、信夫は、自分がずいぶんと低い「階層」からその高校に入ったということを思い知らされることとなった。信夫の周りの者は、大きな会社の社員、医者、弁護士・税理士・教師・公務員、など、高い「階層」の子弟が多かった。信夫の出た田舎の中学校では、まずめったにない「階層」の子弟が、ここでは普通なのだった。これは、もう、かなわないなという気がした。

親の期待に応えられそうもないこと、また、自分がしたいことがはっきりしないこと、それがここ最近、信夫にははっきり見えてきた。また、信夫には自身の出生地の問題でなにかと屈託せざるを得ないことがあった。

その問題は信夫の家、また同じ集落が運命的に背負わされてきた立場という問題でもあった。就職や結婚のときにその出生地のことが必ず問題視されると言われている。中学時代にその問題を知った信夫は、高校に入ってから、その問題をなくそうとする運動にかかわってきた。それを通じて信夫は新しい仲間や、知り合いを得ることができた。しかし、そうした実際的な活動が、信夫の内面を明るくする、ということはあまりなかった。

こういう具合に、信夫はいつも自分の置かれた立場、そして、自分の才能のなさ、不遇について、くよくよ悩んだ。その一方で、自分は、きっと、何かするのだ、という自負心は強かった。要するに、自意識ばかりの強いあわれな文学少年だったのだ。

一週間前、信夫に、女の級友から手紙が来た。信夫のことが気になるという内容だった。信夫はうれしかった。自分の人生で、そんなことはけっしてないだろうと、思っていたので。その子に何か返事らしきものを書きたいけれども、どう書いたものだろうか、また、手紙ではなく、直接口で何か答えようはないか、と迷っていた。

朝早く、こうして学校に向かったのは、その女の子が、いつもクラスで最も早く教室に来ると信夫は知っていて、ほかに誰もまだ来ない教室で、二人きりで会って、何か話しかけてみたい、と思ったからだ。

信夫は、長い坂を急いで駆け下りて、商店がごみごみと続く通りを抜け、校門をくぐった。教室に入ると、やはり、その子が一人で席に座っていて、文庫本を読んでいた。信夫は、すぐ自分の席の机の上に鞄を置き、自分でも不思議なほど自然に、その子のところに近づいていった。その子の席は窓際だった。

お互いに、「おはよう」と声をかけあった。そして、どちらからともなく、窓辺に倚りかかるようにして並んで立って、ずいぶん、寒くなってきたね、と二言、三言言葉を交わした。

「手紙のこと、びっくりしたけど……」信夫がようやく、ぽつりと言うと、その子は顔を向けて正面から信夫を見た。が、そのとき、信夫には、その顔からどんな感情も読み取れなかった。ただ、肩まである黒くつやつやした髪や、あまり美人とは言えないが、目の大きい丸い顔を見て、ああ、この子はこんな顔をしていたのか、と思うだけだった。

「私、就職するので……」その子が、ほんのしばらく置いて、そう言ったとき、信夫はなぜか、ひどく自分が馬鹿にされたように感じた。ホームルームなどで、この子もまた、信夫の出生地の問題は知っているはずだった。ほとんどが進学するこの学校で、私だけが就職するの……と、自分に打ち明けたくて、あんな手紙を自分にくれたのだろうか。信夫は、やはり声をかけなければよかったと思い、実に冷たい心になって、「あ、そうですか」と言って、自分の席に戻り、素知らぬ顔で、英語のリーダーの教科書と辞書を取り出して見始めた。その子は信夫が離れていってからも、窓からじっと外を見ていた。


信夫は、最近、一年間交際していた女と別れた。女が、親や親戚からいろいろ言われて、いやになった、ということも別れた原因のひとつだ。しかし、それだけとも言い切れない。一体、信夫は、その女性を本当に愛していたのか、どうか。親や親戚に、つらいことを言われる、と愚痴をこぼすその女に、

「きみは、もっと、強くならなければ、だめだ」と何度も言った。女は、そのたびに苦しそうな顔をした。そして、とうとう、あなたには、何かが欠けている、という言葉を残して、信夫から離れていった。

信夫が、そんなことで、半年ほど屈託して日を過ごしているうちに、父親が、見合いの話があるか

ら、一度帰ってこいと連絡してきた。信夫は、秋の連休に、会社の寮のある京都から、実家に帰った。久しぶりに自分の部屋で寝ることになった夜、何気なく机に向かって、引き出しを開けてみると、その底に、こんな手紙が残っているのを見つけて、驚いた。

時本さんへ。
突然のお手紙で、ごめんなさい。いつか、時本さんと話がしたいと思っていたのですが、時本さんは無口な人のように思えて、なかなか話す機会がありませんでした。特別なことではなくて、ただ、何か、ちょっとお話がしたいだけなのです。時本さんにも、きっと、仲のよいお友達がいらっしゃるのでしょうけれど、教室で見ている時本さんは、なぜか、いつも一人で毅然としているようで……。寂しそうです。（私の見方がまちがっていたら、ごめんなさい）でも、私は、いつも一人で何かに耐えているようにしている時本さんが、好きです。

堀野　邦子

その後、東京に出張した折、連絡の取れた高校時代の親友と会うことがあり、飲みながらあれこれ昔話で盛り上がった。その話の流れのなかで、十年前に自分に手紙をくれた女の子の噂を聞いた。その親友は、彼女とは中学の同級生で、母親同士がわりと親しかったそうだ。
彼女は、高校を卒業して、銀行に勤めた。四年後には結婚を機にそこを辞め、子どもが一人できたが、夫は交通事故で亡くなり、子どもも幼くして、病気で亡くなった。それから、彼女は、一人で市内のアパートに暮らしながら、三宮の高架下にある洋服店に勤めているとのことだった。

信夫は、その話を聞いたとき、彼女のことをまざまざと思い出すことができた。窓辺で見た丸い顔、大きな目、長い髪……。言葉を交わしたあの日以来、卒業するまで二度と話すことがなかったが、信夫と顔が合うようなときには、きまり悪そうにすぐ下を向いたこと……。おとなしく、静かで、いるのか、いないのかわからないような彼女だったことを。

十年ものあいだ、まるっきり忘れてしまっていた人が、自分に好意の手紙を書いてくれていた、ということが、不思議だった。夫にも、子どもにも先立たれたという彼女のことを思うと、信夫は気の毒な気がした。

東京から帰ってしばらくして、例の親友から電話があった。なんだ、と訊くと、実は、あのとき、いいわすれたが、といって、彼女に関する噂を追加してくれたのだ。東京でその親友と別れるとき、彼女の近況で、もっとわかることがあったら知らせてくれ、と信夫は頼んだようだった。かなり酒が回っていて、信夫自身はそのことをはっきりとは覚えていなかったのだが、親友は覚えていて、律儀にもわざわざ電話をかけてくれたのだ。その噂とは、こんなことだった。

子どもが死んだとき、彼女は半ば神経衰弱（ノイローゼ）気味で、死んだ子を灰色の風呂敷で包み込んで、一日中家の周りをうろうろ歩いていた、という。近所の人が見とがめたときには、何か荷物でも抱えて、いそいそとどこかへ出かけようかという素振りであったので、大騒ぎになった。その騒ぎにはっと正気に戻ったような彼女が、今度は、子どもの名前を何度も何度も呼び続ける姿が、痛々しかった、と。

親友からその話を聞いた瞬間、信夫は、どこかで、同じような光景を見たように思った。

その後、まる二日のあいだ、同じような光景を、かつてどこかで見たような気がするが、と、思い出そう思い出そう、とするのだが、なかなか思い出せないので、仕事をしていても、もやもやしていた。

だが、三日目に、ようやく思い出したのである。

早朝の教室で、ひとりでぽつんと文庫本を読んでいた彼女の姿を。高校三年生の秋、彼女と初めて言葉を交わしたあの日の朝のことを。

あの日、駅から学校へ向かう途中で見た女性は、彼女だったのだ、ということを。そして、そのとき、自分に欠けていたものが何だったのかということを、はっきりと信夫は思い知らされたのだ。

年暮記

八時まで末の弟と母親と一緒にテレビを見ていた。もうそろそろ出ていかねばならない時刻になったので、信夫はコタツのすぐ傍に置いていた大きな茶色の鞄を手にして立ち、「ほな、行ってくるわ」と弟と母親に言い、家を出ようとした。母は気をつけて行っておいで、と出ていこうとする信夫に声をかけた。

駅は寒々としていた。ホームには二、三の人影があるだけだった。すぐ電車がきた。中は白々として乗客はほとんどいなかった。信夫は座席に座って、すぐ腕を組んで目を閉じた。

大阪には十時少し前に着いた。東名高速バスの待合室に行って、初めて信夫は、今日の夜行バスが運休だということを知った。待合室のガラスドアに青焼きしたコピーが貼ってあり、関ヶ原あたりの急な降雪のため、とあった。

信夫は全く予想していないことだったので、すぐどうしようかと判断がつきかねた。とにかく、すぐ待合室の中の券売係に払い戻しをしてもらった。また二時間近くかけて家に帰り、明日出なおす、というのが一番よい判断であったろうが、どうにも億劫であった。

信夫は、大阪駅の券売所に行ってみた。そこで係にきくと、もっとも早い夜行が、十二時前だということ、それに料金は、寝台券も必要なので、夜行バスの二倍もかかるということがわかった。信夫は、何だか知らないうちに宙づりにされたようでいやな気分になったが、家にひきかえす気にはならなかった。かといって、すぐ夜行寝台列車で行くべく切符を買うのも手持ちの金の具合からためらわれた。それで十分ほど、券売所のあたりをうろうろしたのち、信夫はやっと切符を買った。

余裕の金がなかったので、どこにも行かず、信夫は駅構内をうろついていた。券売所内はガラス張りで暖房が効いていたのでしばらくそこにいた。

年末の深夜に、人の多い駅構内に立って時間を潰している自分が不思議だった。現実感がなかった。信夫は夜になると頭が変に冴えて不思議な気分になることがあった。今もまわりの者がまるで映画の中に出てくるエキストラのように、白々しかった。みすぼらしい恰好をして、とてもこれから旅行に出るというふうには見えない男たちが、券売所の中でへたりこんだり、うろうろしたりしていたが、信夫には、それが、旅行者の懐目当てのいかがわしい連中に見えた。また、高価な毛皮のコートを着て、じっと立っている中年の女が、あれは売春婦ではないか、自分と目が合うと何か話しかけてこないだろうか、とそんなふうに見えて仕方なかった。

改札とコンコースを仕切る銀色の柵の近くのレモン色の公衆電話に行って、信夫は、易子の店にかけてみた。易子はすぐ出てきたが、いま、すごく忙しくて手が離せないから、あと十分ほどしたらまたかけてみて、ということだった。それで、売店に行って、土産物を見たり、雑誌を見たりして時間を潰し、また易子に電話をかけてみた。易子はすぐに出てきて、軽く笑い、今どこからか、ときいた。

「大阪にいるんだ」

「やっぱりバスで来るの？」

「うん、まあ」

「疲れちゃうよ。新幹線で来たらいいのに」

「今、いいの？」

「ちょっと落ちついた」

「忙しいの？」

「まあまあね。年末だし」

それから易子は明日何時にこちらに来るのか、とか、そちらの仕事はもう済んだのか、とかきいた。

信夫は適当にそれに答えて、

「じゃ、あまり長電話できないし、切るよ」と言って、受話器を置いた。

夜行寝台列車の発車する時刻まで待ちきれず、信夫は改札を入り、ホームに上った。ホームの上は、風がふきさらしで酷いほど寒かった。で、信夫は、コートの襟をたてて、ホームに上る途中の階段に戻り、しばらくいた。しかし、それにも耐えられなくなって、下の通路に下りた。夜行の時刻が近づくにつれて、大きな鞄をさげた男や女が通路の壁ぎわに並びだした。みな寒さに耐えられぬように膝を上下に小刻みにゆすったり、腕を組んだりしていた。

夜行列車に乗ると、芯からホッとした。体が疲れてもいた。すぐに上段の寝台に上って、シーツを敷き、寝る用意をした。昜子と知り合ってから、夜行列車で行くのは初めてのことだった。信夫は今更ながらに、数時間をかけて割高なこの列車に乗ったことの不合理を思い知った。一時的な気分で身を動かしてしまう自分の癖がいやになった。しかし、仕方のないことにも思った。

信夫はなかなか眠れなかった。明日、朝早く東京について、それから昜子と会うことができるまでの十数時間を、どう潰そうか、と思うだけでも、億劫だった。新宿の早稲田通りで、古本屋を回っている自分を思い描いてみたが、気が滅入るばかりだった。鞄の底の方に入れてもってきた小罎のウィスキーを取り出し、一口飲みこんだが気分が悪くなるだけで、眠気もおこらなかった。


東京には、七時ごろに着いた。横浜あたりで信夫はもうすっかり目が覚め、寝巻きのまま下におり、窓外をのぞいて、もうすぐ東京だとわかった。小用を足して、すぐまた寝台に上って、シーツや毛布をとりかたづけ、東京へ着くまで横になったら、すぐうとうとしはじめ、列車ががくん、と止まるのに気づいたとき、東京に着いていた。

ホームに降りると寒い空気に顔をさらされ、今更に何の予定もたてずにきたことが、悔やまれた。

信夫は、公衆電話で、新宿の友人に連絡した。友人ではなくて、奥さんが出た。在宅かどうか尋ねると、友人は、人形芝居の仕事で、福島県に行っているということだった。仕方なく信夫はすぐ山手線のホームに向かった。鞄が重たかったので、新宿の友人があてにならないとわかった以上、東京でうろうろする気はなかった。信夫はすぐに四番ホームに上り、上野まで出た。上野駅構内の売店で肉饅と牛乳で朝食をとり、まず大宮へ行こうと思い、高崎線のホームに行った。折よく前橋行きの列車が停まっており、すぐそれに乗りこんだ。座席に座って、信夫は無理にも眠ろうと思った。

列車が動きだすとよく暖房が効いて、すぐうつらうつらしだした。途中、赤羽などで人が大勢乗りこんできたような気がしたが、目を覚ましたのは浦和を過ぎたころだった。

大宮には、高校時代の友人がいた。大宮の友人は、会社の事務所のすぐ上のマンションにいて、九時ぎりぎりまでいつもいるらしいことがわかっていたので信夫は、大宮で降りて、その友人を出勤前に訪ねれば、うまくすると、彼の部屋で一日休めるかもしれない、というあてがあった。しかし、いよいよ大宮に列車が着いたというときにも腰が上げられなかった。友人には前もって何の連絡もしてなかった。もし友人が、何かの用で留守をしていて会えないとしたら、そこからまたひきかえして次の列車を待つというのは億劫だった。信夫は、このまま先に行くことに腹を決めた。行く先の結果がどうあれ、それを一刻でも引き延ばしたい、そんな気が働いていた。体が怠くもあった。また眠くなりだし、はっきりしない頭で、とにかく本庄まで乗ろうと考えた。

信夫が降りたのは、しかし熊谷だった。大宮から、頭がけだるくなりながら、眠ろう眠ろうと意識するあまり本当に眠れはしなかった。本庄まで行ったところで、易子と会えるのは、彼女が夜の十二時に店を終えてK町から駅前のホテルにやってくる深夜の一時か二時ごろだった。それまでの時間をどうしようかと考えても何の考えも浮かばなかった。列車が熊谷について、停車している間、信夫はうつむいていた体を起こしてホームの向こうに見える暗い灰色の高架の柱を見ていた。発車するまで、まだ数分あるとわかっていた。煙草を取り出して一服つけ、いつも通過するだけのこの駅に降りて、一度町を見てみたいと思った。易子とのことが、どうなるにせよ、もうこれからあまり来ることがないだろうという気がした。

「お弁当ォ、お弁当ォ」

そう朗々と呼びかける駅弁売りの声をきいて、信夫は鞄をもって席を立った。降りて出口の方に行く階段を上った。階段をのぼりきると、ちょっとしたコンコースの向こう側が改札出口だった。

改札を出ると、左側に秩父鉄道の連絡口があった。信夫はすぐそこまで行ってみて、自動券売所の運賃表の上に描かれた沿線案内図を見上げた。易子の住んでいるK町へは、この私鉄で寄居まで出、そこから八高線に乗り換えると行けた。しかし信夫は今、そうするつもりはなかった。夏に彼女の家に行ったきり、それからは易子と本庄で会うだけで一度もK町には行かなかった。易子の気持ちがはっきりするまで、信夫は彼女の家に行って、その母親や兄には会えなかった。それは易子の意見でもあった。電話では一度、十月の半ばごろ易子のいないときに母親が出て、少し口をきいたが、母親の声は、信夫がはずかしくなる程ぎこちなかった。

「私が朝起きたらねえ、お母さんたら、居間に座ってしくしく泣いているのよ。困っちゃうわ」易子はそのころ信夫にそう言っていた。

夏に、易子と二人で長瀞に行ったことを思い出していた。そのときはまだ互いに親には話していなかった。

七月に入ってすぐ、信夫が仕事の暇を利用して、直接易子の店に行き、閉店後、車で一緒に彼女の店の客がやっている民宿に泊まり、朝すぐ近くの荒川岸の岩場を歩いた。その帰りに横切った踏切の近くの駅を指して易子は、この鉄道は私鉄で熊谷から秩父にまで続いていることを信夫に教えた。そのとき、ひどく自分が遠くに来たこと、またこうして易子と知り合った不思議さを思い知らされた。そのとき感じた変に淋しい気持ちと「チチブ」という言葉の響きを今、信夫は懐かしく思い出している。

「あそこに行ってみようか」信夫は頭の中でつぶやいた。信夫は、秩父までの切符を買った。

電車はすぐ来なかった。ホームにはあまり人がいなかったが、売店には、湯につけた罎入りの牛乳や、様々の土産物や新聞やらが、まるで都会の駅のように景気よく置いてあった。信夫はそれを見て何か安心したように思った。雑誌のスタンドに、テレビの宣伝でよく目にする求人情報誌のその地方版が立てられていた。信夫は、少し迷ったが、それを買った。仕事など、働く気さえあれば、どこにでもあるはずだった。信夫は本気でこの地方にきて、易子と新しい生活を始めようという考えはすでになかったが、最悪の場合には、そういうことが頭をかすめた。それをぱらぱら見て時間を潰した。

九時二十分ごろ電車がホームに来た。電車の中に入ると、車両の両側に沿った長座席ではなく、すべてロマンス・シートだった。乗る客はほとんどなかった。車掌のアナウンスで、この電車があと五分ここで停車してから出ること、それに、この電車は特別急行であって、普通料金のほかに六百円の特急券がいることなどを知った。それで、ホームは寒いのに、急いでこの車内に人々が入ってこないわけがわかった。それがわかったが、信夫はそこから出なかった。もともとどこへ行く気もなかったから、これでずっと先に行ってもよいと考えた。とにかく今ただこの体を暖かいどこかに落ちつかせて、うとうとしたかった。自分と周囲のものとが直にひっかかるのを先へ先へと延ばしたかった。


電車がホームを離れた。信夫は車内の左側の座席に座って、窓の外を眺めた。灰色の大きな高架の支柱が何本も立っていた。しばらく、その支柱の下を沿うようにゆっくり電車は進んだが、もっとも近くにきた次の駅の踏切を過ぎてから離れだした。離れだして初めて速く走りだした。線路のすぐ傍から延々と続く田畑だった。はるか遠くに、あるかなしかの山の稜線がうす青く見えた。窓から目をおとすと、黒っぽい乾いた畑地に拳を握りしめた人の腕が地中から突き上げられたような白く枯れた桑の木が続いた。瘤のようになったその木の先から、わり箸のような細い枝が何本も伸びていた。二十分ばかりそうした景色が続いた。

電車が寄居に停まったとき、信夫は、少し迷ったが、やはりそのまま行くことにした。夏に易子に会いに来たとき、ここで乗り換えて八高線でK町まで行ったことがある。しかし、そのときは夜で印象は全く違った。寄居でいくらか客はふえたが、依然、車内は空いたままである。

寄居を過ぎると、電車は急に山あいを走るようになった。荒川の青い流れに沿ってつかず離れず幾重にも大きく曲がりながら、長瀞に着いた。小さな静かな駅だった。夏、易子に教えてもらった駅だった。線路沿いに延々と続く白塗りの木の柵と「チチブ」という言葉の響きにおどろき、こんなところにも鉄道が走っているのかと感心して信夫が言うのに笑って、夏の花火大会の日にはここでも人で溢れるよ、と言った。

「さっき歩いたでしょ？　あの岩畳の辺でやるのよ」と易子が言った。川辺の石畳はもちろん今車窓から見えるはずはなかった。信夫は駅近くの寒々とした喫茶店や食堂のまだ目覚めない静かなたたずまいを見るだけだった。

長瀞を過ぎてもしばらくは信夫は見覚えのある風景を見ることができた。夏に、易子と車で走った道路沿いを電車が走っていたからだ。それが確か秩父に向かっている道路であることはわかっていたが、道路が向こうに離れていき、そして手前に小さな市街が見えてからは風景に全く覚えがなかった。そして、皆野という駅で電車が停まり、かなりの客が乗ってきて、また、ゆっくりと電車が動きだし、警報のなる踏切を過ぎたとき、信夫は易子と車でこの踏切を渡ったことをはっきり思い出すことができた。

夏、易子が、彼女の店の定休日に信夫を連れていったのは、美の山公園というかなり高い山の上にある公園だった。曇り日で週日ということもあって、人影も少なかった。易子は眺望台で見下ろせる町を指さして、今通ってきたところだと言った。人気があたりになく、信夫は易子のスカートの中へ手を入れたり、いやがる易子を無理に背負ったりした。その帰り、その山を登ってきた道とは別の道を下りていくと、行きしなに行きすごした交差点に出、そこをまっすぐ進むと市街に出た。易子が知っているジャズ喫茶があるというので、市街を通る広い道路から左に折れて踏切を渡った。そして少し迷いながら、プレハブ小屋のような店を見つけた。店の少し先の道路の左端に車を停めて、店の前に立つと、ドアや窓にサックスの絵やコンサート案内の大きなポスターを貼っているにもかかわらず、店は閉まっていた。定休日というのでもないようだった。易子は三年ほど前に友達と一度来たきりだが、そのときはよく客が入っていたのにと言った。信夫も易子も苦笑してひきかえした。

踏切の市街地側の方に材木屋があったのをそのとき信夫は覚えていたので、今その踏切を通るとき、それを見て思い出したのだ。そのジャズ喫茶は、やはり潰れていた、と、その後易子が知人からきいてわかったと、電話で知らされた。

「あのころは、本気で易子の方にきて住むつもりだった」と信夫は思う。

二月に知り合いの人から、親しくしている女性が神戸に旅行に行きたいと言っているから、ちょっと案内をしてあげてくれないか、と連絡があり、了解です、と応じた。二、三日してその女性が神戸に来、信夫はいくつかの観光地を車で回ってやった。それが易子との出会いだった。そして三月末に信夫が神戸からK町に訪ねていった。それからの関係だった。

四月から信夫がある女子高の非常勤講師として勤めだしてからは、五月の連休にまたK町に行って二日ともにモーテルに泊まり、もう次は夏休みまで会えないと二人が考えていたころ、五月の終わりに信夫に休みがとれ、また易子の方でも、友人とともに、静岡県の三島に出る機会のあることを電話で知り合った。それで、三島で三度目に会ったとき、易子が、「私の方に来て暮らさない？」と信夫に言った。そう楽ではないけれど、今の店で、何とか二人でやろうと思えばやれるし、何なら兄のモーテルの仕事を手伝ってもらってもよい、と易子が言った。信夫はそのとき、そうしようと言い、実際その気になった。三島で会ってから、信夫はいっそう易子にひきつけられた。易子を紹介してくれた人が信夫と同じ立場の人であったため、信夫は何となく易子も自分と同じ立場の人だと考えていた。しかし、それを口に出して確かめてみる気にはどうしてもなれなかった。易子の方でもそれを信夫にきくことはなかった。

六月中は、信夫は淋しい気持ちですごした。親にもまだ何も言わなかったが、半分、心は向こうに行く構えだった。すると、急に関西から離れていくのかということが心に応えた。当面、誰も知るものがいない。仕事もすぐに見つけられぬだろう。たよりは易子だけだと思うと、自分が小さくなってしまうように思えた。しかし、いろいろなしがらみから逃れられるかもしれないという解放感も予感した。何なら、自分の姓を易子の姓にしてもよい……、とも思った。三島で別れてからは、毎晩、易子の店に電話した。易子もそれを待つようになっていた。

七月に入ってすぐ、試験期間を利用して二日また易子に会いに行った。長瀞の民宿に泊まったのは、そのときだった。翌日、車でK町に帰り、易子の店に行き、そこで一息して易子が母親に会ってほしいと言うので、そこからすぐ近くの実家に二人で行った。父親は易子が高校三年生のときに亡くなっていて、古い大きな家に母親が一人でいた。信夫が入って挨拶すると、上がってくださいと言い、やや緊張した面持ちで向き合った。口数少なく、「関西の人なのに、こんな関東の田舎に来てもいい、ってんですか」とぼそぼそと言い、そして、座を立ったかと思うと、ガラス皿に切ったトマトをもってきて食べてくれと言った。トマトの上には砂糖がたっぷりかけてあり、信夫は閉口した。

家には二十分といなかった。易子が気を遣って、帰りの列車もあることだし、と言い、家を出た。車に乗り、本庄に向かう道で、易子は喜々としだした。信夫は逆に元気が出なくなった。母親の手前、「別に易子さんの店をあてにしてはいません。こちらにきても一人前の男として、仕事は何でもします。長男といっても下に大勢いますから気楽なものです」と言ったのが、易子には頼もしくきこえたらしい。

本庄の駅前の喫茶店で列車が来るまでしばらく二人はあれこれと話し合った。易子が「男でしょ。元気だして、こっちにきても何とかなるわよ」と言うのに、信夫は苦笑した。

帰ってから信夫は大阪の知人に相談してみた。梅田の旭屋書店で会い、曽根崎の一杯飲み屋で昼食をとり、少しビールを飲みながら、易子とのいきさつを手短に話した。すると、「おまえ、本当に惚れているのか。少し頭をひやす時間も必要ではないか」と十歳上の知人が考え直すように言うので、信夫は意地になって、これはもうほとんど決めていることだから、相談ではなくて、報告です、と言った。相手が苦笑するのが面白くなかったが、「本当に惚れているのか」ときかれて、こたえた。信夫自身の中で本当に惚れているのかどうかはっきりしないところがあるのを感じて、「もちろんです」と答えた自分が不快になった。

七月二十五日、夏休みに入って、信夫はすぐ易子に会いに行った。泊まるところについては易子と前もっていろいろ相談したが、結局、易子の実家に泊まることになった。八月二日までいていったん帰り、十三日にまた来て二十日に帰り、そして二十八日にまた来て三十日に帰った。その間、信夫は易子の店ですごしたり、彼女の家でぶらぶらしていた。易子は、「まるでヒモね」と言って笑っていた。自然と彼女の母親とも親しくなった。親戚の者が来ると、「易子の旦那になる人だよ」と信夫を紹介した。休みに入って易子の長兄とも会ったが、こっちにきて暮らすなら言うことはない、と言った。

K町ですごすうちに、信夫は自分が本当に易子に惚れていることがわかった。しかし八月十三日から二十日までいた間に、信夫は易子との間で一つの辛いことがあった。信夫が上野の運動関係の書店からある本を易子の家宛てで取り寄せたことで、易子の母親が「あの人は同和の人かい」と易子にきいた。易子は二人きりになったとき、信夫にそれを尋ねた。信夫はそうだ、と答え、ここもそうではないか、ときくと易子はちがうと言った。それは信夫がうすうす考えていたことと違い、少し、意外だった。易子は、私はかまわないが、母は古い人だから、そうでないことにしておこう、と言うので、信夫はそれでもかまわないと言った。

九月になって、信夫と父は易子のことで対立した。信夫が向こうに行くということについて、勝手にそんなことはさせない、と言った。

「おまえも、大学を二つまで出とってからに、そんな、女のために……。おまえもたいがいしょうむないやっちゃのう」とまで言った。そして、とにかく、そういう関係になったのだから、一度、埼玉に行かないといけないだろう。おまえたち二人でよい日を相談して、向こうの兄と会えるようにしろ、と言った。信夫は易子と電話で相談し、九月十三日にその日を決めた。その後二、三日経って、易子は、兄にあなたの立場を話したところ、兄が「遠いところの人だから、こっちに来て姓も変えてもらい、徹底的に隠すぐらいの根性でいてくれるならよい」と言うのだといった。信夫は、それをきいて腹が立った。自分が、そんなつもりでいたようなことも確かだが、一方的にそうしたことを押しつける言い方は受け入れがたい。それで、そういうことなら自分はそちらに行って暮らせない、これからは、きみが、こちらに来るつもりで考えてほしい、と少しきつい口調で言った。そしてとにかく、十三日は取り止めにしよう、と二人で決めた。

それから毎日かける電話で、易子がほとんど毎日、兄から責められていることがわかった。信夫は兄に腹が立つとともに易子が案じられた。一度そちらに行く、と言ったが、易子は、こちらから一度、神戸に行く、と言った。

二十七日に易子は来た。中突堤にあるホテルで二人は一泊した。信夫が定時制の仕事を大阪でかけもちしていたので、二人で夜おそく信夫の家に帰っては、迷惑するだろうという易子の配慮でそうした。信夫は易子が約束どおりきてくれたことがうれしかったが、易子は元気がなかった。兄にしつこく反対されるのもつらいが、それ以上に、母や友人たちから離れて誰も知らない関西に来るのがつらい、と言い、易子は顔を曇らせ、「立場が逆になっちゃったね」と言い、苦笑した。

翌日、信夫は女子高の仕事が午前中に終わったので、二人で三宮で待ち合わせをして、三時ごろ家に帰った。そこで信夫の家族と易子はともに夕食を食べた。信夫の父は、こちらに来ても、うまくいく。信夫と易子のようなケースは世間でいくらもあるが、地区を出るよりも地区に入ってくる人の方が、うまくいくのだ、とそんなことを酒を飲みながら言った。楽天的なそんな言い方が易子の兄とよく似ている、と信夫と易子は二人、床に入ったとき言い合って笑った。

その後、信夫は一度も易子の店にも家にも行かなかった。もっぱら本庄の駅前のホテルで易子の店が終わってから、夜中に会うことにした。易子の兄に一度は会わねばなるまい、と思いながら、信夫は避けた。しかし易子の母親には会いたかったが、そうしなかった。

電話口の向こうで易子の気が滅入っているのがわかる日があった。またそんな日は易子は体の不調を洩らした。

十一月の末ごろ、易子に電話したとき、易子は、来年の二月ごろまで会わないでいよう、と言った。信夫が、次は東京で会おうと言ったときだ。易子は理由を言わなかった。ただ何となくそう思う、それまでにお互いの心が変わっていなかったら二月に会おうと。信夫はそれをきいて、とうとう来たか、と暗い気持ちになった。「なぜ」という問いに対して易子はじっと黙った。そして、一週間ほど考えてくれと信夫は言い、電話を切った。

三日のち、また信夫が電話すると、易子は、東京で会おうと言った。信夫はホッとしたが、易子が取り繕うように陽気であるのが気になった。

東京へは日帰りだった。十二月十三日、三時に八重洲でおちあった。そこから皇居前、日比谷、銀座と歩いた。五時ごろ食事をし、別のところで少し酒を飲んだが、易子はふさいだままだった。何もかもつまらないのだ、と言った。信夫は、どうとりついていいのかわからず、不快になった。最後に入った銀座の喫茶店でも易子はふさぎこんだままだった。信夫が、「別れ話をしているみたいじゃないか」と怒った。易子は「ごめんなさい。私が悪いの」と言って顔を苦しそうにしかめた。七時ごろそこを出て、駅に行き、東京駅に向かった。易子は、「ここで別れてもいいけど、新幹線まで見送ってほしい？」と、初めていたずらっぽい笑顔で信夫にきいた。信夫は、「そうしてほしい」と答えた。新幹線の改札で握手して信夫は易子と別れた。そして、もう東京へは来ることはないかもしれない、という淋しい気持ちになった。

それからも毎日、電話はかけた。信夫には易子がだんだんとまたうちとけた気持ちになっているように思えたが、心底から信じかねた。しかし、また会って抱きたい、という気持ちも抑えきれなかった。十一月十一日に会ったとき、易子に「あなたは、物足りないところがある」と言われてから信夫はそれがずっと気にかかっていた。いつか信夫は易子の兄と会って易子のことで罵り合うか、ひどく殴られなければならないだろう、と考えていた。「おれは一生懸命、ぎりぎりのところで生きていない。生きてこなかった」それが、易子にそう言わせたのだと思った。そして、易子と一緒ならどこに行っても暮らせるはずだ、と考えだした。何もかも捨てて……。そう思うと何か切ないが、大きくなる自分を感じた。

皆野町の踏切を見て、信夫は、この町でだって暮らしていけるだろう、とふと易子と小さなアパートで暮らしている自分を想像してみた。そして、また、この土地で暮らすうちに、易子が別の男と逃げさっていくと考えてみた。とにかく仕事を見つけることだ。いやな空想を信夫は断ち切って、頭の中でつぶやいた。

電車が秩父に着いた。信夫はそこで降りるつもりだった。しかし、窓から見える町が、思っていたよりもはるかに閑寂で小さなものだったので、信夫は駅に出る気をなくした。そして、このまま終点まで行こう、と腹をきめた。電車が駅を離れだすとき、石柱で囲まれた神社が見えた。そして喫茶店やパーマ屋の赤や青の看板も見えた。この町を過ぎると険しい山奥にずっと入っていくのだ、ということは初めての信夫にもわかった。電車は市街をゆっくり走り、また「御花畑」という名の駅で停まった。駅の案内板を見やると、西武との連絡があり、東京へ出ると書いてあった。信夫は、こんな山奥の町から直接、東京へ出られるのかと思って奇異な感じがした。

そこから次の駅（停車しなかったが）を過ぎるところまでは、平野部を走った。途中に大きなセメント会社の工場が見えた。円錐形につまれた灰色の砂の山がいくつかあり、その向こうに、巨大な建物があった。信夫は、この電車に乗って初めて「産業」というものに会えたようで、何かホッとしていた。今の信夫には、それが非常に確かなものであり、好ましかった。その建物の高さを信夫は窓から見えなくなるまで見やっていた。

工場が見えなくなると、まもなく電車は山と山のあいまを縫うようにして走りだした。日の当たらない方の山の斜面には雪が消えないまま、こびりついたようにのこっていた。線路沿いの所々に見える人家以外には、建物は何も見えなかった。しばらくして、電車は鉄橋を渡った。電車はゆっくりとそこを徐行していったが、窓から見るその渓の底は深かった。数十メートルもあるかと思うほどのはるか下にすごい青さの水が勢いよく流れていた。

電車はそれからすぐ終点の三峰口に着いた。先へ先へと延ばしていたものがついに来たという気持ちで、鞄をもって、信夫は駅に降り、改札を出た。

駅の向かいのバス停には、バスが停まっており、駅の前の小さな広場には、近くの温泉場行きの小型バスが二台停まっていた。信夫は向かいのバスの待合所に行き、中年の男に、ここから三峰神社に行くにはどうするのか、ときいた。男は、このバスで大輪まで行って、そこからロープウェイに乗るのだと言った。信夫が、時間はどのくらいかかるのか、ときくと、二十分ぐらいだ、と言うので、信夫はそのバスに乗りこんだ。

中には、地元の人が五、六人いるばかりだった。バスはすぐに出発した。駅前の道をしばらく走って、材木屋の建物が途切れたあたりで、先刻電車で見たような深い渓流の上にかかった鉄橋を渡った。

そこを渡りきってバスはT字路を左に折れ、左手に渓流を見、右手に山の木立を見つつ幾重にも曲がりながら登っていった。その間、バスは停留所ごとに律儀に停まり、人を降ろしたり、乗せたりした。上りから下りになって、二つか三つ目のところで、信夫は降りた。バス停の付近にはいくつもの民宿や飲食店があったが、今はすべて閉じられていた。道路を少し先に行って、左手に入る道の入り口に「ロープウェイ乗り場」と矢印のある標識があった。そこの細い道を下って小さな橋を渡った。そして右に折れ、深い渓流に沿って急な坂を登った。道の左側の山の斜面には、ところどころ地蔵尊が立っていた。十分ほど登って、ロープウェイの乗り場に着いた。

小さな構内の待合室のまんなかに、大きな四角い火鉢が置いてあり、その炭火の上にあたるように、天井からおろした針金のカギで、大きな黒い鉄の茶瓶がつるされてあった。時刻表を見ると、このロープウェイが、大滝村の経営と書いてあった。それで初めて信夫はこのあたりの地名を知った。券売所の中には男の中年の職員が三人いた。そして中学生ぐらいの少女が二人、彼らと向かいあってストーブに当たっていた。信夫が中の男に往復の切符を求めると、「あと十分ぐらいです」と言い、火鉢に当たっていてください、と言った。

ロープウェイが降りてくると、少女たちも信夫と一緒に乗りこんだ。中は運転手とあわせて四人きりだった。これから八百メートルも上っていくとテープの声が言い、他にも進むにつれて向こうの山が何、あちらが何、と紹介するが信夫にはよくわからなかった。ロープウェイの鉄塔の支柱に来るたびに、ガクン、と前のめりになってまたゆれもどるのがどうにも落ちつかなかった。四方の山々は雪の色と規則正しく立った植林の木々の黒い点々とで煙るような灰色だった。

信夫の向かい側の座席にいる少女らは、乗り慣れた地元の子らであるらしく、外を見ようともせず、高校の入学試験の話をしていた。きいていると、私立の高校と公立とを両方受けるらしく、「私立の方が問題が細かいだんべ」などとこの地方の言葉でしきりに目前に差し迫った自分たちの問題をしゃべりあっていた。

たっぷり十分もかかって頂上まで来ると、信夫は、帰りの時刻を調べて、一時間あるのを確かめた。すぐ三峰神社のある方を職員に尋ねて、歩いていった。

細い道の両わきには、掻き上げられた固い雪が二、三十センチばかりの高さで続いていた。道の右側の斜面には小さなバンガローがいくつも建っていて、この山がそうしたレジャー地でもあることがわかった。信夫の前にはさっきの二人の少女がすたすたと、慣れた足どりで、話しながら歩いていた。時折、矢印で三峰神社と標示する道標があったが、なかなかそれらしいものは見えなかった。やがて二人の少女も別のわき道にそれ、信夫の前には誰もいなくなった。茶屋のある四つ辻から、長いくだり坂を下りる途中に、左手に石の階段があり、そこを登って三峰神社に出た。ロープウェイの駅からたっぷり二十分はかかった。信夫の体は少しほてっていた。

社務所の入り口に電話ボックスがあり、そこに入って信夫は易子の店に電話をかけた。十二時少し前だったので、易子がもういるはずだった。「いまどこにいるかあててごらん」ときいてみるつもりだったが、易子はいなかった。最近、腰が痛み、眠れない日が続くので、いつも寝過ごして開店がおくれると前にきいていたので、いまもまだ寝ているのだろうと信夫は思い、受話器を置いた。家にはかける気はしなかった。電話ボックスを出て、煙草に火をつけ、ふかしながら、境内を歩いた。境内を抜け、眺望台と矢印で標されたところに行ってみた。寒い風がふきさらしの台だったが、目の前にさえぎるものはなく、一面、眼下に山々が見渡せた。近くの山はくっきりと、雪の白さと植林の木の黒い列が見え、はるか向こうの山々は、青みのある煙った灰色に見えた。信夫はしばらく景色にみとれて煙草をふかしていた。寒くなければ、いつまでもいたいような気がした。自分が、易子に会いに来たのだ、ということも今は考えなかった。

易子とその日初めて連絡がとれたのは、三時ごろだった。信夫は三峰神社からひきかえし、またロープウェイで下り、バスで三峰口に帰り、電車に乗ったのが、一時すぎだった。電車でまっすぐに熊谷まで戻るのも惜しいと思い、信夫は三峰口駅の沿線案内図で、鍾乳洞があるのを知って、そこに行ってみようと思った。

電車に乗ってから、車中にいた中学生に、案内図でははっきりしなかった最寄りの駅をきいて、信夫は三峰口から四つ目の駅で降りた。単線のホーム一つしかない小さな駅に降り、信夫は、鍾乳洞はどこか、と年寄った駅員にきくと、道順を説明し、ここから歩いて二十分ほどだが、いまは季節外で入り口が閉じられていて、見られない、と言った。しかし、信夫は入り口だけでも見てこようと思い、次の電車が一時間後なのを確かめてから、歩いていった。簡易舗装した山道を登っていくと、五、六軒の飲食店や土産物屋で囲まれたような広場の入り口についた。大きな看板で「橋立鍾乳洞」と書いてあった。駅員が言ったように、季節外れのため、店は全部休業だった。入場券売り場と書いた小さな建物のあたりに老人が五、六人集まって酒を飲んでいた。信夫はそこまで行き、一人の老人に、入り口はどこか、ときいた。老人はこの裏だ、と指さし、冬でも別に危険はないが、冬はやってくる人間がほとんどないので、閉ざしているのだが、入り口まで行くだけなら自由に行けと言った。信夫は、その券売所を抜けて、岩場ばかりのところに出て、上から崩れてきそうなほどせり出した岩壁を見上げながら、少し奥まで歩いていったが、どこが入り口なのかわからず、ひきかえしてきた。

駅のすぐ裏にある電話で、信夫は易子の店にかけた。いくら遅くとも、もう店をやっているだろうと思った。易子はやはりすぐ出てきた。

「いまどこにいると思う？」と信夫がきくと、大阪か、と易子が答えた。

「いや」

「本庄？」

「いや」

「わからないわ」

「秩父にいる」

信夫は、今までのことを話した。すると、ずいぶん遠いところにいるのね、と易子は言い、これからまだどこかに寄るつもりか、ときいた。信夫は、すぐ熊谷に戻って本庄に行くつもりだと言った。易子はいつものホテルで部屋がとれたら、部屋番号を知らせてほしい、と言い、信夫は、そうする、と答えて切った。易子の気分は、十三日に東京で会ったときよりも、よほどよくなっていた。

本庄のホテルに入ったのは五時半ごろだった。いつものように、シングルのもっとも安い部屋を求めたが、それがとれた。部屋に入って備えつけの電話で易子に連絡すると、向こうでは、いま手が離せないから、三十分ばかりしたら、もう一度電話をくれるように、と言い、信夫が部屋の番号を知らせる暇もなかった。信夫はコートと上着を脱いで、ベッドの上に横になった。暖房が効きだしたので、そのまま眠ってしまい、気がつくと八時前だった。目覚めると、腕を動かすのも大儀なほど、体が怠く重苦しかった。何かいやな夢を見ていたようで、頭はぼんやりとしたまま憂うつだった。十分ばかり白々した部屋の天井をじっと見つめていたが、信夫は起きあがり、易子に電話した。向こうでは、前と同じように、客らの笑う声や有線の音楽が聞こえたりしていたが、易子は、今は手がすいたときだと言い、部屋番号をきいた。信夫が九〇八号室だと知らせると、易子は小さく笑った。信夫が、何がおかしいのか、ときくと、易子は、いつも同じ部屋で、しかも二人なのにシングルだから、と言う。信夫が、今日は何時ごろ来られるか、ときくと、年末で忙しいので、いつもより少し遅いかもわからないが、できるだけ早く行く、と言い、そして信夫に、夕食は済んだか、お金はあるか、ときいた。信夫は、金はあまりないが、夕食はいまから食べに行く、と答えた。易子は、じゃあそのときに、何だか話したいことがいっぱいあるの、と言って、切った。

信夫は、外に出て、食事をし、少し酒を飲んで帰ってきた。部屋の中の小さなバスに入って、寝巻きに着替え、鞄から持ってきた本を出して、一時間ほど読んだが、少しも興味がわかず読むのをやめた。そしてテレビのスイッチを入れたが、どのチャンネルを回しても面白くなく、三十分ほど見ていたが、それも消して、寝床に入った。十時を少し過ぎていた。ベッドの枕元の備えつけのデジタルの時計で青い時刻の数字を見て、あと三時間も待つのか、と思うと、信夫はいやになった。そして、無理にでも少し眠ろうと思った。

眠ったのか、眠ってないのかわからないまま、次に起きると、十二時を少し回っていた。早ければ、あと半時間くらいで易子はやってくるだろう。ひょっとすると、もう店が終わっているかもしれない、と信夫は思い、また易子の店に電話をかけた。電話の呼びだし音が、二十回続いても易子は出てこなかった。で、信夫は、易子がもうこちらに車で向かっているのだとわかった。

一時を過ぎても易子はホテルにやってこなかった。K町から本庄までは、車で二十分もかからなかった。十二時すぎにはもう易子は店にいなかったのにどうしたことか、と信夫は悪い予感がした。一時までに、無駄だとわかっているが、信夫は二度も店に電話した。が、いるはずがなかった。何がどうなっているのか、信夫には訳がわからなかった。そして頭の中で何度もちらちらするのは、「裏切られたのではないか」という苦しいつぶやきだった。一時半になってもやってこないので、信夫はがまんしかねて、易子の家に電話をかけた。もし家に帰っていなければ易子の母親が出るだろうが、母親が出てくればどう言ってよいか、よく考えがまとまらぬ先に、とにかく、呼びだし音を十回まで聞くつもりで、ダイヤルを回していた。冷たい断続音をちょうど十回、信夫は自分の熱苦しい呼吸を意識しながら、聴きすましました。が、誰も出てこなかった。電話の置いてある机の上に両肘をついて、両手で髪を掻きあげるようにして頭をかかえ、信夫はいやなことを空想し、また、これはどういうことなのか、としばらくじっとしていた。それから、信夫は自分が今どんな顔をしているのかと思い、目の前の大きな鏡に顔を向けた。普通の顔だった。蒼ざめてもいず、怒ってもいず、悲しんでもいず、傷んでいるようにも見えなかった。信夫は、二十歳のとき、人に言えない不愉快な病気をうつされたとわかり、愕然としたときも、自分はきっと、こんな普通の顔をしていたのだろう、と思った。

二時までに来なければ、信夫は歩いてでもK町に行こう、と思った。もしかして、車が凍結した道で滑り、溝にでもはまって、寒い中を易子が困っているかもしれない、と思われた。とにかく、ぬくぬくとこのままここにいるのは男らしくない、そう思った。二時まで、信夫は何度も寝巻きのまま寒い廊下に出て、エレベーターの前の窓から下の駐車場を見下ろしたが、易子の車はなかった。そこからまた遠くを見て、時折、暗い町なかの高架道路を音もなく滑っていくような小さな車のライトを目で追ったが、こちらには来はしなかった。

二時になって、信夫は着替えて、コートを着た。そして、手持ちの金をすべて出してみて、ホテル代と、K町までの往復のタクシー代ぐらいはぎりぎりありそうなのを確かめた。部屋のキーをもってフロントに下りていった。フロントの若い男に、信夫は、夜中に会う約束になっていた友人が来ないから心配なので見に行きたい。K町までタクシーでどのぐらいかかるか、また、ホテル代はその友人の金をあてにしていたので、手持ちの金が少ない、もしタクシー代で、ここのホテル代が欠けるといけないから、とりあえず今一日分払っておきたい、と言った。フロント係は顔を曇らせ、要領をえないふうで、「またお帰りになられるのですか」ときくので、友人に会えなければまた帰ってくる。荷物も部屋に置いておく、と答えた。納得しかねるといった様子だったが、それでも信夫の言うとおりフロント係はホテル代をとり、タクシーを電話で呼んだ。

五分ほど待って、ホテルの入り口の前にタクシーが停まった。信夫は乗りこんで、すぐ、K町まで行ってほしいが、往復でいくらかかるか、ときいた。多分五千円ぐらいで行く、と運転手は答えたが、信夫は一番近い道を通ってくれと念を押した。途中で易子の車を見かけないか、と思い外ばかり見ていたが、暗くてわかるはずもなかった。信夫は、「冬は道が凍結して危ないことはないですか」と運転手にきいたが、運転手はまず心配ないと言った。

K町にきて、さらに信夫は易子の家のある字名を言って走らせた。易子の家にまず寄ってみるつもりだった。庭に車があれば易子が帰ってきているということである。その場合は、信夫は、夜中に非常識だと彼女の母親に思われても、易子と会うつもりだった。タクシーを細いコンクリート舗装の坂道にゆっくり入らせて、易子の家の庭の前に停めた。ライトが道の右手にある隣家の石垣を照らしていた。信夫はそのままここで停まって待っていてもらい、降りて車がないのを確かめた。「易子はどこへ行ったんだろう」と信夫は呆然とする思いで庭に立った。夏にすごした古い家の高い軒、古びた縁側の雨戸、庭の隅の井戸の手押しポンプ、縁側の向かいの古い小さな物置小屋、そのすぐ上にある隣家の家敷地に立つ大きな黒々とした木、それらがほの白く冷たい月の光に照らされて深閑としてあった。

「もう、二度とここには来られないだろう」そうとっさに思うと、この風景がむしょうに懐かしく、自分はここに来たいがためにホテルを出てタクシーを走らせたのではないか、とさえ思われた。

信夫はその後、タクシーですぐ近くの易子の店まで行き、そこの駐車場にも車がなく、店の灯も消えているのを見て、すぐひきかえすように運転手に言った。

ホテルに着いて、タクシーを降りてから、信夫はもしや、と思い、駐車場の方に回ってみた。易子の車があった。信夫はすぐひきかえし入り口に回り、フロントに行った。フロント係が信夫を見ると、「お客様が出られてからすぐ、本田易子様が来られましたので、お部屋にお通ししました」と言った。信夫が、そうですか、と言ってエレベーターの方へ行きかけると、フロント係は、本田様も今日お泊まりですか、ときくので、信夫は、時間が時間だから、そうなるでしょう、と答えた。「お二人の場合、料金は先ほどのと違いますが」と言うので、信夫はわかってます、明日払いますと言い、また行きかけると、「秋本さま」と少しきつい口調でフロント係は呼びとめ、「お二人になるご予定なのでしたら、あらかじめお申し出くださいませんと。ベッドは一つしかございませんが、よろしいのでしょうか」と信夫をにらみつけるように言うので、「かまいません」とぶっきらぼうに答え、エレベーターの前に向かった。エレベーターに乗ると、信夫は一人笑いがこみあげてきた。

部屋には鍵がしてなかった。中に入ると、易子がベッドに腰かけて煙草を吸いながら、テレビで深夜映画を見ていた。信夫が入ってきても、振り向かず、じっとテレビに見入っていた。

「いつきたの」信夫がとがめるように言うと、

「二時ちょっと過ぎよ」と易子は言い、信夫に、あなたこそどうしてたの、ときいた。信夫が訳を話すと、

「本当に心配症ね。男だったら、でんと構えて待ってなさい」と言い、ホテルのフロント係に見つからないようにして部屋の前に来たのに、部屋には鍵がかかっているし、ドアを叩いていたら警備の人に見つけられて、フロントに行って訳を話しなさいと言われ恥をかいた、と言った。

信夫は易子にかまわずテレビを切り、きみこそ店が終わってからどこに行ってたのだ、ときいた。易子は店の客たちに食事に誘われ藤岡まで行っていた。夜中に用事があるなどと言って断れないので仕方なくつきあったが、これでも早くきり上げてきたのよ、と答えた。

信夫はそう言う易子の煙草を取り、灰皿に押し潰して消した。易子をベッドの上に押し倒して、スカートの中に手を入れた。易子はされるままになりながら、「待って。話したいことがいっぱいあるのよ。ねえ、お話ししましょう」と言ったが、あとにしようと信夫は言い、服を脱がせた。

一時間ほどして二人はバスに入り、寝巻きに着替え、ベッドの毛布にもぐりこんだ。そして、今後のことについて、話し合った。易子は、店の借金はもう残り少ないこと、それにあちこちの心あたりに店が売れないかどうか探していると言った。しかし、兄が、店は売ってもよいが、駐車場の土地は売ってもらっては困ると言ってじゃまをすることなど、を信夫に話してきかせた。

「兄がね。おまえが向こうに行きたいんなら勝手にしろ、と言うの。店も自由にしていいって。でも駐車場が売れないんじゃ、あんな店、売れっこないでしょ？　そう言って結局じゃまをするのね。もし結婚するにしても、式には出ない、なんて言うし」

　信夫は、それなら店をいっそ兄に譲ればよい、店だけ売って、その金も兄にやればいいのだ、と言うと、易子は絶対だめだ、と言った。自分が始めたことだから、最後まで自分でかたをつけたい、と言った。信夫が、兄さんと会わなくていいか、と易子にきくと、今はまだだめだ、もっと二人の行き方がはっきりしてから、二人で会おうと言うので、信夫は苦々しい気分になった。実際、会っても信夫には易子の兄に何も言うことはなかった。しかし、易子一人にまかせている自分はやはり男らしくないと思った。信夫は、三島で易子と会ってから、易子の借金に少しでもあててほしいと言って、K町の銀行で「秋本易子」の名義で作った口座に、毎月二万ほど送っていたが、それは易子に会いにくるたびのホテル代などで消え、結局、易子のためには何の役にも立っていなかった。それどころか、毎月の給料の半分を飲んでしまっていた。送金できないときもあり、易子に帰りの旅費を出させねばならないこともあった。その上、三月いっぱいで今の講師の口もなくなり、その先はまだ何も決まっていなかった。易子に安心させる材料は何もなかった。易子は、しかし、そのことで信夫を責めるようなことは何も言わなかった。

「もしお店が売れたらねえ……。少しゆっくりしたいの、私。どこか、旅行に行きたい。沖縄かどこか……。一緒に行ってくれる？」

易子はそう言って、あお向けていた顔を信夫に向けた。「いいよ。一緒に行こう」と答え、易子の頭を撫でた。そしてまた、あれこれと今後のことを話し合った。

易子は東京で一緒に暮らさないかとも言ったが、本気で言っているのではないことが信夫にはすぐわかり、だめだと言った。とにかく神戸に来てほしい、こっちがだめなら、東京でも神戸でも同じではないか、東京ではお互いが困る、と言うと、「そうねえ」と言い、易子は黙ってしまった。

しばらくして、信夫が来てくれるね、と小声できくと、「向こうに行ったら、誰も知ってる人がいないのよ、私には……」そう言って声を詰まらせ、頭を信夫の胸にすりよせた。易子の目が潤んでいた。つきあいだしてから信夫は初めて易子が泣くのを見た。夏、自分が感じた淋しさを易子が感じているのだと思った。

「大事にするからね……。仕事も絶対に探すよ」

信夫がそう言うと、易子は、うんと小さな声でうなずいた。


翌日、十二時半に信夫は易子と本庄駅で別れた。十時にともにホテルを出て、近くの喫茶店で朝食をとった。

易子の気分はすっかりよくなっていた。信夫も愉快だった。ただ易子の持病の腰痛がまだ思わしくないというのが気がかりだったが、易子は今は大丈夫だと言った。どちらからともなく、知り合ってもうすぐ一年になる、と言い、互いの初めての印象を語り合って、おかしそうに笑った。

上り列車の時刻が近づいて、二人は駅に向かった。易子は神戸までの切符を買って、信夫に手渡した。五分前に信夫は改札をとおり、左側に行って、そこの鉄柵越しに、列車が来るまで、易子と向かいあった。信夫も易子も頬笑んで互いの顔を見合っていた。信夫は易子の顔の中の小さな黒子を数えて、「十一もあるぞ」と言うと、易子も笑いながら、信夫の顔の中を数えだした。

列車が来、握手をして、信夫は易子と別れた。

車内はやや混んでいたが、二つ目の駅で信夫は座席に座れた。座ると同時に、内からふきだすように疲れを感じた。すぐ目を閉じて眠ろうとしたが、窓から陽が強くさしこんできていて、まぶしくて眠れなかった。

信夫は窓の桟に右肘をつき、顎に手をあてて、外の景色を見だした。三つ目の駅から列車が離れようとするとき、信夫は、自分の右手の指先が、かすかににおうのを知った。信夫はそれに気づいてから、何度も何度も、そのにおいをかいだ。そして易子のことを思いながら目を閉じた。

いつか深く眠っていて、気がつくと列車は大きく右へ右へと曲がりながら上野の街に入っていた。けだるい寝覚めの目に、その街の風景がひどくまぶしかった。

信夫は目を閉じて、また指先をかいでみた。易子のにおいが、まだ、していた。

窒息

その日、正月休みが明けて二日目、橋本信が自分の机の上の伝票類や見積書に立ったまま目を通していると、橋本から三つ離れた机に向かって座り、さっきから小型ラジオにイヤホンをつなげ、難しい顔をして聴いていた同僚の山田が、突然、

「今朝方、天皇陛下がお亡くなりになりました」と形式ばった声で言った。その声ははっきりとしていて、事務所にいる同僚のみんなに通知するといった響きがあった。

前の年の秋ごろから、天皇の容体の悪化を遠慮してのいわゆる「自粛」騒ぎが世間で起こっていた。マスコミが、天皇の下血量、そしてそれを補充するかのような輸血量、血圧値、脈拍数などを一日のうちに何度も何度も報道した。加えて、天皇のその「病状」からの回復を祈る「記帳」に連日、大勢の国民が列をなして来るとか、その他、天皇の容体にまつわる何やかやで、橋本には眉をひそめる日が続いた。報道の表面的な建前はどうあれ、その死が時間の問題だったことは世間では誰もが知っていた。だから、山田の知らせたニュースは、橋本にも他の同僚の誰にも格別な感慨をもたらさなかっ

た。山田を除いては。

山田はいつも、「心情的右翼だ」と自分のことを指してそう言っていた。全共闘時代に、スポーツで有名な東京の私大でレスリングに明け暮れていたという山田は、体育会を襲ってきた「ゲバ棒」連中の集団暴力がいかに恐ろしかったかを、今でも酒の場で口にする。「もっとも、オレだって、あの連中の二、三人の腕をへし折ってやったことがあるけどな」元国体選手なら、そのぐらいのことはできたのだろう、と橋本は酒の場では感心した顔を見せた。

一昔前の人間に反論は無用である。まして彼らの自慢話に水をさすなど禁物である。いったんそれをやってしまうと、三倍にも四倍にもなって議論がふっかけられてくる。山田が全共闘学生の腕をへし折ったその報復に、どんな目にあったか、彼の顔を見ればよくわかった。一度ぐちゃぐちゃにへし折られ、整形手術で何とかとって付けたように残ったその鼻を見れば。軽量級のくせに、いや、それだからこそ、「ゲバ棒」の乱打をかいくぐることができずに、自分の顔面のどまん中に恨みの傷を残して生きてきたのだ。しかし、これは他の同僚から聞いた話である。

だから、山田が聴いていたのは、競馬ではなかったのか、ということしか橋本は感じなかった。もっとも、あとから考えると競馬をしている時間でもなかったが。

ああ、そうかと思いながら、伝票や見積書の入ったファイルを持って、橋本は事務所を出た。倉庫の入り口まで行き、駐めてあるワゴン車の助手席にファイルを置いて、倉庫の中に入っていった。そこで、急いでいた注文の塩化ビニルの一巻きを——こいつが重いやつで、百キロ近くある——肩に担いで、ワゴン車に積み込み、施工の下請け会社に運んでいき、そこでいろいろと打ち合わせをしたり、その後、また別の用件で近くの工務店に立ち寄ったり、喫茶店で昼飯を喰ったりして、会社に戻ってきたのが昼を二時間ほど過ぎていた。

事務所に戻ってみると、土曜日のことではあるし、まだ正月気分の抜けきらない事務の若い女の子らはすでにいるはずもなく、中には所長の亀井と、山田、その同年輩で課長の向井、それに青山がいるだけだった。

橋本が事務所に入ってくるのを見て、すぐ亀井が声をかけてきた。亀井は四十の半ば過ぎで、ひどく肥えた男だ。たぷたぷした腹をつき出してゆすりながら椅子から立ち上がって、にこにこしていた。

「おう、遅くなったな。ご苦労さん。——橋本くん、内平らかに外成る……。わかるか？」そう言って、自分の机の斜め後ろに掛けてあるスケジュール表の黒板の右端、正月休みで空白になっているところに、かっちりと楷書で書かれた字を指さした。書道の心得のあるという若い女事務員の名を挙げ、それに書かせたと言い、へへ、というように鼻の両側にしわを寄せて笑った。亀井は売り上げのノルマのことでじわりじわりと迫ってくるので、橋本は亀井から声をかけられるとうっとうしかったが、なぜか今日は上機嫌である。薄くなった髪を右手で額から頭の後ろの方へ二、三度撫であげ、そして、その手の指の背で黒板を弾くように、その字の下をコツコツ、と打った。山田、向井、青山らも同様ににやにやして、橋本がどんな顔をしているかを興味をもって見ているというふうであった。橋本は嫌な気になった。

「ヘイ、セイ？　何ですか、それ」怪訝な表情で橋本がそう声に出して読んでみると、山田が椅子の背もたれに肘をかけ、ふんぞり返って座ったまま、「新しい元号だよ」と教えた。まるで自分のことを自慢するような口調であった。

そのとき初めて、橋本は、叩かれたような、ハッとする感じがした。午前中、天皇の死報に特別の感慨は何も湧いてこなかった。むしろ馬鹿馬鹿しい報道に辟易していたから、ホッとした気持ちであった。だが、意外にも新しい元号を目にして、初めて昭和が終わったんだ、という衝撃に近い奇妙な感じを味わった。その途端に、風邪をひいてしまったという感じがした。自分一人がやっと入れるような狭い部屋にとじこめられたような、息苦しい感覚が、鼻のあたり、いや、正確にいうと鼻腔から起こった。発泡スチロールが擦れ合い軋む嫌な音がする……。

もっとも、その瞬間からはっきりと異常な感覚を自覚したわけではない。けれども、橋本がその後、長く悩まされた感覚が、そのときから始まったことは、確かである。

「ほう、へい、せい、ですか――」橋本は、必要以上にそっけなくないように注意しながら、そうつぶやいてみせ、机に向かって座った。訳もない自分の不快で、いま上機嫌の亀井の気を削ぐこともないだろうと思った。煙草を上着のポケットから取り出し、顔の硬さを緩めようとしながら、口にくわえ、火をつけた。だが、誰かが注意深く橋本の顔を見たら頬が強張っているのに気づいたはずである。橋本は吸いこんで、口の中に何も入ってこないし、火もつかないのに気がついた。煙草を逆にくわえていた。あわてて橋本はフィルターをひきちぎり、もう一度火をつけて、大きく吸った。

「論語から採ったんだっけ？　え、違う？　でも、まあ、なかなかいいんじゃないか」などと、早々と決定した新元号について、同僚たちが気軽に話題にしあうのを背中の方で聞きながら、「何を言ってやがる、畜生め！」と腹の中で毒づいていた。戦争責任はどうなるんだ？　少なくとも道義的責任は？　いや、マスコミはそんなことを書かないだろう。容体騒ぎの延長にあるものが手にとるようにわかる。「カワイソー」だと？　何が、誰がかわいそうなのか。午前中、事務の女の子が、山田のニュースを聞いて言った言葉を思い出して、橋本は、いらいらしてくる。

翌日は日曜だった。橋本は朝遅く起きて、新聞に目を通した。予想したように天皇の死の報道一色だった。しかも論調は平和主義者だったという天皇像を浮き上がらせている。こんなときは、『朝日』もまったくあてにならなかった。昭和の歴史をふり返るとかいって、年表や折々の天皇のスナップ写真を載せていた。侵略戦争についての責任のあるなしについても両方の意見の依頼原稿を並置して、左右からの揚げ足取りを巧妙に避けようとするバランス感覚ばかりが目についた。昭和五十四年法律第四十三号により今日から「平成」になること、文部省が学校においては弔意を示すように通知を出したことなどを橋本は記事で知った。

一時間ほど新聞を読んで、橋本はそれを畳の上になげ捨てた。その後、ぐずつきそうな天気だったが、橋本は妻や子どもたちを連れて近くの公園に行った。子どもの自転車に五歳になる長男を乗せて、後ろを支えながら押していった。ふだんは子どものの相手をしてやるのがそれほど好きではなかった。むしろ日曜日ぐらいゆっくりさせろ、と言って、家でテレビを見たり本を読んだりしてごろごろすることが多かった。妻の律子には、子どもの面倒見が悪いと愚痴をこぼされるぐらいの橋本だったが、その日は家にいたくなかったのだ。テレビを見たくなかったし、妻や子どもらにも見させたくなかったのだ。家にいれば自分が見なくても、妻や子どもがテレビを見るに決まっている。天皇の死というめったにない恰好の材料を得て、マスコミが浮かれすぎるのは目に見えている。そして、それを通じて、戦争責任を不問にした天皇の一生を、「昭和のアルバム」とかいうふうに、牛の涎のようにだらしなく垂れ流す。戦争の件は、天皇にとっては、ちょっぴり不幸な、胸を痛めたエピソードぐらいに、まるでスパゲッティーに、タバスコをかけて、その辛みがかえって旨味を増すのだ、といわんばかりにして、国民に食わせようとするのだ。死んだ天皇にとって、戦争とはそんな程度のものだったという文脈をなぜ許すのか？　しかも「おいたわしい」などという形容詞さえつけて。そして、橋本には一番嫌なことだが、日本人の心の中に、そうやってまた、天皇という制度が染み込んで、いくのだ。

寒いのに、と嫌がる律子に、正一がもう少しで自転車に乗れそうだから行こう、と用意をさせて公園に来てみると、近所の子どもらが走り回って遊び、大人たちもまた、そんな子どもらを見守りながら、ぶらぶらしていた。ふだんと変わらない様子なので、橋本は少しホッとした。

「よかったわね、正ちゃん。さ、お父さんに、自転車の練習をしてもらうのよね」と律子はさっそく橋本に長男を押しつけてきた。橋本が、みんなを公園に連れ出してきたので、当然ではあったが。

橋本は長男の正一を自転車にまたがらせて、後ろの荷台を持って、何度も何度も押してやった。正一は嬉々としてペダルをこぐのだが、「離さないでね、お父さん、持っててね」と言って父親に頼りきって、自分一人で乗れるようになろうという気概を見せない。だんだんと息が切れ、汗ばんできた橋本には、そうした息子の無邪気さにかなり物足りぬものを感じたが、今日は何も言うまい、と思った。守ってやらねば、支えてやらねばいけないんだ。少々足りない感じがしても、家族に腹を立ててはならない。自分の家族と天皇制は、関係ないのだ。オレが腹を立てねばならないのは、「世間」に対して、である。

「ヘイ、セイだと？——馬鹿にしやがって」そう思いながら息を切らせて、息子の自転車を押して走った。律子の方を見ると、砂場の近くで、二男を遊ばせながら、顔見知りの主婦としゃべっていた。何がおかしいのか、あはあはと笑っていた。

翌日の月曜日、橋本は青山と残業をした。昨日は家にいたくないために、公園で遊んでから遅い昼食をみんなでファミリーレストランへ行って食べ、それからまたドライブに連れていき、夜九時前に帰った。そんな精いっぱいの家族サービスをした反動かもしれないが、家に早く帰りたくなかったのだ。テレビではまだ馬鹿馬鹿しい報道が続いていたから、見たくなかったのだ。その日は青山とたまたま事務所にいられる時間ができたので、二人で倉庫の整理をしがてら、天皇関係の報道について、意見をきいてみたい気がした。

「おい、営業には残業手当はつかねえからな」と亀井が言ったが、倉庫の整理など営業の者以外に誰がするものか。注文の品がどこにあるか、在庫が切れていないか、すぐにわかるようにしておくのは営業の仕事でもある。だぶついた色や柄、生地のものをどんどん吐き出すためには、体を実際に動かして、確かめておく必要がある。施工主との商談の際、隙あらば、こんなのがどうか、とこちらから水を向けねばならない。伊達にサンプルばかり持ち歩いているわけではない。

「ご苦労さん」と言って、亀井が珍しく定時に帰っていくと、待っていたように同僚たちも帰っていった。外に営業に出て遅くなるものは、そのまま帰ってしまう。

橋本と青山とは、他の同僚たちとは違い、特別な間柄だった。二年前、青山が入社してきたときには目を疑った。青山は橋本の高校時代の、柔道部の一年後輩であった。

橋本は大学を卒業するまでは神戸にいた。この会社の大阪本社に入社してすぐに出向という形で、この、関東平野のまん中にある市の子会社に来た。もともと関東とは縁もゆかりもない人間だった。青山は高校卒業後、東京の大学に進み、そこを出て、東京で中学校の教師をしていると、柔道部時代の同窓から聞いたことがあった。

だから、二年前に現地での中途採用者として青山が橋本の会社に現れたとき、すぐには青山だとは、橋本には信じられなかった。青山もまた、高校時代の柔道部の先輩がいようとは夢にも思わなかったに違いない。青山が、橋本の出た高校の名を言い、「岡野さん?」と旧姓できいてくるまでは、どこかで見た男だぐらいにしか考えなかったが、そうきいてきたときに、あ、と声をあげ、十四、五年前のことがたちまち思い出されて、懐かしさのあまり、思わず手を取り合った。

　青山は高校時代とはかなり風貌にも体形にも変化をきたしていた。だが、考えてみれば当然だろう。十年は人を変えるには十分の長さである。高校時代の青山は、端的にいえば肥満体で、鈍い印象の男だった。が、ここにやってきたときの青山は、骨格こそ昔ながらの巨漢ではあるが、余分な肉を削ぎ落とし、よほど引き締まって見えた。

　中肉中背ではあるが最近少々腹の出っ張ってきた橋本に比べて、青山は一段と若く見えた。しかし、その後しばしば話をしたり、その勤めぶりを傍から見たりするうちに、その性格は昔とあまり変わっていないように橋本には思えた。高校時代の青山は、黙々と寝技に打ち込む真面目さと粘りが、他の下級生よりも目立っていた。その柔道と同様に特別の冴えは見られぬものの、学業もコツコツと努力をし、成績も上位にいた、と橋本は覚えている。青山から一度だけ、彼の境遇を打ち明けられたのを橋本は覚えている。だいたいこんな話だ。戦後、大陸から着のみ着のままで引き揚げてきた彼の父親は、九州の炭坑労働者を経て神戸に流れてきて、母親と一緒になって、自分が生まれた。港湾労働者だった父親は、しかし、事故で早く死んだ。母親は長田の下町のゴム工場で以来ずっと働いている。家が貧しいため、育英会の奨学金をもらっている。将来は教師になって貧しい子どものために働きたい。それに早く母親を楽にさせてやりたい。

　その後、青山は念願どおり教師となって、都内の中学校で五年ほど勤めていた、というのは再会後、本人から直接聞いた。教師を辞めてなぜこんな小さな会社に来たのか、当初、橋本は何度かきいてみたが、青山はあいまいな薄ら笑いを浮かべて、「やっぱり、性に合わんかったんでしょうねえ」と言葉を濁したり、最後には薄ら笑いも見せず顔を強張らせて押し黙ったので、「そうか」と橋本は言い、その後もうきくのをやめた。何か人に言いたくない事情があったのだろうか、と思うほかなかった。

だが、会社での青山は決して暗くなく、むしろ同僚たちとも人間関係をうまくやっていると橋本は見ていた。

青山は体を動かして働くのが好きだった。橋本もデスクワークや営業に回るよりも、よほど単純な力仕事の方が性に合っていた。その日、二人はよく働いて倉庫の中を整理していった。青山はきびきびとよく動いた。重い品物を楽々と担ぎあげて、あちらへこちらへと運んでいく。橋本は青山を誘ってよかったと思った。青山がまだ独身だということも気軽に声をかけられた理由だった。

「おい、青山、一息入れようや」と橋本が一時間ほどして、青山の馬力に根負けして言うと、青山は、「何ですか、橋本さん。これぐらいで。昔の鬼の岡野が泣きますよ。運動不足と違いますか」とにやにやしながら、それでもやや息を切らせて言い返した。橋本もじわりと汗ばんできていた。

「一度、講道館に一緒に行きましょうや」と青山も梱包した品物の上に腰をおろして、煙草を吸いだしながら言った。橋本は高校時代に二段を取ったが、その後、柔道とは縁を切ってしまった。青山は大学でも柔道を続け、三段である。教師時代に一度、国体に出たことがある、というからとてもかなわない、と橋本は思う。

「アホなことを言うなよ。高校出てから全然やってないんだぜ。殺されちゃうよ」と橋本が言うと、

「いや、橋本さんなら、まだまだいけますよ」とお世辞でもなさそうに言うので、思わず青山を見た。

青山はうまそうに目を細めて煙草を吸っている。

「体落としに入るときのタイミングが抜群でしたもんね、橋本さんは……」そう言って両手を前に差し出して、打ち込みに入るような仕草をしてみせた。青山がそんなふうに言うのは意外だった。青山を特別に練習で絞りあげたという記憶はなかった。しかし、青山は乱取りで何度も畳に叩きつけられた、と言った。

「投げられた者の方が、よく覚えているんですよ」と、青山は言い、ごつい手で橋本の背を軽く叩いてみせ、ハハハ、と笑う。

それにしても、天皇の死以来、上司といい同僚といい、どうしてこう上機嫌なのだろうか、と煙草をくゆらしながら、橋本はぼんやりと考えていた。青山もふだんは自分から、こんなにしゃべる男ではない。

「なあ、青山。このごろ、みんな、どういうのかな、——何か変に、機嫌がいいようだけど……」

「機嫌がいい？　そりゃあ、橋本さん、何じゃないですか。今年は新年早々に新しい時代が始まりましたしねえ、……それに景気もよくなってきましたからね」

「景気がよくなってきたのはわかるが——。ヘイ、セイ、か。何か変だなあ」

「ハハ——、慣れですよ、橋本さん。何でも慣れてしまいますよ。慣れてしまえばどうってことないですよ。慣れるまでヘイセイ、ヘイセイ、って言っとけばいいんです。僕もまだまだ書類に昭和と書いちまいますよ」

「いや、そういうことではないんだが――」

「ところで、今日、どこへ行きますか？　飲み屋はもうどこでもやってるはずですが。『ちとせ』で、いいですか？――いえ、今日は僕が奢りますから――」

「割り勘にしようぜ。そこでいいから。じゃ、もう一区切りついたら、すぐ行こうか」


『ちとせ』はやっていた。関東に来てから、橋本はモツ煮という食べ物が好きになった。関西のドテ焼きという牛の筋肉を軟らかく煮てこってりと甘い味噌仕立てにしたものと見た目は似ているが、モツ煮は豚の内臓を煮たもので、甘くなくさっぱりした味噌仕立てである。これを酒好きな橋本は肴として好んだ。『ちとせ』はそのモツ煮が美味くまた他の店よりも安かったので、よくここに来た。

青山もここへ来てから同僚と幾度か来て、この店が気に入っていた。『ちとせ』は三十坪ほどの大衆酒場であるが、橋本と青山が入ったときには、ふだんよりも広く思えた。まさかこの町の酒飲みの勤め人たちが天皇の喪に服しているわけではなかろうが、正月明けで財布の紐が少々固くなっているのだろう。店の中は混んでいなかった。というよりもかなり空いていた。それでも広い店のことだから、二十人ばかりの客が、テーブルにもカウンターにもばらばらと座っていた。

青山と一緒にこうして飲みに出る機会は、ふだん営業で別の地域を回っているため、あまりなかった。それで橋本は、青山と一緒に職場を出るときには、上機嫌とはいかないが、少々うれしかった。だから店に入ったとき、

「おっ。この店は、なんや、こんな日やのに、自粛しとらんやないか。ハッハ、結構、結構」と、関西弁でつい軽口を叩いたのは橋本の方だった。

酒を飲みだす前から、橋本は何となく青山に、今度の天皇の容体と死をめぐる馬鹿げた世間の騒ぎ方、少なくともマスコミの扱い方について意見をきいてみたい、という気がしていた。青山が社会科の教師だったことを本人から聞いていたからである。だが、いざ青山と向かい合って座ってしまうと、青山は他の同僚とは別だと思いながらも、会社の同僚にそうした硬い話を切り出すことがためらわれた。そうして酒を飲みはじめてから青山は、最近ようやくにして芽ばえてきた会社への疑問あるいは不満を、橋本の中にあるものを探り探りといった感じで語りだすのだった。つまりはサラリーマンの習性である上司の悪口、うっぷん晴らしに近いものだった。そうしてだんだんと酒が進んでいった。

会社の話が一区切りついたころ、青山が、「今日はこの店、空いてますねえ。やっぱり天皇が亡くなって、みんな謹慎してるのかなあ」とぼそっ、とつぶやいたのをきっかけに、橋本は青山に何か言ってみたくなった。

「それにしても、内平らかに外成る、か。うまいところから取りましたねえ。ヘイセイか。昨日から施行だから、すると今日は元年の初めての週日か。記念すべき日だな」青山はさらにこう言ったが、橋本はそれに強い反発を感じた。天皇の死によるある時代の終焉、そして新しい天皇による新しい時代の始まり――。そんな文脈でわれわれの何が変わるというのか。新時代の連呼によって流そうというのは、あの天皇の戦争責任をだ。しかし、昭和という年月はそう軽々しく流せる時代だったのか。

カウンターの上方の棚に置かれた店内のテレビからも、しきりとヘイセイ、ヘイセイ、という音が流れていた。橋本にはそれが、スタートの号令を無視してフライングのまま平然と走っていく小ずるいランナーのようだ、と思った。

「記念すべき日、と言うが、青山は天皇について、どう考えているのかな」

「どう考える、とは？」

「つまり、その、よく言われるが、天皇の戦争責任のことを。その辺のことは……」

「戦争については、当時の国際情勢や国内の国家体制からして、仕方のないこととちがいますか？」

「仕方のない？……。それは、どういう意味かな。責任は、ないのか。ようけの人間が死んだんやぞ。天皇の軍隊のために。三百万からのな、アジア人も含めて」

「しかし、それは、橋本さん、時代が時代やったからねえ。ヨーロッパは昔はもっとひどいことをアジアにしてましたし。それに、ポル・ポトやスターリンと違って、やっぱり天皇というものは日本の風土の一部ですよ。少なくとも日本人を統合する力となっていますね。ナショナリズムの核心・求心力というか。僕はそんな気がするなあ。でなければ、千年以上もこうした制度が続くわけがないと思うんです」

「だから天皇には戦争責任はない、と言うのか？　日本人みんなが悪かった、と言うて責任をぼかすわけ？」

「いいえ、そうじゃないんです。天皇というのは日本人の心の深層にしっかりとあるので、その、複雑にあるんで、そう簡単に論じられるものじゃない、ということで……」

「日本の風土の一部やと、アホなことを！」橋本は青山をにらみすえて、酒をグイグイとあおった。すでにかなり酔いが回っているはずだったが、酔っている気が橋本にはしなかった。

青山は橋本の顔を見て、目がすわってきていると思い、ヒヤリとした。

「そうか、おまえはそう言うか。しかしオレはそうは思わん。天皇制は人間が作ったもんやから壊すこともできる。天皇なしで、日本という国がやっていけんわけがない。オレはそう思うで。敗戦後にな、天皇をなくして、大統領制が議論されたことがあるのを、青山、おまえは知っとるか？」橋本は絡みつくようにやや声を荒げた。

店の客たちが、自分たち二人の話にじっと耳を澄ませているような気が青山にはして、気に懸かりだした。橋本の語勢がだんだんに強く、しつこくなってきたので当然ではあるが、それ以上に、『ちとせ』がある商店街の近くの、あるビルの一角に、大日本何とかという右翼の事務所があること、そしてこの界隈に草色の宣伝カーがしょっちゅう駐められていること、を青山は急に意識しだした。この時期、飲み屋で迂闊に天皇のことをしゃべるのは危ないような気がし、青山は早くこのはやる橋本をなだめて終わりたい、と思った。

「ええ、何かで読んだことがあります。水平社の松本治一郎なんかが大統領の名にあがっていた、とか。一応、近代史が専門でしたから。で、それで言いますとね、戦前の天皇は明治憲法の下で政治に関して何でも裁量をふるえたように思われてますが、実際はそうではなかったんです。あの時代の侍従長の日記を読みますと、天皇は最後まで宣戦布告をしぶっていたことがわかるんです。それでも天皇は自分を立憲君主だと思っていましたから、立法府が決めて上奏してきたものを、気に入らないからといって、そうそうむやみに無視できなかったんです」

「そんなもん、戦争はあかん思うとったら無視しとったらよかったんやないか」

「いえ、そういうわけにはいきません。そういうことがあると政治が滞ったり、時には政治の空白期ができます。それはまずいわけです。結果的にそういうシステムの中で軍部がそういう政治の機関としての天皇を利用しながら、反面、天皇を神格化したり、文民政治の弱点をついたりして政治の前面に出てきて、軍人内閣ができてしまいますが、そうすると当然、戦線拡大、対米英戦へと突っ走ります。でも、天皇に戦争責任がなかったとはいえません。御前会議で結局、決を出したわけですから。でも、天皇には軍部からの正確な情報は入ってなかった、といわれてますから、天皇一人に戦争責任を押しつけるのは、どうでしょうか。しかし、そのために何百万もの人間が、死んだという、道義的な責任は、あると思いますが」

「道義的責任？　ふん、それはあたりまえや。学問的に、言うけどやな、青山、法的であれ、道義的であれやな、己れの名で何百万の人間が死んだ、いや殺したいう事実は消えんわけやろ。それに神格否定したんは戦後になってからやないか。軍部が利用した言うけどやな、かつがれる方も悪いやないか。なんで敗戦のときに腹かっさばいて死んで責任をとらんかったんや。ヒットラーでさえ、敗戦のときに責任感じて自殺しとるやないか。えっ？　大和魂や、撃ちてし止まむとか言うて、他人には死んでこい、言うといて、責任をとるべき敗戦後も、ちゃんと自分だけは生き延びてきたんやないか。のうのうと。そういう奴をなんで日本人はありがたがるんや？　なんで、旗振るんや？　どうもオレにはわからん。日本人はみんな脳みそが腐っとるんか。青山、おまえも、天皇に旗を振る口か！」

橋本の口調は、ここで一段と荒くなってきた。話している、というよりも、すでに喚いているといった方がよかった。角刈りした若い男が二人、かなり離れたテーブルで飲んでいたが、先刻から陰険などんよりした目で自分たちを見ているのに青山は気づいていた。今、青山は酔いどころではなかった。何が起こるかわからないような緊張感が青山の中にあったし、同時に、傍若無人に声を荒げる目の前の橋本が、怖い、と思い、鳥肌立つ気がした。

「橋本さん！──そんな、乱暴な意見は、ちょっと。声を、声をもうちょっと抑えてください」

青山は橋本の肩に手を置いた。橋本は左の肘をテーブルにつけ、手をこめかみにあてて、背を少しかがめて、その左手に顔をのせるようにして左右に微妙に揺らいでいた。呂律が回らない、というのではないが、すでに橋本は酔いすぎている、と青山は感じた。そして、もうここを連れ出す潮時だと判断し、橋本の背中を軽く叩いた。

「橋本さん。さ、もうぼちぼち帰りましょうや」こう言ったが、それが酔い潰れかけていた橋本にまた火をつけたようだった。橋本のどんよりと焦点の定まらぬ暗い不機嫌を含んだ目に触れて、下腹が痺れたような気がした。

「やかましい！　まだ議論は残っとるんや。え、青山、天皇は日本人の統合の象徴やとか、風土やとか、おまえ、そんな、そんなことをほんまに信じとるのか。ええ？　おまえは、学校で、そんなことを子どもらに教えとったのか」

「それは、橋本さんは、その、部落の人だから、それは、そういう、反天皇制というか、そういう思想というか、強い信念をもっておられる、それは、僕もわかりますよ――」

青山はこう自分で言ってしまってから、心の中でアッ、と叫んだ。一瞬、橋本の顔が強張っていくのを見て、また胸から下腹へかけて痺れを感じた。橋本は、どんよりした目でまた青山をにらみすえて、「それで？」と声を落として促した。

「気を悪くされると、困るんですが――。ただ、歴史的に見てですよ、差別のない時代が、どこの国で、いつあったか、ということなんです。悲しいですが、現実です。人間の歴史は、支配者と被支配者の争いの歴史ですよ。日本の場合、別に天皇だけが支配者だった、というわけじゃありません。何もかも天皇に責任を帰する、というのは、僕はやはり、ちょっと無理やないかな、と言うんです」こう言って青山もコップ酒を少し含んで、橋本を見た。

橋本の上体はすでに安定を欠いていて、呂律も怪しげになってきていた。店に入ってすぐ一升瓶ごと注文した酒は、底にあと数ミリ余すほどしかなかった。

「青山――。ふん、おまえ、御用学者みたいなこと言うなよな。人間の歴史は、差別の歴史やと？　アホか。そんなことはオレだって認めるよ。そんな高みから物を見るようなことを言うて、何になるんや。同時代人としてのやな、歴史の見方いうもんを――、その、もっと、その――メンタルなもんをやな。天皇制にからめこまれとる、というとこをやな――」

「はい、はい。橋本さんの言うことは、わかる気もします。でも、今は天皇は政治に関与できない象徴とされていますからね。もう戦前のようにはなりませんよ。明治憲法では内閣は天皇の大権をホヒツする、ということでしたが、実質は内閣が政治を進めていかなければ、国家運営ができなかったんです。天皇は自分を立憲君主と規定していたようで、内閣からの上奏はめったなことではつき返したりしなかった、といわれてますがね。つまり最終的な裁可はするけれど、政治の中身は内閣が進めていた。軍人が組閣するようになって戦争に突っ走っていったときには、天皇にも、その流れは止められなかったんです」

「軍部が最大の悪やったと？　それで天皇は実は平和を望んでいたと。――で、今は象徴やと、言うわけやな。――象徴？　なんで天皇がわれわれの象徴なんか、オレにはわからん。何百万という人間をやな、殺して、侵略して、失敗して――、その責任もとらんと死んでいったということしか、わからんなあ。天皇制いうもんはな、青山。論理の問題やないんや。えっ、青山。わかるか？――それは、感情、いや、感覚の問題なんや。たとえば、おまえがや、何の罪もないのにやな、ある者が、おまえを殴ったとする。そのことで、おまえの顔にも心にも傷ができたとする。な？　それで、おまえは、その――、殴った者にやな、バンザイ！　言うて旗が振れるか？」

橋本の論理は単純すぎるように思ったが、青山は「それは、できませんね」と答えた。橋本はしたり顔で、呂律の回らない大声でさらに続けた。

「そやろ？　それなんや、それ。その理屈が、わからんと、旗を振る奴がおるんや。ようけ。お、おおきみは、――かみにしありせば――とか何とか言うてからに。旗を振る奴が。……一千年、天皇を賛美するものが、それはおるやろ。せやけど、その反対にな、一千年、天皇を恨みつづけるいうわしらみたいな種族も日本にはおる、いうことが、おまえにわかってくれたら、いい。うん、それでいい……」

そのとき、青山ははっきりと気づいていたのだが、二人の髪の短い、一人は角刈りだったが、たぶん二十前後の若い男たちが、橋本と青山の方に向かって怒鳴った。何を言ったか青山にはよくわからなかったが、橋本はすぐそれに反応し、

「何じゃい」と怒鳴り返した。向こうの二人は、一瞬不思議そうな顔をしたが、すぐ険悪な表情になって、一人が立ち上がった。

「すまない！　だいぶん酔ってるので、つい大きな声が出ちゃって。もう、出るから。申し訳ない」

青山が、とりなすようにして急いで言い、橋本の腕をつかんで立たせようとしたが、橋本は意外にしっかりした声で、

「自分で立てるよ！」と喚いて青山の手を振り払って立ち上がった。ふらふらしていた。そして、そんな足元のおぼつかない状態で、二人の男の方へ行こうとするので、青山はあわてて橋本の肩をつかんだ。「何や、青山、何をしよるんや」と橋本は肩を揺すって振り払って、また向こうに行こうとした。

「おい、さっき何言うた、おまえら。えっ？　よう聞こえへんかったから、もういっぺん言うてみィ。なんじゃあ、こら、関東の田舎モンが！」

「橋本さん！　あかん。もう、出よう」

青山は、今度は後ろから橋本の腋の下に両腕を入れてがっちりと抱えこんだ。足をふらふらさせて、橋本はもうすでに完全に論理を超えた喚き声をあげていた。

アホンだら！　ボケ、カス！　天皇に旗振る奴は……奴隷根性……

すでに青山も、こうなっては二人の男がどう出てくるか、探る余裕すらなくしていた。まず、目前の酔漢の狼藉を抑えるのに必死だった。脈絡のない手足の動きと罵声をもて余している中に、ある一言が青山の頭を直撃した。

「青山、青山、龍男！　こらあ、この暴力教師が。離さんかい」

橋本は、背後で自分を抑えている青山にこう怒鳴った瞬間、あっ、と心の中で驚きの声をあげた。思い出した、いや、わかった！　数年前、都内のある中学教師が、体罰によって生徒を半身不随にしてしまった。結局、裁判沙汰となり、その教師は執行猶予付きの有罪判決をうけた。

そのニュースは一時、マスコミでもかなり大きくとりあげられた。――青山龍男――。どこかで聞いたことのある名前だな、と営業で回っていた先の、秩父のある田舎町の、暇な喫茶店で、ふと目にした記事を読んで思ったこと、そして、窓から射しこんでくる夕陽で記事の字が読みづらく、席をかえてまで読んだこと、すら一瞬のうちによみがえった。今までどうして忘れていたのか。いや思いつかなかったのか。酔いに痺れた頭の中で、何かがピッ、と走るのを橋本は感じた。そして、青山をふりほどこうとして、さらに両腕を振り回した。そのとき、橋本には見えるはずはなかったが、確かに青山の顔色は変わったのである。血の気が引く、さあっという音が聞こえそうなほど、顔面は蒼白になった。

次の瞬間、青山の片方の手が腋の下からさっと引かれ、太い腕が橋本の首にがっちりとくいこんだ。二、三秒ほどの間に、橋本はあっさり落ちてしまった。ぐたっ、と倒れた橋本の顔を二、三発、平手で叩いてから、青山は、ウッ、と気合いを入れて肩に担いだ。

「馬鹿野郎っ！　中年右翼の酔っぱらいが！」

青山が橋本を担いで出ようとするとき、二人の若い男が、後ろから罵声を浴びせた。

狭苦しかった。灰色の壁ばかりの部屋にとじこめられ、空気も薄くなったのか、息苦しくて仕方がない。そして、喉元までむかむかと吐き気がした。そして——、自分は今、どこに横たわっているのだろうか？　そして、今は、何時代か、とぼんやりと考えている。……昭和が、終わったことに気づくのにしばらくかかった。ヘイ、セイ?……。白々した空虚を感じ、その途端に、どこかで、もれ出る空気が何かと擦れ合う、シュー、シューという息苦しい音が響いてくる……。

橋本が、意識を取り戻したのは、翌朝早くだった。目覚めた、というのではなく、息苦しさと、強烈な吐き気に堪えられず、夢から這い出てきたのであった。しかし、目を開き、体を仰向けから横向きにしてくの字に曲げ、じっとしているうちに、だんだんと昨夜のことが思い出されてきた。

青山と倉庫の整理をしたこと。そのあと、『ちとせ』に飲みに出たこと。天皇の戦争責任をめぐって青山と議論したこと。そして、生意気にも喧嘩をふっかけてきた若い男たちに、向かっていこうとして、青山に、ぐっと後ろから止められたこと、そして「暴力教師」と青山に怒鳴ってしまったこと。それからあとは――、今の橋本にはまったく記憶がなかった。あれからいつ店を出たのか、どうやって家に帰ってきたのか、覚えがなかった。

今、自分の家の、自分の部屋にいる、ということが不思議でならない。自分の袖口を見ると、ちゃんといつもの寝巻きを着ているし、枕元には友人からもらった小樽の土産の、自分の気に入りの水差しまで置いてある。

橋本は、天井や窓のカーテン、枕元を見てホッ、と安心すると同時に、強い吐き気が上がってくるのを感じた。体をいっそう丸めて考えるのをやめて、ひたすら吐かないで済むなら吐かないでおこう、と思い、堪えようとした。腕時計を見ると、はっきりしなかったが、電灯のスモールの微かな明かりにじっと目を凝らすと、四時とわかった。それを知って、橋本は頭から布団をかぶって眠ろうとした。昨夜のことはすでに一切思い出さなかった。ただ、全身からびっしりと冷や汗が出た。体中の皮膚全部が吐き気に堪えていた。息苦しかった。今まで深酒のあと幾度もそうなったように、風邪をひいた、と思った。

いや、それ以上に辛いのは、先刻、夢の中で感じていた絶望的な感覚がぶり返してきたことだった。

ショウワ、でなくて、ヘイ、セイ――？　発泡スチロールの棒を鼻腔に突っこまれて、きしきしする棒と鼻腔の粘膜壁の隙間でシューシューと空気が苦しい音を立てている感じだ。

このまま、窒息して、吐瀉物にまみれて死んでいく自分が頭に浮かんでくる……。それでもごく浅い眠気は起こってき、橋本はそれに依りかかっていった。――

「オトーサン！　早く起きないと、遅刻しちゃうよっ。起きなさい」

カン高い声で正一が橋本の耳の穴に向かって喚き、橋本は目を覚ました。まだ横たわっている父親を起こそうとして、正一はかけ布団をめくり、肩を叩いたり、ゆすったりするので、橋本は、ようやく床を離れた。左右のこめかみと、それを結ぶ線上の頭部が、針金で締めあげられたように痛かった。鼻詰まりがひどく、口で息をしなければならなかった。起き上がってもしばらくは夢の続きの白々した空しいイメージが去らず、いやな気分だった。

「早く、早くウ！」と言う正一に促されて、寝巻きのまま台所をのぞくと、妻の律子が、朝食の支度をしながら、ちらっと橋本をふり返って見て、またすぐ背を向けた。

「あなた、今日は会社、お休みなの？」

「いや、――どうして？」

「だって、天皇が先日亡くなったでしょ？　休日になるのかなと思って。あなた、ゆっくり寝てるし」

「そんな、アホな。休日になんかなるかよ。天皇が死んだからって。関係ないよ、そんなこと」

「そう。じゃ、早く支度してくださいな」

　そういう律子の後ろを正一がとりついて離れず、前から律子にとりついていた二男の真二と母親の取り合いの喧嘩を始めるので、律子はカン高い声で、「さっさと正ちゃんも着替えてきなさい。さっきから何度言ったらわかるの！」と叱りつけていた。

　狭い脱衣場にある洗面台に行って、橋本が顔を洗おうとすると、真二が危うい足どりで歩いてきて、橋本の足の膝の裏側にどん、と当たり、足にまとわりついてきた。寝巻きの裾をひっぱり、「あー、あー」と見上げながら、うれしそうな声をあげた。

「真二を、ちょっと見ててよ！」と居間で正一を着替えさせながら律子が声をあげた。

　食卓についたときに、律子が、昨夜泥酔だったあなたを、青山さんがタクシーで一緒に家まで送り、玄関まで背負ってきてくれた、と橋本に教えた。

「青山さん、て、あなたの高校の後輩だった人よね。悪い人じゃないと思うけど、あんな大きな人と同じ調子でお酒を飲まないでちょうだいね。あなたも、もうそんなに若くないんだし」

　橋本は、パンを一口かじっただけで、残りを膝の上にのせた真二に食べさせてやっていた。「うん、わかってる」と言いながら律子の言うのを聞いていたが、ちょっと気になって、律子に尋ねた。

「青山くん、何か言ってなかった？」

「え？」

「いや、オレが悪酔いしてたとか……」

「あなた、悪酔いしてたの？　誰かとケンカなんて、しなかったでしょうね。青山さん、何も言わなかったわよ。先輩と飲めて楽しかった、なんて言ってたけど。夜中過ぎてるのに、あなた、青山さんに、あがっていけ、あがっていけ、なんて、どてー、と玄関で寝ながらしつこく言ってたから、すごくいやだったわ、私」

「あがっていけって言った？　オレが。全然覚えてないなー」

律子は顔をしかめてから、「さあ、正ちゃん、まあちゃん、保育園に行く時間よ」と言い、橋本にはそれ以上取り合わず、子どもらに早く食べるように促した。

家から会社までは、車で二十分程度だった。吐き気がまだ完全に収まらなかったので、ほとんど何も腹に入れずに、ぎりぎりまで家にいてから車に乗り込んだ。昨日はどうせ誰かと、いや一人ででも飲みに出るつもりで、また、朝早く起きられた、ということもあり、車を置いてバスで会社に行ったのは、やはり正解だった。今朝は車でなければ完全に遅刻するところであった。

車を走らせているうち、橋本は、ズキズキする頭の中で、昨夜の出来事を丁寧に思い出して、整理しようとしたが、うまくまとまらなかった。青山が自分の後ろに抱きついてからのことがさっぱり記憶にないのが不思議だったが、それにしても、いや、何よりも、なぜ青山が、「橋本さんは部落の人だから……」と言ったのか。なぜ、それを知っていたのか、どう考えても、思い当たる点がないように思った。

橋本の兄は、高校時代から部落の運動にかかわり、今でも地元の地区で父親と一緒にその運動をやっている。税申告の時期には「申告指導」に走り回り、同和対策施策の利用手続きの世話などを熱心にやっている。また、たまにその運動の集会で東京に来る機会があると、そのついでに橋本の家に立ち寄ることが、あった。けれども、青山がそんなことを知るはずがない。また、自分から青山にそういうことを打ち明けた記憶も橋本にはなかった。

橋本が行っていた高校にも、当時「部落研」なるものがあって、橋本はそのころすでに父親や兄を通じて自分の住む地域の問題を知ってはいたけれども、橋本はそういう部に入るのは、億劫な気がして、いろいろ誘いはあったが、かかわらなかった。何よりも中学から始めた柔道を続けたかった。大学に進んだのは親の希望も強かったが、高校自体が進学校だったので、まわりの者がみんな行くから行くという感じで進んだまでだ。これという目的もなく、ただ漠然と文筆業で飯が食えたら、と思うだけで文学部の四年間を過ごし、学内では党派性の強い「解放研」とほんの少しかかわりをもったが、「政治」や社会運動に向く柄ではないと思い、すぐ離れた。

そのころ、父親と兄が運動団体の支部作りを地元で始めたときだったので、啓発映画の上映会や部落の歴史の勉強会などを手伝った、というにすぎない。大学を卒業してから兄のように地元に残って(兄は農業高校を出て、農協に勤めていた)、地元でがんばる、という気にはならなかった。漠然とした物書き志向があるだけで、「運動」や「政治」に対する確固とした信念も執着もないし、もちろん産業戦士として世を渡ってそれなりに出世をしてやろう、という気もなく、かといって、教師や公務員になろうという気もあまりなく、それだけの勉強もしなかった。

就職するときには特に差別は感じなかった。もっとも、出身地域を厳しくチェックしそうな大手は、自分から挑もうとも思わなかった。入社試験をうけたら採用してくれた、だからそこに就職した。橋本は、自分の今までの人生をふり返ってみて、何もかも中途半端だった、と思う。

しかし、目的というものを掲げて、突っ走っていく、という生き方が、よいのかどうか、今もわからないでいる。そのとき、そのとき、自分が人生や世間と誠実に向かい合うしかないではないか、いや、自分の「柄」と誠実につきあっていくしかない……と、橋本は社会人になってからそう考えていた。

ただ、会社の同僚を通じて律子と知り合い、恋愛し、結婚しようという気持ちになって、そのための「行動」に出たとき、いわゆる部落差別なるものが確かにある、と橋本は思った。

関東平野のどんづまりの、近郊農業の盛んな農村地帯にある集落の農家が律子の実家であったが、橋本が律子の家に挨拶に行ったあとで、その兄が興信所で調べたのだろう、後日、律子の長兄が（父親は病気で入退院をくりかえしていたので、実質、長兄が家を取りしきっていた）結婚を承知しない、と圧力をかけてくるのだ、ということを律子を通じて知った。二、三の親戚も、東京にいる律子によってたかって毎日のように嫌みな電話をしてくるので、弱ってしまう、と律子は悩みだした。律子の長兄から直接、手を引いてくれ、という内容の手紙も来た。

「同和地区の方々とは、風習も宗旨も違いますし、親戚づきあいも難しそうなので、当方としては自信がない」とか、「わが家では未だかつて前例がない」などと、役所の役人が言いそうな笑止な表現もあった。

要するに、慇懃ながら、橋本のような立場の者とかかわりをもつことへの当惑と嫌悪とでいっぱいだった。幸い律子の次兄が橋本と律子に同情してくれて、結婚までいろいろと実家との間に入ってとりなしてくれたので、律子の長兄から、ある妥協をしてくれれば折れる、と言ってきた。

その妥協、というのは、姓をこちらの橋本に変えてもらうこと、同和関係の運動とは一切かかわらないこと、ということだった。橋本の方も、そこまで来ては自分の神戸の実家に事の進展を知らせるほかない、と思い、仕事の合間をぬって帰省した。橋本の話を聞いて父親と兄は顔をしかめた。というのも、相手方の勝手な言い分はもちろんだが、橋本自身が、姓を変えるのは本人たちの自由だし、同和の運動も今の会社にいては、する余裕もないし、またするつもりもない、と言ったからだ。

「それは、差別を認めたことになるんやで」と兄は言った。兄嫁は父方の親戚筋の家から来ていた。兄のときは結婚には何の障害もなかった。むしろ、自分たちが何世代にもわたってしてきた婚姻の範囲であったから、差別のありようがなかった（兄嫁はよくできた聡明で美しい人だ）。兄は幸せ者だと思う。しかし、自分はいま自分の場合として、どうするのが一番よいか、と真剣に考えているのだ、と橋本は言った。

「そういう、向こうの言い分の中に、差別意識があるのは、はっきりオレもわかるよ。けど、結婚する、しないは、社会科学と違うんや。理屈やのうて、生身の男と女の問題なんや。理屈で、それは差別や、とやりこめたからいうて、何も残らへん」

父も兄も、しかし納得しなかった。結局、橋本は岡野という姓を捨て、律子と結婚した。式は都内の安いホテルで挙げた。律子の家からは母親と次兄だけが来（父親は入院、長兄は農繁期で手が離せぬという理由で来なかった）、岡野の家からは父親・母親・兄・兄嫁が来ただけで、あとは橋本と律子の友人がそれぞれ二人ずつ、という淋しい式だったが、橋本も律子も、それでよかった、と今でも思っている。

子どもができてからは神戸の実家とのわだかまりも消えだしたし、律子の実家へも遊びに行きだした。橋本が家を建てるときに、律子への財産分け、ということで、長兄がかなりの額の援助をしてくれた。

橋本は最初こだわったが、律子は、「くれるというんだから、もらっときゃいいのよ」と言って、もらった。

……青山が、なぜ、知っていたか、橋本の頭の中で、その問いがどうどうめぐりをしていた。だが、それは、もうどうでもいい、と結局、橋本は思った。要するに、誰かに聞いたのだ。それにしても、オレは――、と橋本は思った。昨夜、なぜオレは青山に「暴力教師！」などという言葉を吐いたのだろうか。青山、龍男。どこにでもありそうな名前である。それが、どうして、数年前に起こった、「教育事件」の本人と結びついたのか。いや、結びつく前に自分は「暴力教師」と叫んだのではないか。教師をやめた事情を一切語りたがらない様子、しかも、いじめだ、中退者の増加だとか、偏差値教育は悪いか、など何か同僚の話題が教育問題に触れだすと、それとなく、いつかどこかへ行って場を外してしまっている平生の様子。そういう青山にいつか気づいて、何かそこに青山の弱みがある、とオレは勝手に考えるようになっていたのではないか。

あの日、後ろから羽交い締めする青山がしゃくにさわって……、しゃくに？　そうだ、あのガキらと喧嘩しようとするのを紳士ぶって止めに入った青山、いや、天皇にだけ戦争責任を負わすのは間違いだと生徒に言いくるめるようにもっともらしく言う青山がしゃくにさわって、とっさにあいつの弱点だと日ごろうすうす感じていること、その「感じ」で思いついた言葉を、ぶつけてしまったのだ。だが、その途端に数年前に読んだ醜聞記事と青山が結びついたのだ！　しかし、青山は、本当に、あの有罪判決をうけた、あの教師なのだろうか？　昨夜のあの瞬間、あれほど確信をもって結びつき、そのため一瞬酔いの痺れが中断するほどショックをうけた、あのことは、本当のところ、どうなのか。ふだんの状態なら簡単にまとまりそうな考えが、今は最悪の体調のために、確信がもてるようでもあり、単なる思いつきでしかないようにも思える。——とにかく、今朝青山と会って、機会をみて、そのことを確かめてみよう、そして、もしそうなら、いや、そうでなくても、オレは青山に謝らねばならない——。

橋本は前方を見つつ、ぼんやり考えながら車を走らすうちに、信号を無視して突っ切り、危うく横切る車と衝突しそうになった。その直前、タイヤの軋る音がしたのは、一瞬、自分でも無意識に横から何かが目に入って踏んだブレーキのためだった。橋本はゾッ、として鳥肌立った。胸が浮き上がった。そして、もうそれ以上考えるのをやめよう、と思い、片手で自分の頬を二発、張った。

会社へは始業ぎりぎりに着いた。青山はいなかった。今日は直接営業の出先に行ったのだろう、と橋本は思った。所長の亀井がする朝のミーティングの退屈な話を聞いてから、橋本は机に向かい、今日の営業の段取りをたてて、事務所を出ようとした。そのとき、亀井が橋本を呼びとめた。吐き気がまだ微かだが、根強く残っていて、亀井に声をかけられたことで、何だかぶり返してきそうな気がして、ふだん以上に身構えた。

「橋本くん――」

「はあ?」

「あのな、青山くんが、今日まだ来とらんのだが、何の連絡もないんだ。今日は直接客の方へ回る、ということも聞いとらんしね。こんなの初めてだが……」亀井がそう言うのを聞いて、橋本は一瞬胸をドン、と叩かれたように思った。まずい、と思い、とっさに言った。

「あ、済みません。申し上げるのをつい忘れていまして。青山くんは、今日ちょっと体の具合が悪いので、医者に行くから遅れると伝言をことづかってたんです。ええと、私が出かけようというところに彼から電話がありまして。また、その、医者に行った先から直接、会社に電話を入れる、ということでした」

自分がどんな表情で言っているか、かなり気にかかったが、橋本はさっさと思いつきの嘘を口にした。

「ああ、そう」と、亀井はやや疑わしそうな表情で言い、自分の机に向かっていった。橋本は一刻も早く会社を出て、青山に電話を入れねばならないと思い、すぐ、「じゃ、行ってきます」と、誰に言うともなく、しかし亀井には聞こえるようにして、事務所を出ていった。

会社のライトバンを走らせてから、商店街の入り口にある公衆電話のボックスの前に車を停めて、車を降りた。

橋本は上着のポケットから手帳を取り出し、青山の電話番号を急いで探し、電話をかけた。呼び出し音が十五回鳴り、十六回目が鳴っている途中でようやく青山が、弱々しい声で出てきた。

「もしもし、おい、オレだ。橋本だ。亀井所長から電話がなかったろうな」

「ああ、橋本さん、ですか。済みません。今朝、起きられなくて……」

「亀井さんから電話は？」

「いえ……」

「そうか。よかった」

「……」

「どうしたんだよ。二日酔いか？」

「はあー。二日酔いを通りこして、三日酔いぐらいです」

青山は、彼らしくない下手な洒落をとばして、力のない中途半端な笑いを出しかけたが、その途端、声がとぎれた。

「そうか。でも、無断欠勤はまずいぜ。始業までには電話を入れとかんとな。特にきみはまだ二年目だしな」

「済みません。昨夜、橋本さんを送って、帰ってきてから、また一升ほど飲んでしまいましてねえ。朝からそれでもう気分が悪くて、三回も吐いてしまって、潰れてました」

「しょうがない奴やな。そうか」

「すぐ、今、会社に電話入れますから」

「おいおい！　待てよ。あのな、亀井さんへは、オレの方からうまいこと言っておいたからな。いいか、今朝きみからオレの家に電話があって、体の具合が悪くて医者に行くから遅れる、ってことづかったとな。また医者に行った先から電話をしますということでした。ということにしといたからな、いいか？」

「はあ、それは、どうも」

「だから、いいか？　そういうことで口裏合わせといてくれよ」

電話の向こうで青山が、わかりました、と言うのが聞こえたが、最後の「た」を言い終えぬうちに、オエッ、という明らかに吐き出した声がした。それを耳にした途端、酒臭い吐瀉物のたまらない臭いを嗅いだ気分になり、強烈な吐き気が襲ってきた。たまらず、「じゃ、また」と橋本は相手の返事を待たず、受話器を置いた。ボックスを出てすぐ道路端の溝にしゃがみこんで、吐いた。まず、白いぶつぶつのあるものが出て、頭がくらくらした。そして背中にさあっ、と冷や汗が流れるのを感じて、ぶるっ、と胴が震えた。猛烈な寒気がしたが、立ち上がれず、続いて次の吐き気が喉元に上がってきた。腹筋がひきつり、半透明のものが出てきた。その後、汗と涙と鼻水を垂らしながら、黄色い苦々しい粘ついた液が出てくるまで、吐き気にまかせて腹の中のものを絞り出した。

どのぐらい時間が経ったかわからなかったが、寒さにたまらず、吐き気を抑えてようやく車に乗り込み、シートを後ろに倒して、体を横にし、くの字に曲げて、じっとしていた。


窓をコツコツと打つ音に橋本は目ざめた。駐車違反の車だと思い近づいてきた警官だった。ハッとしてすぐ体を起こした。どうしたのか、ときく警官に、何でもない、ちょっと寝ていただけだ、とそっけなく答えて、エンジンをかけて車を走らせた。吐き気は残っていたが、もうぶり返す心配はないという感じがした。時計を見ると小一時間経っていた。

今日は、県北のある客のところに、ホテルの改装の件で打ち合わせに行く約束をしていたのだ。市内のインターチェンジから高速道路に入ると、スピードを百二十キロに上げた。このスピードでずっととばしていっても、三十分はたっぷりとかかる。

高速道路からの眺めはよかった。道路はそう混んでいないし、広々とした平野の、のんびりした冬枯れた風景は、美しいものだった。はるか遠くに青白く山の稜線が見える。そうした風景の中を北へ北へと走るうちに、時折、田園地帯に忽然とラブホテルが姿を現す。

それは西欧の城のような形であったり、豪華客船の形であったり、普通のビジネスホテルのようなものであったりしたが、その露骨なけばけばしい看板はいやでも目についた。そうしたホテルが、この高速道路の沿線に、またインターチェンジが近づいてくるごとによくその姿を現すということは、この道路を何度か走るうちに、誰でも気づくだろう。そして、このホテルの業界が橋本の会社にとっては、大口の顧客の一つなのである。パチンコ屋ほどではないにしても、この業界でもまた、室内をしばしば改装する。景気のいいホテルでは外装すら変えた。

橋本は、会社のある市から六十キロほど北にある田舎町のインターチェンジで高速道路から降りた。この辺は週に二回ほど営業に回るところである。

今日は『ソフィア』というラブホテルのオーナーである前田という男に会う日だった。はっきりとした時刻を約束していたわけではなかったが、大まかに考えていた時刻よりも二時間は過ぎていた。前田がいらいらしているのではないか、と橋本は気に懸かりながらフロント兼事務室に入っていったが、前田は「遅えじゃねえかよ」と言いながら、それほど気を損ねているふうではなかった。

前田は、この田舎町の農家の長男である。堅気ではあるけれども、その風貌、言動は一見してヤクザに限りなく近かった。大柄で、腹のだぶついたところ以外は、肉体労働で鍛え上げたようにがっしりとしており、髪はパンチパーマ、手首には金のブレスレットが光り、笑うと色黒の顔の口もとから金色の入れ歯がぎらりと見えた。四十を少し出たぐらいの男である。

前田とともに改装予定の部屋をいくつか見、部屋ごとに前田が、自分のイメージを話したり、説明したりするのを聞いて、また事務室に戻ると昼を過ぎた。前田は気前よく橋本の分も近くの食堂から取るから食べろとすすめた。すぐ近くで友人がやっている店で、ホテルの客がルームサービスを注文するときにもそこから取り寄せているんだ、ときかれもせぬのに前田は言ったが、遠慮するなということだろう、と橋本は解釈した。こういう田舎の客先では、こうした好意はよくあるし、そのときは素直にうけるのがよい、と橋本は経験上知っていた。

来た昼飯は前田のと同じトンカツ定食で、荒れた胃には負担に思えたが、それでも朝から何も食べていなかったので、うまかった。吐き気はなくなっていた。食事をしながら、前田は橋本にずっと話しつづけた。

「親の代までは、ずっと百姓だったんだ、オレんちもよ。親戚中で商売やってる奴なんて、オレがこんなホテルやるまでは一人もいなかったんさ。けどさ、もうそんな時代じゃねえかんな、ほんとに。こんな田舎じゃさ、田んぼだ、畑だ、山だ、っつったって、売ってもいくらにもなりゃしねえ。ましてよ、米ばあ作ったって、しれてらあね。食っちゃいけねえよ。……親父が早くに死んじまってよ、まあ、人よりはいくらか苦労したいね、オレも。高校途中でやめちまったんだよ。農業高校に行ってたんだけどよ、下らねえ、牛や豚の尻ばっかりさわってられるかよ、って思ってたときさ、親父が死んじまったのは。はあ、ちょうど学校やめべえかと思ってたから、すっぱりやめちまって、こうなりゃ、銭儲けやるべえと思ってさ。それからいろいろやったいなあ。東京に出てよ。タクシーにも乗ったし、ダンプに庭石になるでっかい石いくつも積んでよ、四国や関西に売りに回ったこともあるんさ。一つ売れれば何十万だかんな。こいつでちっとは稼いだぜ。そうそう、神戸にも行ったことあるぜ。けどな、だめなんだいなあ、そういうのは。体がもたねえんだよ。体潰しちゃどうしようもねえと思ってよ、また田舎に帰ってきてよ、ばあさんと百姓してたんだけど、しばらく。そいで地元で何かいい商売できねえかなあ、って考えてたときによ、友だちが教えてくれたんさ、こういうホテルがいい、って。役場にいる友だちがよ、この辺に、高速道路のインターチェンジができんだ、そうすっと、東京からここまで一時間で来ちまう、っていうのさ。だから商売になる、てな。はあー、深谷あたりじゃ、東京の助平野郎たちが車に女積んで高速ぶっとばしてやってきちゃあ、ラブホテルでばんばんやって銭を落としてくれるからさ、ホテルやってる奴はみんな左うちわよ、てな話だ。そんな話を聞いたんじゃ、百姓なんてやってられっかい。東京の野郎らが深谷まで来るんじゃあ、道路がちゃんとできた日にゃ、ここまでもきねえわけねえ、そう考えてよ。思いきって山を一町も売りとばしてよ、農協にも借金してよ、小さい旅館のようなもんから始めたんだけどよ、はあー、これが入った、入った。東京や浦和あたりの助平野郎らが女乗っけて来た、来た。気がついたら、こんなでっけえホテルになってたんさ。早かったよ、この十年は」

橋本は、前田の話に適当に相槌をうち、食べながら聞いていた。前田のような小成り上がりはあちこちにいるだろうし、第一、前田がそう成功した方に入るかどうか橋本にはよくわからない。しかし少なくとも自分のようなサラリーマンには手の届きようもない桁の金を毎月動かしている、という点は、橋本も認めざるを得ない。また、そういう金を動かす資本と行動力と自信をもっている男を支えているのが、彼が半生のうちに独力で作り上げた人生哲学であり金銭哲学である、ということも。確かに、前田は、自分には欠けている、「哲学」をもっている。

しかし、もし自分が哲学をもつとしたら、それは前田のものとはまったく次元を異にしたものに違いない、と橋本は思う。

「今、日本中が、金儲けしてんだ。競争は、激しいぜ。でもよ、弱気になっちゃ、いけねんだ。金って奴はよ、本当はすごく淋しがり屋なんだ。だからよ、淋しい奴のところへは行かねんだ。だからさ、橋本さんよ、オレはさ、おまえんとこで今度注文すっけどよ、安っぽいもんで済まそうなんて、思っちゃいねんだ。できるだけ高けえ上等のもんでやりてえんだ。内装屋にもそう言ってあんだ。どうして、オレがカーペットやカーテンにそんな高けえいいもんを使うか、あんたわかるかい？——こんなホテルに来る奴らはよ、どうせ堂々と女とオマンコできねえとかよ、家が狭っ苦しくてしょうがねえから、たまにゃあ気分かえよう、とか、そういう奴が多いだんべ。早くいや、現実には夢がねえんさ。だからよ、かえってうちみてえな超豪華な部屋でオマンコをやると喜ぶんだ。それが気持ちいいんだよ。一時の夢を買うわけさ。王様になったつもりでオマンコすんだから、安いもんだぜ。それがさ、こんなとこまで来て、部屋が安っぽくちゃ話にもなんにもなりゃしねえがな。もう二度と来ちゃくんねえよ。結局、上等なもんを使うから、それだけ元がとれる、ってことだよ」

要するに強気の商売か、と橋本は思ったが、わざと感心した顔で相槌をうった。確かに、前田のホテルの部屋のインテリアはグレードが高かった。ほかにも同じ種類のホテルを回ったことがあるが、インテリアにこう惜しげもなく金をかけているのはなかった。橋本が前田の見識をほめると、前田はしたり顔にかっと笑い、また話しつづけた。

「だろ？　な、オレも仲間の奴によく言うんだ。商売ってのはよ、一瞬一瞬が勝負なんだ。だからおもしれえんだ、と。金回りの悪いときでも、ばあんと見栄はるんだよ。そんなときにカローラなんかに乗ってちゃ、いけねえんだよ。そんなことすりゃ、商売もカローラクラスになっちまう。カローラよりはコロナ、コロナよりはクラウン。クラウンよりは……ベンツがいいかな。ハハハハ。そうやっていくと、不思議なことに、金っていうのはついてくるんだ。女遊びだっておんなじだ。二、三万ばかしの銭握ってよ、安い店に入ってよ、この女、病気もってねえだんべか、なんて考えながらやるなんて、一番下らねんだ。そんな遊び方したって、ちっとも楽しくねえだんべ。そんな奴に限って病気もらってくんだ。アハハハー。商売もおんなじさ。一億や二億ぐれえ借金したって、世話ねえんだ。そんなことぐれえでびびっちまう奴は伸びねんだ。だからよ、弱気と貧乏にはなるもんじゃねえ。金といつも一緒にいたかったらよ、どんどん使ってやんだ。そうすりゃまた金の方でも喜んで仲間を連れてこっちにやってきてくれるんだ。そういうことさ」

前田の金銭哲学、人生哲学は聞いていてそれなりに面白かったが、橋本は、いよいよ前田が商品の交渉に入ってくるな、と感じた。橋本が昼食を食べ終わったのを見て、前田が、

「じゃあ、また商売の話に戻ろうか」と、ソファの上にふんぞり返っていた上体をしゃんと起こしたとき、橋本は強い圧迫を感じた。

坪当たりいくらの予算だが、とひとまず自分の心積もりを押しつけ、おもむろに前田はカーペットとカーテンのサンプルを見だし、やはり一番上等のものを選んだ。

部屋の感じからして、この色この柄のこの生地はどうか、と前田が指したのとは別の、倉庫でだぶついている品を橋本はすすめたが、まったく取り合わなかった。結局、橋本は前田が選んだその商品で、ぎりぎり譲れる値よりも少し高い線を出し、「うーん、帰って所長と相談させてください」と苦笑しながら言った。前田も、「損して得取れっていうじゃねえかよ」と苦笑しながら押しつけるように条件を示してくる。そして、「そいじゃ、来週から改装にかかっかんな。あとは全部内装屋に任してっから、そっちと相談してやってくれ」と真顔で言った。

「あんまり泣かさないでくださいよ、弱者を」橋本がおどけて泣く真似をしてみせると、「うそ泣きするんじゃねえよ」と言って、前田は橋本の背中を大きな手の平で一つバン、と叩いた。そして、事務室の隅の椅子に座って、マンガを読んでいた二十ぐらいの若い男の従業員に向かって、「マサ！二〇一号室、空いたぞ。早く掃除してこい、ほらあ。急げ！　次の客来たらどうすんだよ」と、どすの利いた声で怒鳴りつけた。

橋本は前田のホテルを出て、車を走らせた。また、インターチェンジから高速道路に入ったのがもう午後三時だったが、また北へ走り、次のインターチェンジで降りるのだ。

これから行くところは、前田のホテルの改装を請け負っている工務店だ。橋本の会社とは長いつきあいの業者である。もともと前田のホテルのインテリアの注文もそこから回ってきたものだ。長く安定した取引先のはずだったが、橋本はそこへ行くのが、仕事のうちで一番嫌な、苦手とするところだった。前田は確かに言動が荒っぽいし、がめついし、扱いにくい客には違いないが、それは商売だけのつきあいで済む。あっさりしたものだ。だが、これから商談に行く土井工務店の社長の土井は、そうあっさりとはいかない相手だ。橋本はもう今から身構えてハンドルを握っている自分に気づいて、苦笑せざるを得なかった。徹底して、ビジネスライクな物言いで対すること……当然ながら、そうするしかない、と思う。

土井工務店は高速道路を降りてから十五分ほどのところにある。工務店とはいえ、もともと内装屋で、地元の建て増し大工や左官、塗装、瓦葺き職人たちの手配をしている元締めのような会社である。土井はカーテンやカーペットを仕事のつど、橋本の会社に注文していた。

事務室に入ると、土井と中年の女事務員が一人いるだけだった。

「今日は」と入ってきた橋本に気づき、難しい顔で書類に目を通していた土井は、さっと顔をあげ、目をいっぱいに見開くようにして、

「やあ！　遅かったじゃないか、橋本ちゃん」と馴れ馴れしく声をかけ、椅子から立って、近づいてきた。その瞬間、橋本はまた心を引き締め直そうとする。

「待ってたんだよ」

「どうも、遅くなって済みませんでした」橋本はそう言いながら、土井に促されるままに応接用の飴色の革張りのソファに座った。そして、さっそく二十センチほどもある部厚いサンプル帳をテーブルの上に置いて開けだした。土井もすぐ、向かい側に座ってきた。

土井はすらりとした長身の、五十がらみの男だった。髪にはすでに相当な白髪が交じっているが、

いわゆるロマンスグレイといってよい。品のよい整った風貌はどこといういう目立った特徴もないが、そつのない柔らかな物腰同様、どこを押しても紳士という感じだった。

橋本が、この土井工務店の担当をして、もう七年になるが、頭に白髪が増える以外、土井の風貌には変化がなかった。しかし、初めて会ったときから、橋本は強い印象をうけた。土井は初対面だった橋本にやや驚いたような表情を見せ、「きみは関西の人だね。どこの学校を出たの?」ときいた。橋本はそのころまだ関西アクセント丸出しであった。それはわかるとしても、学生のような雰囲気が自分の中に残っているのだろうかと不審に思ったり、またなぜ出身学校などきくのかと反発も感じたが、正直に答えた。すると、「へえ」と大仰に感心してみせ、「関西の私大じゃあ一流どころだ。じゃ、本社採用でこっちに来たってわけ? ハハ、こんな田舎じゃ、さぞびっくりしたろう、ねえ、きみ。東京以外は、どこも田舎さ、関東は。まあ、のんびりやりたまえ」こう言って親しげに橋本の肩を叩き、さらに自分が東京の有名私大出身であることをその所在地の名を何気なく挙げることで名のり、「きみの顔を見たとき、僕はハッとしたよ。あまりにも知的な風貌なんでね。僕の勘はやはり当たってた、というわけさね。やっぱりインテリさんだ」と言った。その一方的な思い込みが過ぎる物言いにも面喰らったが、インテリさんだ、と言った直後に発した、やや奇妙な上ずったような、肌にべたつくような笑い声に、橋本はもっと驚かされた。そして、「よろしく」と言って橋本の手を取って強く握手してきた。

考えてみれば奇妙な第一印象だった。それで大仰な物言いをする気障な、学歴を鼻にかけた田舎紳士だ、ぐらいにしか思わなかったのは迂闊だった。その後、仕事で一緒に現場を回ったり、この町で泊まり込みの仕事があると（ほとんど土井工務店がらみであったので）、酒に誘われた。何度かそういうことがあるうちに、土井がいわゆる同性愛者である、ということがわかった。しかも、土井は橋本を一目見たときから気に入ってしまったのである！　あとからふり返ってよく考えてみれば、土井はしばしばそのサインを橋本に出していたわけだが、橋本は、土井がただ妙に気前のよい、物分かりのよい扱いやすい取引先だ、ぐらいにしか感じなかったのだ。しかし橋本がそう思っているうちに、土井の方は橋本に対する自己の欲望を頭の中でどんどんふくらませていったのだ。

土井の性向に気づかなかった橋本が、何度か土井のゴルフにつきあったり、土井工務店の慰安旅行に誘われて一緒に行ったりするうちに……。そうした仕事以外で接する土井が、いつも嬉々としていたのは、そのせいだったか、と橋本は自分の鈍感さに腹が立ち、頭をどやしつけたい気がしたものだ。

初対面の日から数えて、およそ一年ほど経ったある日、土井が橋本をスナックに誘った。かなり飲んで歌い、店を出て橋本が宿泊先に帰る、と言ったとき、土井が急に暗い目になって、「きみ、ホテルに、一緒に行かないか」と言い、手を握ってきたときに初めて橋本は土井の性向に気づいたのだ。一瞬、頭がくらっとするほど怒りがこみ上げてきた。「冗談じゃないですよ！——そんな、男同士で」と橋本は言葉とともに実際にも突き放した。と、そのとき土井は自分の齢を忘れてしまったかのようにうろたえた。自分が何か橋本から弱点を握られ、不当にいじめられたというようだった。

「失敬、今のことは、忘れてくれ」と土井は言って、パッと走りだし、若者のような身軽さでたちまち暗い路地の方へと姿を消した。

土井はその後も何かと橋本を誘おうとした。ゴルフ、クラブ、慰安旅行など。だが、そのつど橋本は体よく断った。二年目になると結婚し家庭をもったので、家の都合でという理由で断りやすくなったし、三年目になって折よく会社の都合で千葉の営業所へ行くことになったので、ホッとしていた。

そのころ、驚いたことに土井から千葉の営業所気付で手紙が来たことがある。それは巧妙に「恋情」を抑えた文章ではあったが、かえって土井の気持ちが生々しく出ていた。橋本が自分のせいで配置替えになったのではないか。自分は何も仕事の上で橋本に無理をふっかけた覚えはない、フェアにやってきたつもりだ、という内容だった。文面は、しかし時候の挨拶から後付まで完璧に整った立派なものだった。

橋本は、迷ったが返事を書いて送った。今度のことは会社の都合で全然あなたとは関係ない、挨拶回りに伺ったとき申し上げたとおりだ、と体よく短い文章を書いた。そしてまた土井から手紙が来たが、橋本は見もせず、返事も書かなかった。そのころの会社の計画では、橋本は千葉の営業所から栃木へと回って、元に戻るのは数年先になるか、あるいはそのまま栃木に定着するか、いずれにせよ、また元のエリアを営業で回るということは当分ないように思われた。ところが、会社の予想外にも現地採用がスムーズにいってよい人員が確保できた、という理由で、橋本は一年後、また元の営業所に戻らねばならなくなった。そしてまた土井工務店のあるエリアをもたされることとなった。また挨拶回りに行くと、土井はひどく喜んだが、橋本は憂鬱だった。早く他の者にこのエリアを引き継ぎたいとばかり考えつづけてきたが、それ以後今まで、人員の異動の兆しさえなかった。土井との関係は、当然進展はなかったが、土井が商談にかこつけて何かと話を長びかせたり、何気ないふりで酒に誘ったりする、という「下心」を見せることはなくならなかった。そのつど橋本は体よく断ってきたが、何度も続くと、断る理由を考えるのがやりきれなくなってくる。一方、土井の方では橋本に誘いを断られるごとに「そう？　じゃ、また」と言って、軽い失望の色を顔に浮かべたが、それを根にもって仕事の上でトラブルを起こす、ということは、今までなかった。

「今度のホテルの改装の件で、前田さんと会ってきましたので、ちょっと遅くなりました。済みません」

「あ、『ソフィア』のね。わかるよ。彼は話が長いから。——あの男、金儲けの話ばっかりするんで、橋本ちゃん、困ってたんじゃないの？」

「いえ、そんな——」

「おい、新井くん。お茶どうしてるの？　早く熱いの、橋本ちゃんに持ってきてあげて！」土井は女事務員の方を向いて言いつけてから、また橋本と向かい合った。

「で、インテリアの件は？」と土井はきいた。橋本がさっそく開けたサンプルの一つを二、三指さすと、

「やっぱり、そうか」と舌打ちをして顔をしかめた。

土井の話では、前田には何度も橋本の会社のサンプルを持って交渉に行ったのだが、こちらが示す

ものをうけつけない。内装はこちらの専門でもあるし、向こうが出してきた坪割の予算で、最上級のカーペットでは割が合わない。第一、部屋と色調が合わない、と何度も言ったが聞かない。それじゃあ、インテリアの専門家（橋本のこと！）にきいてみてくれ、ということで、きみに行ってもらったのだが、やはりだめだったたか、と土井は憤慨するのだった。

「ホテルに『ソフィア』なんて名前をつけてるくせに、ちっとも知的じゃないんだ。『ソフィア』ってフランス語で恋人、っていう意味だなんて人前で言って得意がってる奴だからね。だいたい、あの男は、頭が悪いくせに自信過剰だよ。若いくせにいばってるしね。何でも高けりゃいい、っていう悪趣味が度しがたいやね。近ごろじゃあ、あの手のホテルも競合が激しくて値下げしたりして経営が難しいってのに、なんでインテリアなんぞに最高級のものをなんて、こだわるのかねえ。どうせ部屋の中はうす暗くて、客にはろくにわかりもせんのになあー」

そう言って、女事務員が持ってきた茶を、目線を遠くにやりながら、ゆっくりすすった。

「まあ、いいか。あそこは現金でぽんといく口だし」

と独り言のようにつぶやいて、土井はじいっと橋本を見た。橋本は内心ひやりとしたが、表面は何気ないふうをして土井と視線を合わさぬように茶をすすった。

「橋本ちゃんの会社に損はさせられないしなあ。かといってウチが損するわけにもいかないし。――どうする？　その商品で、いけそう？」

橋本が、ええ何とか、と言うと、土井はゆっくり起ち上がって、自分の机に行き、そこから書類のファイルを持って戻ってきた。そして見積書を橋本の方に向けて、指し示した。インテリア類の欄を指して、「これで、いけるかい?」と言って橋本の顔をのぞきこむようにして顔を寄せてくるので、「うーん。帰って上司と相談せんとわかりませんが、もう少しありませんと」と言いながら、それとなく身を少し後ろに反らせた。

「じゃ、これくらい?」と指を立てることで、最後から三つ目と四つ目の桁の数字を変える仕草をした。

「うーん。まあ、その辺、でしょうか」橋本がまた言うと、土井は一瞬唇をすぼめてみせ、資材の欄の数字をさっと鉛筆で線を引いて消し、「それじゃあ、痛み分け、ということで、こんなとこかな」と言って、器用に逆向きのまま数字を書き入れた。そして、書類のファイルをぱたんと閉めて、

「アハハハ。橋本ちゃんも、商売がうまくなったよね!」

と言い、ポンと橋本の肩を叩いた。橋本は、ホッとして、「じゃ、これで。ありがとうございました」と言って立った。

土井は案の定、橋本をあわてて引き留めにかかった。

「ちょっと、ちょっと待ってよ、橋本ちゃん。そんな、せっかちな。もう一度、熱いのを用意させてんだから。ね、ね」と土井は橋本の肘をつかみかけた。土井に触れられるのを避けるため、橋本はまた、「はあ」と言って座り直した。

仕事の話が済んだ途端にさっさと出ていこうというのも、我ながら大人気ない気がした。何よりも

不自然だ。そう思ったのを見透かしたかのような、土井のいつにもない余裕のある引き留め方だった。

「あと、わずかばかりオレを引き留めたからといって、どうなるもんでもないぞ。冗談じゃない」と橋本は思い、表情を硬くした。そんな橋本の真向かいで、土井が声を弾ませて、「おーい、新井くん。コーヒー、どうしてるの、早く持ってきてさし上げて」と女事務員を急かせた。

間もなく女事務員がコーヒーを持ってきて、代わりに前の湯飲みを引いていったあと、土井がしゃべりだした。

「橋本ちゃん。まあ、聞いてよ。僕はね、もう、つくづくこの仕事がいやになってね。あ、いや、きみには何度も言ったから、またか、って笑われるかも知れんけどさ——」

土井は煙草を取り出し、そう言い終わると火をつけ、ふうー、と溜め息とともに大きく煙を吐いた。

「いえ、そんな——」

「僕はやっぱり商売にゃ向いてない人間なんだよ。僕はもともと芸術家になりたかったんだよ。これでも、あれだぜ、上野を受験したことがあるんだ。だめだったけどね。……で、いろいろあって、結局田舎に戻ってきて、ほかに仕様がないからこの親父の家業を継いだんだがね。——そりゃあ、三十年近くこんな商売やってきて、僕にもまんざら才覚がなかったとは言わないやね。手も広げたよ。商売てのは自転車と同じでね、動きつづけなきゃおしまいなんでね。いろいろ面白い、と思ったこともあったよ。でも、何かのめりこめないんだなあ。何かむなしいんだ。人を泣かしても、蹴落としてでもという気にはなれなくてね。舞い上がれないんだ。要するに中途半端なんだな。でも、あれだぜ。

こんな片田舎にだって、今は仕事が山ほどある。でも、それが、問題なんだよ。山ほどあるけれども、今度はこっちがそれに追っつかないんだ。手にいい技術をもつ職人なんていうのはさ、急にはできないやね。まして今の若い連中は職人なんて嫌がるしさ。つまりは人手不足さ。僕のとこに入ってる左官屋でも、瓦屋でもね、もう外国人を雇わなきゃ、やってけないぐらいなんだよ。土こねて運ぶだけの人手がだよ、日本人だけじゃ間に合わんのよ。だからさ、手にちょっと覚えのある奴なら、半人前の職人であろうと、ちやほやしてなきゃ、すぐ辞めちまうのよ。さあ、それが辞められちゃあこっちが大変だから、ってんで、親方連中と一緒にしょっちゅう飲みに連れてってやんのよ。特に若いのは、まだまだ遊びたくて仕様がないころだからねえ。……社長、社長なんて持ち上げてくるけど、こっちはつらいところさ。いや、金のこと、じゃないんだよ。体のことさ。体力がもたないんだよ。そりゃあね、橋本ちゃんとなら毎晩でも喜んでつきあうよ、僕は。……いや、こんなこと言っちゃ何だな、失敬――。ま、そういうことでね、もう連れ歩くの面倒臭いや、ってんで、自分でね、飲み屋を始めたの、最近。近所にいる親戚の女の子に店を任してね。駅前にあった潰れかかった食堂を買い取ってね、改装して、わりと小綺麗な店にしたつもりなんだよ。そこで職人たちには好きなだけ飲んでくれ、ってわけさ。なに、職人たちが飲む酒代ぐらいたかが知れてるよ。それに一般の客も来たらいくらか金を落としていくだろうし、一石二鳥、というわけでもないんだけど、まあ、ほとんど道楽だね」

橋本はここまで土井が話すのを聞いて、ようやく自分を引き留めた目的がはっきりとわかりかけてきた。
「ねえ、橋本ちゃん。自分で言うのも何だけど、ほんと、いい店にしたつもりなんだよ。客の仕事よりも気合い入れてやったからねえ、ハハハ。――どう？　今日はもう、僕のとこで仕事はおしまいだろ？　今から一緒に行って、ちょっと見てくれないか？　まだ開店して五日目のぴかぴかなんだよ。見て、ちょっと食べていってよ。――きみ、モツ煮が好物だったろう。きみの確かな舌で賞味してもらって、味について意見を聞かせてほしいんだ……」

橋本が、土井のその店に行くことにしたのは、土井が、絶対に長く引き留めない、なぜなら自分もまだ仕事で八時ごろまでに回らねばならない客があるから、という話が信用できそうだったこと。モツ煮のあっさりした味にかなりこだわったというのに興味がわいた、ということもあった。しかし何よりも、店の名前を「ショーワ」とつけた、ということに強く興味をそそられたからだった。

一時間だけならつきあう、と約束して橋本は土井の運転する車のあとをついて車を走らせた。近くだった。十分ほどで、そのローカル線の駅前の、タクシーも駐まっていない淋しい夕暮れの広場に車を駐めて、降りた。

店は、土井の言ったとおり、明るく小綺麗な店だった。真新しい壁はほぼ全面白で統一し、カウンターの表面のつやつやした黒色がその中で品よくすっきりしたアクセントをなしている。テーブルはダークグレー、机の脚は細くすっと木製の床に伸びていた。椅子もテーブルと同じ色調で輪郭のはっきりしたものであった。飲み屋というよりも、若者向けのパブのような雰囲気である。広さは調理場も含めて十五坪ほどある。店全体が潔白で品がよいという印象を与える。

橋本は、常々インテリを気取っている土井の言動が（同性愛の性向を除いたとしても）鼻につき、うさん臭く思っていたが、このときばかりは土井の趣味の良さなり、見識のあるところに触れて驚いた。また、橋本が驚いたのは、店内にジャズが流れていたことだ。土井が言うように、職人たちのために、思いつきでちょっとした副業で始めた店とはとうてい思えなかった。土井の話にはどこかやはり信用できぬものがあるなと感じて、橋本はまた少し緊張しながら土井と横並びにカウンターの椅子に座った。五時にはまだ少し間があり、客はほかに一人もいなかった。

カウンターの中では女が一人で料理の仕込みなどの準備で忙しそうに立ち働いていた。肌は浅黒いが、長い髪の、整った顔立ちの女だった。三十にはまだ少し間のある年ごろに見えた。どことなく土井に似ているなと橋本はその女の伏せがちな横顔をじっと見ながら考えた。

「マキちゃん！　お客さんを連れてきたよ」

土井が馴れ馴れしく女に声をかけると、女は、少し不機嫌そうな、億劫なような表情で、こちらに顔を向けた。が次の瞬間には、何かをふっきったように表情を和らげ、突然パッと花が咲いたような笑顔を見せた。先ほどの、うつむいた横顔から予想したほどではないが、それでも目元と鼻梁がはっきりし、唇のやや豊かな美しい女だった。歯が驚くほどでてらりと白かった。

「やだ、おじさん。まだ準備中よ」

「でも、もう五時になるぜ」

「え？　もう、そんなになる？」

「モツ煮、まだ出せないか？」

「あっためるわ、ちょっと待っててね」

準備を始めた女を顎で指して、土井は女を橋本に紹介した。

「姪でしてね。……ハハ。出もどりです」

女はそれを聞いてこちらをふり返り、唇をとがらせた。

「出もどり、は余計でしょ？　おじさんだって、ホモじゃないの」と言った。

一瞬、土井は信じられないことを耳にしてしまったようにたちまち慌てふためいた表情になり、

「そ、そんなこと――、やたら人前で言うもんじゃねえ！」と、土井にしては珍しく方言を使い、叱責した。地元言葉で冗談のように言い紛らせようという土井の思惑はその切迫した声で見事に裏切られてしまい、怒りに身をまかせたなりふりかまわぬ怒声よりも傍から見ていてかえって痛々しい感じがした。

土井は橋本の方を見て苦笑しようとしたが、うまくいかず、また女の方を見て舌打ちし、「まったく」と唸るようにつぶやいて、女をぐっとにらみつけた。

「はいはい。わかってますよ。……お客さん、飲み物、何にします？……まず、おビール？」

女が突然きいてきたので、女の顔にやや見蕩れていた橋本はどぎまぎして、「いえ、私は、モツ煮

を食べさせてもらうだけで――」と言った。土井はすかさず、この人は車でまた県南まで帰らねばならないから飲めない。今日は忙しいところ無理を言ってモツ煮の味を確かめてもらうために来てもらったのだ。気に入ってもらえれば、またゆっくり来ていただける、と橋本にかわって言い訳するように話した。

「なあんだ。で、モツ煮だけ？　ほかにも自信作があるんだけどなあ。だいたいモツ煮って、手間がかかるわりに合わないのよねえ。でもまあ、オーナーの趣味だから採算度外視してメニューには入れてますけど。でも、私のお時給も出ないんじゃあ、困りますからね」と女は土井に冷やかに言って、また準備しだした。

土井は顔をしかめ、女にウィスキーのボトルを持ってこさせ、一人で注いで飲みはじめた。

「ねえ、お客さん。店の名前だけど、変わってるでしょ？　ショー・アワーっていうんですよ。訳すと―、『見せものの時間』？　サーカスみたい」女はモツ煮を入れた鍋をあたため、葱をきざみながら橋本に話しかけた。

「ショー・アワー？　あ、私は昭和何年のショーワかと思って聞いてたな」橋本は意外な気がして思わず土井の顔をちらっと見たが、土井はどこかに感情を置き去りにしてきたかのように目を薄く閉じてグラスに口をあててゆっくりと飲んでいた。

「それと、この音楽。ジャズなんて、飲み屋に合わないと思いません？　まったく、おじさんがおまえに店を任せるよ、なんて言うんで、少しは私の意見を聞いてくれるのかと思ったら、全然。自分の趣味ばっかり人に押しつけてくるのよねえ……」

　橋本には女の話に返す言葉がなく、「はあ」と中途半端な相槌をうつしかなかった。

「……変わった人なのよ」と女は苦笑してそう言ったきり、鍋の中をのぞきこんで黙ってしまった。橋本は、土井と女との間で、開店するに際して、何か多少の行き違いがあったのだろう、またこの女にもこの店を任されるに至るまでのいろいろな事情（出もどりした）があったのだろうと、漠然と想像してみるだけで、ただ所在なく、カウンターに肘をつけて、しばらく音楽に耳を傾けていた。

「この曲、わかりますか？」

　突然、土井がボトルからグラスに注ぎながら橋本にきいた。ピアノの、柔らかい曲なので、漠然とビル・エバンスが浮かんだ。その名を挙げると、

「さすが、橋本さん。――ギターの音も入ってるでしょう？　ジム・ホール。――僕にはどうも、こういう優しい曲がいいなあ」と土井は言って、また一口ぐっと喉に流し込んだ。

「店の、その、――名前のことですがね。ショー・アワー。橋本さんが……」と、土井はこの店に入ってから、馴れ馴れしい「橋本ちゃん」をやめて、改まった口調で橋本をさん付けで呼んでいることに気づいて、橋本はおかしかった。身内の者が傍にいるのを土井はやはり意識している。

「……橋本さんが、元号のショーワと聞いたのも無理ないんですよ。確かに僕はショーワと言ったよ。僕のねらいは実はそこにあるんだ。――ほれ、去年から天皇の例の容体騒ぎがあったでしょ？　ほんとに下らんことだ。一人の人間が死ぬのに、どうしてあんなに世間が騒ぐのかねえ。ま、それはとも

かく、僕はそれでそろそろ昭和の時代も終わりに近づいてきた、と思ったね。そうすると実に感傷的な気分になってね。昭和という元号を記念しようと思う気持ちになった。店をする計画はそのころから出てきたんだ。ショー・アワーは昭和なんですよ。思い入れのある、洒落ですよ」

土井はまたぐい、とウィスキーを一口飲んだ。

「僕らは、六〇年安保の世代でしてね。学生時代は僕のようなものでもデモに明け暮れてたなあ。六月十五日の、例の樺美智子がやられた、あの日も国会の南通用門あたりにいた口なんだ。——きみは知るはずもないよね。若いから。あのころは、本当に、この日本で革命が起きそうな雰囲気がありましたよ。——今から考えると夢みたいな話さね。夢と言えば、確かに夢さね。左翼は左翼の理屈をもってね。でも僕にとっちゃあ、一つの弔い戦のつもりでデモに出ていたと、今ははっきり思うね。ね、橋本さん。僕のような性癖の者が反権力なんて言っちゃ、笑われるかもしれないがね、きみにだから言うけど、僕にはね、ボウトの血とアイヌの血が混じっているのさ。どちらも明治以来、天皇制にこてんぱんにやられてきた口さ。だから僕のようなものでも、血が騒いだのさ。それにしても——」と言いかけて、土井はまた一口ぐっとウィスキーを飲み下した。

「あれから日本経済の成長ぶりはすさまじかったなあ。——僕らは、敗戦直後を見ているからね、今のようになるなんて、それこそ夢にも思わなかった。安保が終わったら世の中みな働け、がんばれの一直線だ。だが、考えてみりゃあ、僕たちの先祖がこてんぱんにやられた明治という時代もあんなふうにきっと猛烈だったんだろうと思うね。やられた方は、ぼろぼろになって……。けど、立ち直りはまた早いやね、要領のいい連中はさ。世間にすっと収まっていくのがほとんどだよ。しかし、僕は、橋本さん……。僕はあれからこの国を見放したよ。みんな自分のことしか考えちゃいないのさ。その日その日がよけりゃいい。そして少しでも勢いのありそうなところへ乗っかっていって生き延びようとする。乗り遅れた奴が馬鹿とされる。弱い奴や陽の目を見ない者は、結局、全部そいつら自身のせいにしちまう。ね、こんな冷たい人情味のない民族性というのは、どこから来たのかねえ。この国の人間が、天皇を戴いているうちは、きっとダメだよ。愛とか、連帯の論理というものは何も生まれてきやしない。――いや、天皇個人が悪いってんじゃないよ。天皇を祭りあげておかにゃ気がすまない、この国の人間の心根が問題なのさ。そう、天皇制なんて心の問題だよ。僕はだんだんとそう思うようになってきたな。まあ、昭和三十五年からずっと精神的に立ち直れない僕みたいな人間の言うことは誰も聞いちゃくれんだろうがね……」

土井は言葉を切り、またしばらく黙り、ウィスキーをぐっ、ぐっと二口続けて飲んだ。そして、うう、と唸って下を向いた。

「大学も結局は卒業せず、中退しちまって、三年ほど外国で暮らしましたよ。自分を試したいとか、見つけたい、とか思ってたんだろうね、きっと。いや、立ち直って自信というやつを僕ももちたかった！　というのかな。一年は東南アジアやインド、二年はアメリカにいた。もう、あちこち。アルバイトもいろいろしましたよ」

モツ煮がやっと来たので橋本は食べだした。少し濃い味だが、うまいと思った。土井は橋本に味をききもせず、「僕にもモツ煮を、マキちゃん」と注文し、またストレートで一口ゆっくり喉に流し込んだ。

「一度に言ってくれればいいのに」と言う女に対して、土井は怒りを露骨に顔に出し、

「いちいちうるせえんだよ、マー助は」とやり返し、グラスに口をつけ一気に空にしてしまい、ボトルからまた注ごうとして怪しい手つきで少しこぼしてしまった。橋本には土井が何か酔い急ごうとしているような、何かにいらだっているような感じがした。実際、土井はもうかなり酔い、上体を微かに揺るがせていた。そして、また語りはじめた。

渡航中、ひどい船酔いで死にそうになったこと。インドで何度も野宿したこと。アメリカで初めて白人男にオカマをほられたこと。半年一緒に暮らした黒人男と別れるとき、別れないでくれ、と言われてピストルで撃たれ、弾が腿を貫通したこと。何度もウィスキーを口に少しずつ流し込んでは話しつづけた。

「自分という人間がまる裸なんだ。外国で暮らすと。自分だけじゃない、みんなぎりぎりのところで生きている。アジアでは、特にそう思ったね。アメリカは豊かで驚いたよ。そして自由だ。しかも差別も実に大っぴらで自由だったよ。白人以外はみんな猿だ、と平気で言う人間がいくらでもいたなあ。だが、差別される人種がのしあがっていく道も確かにあったよね。それも自由だ。ものすごいパワーと忍耐が必要だけど、ね。……僕にはそんなパワーも才能も、なかった。アメリカまで行って、それがわかった。結局、何も見出せないまま日本に帰ってきた。身についたものといやあ、多少のスラン

グ・イングリッシュぐらいでね。いや、僕自身、唯一見出せたのは、自分がホモだった、ってことだが、——。これは、あまり人には、言えない……」土井はまた、ぐっと一口ウィスキーを飲んだ。そして、うー、と一声唸った。橋本には何も返す言葉がなかった。

「正直、日本に帰ってホッとした、ということはある。でも、だらだらと今日まで生きてきた。誰も愛せずに、誰からも愛されずに。ね？　橋本ちゃん。きみは、奥さんを本当に愛してるかい？　人を愛する、てのは、いったいどんな気持ちなのかな。きみにゃ、わかるのかい？　僕には……わからんなあ。——ああ、もう、みんな過ぎた話だ。僕は、そうやって生きてきた。そんな若いころがあった。懐かしいとは思うけれど、昔のように暮らしたい、とは僕は思わないねえ。そりゃあ、みじめだったもの。ね、みじめすぎるな。貧乏は、嫌だ。孤独って奴は、もっと嫌だよ。……かといって、こう異常に金持ちになった日本に暮らしているのも、やっぱり変だ。景気がいい、とか言ったって、僕にゃあちっとも面白くない。他人様ばかりが浮き浮きしちまってさ。……僕だけ、ただ淋しいんだ。ときどき前につんのめりそうになるぐらい、淋しいんだ……」

こう言って、土井はまたウィスキーをクッと喉に垂らしこんだ。と、その後すぐ橋本は土井の手がいつの間にかカウンターの陰で自分の股に近い太腿の上に伸びてきて、触れたのを感じて、驚いた。鳥肌立った瞬間、橋本は土井のその手を上から怒気をこめてピシャッと叩き払った。土井はすぐ手をひっこめ、ややばつの悪い表情でハハハと笑い、またウィスキーをクッ、とあおった。

「ふう…。ハハハ……。ヘイ、セイ、なんて冗談じゃねえやね。……きみ、言っとくけど、日本は、これからどんどん悪くなるよ。今は新しい天皇がにこにこしてるけど。みんなあれにだまされちまうんだ。……あれ？　と気がついたときにゃあ、徴兵制ができてたりする、なんてことが、きっとあるさ。平和憲法？　ふん……そんなもの、自民党がどうにでも解釈してやっちまうよ。……まあ見ててごらん、て。僕らにゃ、それが見えるんだ。でも、橋本ちゃんのような若い人には、それが……見えねえんだ。ピンとこねえんだよ。戦後のみじめさを知ってる僕らには、心底嫌なんだよ、もう。キナ臭いのが。たまらんのだよ。どうして、こういうふうに流されてしまうのか……。悪くなって……、腐っていくよ。こんなうわついた景気だって、いつまで続くか、わかりゃあしない。……腐って、みんな腐れ切って……」

そう言い、土井はグラスを手にしたまま、カウンターに突っ伏してしまった。土井はそれから再び上体を起こさなかった。橋本が不審に思い土井の背中を見ていると、その背中が呼吸に合わせて上下に揺れ、眠ってしまったことがわかった。その背中と白髪交じりの頭を見ながら、橋本は初めて土井が哀れなように思った。こうして老いていくのだな。夢も希望も恨みも、そして愛も見果てぬまま……。まるごとかかえて死んでいくのだ。みんな、ほとんどの人間が、そうだろう。十全に生き抜いた、という人間がいったい幾人いるだろうか。みな、そうやって、死んでいくのだろう。淋しい気分に襲われた。

それにしても、と橋本は土井のうつ伏した頭の後ろを見ながら思った。ボウトの血とアイヌの血が混じっている、と言った土井の言葉は、どういうことだろうか。土井の口から初めて聞くことだった。

秩父あたりを営業で回っているとき、年輩の客から何かの話でちらっと聞いたことがあるが、ボウトとは秩父暴徒のことだろう。それとアイヌとは、どう関係するのだろうか……。橋本には考えがまとまらなかった。

　橋本がぼんやりと土井を見下ろしていると、女が土井の様子にやっと気がつき、近づいてきた。唇をとがらせて、「もうー」と言って、手を口の前にもっていき、それに「はあー」、と大仰に息をかける仕草をしたかと思うと、パン、パン、と土井の背中を叩いた。土井はそれでも頭さえ持ち上げなかった。

「ごめんねえ。お客さん。この人、だらしない人でしょう？　最近、飲むとずっとこうなんですよォ。ゆうべも、ほら、新しい元号がどうだとか、冗談じゃねえ、なんて職人さんたち相手に口喧嘩してるのよ、いい年して。飲んで難しいこと言うの、好きなくせして、――まったく」

　そう言いながら、向こうに自分で淹れたコーヒーを取りに行き、また近づいてきて、橋本の向かいに立った。そして土井を顎で指しながら、

「変わっているでしょ？　びっくりしないでね。この人ねえ、自称郷土史家だ、なんて、最近ときどき何とか研究会だとかに行ってはしゃべっているのよ、自分の祖先のことを。でも、どこまで本当だか。……『おおそれながら天朝様にはむかうから加勢しろ』で有名な暴徒のリーダーの何とかは実は自分の祖先だとか、その人が北海道に渡ってアイヌの娘との間にできた人から数えて何代目が自分だ、とか……。気取ってるけど、ほんとはかわいそうなの。なにせ片田舎の保守的な町でしょ？　内心で

はホモだってことがばれるの、ビクビクしてるの。——今日、お客さんを見たときから、ピンときてたのよ、あたし。あ、これはおじさんが好みそうなタイプだなって。だってそっくりなのよ、去年しばらくこの人がこっそり連れ歩いてたタイ人の若い男に、お客さんが」こう言って、女はフフと軽く笑った。橋本はどぎまぎして、

「いや、僕は——」と言いかけたが、女は「わかってる」というふうにうなずいて橋本を制する仕草をしてみせた。

「ねえ、今度は一人で来てみてくださったら?」女は橋本ににっこり笑いかけてこう言った。女の妖艶さに一瞬頭が混乱して、「はあ」と橋本は生返事をした。女はいつの間にかカウンターの上に自分の名刺を置いて、すっと橋本の目の前に差し出し、「今日はおあいにくさまでしたけど、今後とも、よろしく」と言い、そして、また向こうの方へ行って、下を向いて料理の準備を始めだした。

橋本がその名刺を手にとって眺めているうちに、若い男客が三人、にぎやかにしゃべり合いながら店に入ってきた。女はすぐ顔をそちらに向けて、うれしそうな顔で、「いらっしゃーい」と声をかけ、すぐにジャズを消して、演歌を流しだした。橋本はもう少し詳しくさっきの話を女から聞いてみたいと思ったが、それを潮に名刺を上着のポケットに入れ、勘定を払い、すぐ店を出た。

外はもうすっかり暗くなり、外気は冷たかった。橋本は悪寒を覚えた。体調を明らかに壊していた。宿酔のあとは必ず風邪をひくのだということを橋本は今さらに気づき、舌打ちしたい嫌な気分になった。

翌日も翌々日も青山は会社に姿を見せなかった。欠勤届は出ているらしいが、橋本は気になった。青山に一度電話を入れたが留守で、その後、電話をかけるのを忘れるほど営業回りが忙しくなったし、橋本自身も熱で体の節々が痛んできていたので、家に遅く帰るともうくたくたになっていた。

三日目、橋本は亀井から青山が会社を辞めたことを突然知らされた。

「家の事情で、ってだけで訳がわからんのだ。ああ、採用計画、また上の方に出さなくちゃな——。頭が痛いよ」と亀井はつけ加えた。

橋本にも青山の退社についてはさっぱり訳がわからなかった。一度、青山に会いに行こうかと思いながらも仕事はますます忙しくなるし、体調も戻らないままだった。そうして二週間が過ぎた。

その間、毎朝、狭苦しく息苦しい感じの夢の中から這い出るように目覚めた。目覚める一瞬前、いったい自分が誰で、どこにいるのか、今はいつなのか、という奇妙な白々した記憶の空白があり、闇の中を恐る恐る歩いてだんだんと白んだ外に出るような不安でやりきれぬ気分になったとき、オレは、……岡野、いや橋本信……そしてここは……そしておれは……そして……いまは、……ショーワ、いや、いまは……ヘイ、セイ？　と頭の中でつぶやいていた。

それではっきりと目覚めるのだが、そのとき体の芯が鉛のようにずっしりと重く、だるかった。そして次の瞬間、体は体でまた風邪の症状の記憶を取り戻し、喉は痛く鼻は詰まり、節々が痛んだ。気管支の奥は熱くぜえぜえ鳴った。

橋本はついに会社を休んだ。電話をするのも億劫で、律子に会社へ電話を入れさせ、朝から寝床を一歩も出ず、風邪薬を飲んで頭から布団をかぶった。うつらうつらするうちに全身からびっしょり汗が流れ出、息苦しさに時折、頭だけ布団から出して冷気を吸い、そしてまた潜水夫のように布団に潜った。

「あなた、おかゆを作ってきましたけど」

昼過ぎになって、律子が枕元にきて座り、声をかけた。橋本は暑苦しさにうんざりしていたので、思いきって布団から出た。律子にすぐ着替えの下着と寝巻きを持ってこさせ、ぞくぞくしながら素早く濡れたものを脱ぎ、着替えた。そしてようやく人心地ついた。

「今、何時？」

「二時前です」

「もうそんなに？　早いな」

「少し食べて、また寝た方がいいわね」

「ああ、そうするよ、そのために休んだんだから——」

橋本が盆に載せてきたおかゆをすすっていると、律子が今日午前中に手紙が来た、と言って差し出した。青山からの手紙だった。青山、と聞いて橋本は虚を突かれたようにどきん、とした。手にとって封筒の表書きを見た。直線的で小ぢんまりとした、かっちりした字だった。裏を見ると青山龍男としかなかったが、消印は神戸だった。

おかゆを食べ終え、律子が盆を片づけて向こうへ行ってしまってから、橋本は青山の手紙を寝床で伏せって読みだした。

前略　突然のことで貴兄にはさぞ驚いておられたことでしょう。御心配おかけしたことと存じます。申し訳ありません。一緒に飲んだ日、「暴力教師」と貴兄に言われたことで、今さらに自分がいかに深い傷を負った人間かを思い知りました。こう言っても、決して貴兄を非難しているのではありません。そうではなくて、過去のことが知られないかとビクビクしていた自分というものを思い知らされたのです。

私が教師を辞めなければならなくなった事情は、私が入社して間もなく貴兄はお気づきになっていたでしょうが、そのことを他の同僚にも、また私にも一切話さずにいてくださっていたことを、私は本当に有り難く存じております。私が二年も勤められたのもそのお蔭です。貴兄の会社に来る前には、いつの間にか私に関して噂が広まり、いづらくなって幾度も仕事をかえていました。その点ではこの二年間は私にとって居心地のよい職場でした。しかし、私の頭の隅にはいつも過去のことがあり、いつ知られるかいつ知られるか、と気の休まる日はありませんでした。貴兄の一言がなくても、早晩私は神戸に帰るつもりでいました。関東にいるのに、もう疲れを感じていたのです。ですから、貴兄にはこの度のことは無用のお気づかいなきよう願います。

ただ、貴兄には知っておいて頂きたいと思いますのは、マスコミが報じた私は、あまりにも真実を歪めたものだということです。あの事件は、一方的に私ばかりの責任とは言いがたい面もあるのです。突然ナイフを突きつけてきた生徒に対して、とっさに私が取った行動が、結果的には深刻な事態になってしまいました。そのことの責任は言い逃れするつもりはありません。けれども、私が日常的に体罰を用いて生徒を抑えこんでいた、という一種嗜虐的な性向をもった教師であり、あの事件は日ごろの暴力的指導の一端にすぎなかった、などということは、とても私の肯んぜぬところです。私が柔道の有段者であることと生活指導の責任者だったということを短絡して作り上げたイメージに過ぎません。そのイメージによりかかって、私が言うことを聞かぬ生徒を体罰で半殺しの目にあわせた、と書きたてました。

実はあの生徒はそれまでに傷害、強姦、強盗未遂などいろいろと問題を起こしていたグループのリーダーでした。暴力団の事務所へも出入りしており、学校現場では彼を恐れて誰も注意するものがおらず、両親も見放していました。生活指導の責任者であった私は学校をさぼってどこにいるのか探しに、彼の出入りしていた組関係の店に行ったこともありますし、警察の少年課の人と町中を探したこともありました。教育の現場というのはきれいごとばかりではありません。いや、むしろ汚いと言ってしまってもよい位です。校長は彼の起こした事件が世間に知られるのを嫌がり、何とかせよ、と言ってきます。私もいろいろと手を尽くしました。彼が学校に戻れるようになってから、しばらくはおとなしくしていました。このまま立ち直って高校へも行けるか、と私はややうれしく考えていた矢先、彼は私にナイフを突きつけてきたのです。これは、あとで聞いてわかったことですが、その生徒におまえを警察に売ったのは青山だ、と、それとなく言ってそそのかした教師がいたのです。貴兄には信じられないかもしれませんが、教育の現場には陰惨なグループ意識による足のひっぱり合い、早く言えば派閥争いのようなものがあります。私はもともとそういうものは好みませんが、現場にいる限り否応なくそんな醜いものにまきこまれます。

あの事件があってからのことは、もう思い出したくもありませんし、とうてい書けるものでもありません。——貴兄にはどうか、御賢察を乞う次第です。ただ、私はマスコミは恐ろしいと思いました。人を天使にも妖怪にでもできます。人の一番大切にしているものを粉々にして人生を狂わし、それでも「正義」面して世に堂々といいつづけることができるのですから。いえ、愚痴です。お笑いください。

最近私は、自分一人が不幸なのだと思わないようになりました。みな何かを背負って、この生き難い世間を生きているのだと。実際そうだと思います。それを教えてくれたのは、恥ずかしいことですが、私の老いた母です。

貴兄と倉庫の整理をしたのは楽しかったです。柔道に打ち込んでいた、あの夢いっぱいだった純真な高校時代に戻った気がしました。今、私は元気でおりますから、他事ながらどうか御安心ください。少々の蓄えもありますし、母親も神戸に帰ってきてくれたと、かえって喜んでくれております。これからゆっくり仕事を探して、こちらでやり直すつもりです。

神戸も、ずいぶん変わりました。この間、母と一緒に所用であちこち見て回ったのですが、私が高校時代まで暮らした須磨の高架沿いのスラム長屋は、もう跡形もなく、かつてそんなものがあったことが信じられぬぐらいきれいな広い道路になって、周辺には立派なビルが建ち並んでおりました。

あのころ、同級生に、道から家の中を歩きながらのぞかれ、何度となく家具の陰にかくれた、みじめな恥ずかしい思い出も、時の流れというものが、きれいに流しさってくれたのでしょうか？　ドブの臭いや、魚を焼く煙の臭い、昼も夜も頭上で鳴る電車の轟音を私は今でも生々しく思い出すことができますけれども……。

いろいろ貴兄には書きたいことは沢山ありますけれど、思うように筆で表せません。またいつかの機会にゆっくりとお話しできるものと信じております。

とりとめもなく書いてしまいました。取り敢えず退社の御挨拶までに。

現在、次のところに仮寓いたしております。落ちつきましたら追ってまた住所をお知らせ申し上げます。帰神の折はぜひ御一家おそろいでお立ち寄りください。

不一

手紙を読み終えて、橋本はふうー、と溜め息が出た。青山に自分はとんでもない痛手を負わせたのだ！　と思い、愕然とした。そして枕に額を押し当て、布団をまた頭からかぶって目を閉じた。頭の中がじんじん痺れ、息がますます苦しくなった。例の、発泡スチロールの棒が鼻腔に詰まっているのだ。目の下、鼻の奥の方で、ショーワ、ショーワという乾いた寒々とした響きがする。何も考えまいとすると、灰色の、窓一つない壁ばかりの狭い部屋におしこめられているイメージばかりが浮かんでくる。

風邪薬がじんわり効いてきて、頭の中がまるでガクンと前のめりに一揺れしたようになって橋本は夢の中に入っていった……。

誰かに、魂は……どこへ行くんだろうか、と橋本はきく。すると、きみ、どんどん悪くなるよ、腐っていくよ……と答えがかえり、窒息しそうな息が声の主だと直感している。そしてまた、きく。……オレは？　どうなるのかな、このいやな息苦しさ、白々しさは、どこへいくのかな。

——ショーワ、ショーワ、という息の軋みはやまず、身の置き所のない窒息感ばかりがして、またどこからか、それが永遠に続くんだぜ、という声が近くで響いてくる。

師走の記

時本和夫が幸子とともに外出の支度をしているとき、電話がかかってきた。出てみると、かなり要領を得ぬものだった。いきなり初めて耳にする人の名前と会社名を名乗られた。受話器を耳にあてがいながら、自然と少し身構える気持ちになった。

「……あのう、そちらのご親戚で、小池信吉さんという方がおられませんでしょうか……」

こう言われて、時本ははっとした。小池というのは幸子の旧姓であり、確か大阪の恵美須町に幸子の叔父が住んでいると、何度か聞かされたことがある。それで、幸子の叔父だとぴんときたので、時本は、これは、ただ事ではないな、と直感した。

「はい。その人は私の家内の叔父だと思いますが、なにか」と答えると、太田と名乗った男はすぐに、

「実は、今朝方急にお亡くなりになりまして、今、阿倍野の奥田病院の霊安室に移されておりまして……」と事情を切り出した。時本は、慌てて幸子を呼んで電話を代わった。幸子が、はい、はい、とうなずきながら振り返り、書く真似をしたので、メモ用紙とボールペンを取ってきて幸子に渡した。幸子は、何度も聞き返しながら、メモしていき、最後に相手に礼を言って受話器を置いた。

時本と幸子が、阪急三宮まで出てＪＲに乗り換えたのが九時四十分ごろだった。時本も幸子も、車

内の人混みの人いきれや暖房のせいで心身とも弛んだように、互いの顔を見合って微かに笑みを浮かべていた。今さら気が急いてもどうなるわけでもない。そういう気持ちからだった。また、今日のクリスマスの日に、時本の友人が、新開地に新しくできたイベントホールで芝居をするという案内をかなり前からもらっていて、二人で見に行こうと決め、一週間も前から時本の実家の両親に二人の子どもを預ける算段をしておいてちょうどよかった、と苦笑交じりに話をした後でもあった。

「大阪の叔父さんとは、僕はとうとう会わずじまいやったなあ」

「そうね」

「工務店に勤めてはったんか……。電気屋さんしとるいうて聞いとったけど」

「よくわからなかったのよ。本人も詳しく言いたがらなかったしね。一旗揚げるまでは、って気がずっとあったらしいから……」

「そうか、気の毒やな」

「仕方がないわね……」

家を出る前に時本は両親に来てもらい、手短に事情を話し、子どもの面倒を頼み、幸子には埼玉の実家に電話を入れさせた。義兄の返事は、今から親戚に知らせて、行ける者は一緒にすぐ行くが、用意もあるので、やはり夕方になるだろう、ということだった。

時本は幸子の腰に手をやりながら、窓から六甲の山並みやその中腹の街並みをぼんやりと見ていた。

「父が四十八、一番下の叔父が三十七、叔母が三十五、……父のきょうだいはみんな早死にだわ。とうとう児玉の叔父さん一人になっちゃった。その叔父さんも今入院中で具合が悪いし……」

幸子も山手の方を見ながら独り言のように時本に言った。反対側の窓から海が水銀のように鈍く光っていた。


地下鉄の駅を出て、近鉄百貨店の横を通って大通りへ立つと、冷たく強い風が吹きつけてきた。時本は「うっ。寒いなあ」と言い、幸子を振り返って見た。幸子も黒いコートの襟を立てて苦笑いした。十時半ごろだった。空は薄曇りで陽は射していない。けれども大通りのからりとした広いところへ出て、クリスマスで賑わう町の様子は変に明るく感じた。時本は、幸子が大阪の町にはまったく不案内なので、先に立って、太田が教えてくれたという幸子の書いた道順のメモを見ながら頭の中で反芻するように確かめ、確かめして歩いていった。十五分ほど歩いて、その病院に着いた。今度は幸子が先に立って、受付に行った。幸子は案内しようと出てきた看護婦と並んで、すぐに玄関口に立っている時本に向かって「こっちよ」と手招きした。時本はいよいよと思い、緊張した。死んで初めて対面することとなった信吉なる幸子の叔父に対して後ろめたい気がした。また、電話をかけてきた太田という男が、どのような人物なのか、人見知りする自分が最も苦手とする場面にこれから臨まねばならないと感じていた。幸子は案内してくれる看護婦について薄暗く寒い廊下を足音高く歩いていく。時本も少し離れて後をついていった。

廊下を突き抜けると建物の外に出た。そこから五メートルほど離れたところにまた、プレハブの物置小屋のような小さい建物があった。若い看護婦は、ここです、とはっきりした口調で言って、軽く会釈して戻っていった。

霊安室の入り口の戸を開けると、遺体を安置したベッドに向かって右手に一組の夫婦と左手に家族らしい三人がパイプ椅子に座っていた。時本と幸子を見ると、恰幅のよい初老の男が、「あ、時本さんですか」と立ち上がってきくので、「はい」と答えた。幸子は、

「小池信吉の姪で、時本幸子と言います。このたびはどうもお世話になりました」と言って丁寧に頭を下げた。恰幅のよい男は、太田です、と自己紹介し、今朝電話をした者ですと言った。一見して実直、温厚な人物だと思い、時本は安心した。

「小池くんが勤めていた会社の、社長さんですよ。あっしは小池くんとは三十年来の同僚で、足立と言います」

太田夫婦と少し離れて中年の女と若い女とでかたまって座っていた小柄で、太田と同年配ぐらいとおぼしい男が、時本と幸子にこう言って話しかけてきた。そして、おもむろに立ち上がって、五、六歩前の形ばかりの小さな祭壇のあるベッドの上に置かれ、白い布を被せられた遺体の枕元に行って、

「小池くん……。きみの姪御さんと旦那さんが来たよう」と語りかけ、こちらに来て見てやってくださいという表情で時本と幸子の方を見て、軽くうなずいた。幸子が先に立って白い布をめくり遺体の顔を見、その横に立って時本も小池信吉なる、幸子がよく言っていた「大阪の叔父さん」と初めて対面した。その顔はむくんだままで硬直していた。髪は五分刈りくらいで白髪交じりではあったが、意

外と黒く生々しかった。合掌して、「南無阿弥陀仏、南無阿弥陀仏」とつぶやいてから、時本はそこを離れた。

足立は、横に座っていた二人を立たせ、女房と娘ですと紹介し、時本と幸子に椅子を勧めた。二人が恐縮して座ると、足立は、小池信吉の亡くなった経緯を語り出した。

「実は、小池くんとは昨日まで現場で一緒に働いていたんですよ。あっしが運転する車で、小池くんのアパートまで送って降ろしたんで。小池くん、じゃあ、また明日な、うん、ってなことでね。だもんだから、今朝社長から小池くんが死んだ、って聞かされたときは嘘だろう、夢かと思いましたよ。すぐに車をとばしてこっちへ来てみたら、本当だったんで、もう涙が出て止まらなかった……」

足立が話したのは次のようなことだった。小池くんは今日の明け方に心臓が急に痛み出し、苦しい中を必死で着替えて、保険証までズボンの尻のポケットに入れて、部屋を出て、アパートの玄関口の公衆電話で救急車を呼んでこの病院に運ばれた。そのときはもう既に意識を失い、医者がいろいろと処置をしてくれたが、三十分もせぬうちに死んでしまった。病院からすぐ社長のところへ電話があり、社長からまた自分のところへ連絡が入った。社長も自分もまず一番に小池くんの身内に連絡せねばと案じたが、なにせ小池くんは奥さんも早くに亡くしており、子どももいないし、埼玉県の出だというだけで、何もわからない。とりあえず何か手掛かりになるものはないかと、小池くんのアパートまで行き、管理人に事情を話して部屋を開けてもらい、中に入った。そして、箪笥の抽斗を開けて何かないかと探すうちに、お宅から出された年賀状を見つけた。その住所を見てぴんと来るものがあった。というのは、何年か前に、中国自動車道を西に走って、吉川インターで下りた辺り、確か神戸の北の奥だったと思うが、その辺の現場にひと月ほど行っていたとき。小池くんから、埼玉の姪がこの近くに嫁に来ていて、その旦那というのが、学校の先生をしているのだ、とちらりと聞いたことがある。へえ、埼玉からこんなところに、とそのとき自分も意外に思い印象に残っていたので、それであの辺りの住所で来た年賀状が出てきたとき、これだ、と思った。それを持って病院に舞い戻り、すぐに社長に電話を入れさせたところ、やはり小池くんの姪御さんの嫁ぎ先だった……。

足立の話を幸子は相槌を打ちながら目を潤ませて聞いていた。

そういう話を聞かされて、幸子が、いろいろとお世話になりまして、と身内らしい礼を言い、叔父が同僚の方にそんな話をしていたとは知らなかった、やはり私のことを気にかけていてくれたのでしょうか。一度大阪で叔父と会ったときに、近いから一度神戸にも遊びに来てと言ったが、とうとう来ずじまいになって、と声を詰まらせて言った。

「小池くんには、近くにもこんな立派なご親戚があったんだねえ。あっしも安心しましたよ。お身内もさぞ悲しいことでしょうが、あっしもねえ……。なにせ、毎日のように小池くんとは一緒に働いてたし、あっしの家族も親戚同様に付き合いをさせてもらってね。娘もよくかわいがってもらったなあ。……それに、ほれ、あっしも関東の者でさ。それでか、小池くんとは妙に馬が合いましてねえ」

「木村さん、あんたは確か、東京の人でしたかいなあ」

それまで足立の一人語りを微笑んで聞いていた太田の妻が、口を挟んだ。あんたよう話さはりますなあ、ちょっと私らにも話をさせてんかいな、という風情であった。足立は背後から突然、頭を叩かれたように太田の妻の方を振り向いた。木村さん、と呼びかけられて、顔を顰め苦りきった表情を見せた。

「奥さん、足立ですよ、足立。木村って呼ばないでくださいよ」と慌てたように言い、時本と幸子の方を気づかわしげにちらりと見た。太田の妻は、足立の反応が意外そうで、「へっ?」という表情をした。この男には、名前に関して人に言えない何か事情がありそうだ、と時本は感じた。それで一瞬その場の空気が妙なものになった。太田は足立を見ながら苦笑し、それから時本や幸子の後ろの方のなにか遠いところでも見るような表情になり、もの言いたげであった。

「小池さんは、もう三十年もうちに勤めてくれましてな。真面目で温厚な方で。ええ人でした」太田がその場をとりなすようにゆったりした口調でこう切り出した。足立のそれまでの滔々としたおしゃべりの後で聞くと、本当に温かみと実のある言葉のように時本は感じた。

「それで、足立さんは、また小池さんよりももっと古い社員で、ご覧のように江戸っ子で、気持ちのよい人です」

「社長、江戸っ子じゃねえんで。あっしは神奈川、浜っ子ですよ」

「あ、そうですか」

「あっしはね、この社長の先代からお世話になってます。へえ。あっしみたいな野郎を先代が拾ってくれましてね。あっしの実家はちょっとした資産家でしたがね。その資産家の馬鹿な末っ子があっしでさ。さんざん親に苦労をかけて、あげくに首が回らなくなって西に流れてきてね。大阪でぷらぷらやってるところを先代が拾ってくだすった。それ以来ずっと勤めさせてもらってまして」

「あのう、申し遅れましたが、私どもは、空調専門にやらしてもうてます、こういう会社でして」太田は、足立の言葉に割って入るようにこう言って名刺を差し出した。時本はそれを受け取り、見ると意外な気がした。太田の会社が、何となくこの辺りの天王寺か、西成区にあるものとばかり思いこんでいたが、豊中市と書いてあったからである。

時本が幸子と結婚して間もないころ、大阪のある人から現金書留で結婚祝いを送ってきたことがある。幸子が大阪の叔父さんだというので、初めて小池信吉という幸子の叔父が大阪にいるのだと知った。そのとき、今父のきょうだいで生き残っているのは、父のすぐ下の児玉の叔父と下から二番目のその叔父だけだと幸子から聞かされた。なぜ大阪に、と時本がきくと、自分が小学校の低学年のころにはもう大阪に出ていて、ときどき実家の法事などには大阪名物の「岩おこし」を持って帰ってくるくらいで、他にあまり思い出も印象もない、ということだった。

大阪のどこにいて、何をしているのか、ときくと、恵美須町というところで電気屋をしているらしい、というので、それでは下町とはいえ、町の一角に店を構えて、まずまず成功している方ではないかと思い、漠然と高速道路の高架を見上げるような裏通りに面して看板をあげている電気商のおやじさんという図を時本は頭に描いた。その後、時本と幸子の間に一人目の子どもができたとき、幸子の母と兄が神戸の家に来た。そのとき帰途に二人が久しぶりに大阪の叔父と会って帰るというので、幸子も大阪まで彼らと一緒に行き、その叔父と会ってきた。その日、子どもを寝かせてから、叔父さんはどうだった、ときくとこんな話だった。

大阪駅から連絡すると梅田で会おうといって、ある喫茶店で話した。電気屋はまずまずだったのだが、火事を出して奥さんを亡くした。足の不自由な人だったので逃げ遅れた。それからは一人でいるが、とくに何も不自由はしていないという。その奥さんというのは、親戚のうち誰も会ったことがなかったが、長野県の出の人で、少し気の毒な身の上の人だったらしいということしかわからない。

そんな話を聞いても、時本はその大阪の叔父さんなる人物の身の上がはっきりと輪郭を描かないもどかしさを感じた。しかし、初めに頭の中に描いた図はなかなか消えなかった。

太田から名刺をもらい、豊中市内の会社と知り、時本は思わず、

「へえ。では、叔父さんは恵美須町から豊中まで通ってらしたんですか?」と尋ねた。太田は、そうですと答えた。会社の近くに越してきてはどうかと何度か勧めたが、小池さんはどういうわけか、あそこがよかったらしくて、とややうつむき加減に淋しそうに微笑みながら付け加えた。

「小池くんは、運転免許がなかったんで、ずっとあっしが送り迎えをしてたんですよ。あっしもこの近くの天下茶屋の住人でして、へ。大阪の高級住宅街に住んでますもんで。へへ。ねっ、社長」

太田は足立の方を見返し、それには取り合わぬようにして、小池さんも腕のいい職人さんでした。

安心して現場を任せられました。長く勤めていただいて、有り難い人だったのに。ほんまにさびしなりました。……あ、そうそう、ひょっとして、ご葬儀で使われるかもと思いまして、何かええ写真がないかと探してきたんですが……、おい、と妻の方を見て促した。太田の妻は、そやそや、と答えて足元に置いていたハンドバッグから大型の記念写真を取り出して太田に渡した。太田は幸子にその写真を手渡して、

「それね、昔会社で行った慰安旅行の記念写真ですねん。この人が……小池さんです」と言いながら指差した。

足立も近寄ってきて、「へえ……。懐かしい写真だなあ。そうそう、その横があっしで、その横がうちのカカアです。昭和の何年ごろでしたっけ。四十年くらいかなあ」と声を弾ませた。そして、「まだ小池くんが、あの亡くなった奥さんと一緒になる前だったかなあ。そういや色の白いきれいな人だった」

「これが、叔父ですね。埼玉の叔父の若いころとよく似てます」と言って幸子は声を詰まらせた。

正午前に太田夫婦が家の都合があるのでと帰るとき、足立は妻と娘におまえたちも社長の車で送ってもらえと言って帰らせた。そして、自分は小池くんのお身内の方々が来られるまで待って、ぜひ挨拶がしたいから、と残った。霊安室は時本と幸子と足立の三人が見守ることになった。人数が減って急に寒さが身に応えるのを時本は感じた。冷えますね、という時本に、足立は、仏が腐るといけない

から暖房は入れないらしい、と教えた。そしてまた、問わず語りにしゃべり出した。

「小池くんは、酒が好きだったけど、いい酒でしてね。あっしは全然飲めない口でして。でもよく一緒に晩飯を食いましたよ。小池くんとは一度も喧嘩した思い出はないなあ。あっしが、こうわりと気短にポンポンいうほうだけれども、小池くんは気長で穏やかな性格でねえ。相棒としては互いにそれがよかったようですよ。小池くんが死んだなんてまだ信じられねえ気持ちだ。へえ。そりゃあもう毎日一緒に働いてたもの。うちのかみさんより長い付き合いだもの……」足立は声を詰まらせた後、遺体を見た。

「おい、小池くん。おれは淋しいよお。おれより若いきみが先に逝っちまってよう。……死ぬならおれの方が先のはずだったぜ……」

足立は声を殺してしばらく泣いていた。

「足立さんのような同僚に恵まれて、叔父も幸せだったと思います。本当にいろいろとお世話になって。そんなに言っていただけるだけでも、うれしくて有り難いです……」幸子も、足立の様子につられて涙声で声をかけた。足立はハンカチを鼻や目に押し当てて、う、う、とこらえるようにして幸子の言葉を聞いていたが、

「え、そんな、どうも済みません。しめっぽくなっちまって。ところで、埼玉のお身内さんはどんな方が来られますか」ときいた。

「さあ、それが、なにぶん急なことで。私の兄以外で誰が来るかは、はっきりとは……」

「そうですか。小池くんのご兄弟はおられるんですか」

「実の兄がいるんですけれども、今具合が悪くて入院しておりまして……」

「そうですか。あっしもね、もう横浜に帰ったって、実家はとうに代がわりしてますし、もう身寄りはないようなもんで。誰もあっしのような者を相手にしてくれるものはねえんですがね。たった一人、気安くしてくれる甥がいましてね。へ。ときどきテレビに出てきたりするタレントなんですが……」

足立はそう言ってその甥なるタレントの名をあげた。時本には覚えのない名だったが、幸子は、関東ではわりと知られたタレントだと感心してみせた。足立はそれに勢いづいてこんなふうにまた話し出した。

実家の長兄は自分とは親子ほど年の離れた人で、医者をしていたがもうずっと早くに死んでしまった。その息子も医者を継ぐはずで、頭も悪くはなく、地道に勉強さえしていればそれも叶ったであろうのに、性格がこのろくでもない叔父のおれに似て、勉強を嫌がった。それが小さいときから小器用で、博奕も好き、自分とは年も近いし、叔父、甥というよりもいとこ同士のような心地で仲良くしていた。それが、自分が大阪に出てきてからいつのまにかタレントになっていた。足立はそれが自慢らしく滔々としゃべった。「よい親戚をお持ちで」と時本が足立の口癖を真似て合わせると、「それが、先生。実はよくねえんで」と足立は苦々しい顔で言うのだった。その甥の妻が数年前から役者狂いになってしまい、あちこちの公演について回るわ、金や品物を貢ぐやらで、その出費がもう半端じゃない。家の中は火の車だ。自分のようなしがない労働者にまで甥が助けを求めに来る有様だという。その役者ってえのがね、と一呼吸おいて足立は誰もが知っている時代劇の大スターの名をあげた。「おばさん族のアイドルだなんて、あんな野郎のどこがいいんだ。あの野郎、神戸の朝鮮人じゃねえか」足立は話すうちに気が昂ぶってきたのか、こう侮蔑を込めて声を荒らげた。幸子は聞き流すふうだったが、時本はこの寒い霊安室で突然、冷たい水をぶっかけられたような気がした。

長年の友人の死を悼む真情を見せる一方で、このように偏見と侮蔑の言葉をあらわにする。これが世間の人というものだろうか。足立が今その死を悲しんでいる小池信吉なる人物が、もし朝鮮人だったとしたら、どうなるのか。目の前で今の足立の言葉を聞いた者がそうだとしたら、どう感じるだろうか。時本には、「小池くん、おれは寂しいよお」と言ったさっきの言葉もどこか、芝居がかって実がないように思い返される。

足立がいうその俳優は、神戸の同和地区出身の人であることを時本はあるとき年上の同僚から聞かされた。その俳優とは中学の同級生だったそうで、本名も知っていた。だが、こうして世間では有名になると朝鮮人だと噂されるし、在日の人が有名になれば、あれは部落だと陰口をきく。要するにやっかみと侮蔑の対象への符牒なのだ、と時本は思う。その符牒にされる当事者たる時本には今の足立の言葉が棘のように胸に刺さった。

正午を過ぎた。昼食を摂らねばならないが、仏を一人にして線香を絶やすといけないから、交替で、まず足立さんから、と幸子は勧めたが、足立は一度用事で家に帰るので、先に行ってくださいと言う。

それでは、と時本と幸子はともに霊安室を出て、再び町に向かった。足立の際限のないおしゃべりから解放されて時本はほっとした。足立の話が既に屈託なく聞けないようになっていたから、よけいにそう感じた。だが、幸子にはそういう気持ちを伝えはしなかった。

大通りに面したレストランに入って、暖房の効いた柔らかい空気に包まれたとき、幸子もほっとしたようだった。予想していたよりもそう混んではいなかった。ほどよい音量でクラシック音楽が流れていた。メニューを見て、これにしたら、と幸子が勧めるので、烏賊墨のスパゲティーを注文し、幸子はボンゴレを注文した。

「えらいクリスマスになってしもうたな」と時本が言うと、「ほんとね」と幸子が答えた。

烏賊墨のスパゲティーはこくが強くかなり生臭かった。幸子にも少し分けてやると、「こんなときに、こんな生臭いものを食べて悪いかな」といたずらっぽく微笑んだ。時本もつられてふっと笑った。

霊安室に戻ると、足立はパイプ椅子に腰かけて、両膝をぴったりとつけて腕を組んで寒さに耐えているように背を丸めていた。小柄で細い体がよけいに嵩低く見えた。二人を見ると、「ゆっくりされましたか」と声をかけ、実はつい先ほどお身内から病院に電話があって、ここへは五時ごろ着く予定だということでした、と教えた。幸子は、そうですか、と礼を言い、では、後は私たちがおりますので、どうぞ、と促すと、「そうだ、もうひとつ電話がありまして」と言ってその内容を話した。

「三村、とかいう男で、実は、その、……、小池くんが入っていた学会の人間だそうですが……」

「学会？」

「はい。あっしも詳しくは知らねえんですが、小池くんは創価学会に入ってましてね。いや、小池くん自身はそう熱心でもなかったようだけれども、亡くなった奥さんがね、すごく熱心な人だったらしいんですよ。で、その、あの地区の世話人とかいう三村ってやつが、どこで葬儀をするのとか、時間は、とか言うもので、実は今、身内がいないのでわからないと言ってやったんです。じゃあ、身内が来たらぜひここに電話をくれるように、と言うんで、メモしておきました。ほれ、これで……」

幸子はそのメモを足立から受け取った。足立は、また五時前に来ますと言って出ていった。


三時を過ぎると急に冷え込んできた。幸子に寒くないか、おれの使い捨て懐炉をやろうか、ときくと大丈夫というので時本はそのままにした。四時ごろになるとまた一段と冷えてきた。時本は一度家に電話を入れてくると言って霊安室を出て、受付へ行った。

受付の前にはもう誰もいなかった。受付前のホールの長椅子に、薄いモスグリーンの寝巻きの上に緋色のどてらを着た痩せた老人が腰かけて、目を細めてうまそうに煙草を吸っていた。暖房のない寒いホールだった。入院中の人だと時本は思い、近づいていき、公衆電話はどこですか、と尋ねると老人は無表情に黙って指差した。その示された方へ行ってみると、閉じてしまった小さな売店の横に電話があった。かけると時本の母が出た。簡単にここでの様子を伝え、子どもたちの様子をきくと、子どもたちは元気にしている。今日はおじいちゃん、おばあちゃんと寝ると納得しているから電話口には出さない、というので、それでいい、よろしく頼むと時本は答えた。「幸子さんの親戚の人らによろしゅう言うとってな」と間のびした母の声に、「うん」と返事して受話器を切った。

時本がまた受付前のホールに戻ると、老人はもう煙草を吸い終わっていた。ぼんやりと長椅子に腰かけていたが、時本を見ると、おやっというふうに顔色を変え、「おい」と呼びかけて立ち上がった。時本は変だと思ったが、さっきの礼の意味で軽く頭を下げた。老人は近づいてきて、「おまえ……。今、どこにおるんや。どこの飯場にいてんねや」と言って、時本のオーバーの袖を握りしめた。「えっ。飯場……？　人違いですよ」鳥肌が立って、時本が大きな声で言うと、「あ、そうか……」と老人はとたんに無表情になって袖を離し、時本に背を向け、地肌がうっすらと見えるすすけた白髪の頭を左右に微かに揺すりながら玄関へ進んでいく。自動扉が開くと老人は一歩踏み出し、外へ出ていってしまった。徘徊癖のある老人だったかと気づき、時本がその老人を追いかけていくべきかどうか迷っていると、受付横の通路からばたばたと中年の女が走ってきて、時本に「じいさん、出ました？」ときくので、反射的にうなずくと女は外へ飛び出した。

間もなく、女は老人の腕を脇に挟んで連れ戻してきた。時本の傍を過ぎるとき、「ぼけとるねん、もう。ちょっと目ぇ離したらこれや」と弁解するように愚痴を言ってみせ、ちょこっと頭を下げた。時本も会釈して返した。「ほんまにもう。外は雪が降ってるいうのに。……死にたいのか！」と通路へ向かいながら女は老人を叱りつけ、腰をぱんとはたいた。時本は二人が通路の角へ隠れるまで見ていた。ああ、いやだな、と思った。

「外では雪が降っている、か。……雪が？」時本はつぶやいて玄関を出てみた。歩道に雪が薄く積もりかけていた。

時本が霊安室に戻ると、中には誰もいなかった。幸子はトイレにでも行ったのだろうか、と思いながら腕時計を見ると、もう五時十分前だった。もうすぐ幸子の親戚たちが来るころだと思い、パイプ椅子に座ってじっとしていた。時本が座っているその位置から、遺体の足が白い布からはみ出しているのが見えた。その白いかかとを見ていると、今寒さに耐えている生きている自分と、既に死んだ者との違いの大きさを思い知らされる。生と死の隔たりの厳しさを感じた。静かだった。時本はなぜかもう一度じっくりと小池信吉なる人の死に顔を見ようと思い、立ち上がって枕元に近づいた。白い布をめくると、午前中に見たように、やはりむくんでいた。体のわりに顔が大きいように思え、髪の色も年のわりに黒いのも不思議な感じだった。鼻の下、頬、顎にかけては、それでも白いものの交じった無精髭は自然に見えた。昨日出勤する前には剃ったはずの髭の立ち方のようだった。「南無阿弥陀仏、南無阿弥陀仏」とつぶやいて、時本は白い布をまた被せた。

腰かけていると寒くてたまらないので、時本は立ってじっと待っていた。間もなくして、幸子は足立と一緒に入ってきた。やはりトイレに行っていたという。戻るときに廊下で足立と会ったらしい。

足立は温かい缶コーヒーを時本にも幸子にも差し出した。

「寒いでしょう。さ、ひとつどうぞ」

時本が礼を言い、両手にそれを包んでしばらく温もりを味わっていると、

「それはそうと、お身内はまだ来られませんか」ときいた。

「もう来るはずですけれど」と幸子は申し訳なさそうに答えた。足立は少し考えるふうをして、

「実はね、お身内のお考えも聞かねばいけないんだけれども、ここに来る前に心当たりの葬儀屋の電話番号を調べてきたんですがね」と言った。

足立が、先回りをしてそう切り出すのも無理がないと時本は思った。時本もその心配をしていたのだった。午前中からこうして身内として来ていながら、夕方までこの物置のような霊安室に遺体を置き続けていることにいよいよ後ろめたいものを感じていた。

「そうですか。義兄も私らも大阪のことはよく知らないので、お願いするかもしれません」と時本は言った。

埼玉の親戚が来たのはようやく六時になってからだった。幸子の母、兄の正夫、そして今入院中の児玉の叔父のかわりに娘の美子と由美、そして時本とは初対面の息子の次郎。そして新宅の当主の健一の六人だった。

正夫は霊安室に入ってきて時本の顔を見て、おう、という表情を見せ、「世話になったな」と太い声で言った。時本は張りつめていた心地が正夫の出現で弛んでくるのを感じた。後はもう一切を任せればいい、という安心からだった。

足立は、やってきた正夫たちに、今朝の信吉の突然の死から今までのことをひとしきり語って聞かせた。正夫と健一は足立の話をうんうんとしばらく聞いていた。ひととおり聞くと、正夫は珍しく黙ってしまったが、年配の健一は自分の名刺を足立に渡して、自分はこの仏とはいとこに当たるもので、地元では町会議員をしている。いろいろとお世話になったことは後でまたゆっくりお礼をさせてもらいたいが、とりあえず、仏をどこへ移すかだ、ちょっと信吉のアパートまで案内してくれないかと言った。それを聞くと足立は少し慌てたように、アパートでお通夜ができないことはないが、お身内のみなさんが過ごせる広さではないし、アパートの真向かいに何とか組というテキヤの親分の家があって、とくにそいつがどうこういうわけでもなかろうが、小池くんの地区の学会の仲間が大勢でやってきて混乱する面倒も心配される、と暗に健一の考えを否定した。足立が、学会という言葉をだしたとき、健一も正夫も一瞬表情を変えた。

「そうかい。信吉は学会に入ってたのかい。そちらの人たちにも世話になってたんじゃあ、仏を拝んでもらうぐれえのことは、させねえとな。なあに、法華経でもなんでも唱えてもらやあいいがな。な、正夫」正夫もうなずくのを見て、

「よし。わかった。足立さん、あんた、済まねえが、心当たりの葬儀屋に電話してくれるかい。それとなんだ、その、学会の三村とかいう人のところへは、おれから電話を入れるよ」健一はそう言って、幸子からそのメモを受け取って足立とともに霊安室を出ていった。

救急車のような葬儀屋の白いワゴン車が到着し、遺体を運び入れ、当直の病院の職員に正夫が挨拶してから二台のタクシーに分乗して病院を後にした。タクシーは葬儀屋のワゴン車に続き、その後には学会の三村が運転するセダンの自家用車がついてきた。病院から少し東に走り、広い交差点を右に折れてから、かなり走っていった。大阪の南の方はほとんど土地勘のない時本だが、それでも学生時代に知り合いの下宿に遊びに行ったことがあり、うろ覚えながら、大阪市立大学の延々と続く塀のそばを通ったときには杉本町だとわかった。そう思うと遠いところに来たものだと思われた。それから車はあちこちと右折左折を繰り返し、真向かいに大和川が見える辺りまで来たと思うとすぐ静かな住宅街の中を抜け、商店や町工場が疎らに並んだかなり広い道路沿いのある地点に来て、歩道ぎりぎりに寄せて止まった。葬儀屋の車が止まったところは、「七善社会館」と磨りガラスの扉に細い明朝体の字で書いてあるだけの、まるで新聞販売舗のようなそっけない平屋の建物の前だった。葬儀屋の職員が二人、先にその建物の前に行って鍵を外し扉を左右に広げ電灯を点けると、白々した蛍光灯の光が、三十畳ほどのがらりとした広間を見せた。

遺体を一番に運び入れ、棺に納めて安置すると、ようやく人心地つく思いがした。その後、職員から手短に会館の使い方などの説明を受け、湯沸かしや茶の用意の仕方を女たちが教えられると、幸子、美子、由美がさっそく湯を沸かしはじめた。時本と次郎は正夫に言われるままに長い座敷机を出して二つくっつけて並べた。そうして三村たちを座敷にあがらせた。

三村という白髪の初老の男は、長机の前に座り、健一と正夫を相手にぽつぽつと通夜について話をしだした。三村と一緒に来た中年の女たちは何度勧めても入り口に近いところに座るだけで机の前には来ず、心配げに三村と健一たちの話を聞きながらじっと黙っていた。時本は、何かむつかしいことにならなければいいが、と傍で聞いていたが、しばらくして、九時に二十人ばかりの仲間を連れて、お題目をあげに来たい、という簡単な話であることがわかった。健一も正夫もそれを承諾すると三村たちはすぐ引き揚げた。

身内だけになると、正夫が、時本と幸子に、酒と寿司などを買ってこいと三万円を持たせた。

会館を出て十分ほど歩くと地下鉄の駅に下りる入り口があり、そこを過ぎて右に折れて少し狭い通りを歩くうちにすぐ賑やかな商店街に出た。酒屋で日本酒を二本買い、その近くの持ち帰り専門の寿司店で大きな盛り合わせを五つ、他にジュースなどを買い求めた。買い物をしてまた幸子と連れ立って暗い歩道を歩くうちに、まったく初対面の人の通夜に、まったく知らない初めての町で通夜に立ち会うことになった不思議さを妙に寂しくも思い、また今さらに幸子の身内の一人になれたようでうれしくも時本は感じていた。

九時に学会の人たちがやってきた。三村が最前列に座り、その後に整然と仲間たちが並び正座した。その人たちのために座敷の左隅に詰めていた親戚たちに、三村が座ったまま丁寧に一礼した。

「みなさん、信吉のために拝んでくださるそうで、ご苦労様です。じゃあ、ひとつみなさんのご代表さんから仁義をしておくんなさい」健一が立って棺の前に進み出て言った。一同は、「仁義」という語を聞いてざわついた。時本も驚いた。

「仁義、やて？　……何のこっちゃ」と中年の女たちは顔を見合わせた。

「仁義だよ。仁義。さ、おまえさんから」健一からそう促されて、三村は怪訝な顔で立ち上がり、

「その……、あれですか、挨拶のことでしょうか」と健一に確かめるように言うと、

「あ、こっちではそう言うのかい。まあ、いいや。それをやってから始めておくんなさい」健一がとぼけたように答えた。横に座っていた美子が眉を顰めて健一の礼服の袖を引っ張った。三村は意味がわかり、安心したように言った。

「では、みなさん。仲間の小池信吉さんのご冥福のために一生懸命に勤めましょう」

こうしてひたすら「南無妙法蓮華経」ばかりの唱和と、団扇太鼓の音とが延々と続いた。かつて、ドラマや映画でしか見たことのない、この宗派の不思議な陶然たる儀式は三十分ほどであったが、時本には耐えねばならないもののように長く感じた。

お勤めが終わると、一同がさっさと引き揚げようとするので、健一はひきとめた。

「みなさん、まあ、ちょっとつまらねえものだが、用意してあるんで、つまんでいってもらいてえんで。まあ、供養だと思って」正夫も入り口で立ちふさがるようにしてひきとめた。健一は時本と次郎に長机を急いで並べるように言いつけ、女たちには茶を急がせた。三村は困ったな、という顔をしたが、よし、と腹を決めたように、

「みなさん、あんなに言うてくれてはりますから、せっかくですから、ちょっとよばれて帰りましょ

う」と仲間に呼びかけた。二、三人は帰ってしまったが、三村の言葉で二十人ほどが机の前に座り、勧められるままに、腰を下ろしはじめた。

三村の仲間たちが腰を落ち着けると、健一が礼がてらその場を取り持つように、なにぶん関東の田舎者ゆえ、世間知らずでみなさんには大変失礼した。聞くところによると生前信吉がずいぶんとみなさんにお世話になったとか。身内を代表してお礼申し上げたい、などと上手に挨拶すると、三村の仲間たちも少し打ち解けた様子で、ほっとして茶をすする者、寿司をつまみながら隣と世間話をする者も出てきた。三村が、葬儀はどうされるのか、ときくと、健一は身内で相談したが、明日午前中に茶毘に付し、遺骨だけ埼玉に持って帰り、改めて葬儀を出してやりたい、と答えた。三村は黙ってふんふん、と聞いていた。健一がまた、明日信吉のアパートに行って整理できるものは整理して帰るつもりだと話すと、三村の隣で、散髪屋をしているという五十がらみの男が、あの辺りは今不穏だから、気をつけて行きなさいよ、と口を挟んだ。するとその男から一人置いた隣の男も、この間もアンコらが車に火を点けるわ、ひっくり返すやらの暴動騒ぎがあったばかりだ、と言う。そう言うと、そやそや、気ぃつけなはれよ、と口を合わしたり、うなずいたりする者が何人かいた。時本は、この人たちも「あの辺り」の地区の人たちだと思っていたので、そういう露骨な言葉が意外だった。健一も正夫も暴動と聞いて変な表情を見せたが、よく呑み込めないのか黙って聞き流していた。

三十分ほどして三村が、ではそろそろ、と促したのでみんな帰っていった。ところが、ある中年の丸い顔をした女だけ居残って、話しておきたいことがある、と健一や正夫のところに寄ってきた。その話とはこういうことだった。

自分は保険の外交員をしていて、足立さんとも知り合いで、足立さんの紹介で小池さんの保険のことをやらしてもらってきた。小池さんはだいぶんお金を貯めていた様子で、保険で下りるお金もずいぶんな額になる。その辺のことが気がかりで、身内の人が来られたら相談したいと思っていた、と言って名刺を差し出した。明日、小池さんのアパートに行かれたらぜひ自分に連絡してほしい。保険の証書のことも教えてあげたいし、それと、お仏壇の中の「たましい」はどうしても戻していただかなければならない。お仏壇はどのように処分していただいても結構だが、「たましい」だけは抜いて戻さなければならない、ということだった。

正夫は健一の方をどうする？　というふうに見て、健一がうなずくのを確かめてから、「じゃあ、明日連絡させてもらうよ」と言って女を帰した。


翌朝早く時本は正夫の太い声で起こされた。昨夜飲み過ぎて気分が悪かった。が、すぐに身支度をして、正夫と幸子、そして美子と由美の四人とともに信吉のアパートに行くことになった。健一と次郎、そして幸子の母は会館に残り、葬儀屋への精算などをして、斎場へ向かうから、十時までに正夫たちもそこへ着く約束をして出ていった。時本たちは地下鉄の我孫子から動物園前へ出た。住所のメモを頼りに時本が先に歩いていった。新今宮駅の北側にほど近いところに目的のアパートはあった。間口の広い木造の古いアパートだった。玄関を入ると真ん中に広い廊下があり、その左右に部屋がいくつか並んでおり、廊下の中央の右手に共同のトイレがあった。

管理人の部屋は玄関に一番近い右手にあった。そこに挨拶に行き、信吉の部屋を開けてもらった。部屋の入り口を開けると靴脱ぎ場のすぐ左にガスコンロと洗い場、右に二畳、その奥に四畳半ほどの部屋があるきりだった。奥の部屋の窓から空き地が見え、その空き地の向こうに駅の高架があった。

「さあ、通帳や保険の証書なんかをよく探すんだ」と正夫は女たちに促して、部屋の中の箪笥の抽斗を片端から開けて吟味しだした。狭い部屋のこととて、三十分もしたときには、かなりよく整理された形で通帳や保険証書が出てきた。女たちは驚いたり、あわれがって泣いたりしながら遺品を調べていた。

「こんなに貯めていて、使わずじまいで、一人で寂しく死んじゃったんだね」と。身内のみなは今、「大阪の叔父」がどのようなところで、どのように暮らしていたのかを初めて目の当たりにすることになり、自分たちとの境遇の隔たりに衝撃とともに強い後ろめたさを感じていた。

泣きながら作業をしている女たちの横で、時本は水屋の上に丸めて置いてある紙に目を止め、取って引き伸ばして見ると表彰状だった。学会のある地区支部が信吉の信仰の熱意と活動実績を表彰したものだった。水屋の上をよく見ると、もうひとつ同じように丸められた紙があり、取って見ると同じような表彰状だった。だが、それは最初のものよりもずっと古く酸化が進んで黄ばんでおり、名も、小池敬子とあった。それは、火事で亡くした信吉の妻のものに違いなかった。その二枚の賞状を見たとき、時本の目にも涙がこぼれた。その宗旨の是非はどうあれ、異郷にあって小池信吉なる人物が、その信心を心の支えとしていたことは疑いえない。そう思うと、昨日の朝までこの部屋の主だった人のこの地での半生の重みや思いが胸に沁み込んでくるように感じた。

とりあえず急いで探し出すべきものは全部見つけたと判断して、正夫は昨夜の女と連絡を取るようにと幸子に指示した。幸子が電話をかけて戻ってから、十分ほどで女はやってきた。保険の証書を見せると、自分が扱っていたものが全部揃っている、と言い、今後のことは会社に報告し間違いのないように手続きをして、そちらに報告するから、と言い、正夫の住所を聞いて自分の手帳に控えた。

保険の話が済むと女は、「ほな、たましいをもろて帰ります」と言い、厳しい表情になり、仏壇の前に行って手を合わせた。そしておもむろに両手を仏壇の中に差し入れて奥の小さな掛け軸のようなものをそろりそろりと取り出し、くるくると巻いて紐で括り手提げ袋にしまいこんだ。そうしてから、「ああ、これでほっとしましたわ」と表情を和らげた。それからまた入り口の靴脱ぎ場に座り込んで、故人の思い出を語り出した。

女によると、信吉はこの辺りの人には珍しく定職を持っていたようで、月々の掛け金もきちんと納めてくれた。このアパートの横のラーメン屋へよく出入りして仲良しで、そこの主人には、もう大阪を引き揚げて埼玉に帰って暮らしたくなった。最近、埼玉にいたころの夢をよく見る、歳のせいかなあ、などと漏らしていた。小池さんが亡くなったと聞いて主人も奥さんもびっくりしていた。一昨日の晩もそこでちょっとビールを飲んで帰ったという。

保険の女が帰ると、しばらく誰も言葉がなかった。正夫が、帰りにラーメン屋へちょっと挨拶していこう、と言った。

「もう、整理はつきましたか」と入り口で声がしたので、見ると足立が立っていた。奥の部屋に入れると、中をつくづくと見まわして、「ああ、寂しくなっちまったなあ……」とぽつりと言った。それから気を取り直すようにして、家具やなんかはどうするつもりか、ときくので、正夫は、遠方でもあるし、持って帰ったところでどうしようもない、と思案顔で答えると、お身内が承知してくれるなら自分が知り合いの古道具屋に買わすなり処分するなりしてもよい。売れた分は後で送らせてもらう、と言う。幸子は、いろいろお世話になったついでにそうしてくだされば助かる。なにがしか売れたお金は、お世話になったお礼として足立さんのものにしてください、と言うと正夫もそうしてもらいたい、と口を合わせた。足立はそんなわけにはいかない、それはそれとして、きちんとさせてもらうが、とにかく自分に任せてもらえますね、と念を押して帰っていった。

時本たちはアパートから引き揚げ、すぐ東隣のラーメン屋に入った。まだ準備中なのに、なにかと怪訝な表情で中年の女が出てきた。「そこのアパートにいた小池の身内です」と正夫が言うと、「え」と女は驚いて、「おとうちゃん！」とカウンターの奥の男を呼び、「小池さんの親戚やて」と教えた。男も近づいてきて白い調理帽を脱いで黙って頭を下げた。「ええ人でしたのになあ……、ほんま、気の毒なことで」と女は親指の腹で涙を拭いながら言った。「長く世話になったそうで。ありがとうございました」正夫が挨拶し軽く頭を下げると他の者も頭を下げた。身内たちが店を辞し歩き出しても、夫婦は店の外に出てしばらく見送っていた。

時本たちは大通りに出てタクシーを拾い、かねての打ち合わせどおり直接斎場に向かった。午前十時に荼毘に付し、十一時には骨揚げの予定だった。

堺市立斎場に十時ぎりぎりに着いて、すぐに事務所や待合室を探したが、健一たちはいなかった。正夫が会館に電話を入れたが、かからなかった。どうしたのかと不審に思いながら待つうちに、斎場の職員が健一からの電話を取り次いでくれたので、正夫は急いで事務所に向かった。

しばらくして待合室に戻ってきた正夫が、「まいったぜ。死人の名前が違ってっから役所が斎場の許可がおろせねえ、っていうので手間取ってんだ」と言って、次のようなわけを話した。

実は故人の本名は信吉ではなくてシメキチというのだ。正月のしめ縄を七、五、三、縄と書いてしめなわと読むが、そのシメ吉と書くのだ。つまり、小池七五三吉が本当の名だ。だが、本人はその名を嫌がって信吉と言っていたし、身内も信吉という通称で呼んでいた。もちろん大阪でも信吉で暮らしてきた。会社の人がそういうことを知るはずもないから、本人が死んだときに小池信吉とした。それを健一が役所へ斎場の手続きを取りに行って本名の七五三吉と書いたので、もめてしまった。健一が町会議員の名刺を見せて、地元の役場にすぐ問い合わせさせ、七五三吉で間違いないと納得させたが、今度は死亡証明書を書き直してもらうのにこれからまた病院に行かねばならない、と。

正夫は大阪のことは不案内だからと時本に同行してくれと言い、すぐタクシーの手配をした。

「大阪の叔父」がやっと荼毘に付されたのが午後三時だった。四時に骨揚げをし、一行が斎場を出たのは、もう夕暮れ間近だった。幸子の母は、長旅と通夜のごろ寝と、加えて今日の待ちくたびれですっかり疲れた様子だった。斎場から歩いて最寄りの駅について電車を待っているとき、由美が、「おばさん、元気だしてね」と励ますと、「うん、大丈夫だよ」と答え、にっと笑った。

「ばあさんは、くたびれたんべ。遠いから行くのよせって言ったんだけど、行きてえ、行きてえ、って言うから連れてきたんだが……」少し母と離れたところで正夫が幸子にそう言っているのを、時本は線路を見つめながら聞いていた。時本にも今の義母は痛々しくも健気にも見えた。

「かずちゃんさ、大阪まで来て、おめえんち寄らねえでけえるけど、こんなときだかんな。まあ、おやじさんたちにもよろしく言っといてくれ。おめえにも世話になったな」正夫は低い声で言った。時本は軽く頭を下げた。幸子と結婚するとき反対し、式にも出なかったのが正夫だった。時本はこれまでそれにこだわりを持っていたが、たった今、初めて正夫から親戚らしい実のある言葉をかけてもらったように感じて、うれしかった。

時本と幸子は新大阪まで正夫たちと一緒に行き、そこで別れた。別れるとき、幸子と美子は抱き合って泣いた。そして、べそをかいて気が晴れた後の屈託のない表情で、「じゃあ、叔父さんによろしく。気を落とさないように、がんばるように、って言っといて」と幸子が言うと、「うん。ありがと」と美子も答えた。

骨壺を抱えた正夫、健一、幸子の母、そしていとこたちが新幹線のホームへと向かい人混みの中に消えるのを見届けて、時本と幸子は神戸線の方へと降りていった。

陽炎の向こうから

震災から三年目の四月上旬だった。昼休みに加藤から電話があった。出てみると、三宮で会いたい、と言う。学期始めの業務処理で忙しいから、明日か明後日にしてくれないかと言ったが、加藤は明日から長期でインドネシアへ行かねばならないから、今日がいい、と言う。それで、何時ごろなら行けそうだと応じると、加藤は何度か一緒に行った阪急三宮のすぐ北側の、ある居酒屋で待っていると言って電話を切った。

職場から地下鉄の板宿駅に着いたのが七時半ごろだった。折好く電車が入ってきて、次の新長田駅で降りてJRの上りに乗り換えた。八時には少し遅れるかなと思いながら兵庫駅の手前辺りのまだ空き地の多い薄暗い町並みをぼんやり眺めていた。

約束していた店に入ると、入り口近くに座って、すでにビールを傾けていた加藤が目ざとく私を見つけて、「おう、時本」とすぐ大きな声をかけてきた。相変わらず元気な奴だなとおかしく思いながら、私は加藤が指差すすぐ左隣の席に座った。

加藤という男は私の高校時代からの友人で、一年のときに同じクラスだったことと、同じ文芸部に属していたこととで、在校時はずいぶん親しくしていた。私は一年の終わりに部落問題研究部にもかかわりだし、そのころクラスのホームルームで、いわゆる「部落民宣言」をしたから、もちろん加藤は私が同和地区の者だとそのときに知ったのだが、私がぶるぶる足を震わせながら、そういう告白をしたときの白けきった教室の空気の中で、加藤が突然立ち上がって、「時本は勇気がある。その勇気をたたえたい。しかし、そういうことを青ざめた顔で告白せなあかんもんがおるちゅうこと、これは悲劇である。この重大な社会問題を考えていかなあかんのやないか、とおれは今思った」こういうことを悲憤慷慨調で言ったものだから、まわりで失笑する者もいて、私はずいぶんそれで助けられた気持ちがしたものだ。周囲の者の沈黙が何よりもそのときは怖かったからだ。

その後、二、三年とクラスは違ったが、加藤はちょくちょく部落研の部室にもやってきて差別論・政治論を議論したり、私も文芸部の冊子作りに加藤とともにガリを切ったり謄写版を刷ったりと、加藤との思い出は多い。加藤は父親が弁護士という家庭の子弟で、私は父親がタクシーの運転手をしながら、非番や公休の日には野良仕事をするという典型的な郊外型兼業農家に育った。そういうまったく違った境遇のせいか、それがその年ごろの者にとっては互いによい刺激であったのだろう、加藤とはなぜかしら馬が合った。肩肘張らず、付き合えた。

高校卒業後、私は地元の大学に進み、卒業後二年ほど会社勤めをしたが、よい職場でないと見切りをつけて、その後運よく私立の女子高の教師となった。恋愛して二十八で結婚した。今は二人の息子がいる。自分では平凡な人生だと思う。ところが加藤は、というと相当に振幅の大きな人生を歩んできた、らしい。らしい、というのは本人から聞かされたこと、しかもその一部しか私にはわからないからだ。

加藤は東京でも難関中の難関の私立大学の法学部に進んだ。加藤が東京に行ってからも夏休みや冬休みには神戸に帰ってくるので、車でキャンプに行ったり、有馬へ風呂に入りに行ったりした。私の家にきて一晩中飲みあかしたこともある。ところが、どうしたわけか、二年で中退して、日本にいなくなってしまった。しかも、その差し出し元が、年に二度か三度の加藤自身の手紙でほんの一端がうかがえるだけだった。しかも、その差し出し元が、アメリカのロス・アンジェルスであったり、インドのなんとか州であったり、イランのなんとかいう町であったり、と、一体何をしているのか私には見当もつかない放浪生活だった。加藤からの手紙で一番印象に残っているのは、ニューヨークから届いたものだった。あるオフィスで働いていたが、しばしば同僚のロッカーが盗難に遭う。そこで疑われたのが自分と、もう一人は黒人の同僚だった。身の潔白をまくしたてたが、白人たちは冷ややかな目で見るだけだった。自由の国は、また人種差別も自由の国というわけだ。そんなことが書いてあった。

その手紙をもらってから、半年ほどしたころだと思うが、加藤は突然、東京から私の家に電話をかけてきた。てっきりアメリカにいるものとばかり思っていたから驚いてしまった。話を聞いてみると、ひと月ほど前に日本に帰ってきて、外資系の商社に就職したという。しばらくすると神戸支社に行けるから、また、会おうぜ、ということだった。意外だったが、また加藤と会えるかと思うとうれしくなった。その後、半年ほどしてから、やはり加藤は神戸に戻ってきた。世界各地を放浪してきたわりには、さほど以前と変わったようには見えなかったが、気のせいかどこか尖って見えた。大きな声、皮肉っぽく冗談の多い話しぶりは相変わらずだった。

「おまえ、きれいに先生におさまっとるらしいが、まだ、何か書いとんのか？」

再会の加藤の第一声がそれだった。「うん、まあぼちぼちやってるよ。それより、おまえこそ外国をあちこちほっつき歩いとって、よう就職できたな」私が負けずに言い返すと、加藤は髭をたくわえた顔をにたりと歪めて、白い並びのいい歯を見せた。

「ふん、いかがわしい会社やからな。おもろいネタやったらなんぼでもあるぞ。まあ、当分神戸におるから、ゆっくりまたぼちぼち話したるわ」と言った。

それから十年、加藤との親交は断続的だった。というのは長期に何度か外国へ出張で出たり、また、東京、名古屋と支店を転々としたりで、神戸に長く腰を落ち着けていなかったからだ。

加藤が神戸に腰を落ち着けるようになったのは、皮肉にも九五年の大震災以後だった。一月十七日の当日、彼は出張で中国の上海にいたが、兵庫区にあった彼の実家は全壊、父親は家具の下で圧死し、母親は重傷を負うという被害だった。急いで帰ってきた加藤を待っていたのは、父親の死によるもろもろの後始末と、母親の世話だった。

母親に手がかからなくなったころから加藤はボランティアに走り回りだした。加藤は英語はもちろんのことだが、どこでマスターしたのか、中国語に堪能だった。ベトナム語も少しできるということで、長田区のあるキリスト教会が拠点となっていた、被災した在日外国人支援ボランティアの主要メンバーとして活動しだしたのだが、そちらの方に熱心なあまり、あっさり会社を辞めてしまった。一年半ほどその活動に取り組んでいたが、それも一段落したというころ、ボランティア活動を通じて知り合った人物の紹介で大阪市内の食品関係の商社に勤めだした。そこでも語学力が買われたようだ。主に中国、東南アジアへ食材の買い付けの交渉、調査とかで、しばしば出張している。

加藤はいまだに独身で、金も時間も縛られている私と比べて気楽なせいか、この二年ほどは二、三か月に一度、思い出したように私を飲み屋に呼び出すのだった。

その日加藤は、出張の準備もあるから、というので、いつものように長尻を決めてぐだぐだ飲み続けるということはなかった。それに、意外なことに、紺色のビニール表紙に金色で、ある銀行名が刷られたA6判ほどの手帳を見せて、「おもろいから、読んでみいや」と言って私に渡すのだった。ぺらぺらとめくってみると、日記のようにびっしりと何か書いている。おまえのか、ときくと、いいや、人のんやと答えるので、思わず加藤の顔を見た。加藤は真顔でこのようなことを言った。

震災のあった年の秋に、ボランティア仲間の送別会で須磨の浜でバーベキュー・パーティーをしたことがある。飲んで気持ち良くなって辺りをふらふら歩いていると、浜に置いてある、底を上向けた小舟の縁に黒いポーチのようなものが見えた。取って中を見てみると、この手帳があった。誰のものともわからないが、なぜか処分しかねて今まで持っていた。昨日、家の机の抽き出しを開けるとこれが出てきた。ふとこれはおまえに渡そうかという気になった。まあ、読んでみろ。人の手帳を勝手に読むのは悪い趣味だとは思うがな……。

加藤から渡された手帳はその後すぐには読まなかった。何せ仕事は忙しくなってくるし、生徒が起こした問題の後始末やら指導やらの予定外の仕事も入ってきて、読まなかったというより、その存在すら忘れていた、といった方がいい。それに加えて人が落とした日記のようなものを読むというのは、どこかに後ろめたいものがあった。しかし、手帳を手渡された日から三か月ほどして、夜に突然、加藤から国際電話が入ってきて、

「あれ、読んだか、どない思うた?」ときかれたときには少々あわてた。加藤の声にいつになく真剣で強い響きがあったので、「うん、まあ」と私は生返事をしたが、加藤は、そうか、と言って、後はとりとめもない向こうでの話をして電話を切ってしまった。加藤らしくない電話だったとは思いながら、私はほっとする反面、これは一度目を通しておかねば、と思い、ちょうど夏休みに入るころなので、じっくり腰を落ち着けて読んでみた。

いざ読み始めると、最初の二、三ページは癖のある字に困った。「つ」だとばかり思っていた字が「る」であったり、「こ」が「と」に見えたりしたが、慣れてくるとひきこまれてしまった。

その手帳はやはり実質は日記だった。それは九五年の元旦から始まっていた。

大晦日の夜中から長田神社へ初詣でに出かけ、そのまま一緒に洋子の家に年明けの挨拶に行く。

両親には例の件、こちらは乗り越えたと思っているので、長く不愉快な思いをさせたことを詫び、式のことは今年中に、と申し出る。彼女は僕のすぐ横にいて、うつむいていたが、目を潤ませていた。……

こういう書き出しだった。その後はその父親とともに酒を飲んで、いろいろ世間話をしたことなどがながながと書いてあった。つまりこの手帳の持ち主だった人はある女性と交際していて、九五年中にその女性と結婚する予定であったとわかる。正月の三日の日記には、その女性が泊まりに来て、一晩中今後のことを話し合った、ということが書かれている。

一月十日。昨晩一番下の叔父がやってきて、彼女との件について、いろいろと言って帰った。叔父には前に何かと世話になっているので、そう邪険にはできず、昔のその問題のことなんかをいろいろ言うのを、ふんふんと聞いていたが、要するにおまえの気持ちは変わらないのか、と念を押しにきた模様だ。叔父が帰った後、実に寂しいというか、不愉快な気持ちになった。

一月十五日。洋子泊まりに来る。式の日取りのみ決めて、あとどうするか、までは話まとまらず。洋子の家ではそれなりの式をさせたいようだが、僕の家の方がまだどうなるかわからないので。翌日ハーバーランドへ出て、遅い朝食。そこでいろいろ話すうちに、六甲山ホテルで二人だけで式をして、そのあと両方の家族だけ呼んで簡単な食事会でもやろうか、ということになった。洋子も僕ももともと派手な式を望んでいなかったし、そう決めると、かえってすっきりした。また次の週末に会って話を進めようということにした。

ここまでが、震災前の日記である。このあといきなり日付はふた月ほどもとんで、四月八日からまた書かれているが、それ以後も日付は、とびとびである。

あれから二ヵ月あまり経つ。自分の人生は、震災以前と以後とでは、線を引いたように、くっきりと変わってしまった。僕は休む間もなく、壊れた町の中を忙しく走り回った。会社を辞めた。解体屋の手伝いをしだした。無茶苦茶にこの肉体を動かし、困っている人たちのために働き回ることで、かろうじて心の張りを保っている自分を感じている。あの日、僕の実家も半壊だったが、家族はみな無事だった。しかし、洋子の家は、いや、あの地域一帯はほとんどの家屋が全壊。洋子の家に連絡がとれず、二号線を歩いて様子を見に行ったが、くしゃんとなったきな臭いあの町中で僕は必死に洋子の家を探した。まわりにいる人に聞くと、近くの中学校が避難所になっているのでそこに行け、と教えてくれ、そこで洋子の両親と出会えたが、そこは、体育館だった。死んだ洋子が、他の何十もの死者とともに横たえられていた。洋子の横で僕は二晩過ごした。三日目やっと棺が運ばれてきて洋子の親戚の人と納めた。そのとき初めて、洋子にさよならと心の中でつぶやいて、泣いた……。あの日までは、自分の人生というものが、洋子という存在とともに、先々まで見えた気がするのだが、……今は、何も見えない。これから先、いつか、自分の人生というものが、見えてくるのだろうか？

ここまで読んで、初めてこの日記の日付が二か月ほどとんでいるわけがわかった。実際、この手帳の持ち主と同じように、私も震災後しばらくはわけがわからない生活だった。家の片づけをはじめ、学校を復旧させるまでのあれこれの作業など。

安否確認のとれないクラスの生徒へは家庭訪問を一つひとつしていった。長田区のある生徒の住所は焼け野原で、たまたまワゴン車で寝泊まりしている男性に声をかけたら、それが探す生徒の父親だったことがある。娘の安否を問うと、無事です、今水をくみにちょっと出とります、と言われた。小一時間待っていると、建物がくしゃんとして、すこーんとした街の一区画の向こうから、水を入れたポリタンクを両手に提げてやってくる小柄な姿が見えた。私に気づき、「先生！」と呼んで駆けよってきたその子を私は思わずぎゅっと抱きしめた。その生徒も去年、無事卒業した。

三年経ってようやく当時のことが客観的に振り返られるようになった。当時は破壊された校内の備品の片づけ、授業、行事の変更、使える教室の割り振り、と毎日毎日が異常事態だった。この日記を読んでいると、そんなことが自然と思い出された。

五月一日。父から、これからどうするつもりだ、ときかれたので、わからない。当分今のボランティア活動をつづけていきたい、と答えると、だが、仕事もまた見つけねばやっていけまい、と言い、あの子のことはもう忘れて、思い直して、立ち直らねば、と溜め息をつく。親に溜め息をつかれるほどつらいことはない。洋子とのことで親はよく溜め息をついていた。このごろよく彼女のことを思い出す。昨日こんな夢を見た。黄色いワンピースを着て、一度くるりと回ってスカートの裾をふわりと開かせて、アキオさん、あっちよ、あっちよ、と笑いながら僕のいる方と反対側を指差すので、おい、違うやんか、こっちやんか、と言って追いかけようとすると、洋子は真顔で、ええねん。そっちはいややねん、私……。目覚めたとき……あ、もう洋子はいないんだ、と思ったとき、涙がつっと流れた。昔、中学、高校のころ人を殺してしまって、埋めて逃げている夢をよく見た。目覚めて、夢だとわかって心底ほっとしたものだった。あのときは、現実でない、夢だということに救われたが、今は洋子のくるぶしの動きまでも見たような生々しさが残るのに、現実ではない、夢だということにうちのめされる。人生の半ばは夢だ。そう思ったりする。

六月七日。今日、避難所回りをする途中、三宮の高架下を過ぎた。震災直後、爆撃を受けたようなすごい被害のあったところだ。まだ解体中のビルもある。町全体がほこりっぽい。きな臭さも消えていないが、直後と比べるとすっかり落ち着いている。町が壊れると人の心も壊れてしまう、と、思ったのは、洋子の葬いをして一週間ぶりで家に帰る途中、ここで見た光景からだ。腹がへって食べ物屋はないかとガード下から少し東へ行くと、ガレキの前で、道路に向かって小学高学年くらいの女の子が、空っぽになった鳥籠を手に持って、しゃがんでいた。すぐ横で母親らしい三十ぐらいの女が、ぼんやり突っ立って、食パンをかじっていた。山のようになったガレキの町中の何気ない光景が今でも僕の胸にやきついているのは、少女のスカートの下はパンツをはいていないという妄想を僕は通りすぎながら強烈に抱いたからだ。

僕の心の中で、そのとき何かが千切れた気がした。不思議な体験だった。しかし何の脈絡もないのに、あのときの妄想というか直感が間違っていないように思うのだ……。

時々、こんな妄想をするおまえが人様のためにボランティアなどと……と嘲笑するもう一つの自分を感じて、苦しく、なる。

ここまで日記を読んで、私はどきっとした。私も同じような時期に、同じような光景を見た覚えがあるからだ。本立てから自分の日記の当時の分をひっぱり出して見ると、はたしてこんなふうに書いてあった。

一月二十二日、昨日、大阪の解放同盟の人らが、百台くらいのトラックやワゴン車で夜間に救援物資を届けにきてくれたので、案内をしてやってほしい、と県連から頼まれ、夜から出ていった。集合場所の新神戸駅南側の交差点から、長田区内の割り振られた地域の学校や、公民館まで軽自動車で誘導していった。膨大な支援物資をある小学校に降ろし、かわりにそこから出たゴミをトラックに積んで、長田公民館まで帰り、朝を迎えた。朝になると、その地域のなかを水や雑貨などの支援物資を届けにきています、とハンドマイクでふれてまわったとき、信じられないほどの人がどっと押し寄せて、二台の十トントラックに積んだ巨大なタンクの水が一時間もすると、すっかりなくなってしまった。見ていると威勢のいい人ほど要領よく、たくさん水を持っていったり、素早くめぼしい雑貨を取って帰ったりするなかで、そろりそろりとしか歩けない老人と、その老人の娘と思われる、明らかに少し体が不自由とわかる三十半ばの女性とが二人して、混雑したなかに入っていけず、困惑していた。が、まだ震災後、三日ほどのことでみな気が立っているのか、誰もその体の不自由な親子を気遣う様子がない。水がほしいのですか、と声をかけると、はい、という。容器がないのであらかじめ県連で用意していた発泡スチロールの箱で、三十リットルは入る大きさのものに水を入れて、おたくまで持っていってあげようというと、老人は軽くうなずいて、あそこです、と指をさした。見るとまだ新しい五階建てほどのマンションで、そこまで行ってほしい、という。一緒に行くと、階段で五階まで上がり、やっと彼らの部屋の入り口にたどりついた。中で水がゆらゆら揺れる発泡スチロールの箱を両手で抱えて五階まで上がったときには、両腕がぶるぶる震えた。扉を開けて下駄箱の上にようやくそれをのせたとき、それまで、ぶっきらぼうに見えたその老人が、深々と頭を下げて、「ありがとうございました。大事に使わせて頂きます」と礼を言ってくれた。ほっとして、そのマンションの五階から見える長沢通り周辺の町の惨状を見て、泣けてきた。その後、車の中で仮眠して、次に三宮に行った。人権会館の前で車を駐めて、歩いて浜側へ下って、大丸、そごう、神戸市役所辺りをぐるりと見て回ったが、倒れている電柱や店舗の瓦礫、傾いたビル、と怖くて歩けないところもあった。朝日会館のある広い通りを背広姿で工事用のヘルメットを着けた男たちが十人ほど壊れたビルをあれ、それ、と指差して見て回っていた。明らかにゼネコン関係者だと見て取れて、くそ、さっそくまた金儲けの算段かといやな気持ちになった。そこから阪急三宮の、鉄骨の箱状のもので補強したガードの下をくぐり抜けて、西に折れて生田神社の前に来たときに、妙な光景を見た。

神社前の派出所の警官が三人、前のビルの二、三階の窓のガラスめがけて、石を投げて割ろうとしていたのだ。ちょうど子どもが的当てに興じているように嬉々としてそれに熱中している有様は、どこかネジがゆるんだようで寒々とした気持ちになる。そこから東門筋に行く間の道端で、十一、二歳くらいの少女が、しゃがみこんで、自分の前に置いた空っぽの鳥籠を、虚ろな目でじいっと見つめつづけていた。まわりに親らしい大人は誰もいなくて、震災孤児なのではないか、と思った……。

県連の事務所に戻ると、灘区の津古地区はほぼ壊滅、と神毛の大野さんより聞く。長田はどうだった、ときかれたので、水がたちまちはけたことや、老人のことを話すと、「あんた、ええことしたな……」としみじみ言ってくれた。大野さんは震災翌日からずっと県連に泊まり込んでいる。

震災の五日後、私が三宮で見かけた不思議な少女を、この日記の持ち主だった人も見たのだろうか、と考えると何か胸が騒ぐようだった。

七月十七日。仕事もボランティアも辞めて、完全に失業状態。今まで張り詰めていたものがしぼんだように、空虚である。体を壊したのが直接の原因だが、それだけではない。高校時代の友人に先日会って、就職の件を頼むつもりだったがやめた。彼は幸運にも震災で失ったものは何もない。同じ神戸市内でも大きな違いだ。僕は、失ったものが大きすぎる。六月十五日に父が心不全で急逝。葬儀やその他であっというまのひと月だった。それにしても洋子が死んだときよりも悲しくないのは、なぜだろう……

八月二日。先月末に仮住まいのアパートに引っ越した。今日、職安に行ってきた。これという成果なし。叔父も店をまだ再建したばかりで、苦しいらしいが、おまえが手伝ってくれる気なら来ていいというが、断った。

八月三十日。三日前、母とともに前の家を見に行く。結局、半壊の家は取り壊して更地にすることにした。土地はうちのものではないから、もうあそこに戻ることはないという。

九月一日。最近、もしあの震災が、一日早かったら、と思うことがよくある。そうすれば僕は洋子と一緒に死ねたかもしれない。いや、きっと死んでいたはずだ。その方がよかった。僕はあの日たまたま実家に帰っていたので助かったのだ。洋子の葬儀から帰り、一週間ぶりにアパートに戻ってみると、アパートはくしゃんと一階部分が潰れていた。自分がいた辺りの前に立っていると、私の名前を呼ぶ声がして、はっとして振り向くと、隣にいた大田さんだった。僕よりも少し年上で奥さんと二歳の子どもさんとで暮らしていた人だ。話を聞くと、あの日、出張で家にいなかったのだが、奥さんと子どもさんは圧死してしまったという。僕は驚いて言葉を失った。……あの大田さんは、どうしているだろうか。うつむいて去っていく彼の後ろ姿が忘れられない。最近、夜眠れない。昼は昼でしきりといやな妄想に襲われる。剃刀で舌を横真一文字にスカッと切られるという妄想だ。これはたまらなく痛い、考えようとしなくてもそういう気になる。洋子と出会ったころのことが、ひどく懐かしい。

九月十日。朝、山本さんに電話すると珍しくいたので、今日、西宮に会いに行く。彼のいたアパートも全壊だった。新しい住所のメモを頼りにJR甲子園口から北へかなり歩いた。前は駅からすぐだったが、あの辺りはひどい壊れよう。彼のマンションに着くと、よう、という顔で迎えてくれたが、以前の屈託のない子どものような笑顔ではない。山本さんも変わったと思った。「きみも大変やったな、ちと落ち着いたか？」と開口一番にきくので、首を横に振ると、真顔になって、家内が今いないのでなにもできないから外へ行こう、と言って武庫川の河川敷に出た。途中でほか弁とビールを買い、そこで食べながらいろいろと話をした。震災で二歳になる子を亡くしてから、彼の奥さんが精神的に不安定になって、しばらく心療内科に通院していたが、今は実家の岡山に帰り、そこの近くの病院に入院しているという。山本さんの結婚パーティーに呼ばれていったときに僕は初めて洋子と知り合ったのだ。たまたま席が隣で話が弾んで……。話していると、洋子は山本さんの奥さんとは短大で大の仲良しだったという。洋子と付き合うようになってから、何度か新婚家庭にお邪魔した。あのころの思い出話をするうちに、あのころは楽しかったなあ……と山本さんは言った。もうあんな楽しいときはないかも知れませんね、と僕が言うと、そうかな、と彼は眉をしかめた。そして、おれは、また芝居を始めるよ、仲間たちも何かしなけりゃという気にようやくなってきたし、と言う。僕は、何かしなければ、か、と山本さんの言葉を反すうしながら六甲の山並みを眺めた。

十月二十日。九月十七日に、また引っ越し。落ち着かない。先日、母がうるさく言うので、市民病院の精神科に行った。三時間も待ってようやく検診。初診の問診票に、不眠、鬱、妄想と書いたので医者にいろいろときかれ、今までのことを話すと、「自律神経失調症」だと言われた。

とりあえず軽い精神安定剤を二週間分もらって帰る。その薬は飲んでいない。というのは帰りに三宮の駅のゴミ箱に捨てたから。依然、舌を切られる妄想もあるし、夜眠れない。急に救急車のサイレンなどを聞くと体が震えてきて、しばらく動けなくなる。夕日を見ると、たまらなく寂しくなってくる。……ところで、昨日職安に行ったついでに、久しぶりに須磨に行ってきた。水族園の裏の浜を歩いていると、ボランティアをしていたころの知り合いと出会った。その男が一緒に歩いていた女も僕は顔見知りだ。彼らは身を寄せ合って西の方からゆっくり歩いてきたけれども、僕には気づかなかった。僕は声をかけなかった。彼らが水族園の駐車場の方へ向かいだしたので僕は、ほっとした。赤灯台の方へ行き、ベンチに座って海を見ながら、ずいぶん遠いところにやってきた、という錯覚に襲われた。三宮から三十分ほどなのに、どうして須磨がこんなに遠くに感じたのだろう。洋子がいなくなったからだろう。洋子の面影を思い出そうとしたけれど、どうもはっきりしなかった。須磨から二人で浜を歩いてきて、赤灯台に近いある保養所の一階の喫茶店でよくコーヒーを飲んだ。あのとき洋子はどんな仕草であったたか。結婚しよう、と僕が言ったとき、洋子は軽い困惑の表情を浮かべた。「あなたとの間には乗り越えないといけない壁があるのよ……」と初めて打ち明けられたのもあの店だった。そのとき僕は、壁ガラスの向こう側の松の曲がり具合が妙だなと思いつつ、洋子の言葉を深く気にはせず、どういうこと？　と軽く聞き返した。すると洋子は突然、須磨漁港の灘神社の大鳥居の近くにある銅像の人物について語りだした。兵庫県の各漁協をまとめた功労者だと言い、だから、私は……と。僕はそれを聞いても、それがそんなに大したことだとは思わなかったけれど、親たちはそうではなかった。根深いこだわりがあって、むしろ僕にはそちらの方が驚きの連続だった……。その店であったいろいろなことを思い出しているうちに、また寂しく、そしてひどく自分がみじめに思えてきて、たまらなかった。ふと、さっき浜で見かけた二人が引き返してきて、こちらにやってきそうな気がしてならなくなり、慌てて駅へ戻った。

十月三十日。明日、僕は、旅に出る。思い出の砂浜と松林に、そしてあの旧時代の赤い灯台に別れを告げて、暗い波の向こうへ、洋子に逢いに行く。

加藤から渡された手帳はここで終わっていた。私はここに来て、どきりとした。どういうつもりで、これを私に手渡したのか、不審に思っていたころ、バンドンから国際電話があった。加藤だった。私が、例の手帳を読んだぞ、と言うと、そうか、と言い、「そしたら、おれがそれをおまえに渡したわけがわかるやろ?」と当然のように言うので、わからないと答えると、「鈍い奴やのう。ようそれで小説書きたいなんかいうとんな。まあ、今は長電話もでけんから、手紙書いたるわ」と謎めいたことを言い、そして、「こっちは東チモールの問題で大変やぞ。日本でもニュースになっとるか?」と言う。いや、と答えると、現地の状況を一方的にまくしたてて、やや興奮した口調で先日、独立派の幹部と会ってきた、と言うので、「おまえ、そっちで武器を売っとんのとちがうか?」とやっと言い返してやった。加藤は意外に真面目な声で、「あほ言え! そこまでやばいことはせんわ」と言って、ぷつんと電話を切ってしまった。

加藤の手紙が来たのはそれから二週間ほどしてからだった。

前略 電子メールが使えたら何てこともないのに、おまえはパソコンをまだようさわらんというので厄介だ。早く覚えろよ。ところで、例の手帳のことだが、あれの持ち主のことはまったくおれも知らない。渡すときにおまえに言ったとおりだ。だが、あの中に出てくる洋子という女性には思い当たるところがある。おまえも覚えているだろう。高校時代、同じ学年で、バレー部にいた岸田という、元気溌剌の明るい女がいたことを。その女もおまえと同じ立場の子だからというので、おまえはその子を部落研に入れようとしたが、剣突くわされて泣いていただろう? 心配しておれが文芸部の部室でわけを聞いたら、おまえはこう言ったのを覚えているか? 部落研の活動は貧乏比べをしているみたいで嫌だ。私の家は貧乏ではないし、祖父は県漁連の組合長をしていた。私はそれを誇りに思っている。同和地区の者だからといって私は少しも恥じていないい。時本君は暗いよ。あんまり同和だってこと気にしすぎとちがう? そんなことを言われて言い返せなくて悔しくて泣いたのだと。たしかにあのころ、おまえは悩みを一人でかかえこんでいるような顔をしていたよな。父親が肉体労働者で、弁護士の息子であるおれのことを羨ましくて仕方がない、などとよく言っていたよな。なるほどあのころはおれもおまえに対して、妙な、何というかインテリの子弟に生まれたことに後ろめたさみたいなものを感じていたけれども。しかし、世界に出てみて、日本人だということで酷い目にあったこともあるおれにしてみたら、あの当時のおまえの悩みなんて甘っちょろいぜ、と言いたいのだけれど、まあ、それは措いておくよ。おれなりに差別されるとどういう気持ちになるかということは身にしみて学んだつもりだ。今でも世界中で、それこそ命懸けで差別する奴らもいるし、それに対して命懸けでその差別をはねのけようと悪戦苦闘している奴らもいる、ってことでね。で、それはそうとして、おれはそのときおまえの話で出てきた漁連の組合長だったという人物がその子の祖父だと聞いて強く印象に残っているのだ。おまえには話したことがなかったが、実はおれの母方の祖父は駒ヶ林の漁師だった。昭和四十年ごろまでは、まだ現役でやっていた。その祖父から、兵庫県の漁連をまとめた功労者だという人の話は何度か聞かされたことがある。あっちの奴だがめっぽう度胸もよく頭もいいと。その「あっち」というのは今にして思えば同和地区をさしていたのだと気が付くのだが。

それで思い出したか？　あの手帳の中で洋子と出てくる女性が、高校時代におまえを泣かせたあの女の身内かもしれない、とおれは思ったのだ。おれは、おせっかいだが、この手帳を、もし持ち主が本当に死んだとしたら、その母親に返してやりたいと思ったのだ。おまえならあの岸田と連絡が取れて、事情を話して、手がかりがつかめるのではないか、と思ったわけだ。ぜひ調べてつきとめてくれないか。父を亡くしてからの母を見ていて、おれは、この手帳の持ち主だった男の母親が気の毒でならないのだ。おれは仕事柄、腰の据わらぬ者だし、おまえなら春休みや夏休みで自由な時間があると思うから。では、ひとつよろしく頼む。

早々

よろしく頼むと言われても……と、加藤の手紙を読み終えて私は大いに困惑した。しかし、どういうわけか、加藤の依頼を引き受けねば、という不思議な義務感をも感じ、動けるだけ動いてみよう、という気になった。

私はまず、須磨漁港にあるというその銅像を見に行った。JR塩屋駅前の二号線から漁港に入る道があり、進んでいくと、すぐに駐車場の入り口がある。磯臭い、だだっ広い駐車場に車を駐めて、辺りの人にきいてみると、指差すのですぐにわかった。大きな台座に四メートルはあるかと思われるような巨大な銅像だった。台座の顕彰文にはこのように書かれていた。

岸田磯松氏は明治四十四年神戸市須磨区に生まれ、学業を終えるや漁業に従事し、爾来六十有余年の長きにわたり、一貫して水産業界に身を投じ、漁業の振興発展に専念された。
氏の高潔なる人格は常に衆望をあつめ、昭和三十四年には極めて困難とされた神戸市西部七漁協の大同合併を達成し、現神戸市漁業協同組合を設立するや、ここに近代的な須磨漁港の建設、のり養殖漁業の開発等漁業経営の安定振興を計ると共に地域社会の発展に尽くし、組合の基礎を築かれた。

又、一方では地元漁業の発展のみならず、昭和四十九年には兵庫県漁業協同組合連合会会長に就任し、昭和五十一年には本県三漁連の合併成就を果たす等、兵庫県漁業の発展の道を拓くと共に県下水産系統団体のみならず、全国関係団体の要職を担い、漁協系統運動のリーダーとして活躍、漁業調整と秩序維持、漁場環境保全、公害対策、漁業操業安全対策並びに救済事業の推進を図り、云々……

顕彰文の最後には昭和六十二年四月吉日という日付と何期も務めた昔の神戸市長の撰、とあった。洋子なる女性が言ったように、たしかに県漁連の功労者として顕彰されている。また、高校時代に岸田が誇りに思っていると言った祖父なる人物に間違いないと確信した。

次の日、私は大倉山の図書館に行った。加藤の言うように、もしこの手帳の持ち主だった男が、書いてあったとおり、入水自殺したとしたら、その関連のことが新聞に載っていないかと、思ったからだ。十月三十一日、十一月一日、その両日付のどの新聞にも見当たらなかった。が、あの辺りは沖に出ると潮の流れがものすごく速いのでエンジンのない小舟なら紀伊水道まで流されてしまうというようなことを誰かに聞かされたことがあるのを思い出して、ひょっとして、と思い、十一月七日までの新聞を読み漁った。すると、それらしい小さな記事が十一月五日付の地元紙に、載っているのを見つけた。「大阪湾内の防波堤・通称一文字の岸壁に若い男性の溺死体……」と。もしそれがあの手帳の持ち主だったとしたら、須磨からそこまで流されたのか。死体解剖の結果、死後六日と推定されると書かれていて、現在身元確認中、とある。それでまた、六日、七日と、新聞で関連の記事を探したが、七日の新聞に、あった。「遺体は十月二十一日より家族から捜索願いの出ていた神戸市東灘区望洋町三丁目二二の一に住む岩井朗雄（二十六歳、無職）」とある。母親が来て、確認したという。

次の日に私はその住所の家に行ってみたが、そこは神戸港内の人工島にある仮設住宅で、岩井朗雄なる男の母親はすでにどこかに転居しており、いなかった。隣の人に聞いても何も知らない、と言う。

そこでもう私は岸田の線からあたる方が早い、と考えたが、私の手元には同窓会名簿がなかった。どうしたものか思案して、部落研の先輩で市役所に勤めている人に問い合わせると、持っているというので調べてもらった。電話番号はすぐにわかったが、岸田の実家に電話して、どのように話したものか、また果たして彼女がもうずっと遠いところに住んでいるとなればどうしたものか、と二、三日、電話をするのをためらっていたが、とにかくするしかなかろうと思い切って電話をかけた。まず、高校の時代に親しくしていた者ですが、と岸田の親が出てきたらこう切り出して、と思いつつ呼び出し音を五回ほど聞くうちに「はい、松本、あ、いや岸田ですが」というはきはきした声が飛び込んできた。高校名と回生をあげ、私の名前を言うと相手は「へえ、ほんまあ」と驚きを隠さない高い声を上げたので、本人だとわかり、私の方もびっくりした。「覚えていますか？」と切り出すと、「あたりまえやん。久しぶりィ、どないしてんの？」と逆にきかれた。勤めているところを言うと、「大変やねえ、難しいやろ、最近の女の子は」と言い、それで、なんで電話を、と用件をきくので、例の手帳の内容をかいつまんで話した。ぴんときたものがあるらしく、岸田の方から一度それを見せてくれと、言った。今、用事で実家に帰っているところだが、明日大阪に帰るから、ＪＲ鷹取駅の改札で落ち合おうと、時間を約束した。

岸田と会ったとき、想像以上に恰幅のよい婦人になっていたので、内心驚いた。もともと美人とは言えなかったが、貫禄のある女丈夫とでも呼びたいような、そして派手な色の似合う女になっていた。私が岸田に気づいて手をあげると、あらあ、という顔で近づいてきた。「時本君、あんまり変わってないねえ。若い女の子に囲まれてるから、おっさんでけへんわなあ」と上手に世辞を言う。私は苦笑しながら、近くの喫茶店に先に立って歩いていった。

テーブルを挟んで向かい合って椅子に座り、今どうしているの、と岸田にきくと、大阪で人材派遣会社を経営していると言った。似おうてるなあ社長さんか、と私が言うと、そうかなあ、と岸田は屈託のない笑顔を見せた。そのとき二十年以上も前の高校生のときの岸田の面影を見たように感じた。

ところで、さっそくやけど、と私が例の手帳を渡すと、すぐ真顔になって、「拝見します」と丁寧に捧げもつように一礼して、広げて読みだした。岸田は、三十分ほどたっぷり時間をかけて、丁寧に目を通していった。そういう姿勢を見て、私は岸田という女に賢さと誠実さを感じて、今までのイメージを改める気になった。

岸田は、読み終えると、ふう、と溜め息をついて、まっすぐに私の顔を見て、「これはやっぱりうちの身内の洋子ちゃんやなあ。うちの又従妹のことやと思う。又従妹いうてもすぐ近くの母屋新宅なんで従姉妹同士みたいなもんでね。うちより十五も年下でなあ。赤ちゃんのときから知ってたんよ。

きれいな子でなあ、短大を出て保母さんをしててんけど、あの震災でなあ、かわいそうに死んでしもうて……なあ。ええ人もおったらしいと聞いとったけど」

「その洋子さんはやはり、岸田という苗字の人？」

「いいや、それが洋子ちゃんは瓜田という苗字で。というのはね、私の祖父の岸田磯松の弟には女の子が一人しかできんでね。それが私の父の従妹で、洋子ちゃんのお母さんよね。洋子ちゃんのお父さんはいわゆる世間の人で、恋愛してうちのむらに住みつきだしたので、それで母屋新宅やけど苗字がちごうてきたんやね」

　岸田の口から銅像の人物のことが出たので、私は漁港に行って顕彰文を見、メモしてきたことを言うと、岸田は「ほんま？」と目をみはってから、「偉い人でね、去年死んだときは前の県知事さんも来てくれてね」と照れたように言った。

「で、その時本君の言う、岩井いう男の人のことやけどなあ、新宅のおばさんに、洋子ちゃんと付き合っていた人が岩井いう人でしたか、いうてきいてみて、もしそうやったらまず、この手帳はその岩井……なんやったっけ、朗雄？　その人のものに間違いないやろうと思う」

「うん、そやろね、そうそう」私はやや次を促すような物言いになっていたらしい。

「そやけど、ちょっと待ってな、時本君。なんせ、二人ともも死んでしもうて、どっちの親にしたかて、その辛さを忘れようと思てるんとちゃう？　それを今更、という気が私にはする。そっとしといたげたほうが、と思うけどなあ……」

私は、岸田が言うのも一理あると感じた。それにその瓜田洋子の遺族にきいたところで、すでにもう岩井朗雄がこの世にいないとなれば、なにも聞き得るものはないと思う。加藤に頼まれた件の半分は果たせたが、後半分は宙に浮いたままだ。では、加藤にこの手帳を返すべきだろうか、と独り言のようにつぶやくと、岸田は、きっぱりとこう言ったのだ。

「いいや、それはあんたが持っとき。これを読んだら、この二人、同和やいうのんを乗り越えて結婚しようと思うて、……好きおうていたんやね。もし震災がなかったらきっと幸せになれてたはずやん。私も結婚のときは今の主人の方の家とひともめもふたもめもしたわ。いやな思いもした。時本君はどうやった？……やっぱりな。この二人だけのことやのうて、震災でこんなふうに苦しんだ人らがおったいう貴重な記録でもあるやんか。……あんた、おぼえとう？　高校のとき、僕は将来小説家になって、部落問題をテーマにした作品書くんや言うとったやん。文学は弱い者の味方やとか。それやったらこれ小説にならへん？　手帳をあんたに渡した加藤君て、私も覚えとうけど、ごっつい頭の良かった子やろ？　文芸部の。あの子もそう思って、あんたにこの手帳を渡したのとちがうかな……」

岸田は上り列車に乗って去っていった。私は下りを待ちながら、さっき岸田から言われた言葉をあれこれ詮索していた。八月下旬の熱い昼下がり。吹き出す汗をハンカチタオルで何度かぬぐっていると、忽然とある考えが起こって、あっと、心の中で叫んだ。

加藤は何もかも調べて知っていて、岸田とも連絡を取り合った上で私にこの手帳を渡したのではないか、と。

そう思い出すと、それがことの真相のように思えてくるのが不思議だった。とすれば、この手帳は一生私が大事に保管しておかなくてはならない、と思った。若い女性が、越えなくてはならない壁があるのよ、と恋人に言わなくてもよいような世の中になるまでは……。

プワン、と警笛が響いた。

炎天下、線路から立ち上る熱気がゆらめかせる空気の向こうから、下りの列車がゆっくりゆっくり揺れながら向かってくるのを、私はじっと見つめていた。

旅の序章

第一部

人生は、片道方向の旅のようなものだ。松尾芭蕉翁も言っているではないか。月日は百代の過客にして、行き交ふ年もまた旅人なり、と。しかし、これは、風流どころではない。

そうだ。この、旅というのは、かなりしんどいし、また、おもしろくも、おかしくもないことの方が多い。厄介なものだ。僕の場合、この旅の前半、つまり人生で一番元気がよくて、溌剌としているはずの「青春時代」というやつが、どうにもさえない、淋しいものだったのだ。

その淋しさの原因は、何だったのだろうか。一つは、つまり、恥ずかしいことだけれど、女のことだった。僕はどうしてこう、女から愛されなかったのであろうか、という悩みだった。自分の生い立ちや幼少時代、少年時代を振り返ってみて、つくづく思うのだけれど、僕は、けっして愛を受けることと少なに過ぎた人間ではない。僕は四人兄弟の長男として、かなりわがままに育ってきた。愛というものは、まるで高原の澄んだ空気のように、いつも身の回りにいっぱいあったように思う。時には叱られることがあったとはいえ、父からも母からも大事にされ、愛されて育った、とためらわずに言うことができる。

だが、僕という存在が、すでに家の外に出て、直に「世間」に置かれてみると、ことの様相は一変した。僕は、誰からも受け入れられないのではないか、という、深刻な疎外感に突き落とされたのだった。

この疎外感というのは、ちょっと自己弁護させてもらうならば、僕の出生地の問題にもかかわっている。僕個人の特殊な性格悲劇とは言い切れないものが、あったかもしれない。

もの心ついたころから、父からは折々に、性方面の放縦さを戒める言葉や、他人の家に呼ばれることがあっても、人に後ろ指差されぬように、行儀面ではよくよく気をつけるように、という戒めを受けた。要するに出生地のことで、何かとマイナスを起点にして見られることが多いから気をつけよ、というのである。その戒めが、僕の心身を縛ったというむきがある。

さて、女のことであるが、僕は大学を卒業するまで、女性と交際した経験がなく、女を知らなかった。（とはいえ、ビジネスとして、僕に性行為を許してくれた人は二、三人いた。もっとも、そのせいで、「淋病」という手痛いお釣りがあり、その段階ですでに父の戒めを破ったのだから、さっきの自己弁護はお笑い種である）

女の外に厄介だったのは、就職だった。大学を卒業する前年の秋まで、僕には就職するあてがなかったのだ。学生時代、将来の目標というものがわからず、そのくせ、新左翼の学生運動のまねごとをしてみたり、同人雑誌を親友と創刊し、そこに詩や小説を書いて出したり、また、素人劇団を作って、芝居をしたり……。要するに、俗にいわれる「ぷー太郎」予備軍側の陣営にいた僕だった。実際、その当時の十人ほどの知り合いは、僕ともう一人を除いては、今四十代になってもアルバイトをしながら、アマチュア演劇を続けている。

僕にはさすがに、そんな根性はなく、どこかに就職をしようと思った。できれば、仕事をしながら小説を書くことを続けたかった。しかし、就職活動の方法がわからず、学生に就職を斡旋する部署が大学にあるのか、ないのか、もわからず、世間ではゼミの先輩や部活の先輩を頼って会社訪問をする、とか、噂で聞くばかりで、僕のまわりでそういう方面で具体的で的確なアドバイスをくれる人は皆無、という状態だった。たった一度だけ、同じ学部学科の面識のない先輩から大学の先生に、いい学生がいれば、ということで話があった、というので、僕はその先輩という人と連絡を取って、その会社(大阪にある準大手の商社だった)を訪問した。

その先輩は、とっくりのセーターを着、よれよれのズボンをはいた僕を見て、実に変な顔をした。しばらく話すうちに、僕が、その会社の内容もろくに知らず、また、留年していることもわかり、あきれ果てた奴、とはっきり表情に見せて、「君は、就職に似合わない」と、吐き捨てるように言った。

今から思えば、僕はかなり非常識な男だった。そのころは、実社会の常識を芯からわかっていなかったのだ。とはいえ、そういう格好で会社訪問はまずい、ということを僕なりに学習したのだが、就職活動というものにすっかり自信をなくしてしまった。仕方なく、新聞に求人広告を出していた、西宮のある書店に連絡して、会社説明会兼面接を受けることにした。すると、十一月も半ばだというのに、結構な人数の学生が来ていた。この時期まで就職が決まらず、やむにやまれずにというような学生がこんなにいるのか、と思った。

　面接の前に、その書店本店の見学があった。その店は、普通の本も置いているのだが、実は、店の奥まった方に置いてある大量のビニール本（ポルノ写真集）を主力商品にしている店だった。驚いた。目のやり場に困った。その後、その店の隣にある、会社本部の建物（倉庫の改築風）二階の会議室のようなところで、その会社に関する説明を受けた。初老の司会の社員から、社長だと紹介された三十代半ばの体格のよい男が、熱っぽく、早口で、創業理念、沿革・業務内容・今後の経営戦略などなどを語った。

　出版物の流通革命を起こさねばならない。今まで、出版物は大手取次業者が出版社の利益を優先し、消費者の利益と享受を阻害してきた。われわれは、返品された漫画雑誌を大量に一括仕入れし、それをまた必要とする消費者に安価に提供してきた。これは出版物の「再販制度」を堅持したい出版社や大手取次店の認めないところである。しかし、出版物も商品である以上、需要と供給の関係によって価格が成立するようにすべきである。そのためには、われわれがもっと大量の出版物を扱えるよう、チェーン店を阪神間のみならず、九州、北陸にも展開する。その業務拡張のための戦力となる人材を今求めている。ひいてはあなた方を将来の幹部候補と考えている。と、そんな話であった。

　説明会のあと、面接を受けたい人は、残ってください。残りたくない人は、遠慮なく帰ってもらってよろしいと、司会の社員が言った。僕は、少し迷ったが、説明を聞いて、質問したいこともあったので、面接を受けることにした。

破廉恥な商品を扱い、しかも猛烈に働かされそうな熱い社長の一方的な説明にもかかわらず、十数人の学生が残ることになった。僕は、二十分ほど待たされて、面接を受けた。

社長と副社長だという二人の男に僕は面接を受けた。彼らは、僕の提出した履歴書をろくに見ないで、こういう会社だが、入る気はあるか、仕事としてはおもしろいかもしれない、と言うので、一つ質問してもいいですか、と訊いた。どうぞ、と言うので、僕はこう言った。「さきほどの説明で、今、ビニ本というブームに乗って、業務拡張を目指す、とかおっしゃってましたけど、そのブームが去ったら、どうなるのでしょうか」と。すると、説明会では一言もしゃべらなかった、副社長だという小柄な男が、ちょっと怒ったような表情になって、「君ね、ブームは作るものだよ。一つのブームが終われば、またわれわれが仕掛けて、それを、作ればいいんだ」と言うのだった。なるほど、そうか、一つこの会社にかけてみようか、と僕は不遜にも思い、「わかりました。入社を希望します」と頭を下げた。すると、「君は、国立大学生だよね。本当に、いいのかい」と言うので、「はい」とはっきり答えた。なにせ、ほかに就職のあてはない。世間では就職難だという。何より、僕には、一年留年しているという、決定的な致命傷もある。もうここで決まるならそれでいい、という思いだった。

三日後、採用の通知が来た。十一月の下旬だった。僕は、「就職活動」を終えて、やっつけ仕事のような卒業論文を書いて（僕はつくづく学問や研究に向いていない人間だった）、無事、卒業となって、四月からその会社に入社した。こうして、僕の「社会人生活」はスタートしたのだ。

同期入社の者が七人いて、会社の寮（アパート）で一週間の合宿研修ということになった。こんな会社にしては、研修は、かなり真面目に、計画されたものだった。最初の二日間は、将来の幹部候補としての経営感覚を養う、ということで、専門の講師から、財務的な基本知識と考え方を教わった。講義が一通り終わると、次はゲームで、模擬の商品の取引をし、最終的に各自の「会社」のその期の「貸借対照表（バランスシート）」の作成まで持っていくというものだった。僕以外はそこまで行けたのだが、僕は芯からそういう経営的な考え方が理解できず、その表が完成できなかった。

社長と副社長の講義もあった。出版物の流通業界の概況や問題点、今後の動向というような内容だった。研修が終わると、一緒に酒を飲みながらの話のなかで、彼らの経歴や本音がほのうかがえることとなった。社長も副社長も、ともにいわゆる団塊の世代。同じような年齢だが、経歴はかなり違っていた。

まず、社長というのが、尼崎生まれで、早稲田大学中退。学生時代は左翼の運動家だったようだ。何度か警察にしょっぴかれたことがある。就職するあてがなく、学生時代の仲間を頼って、出版流通業界に入った。そのうちに副社長と出会い、この会社を立ち上げた。起業後、今までは順調に来た。しかし、これまでのように仲間内で会社ごっこをしているようなことから脱皮し、もっと会社を大きくし、将来、出版文化の一翼を担える存在にしたい。出版業務も視野に入れている、ということだった。

副社長は大阪生まれで、高卒ですぐに大手取次店に就職。営業回りのたたき上げ。いろいろ苦労もしたが、その会社時代に、おもしろいことがあった。どんなことかというと、大阪で万博があった年の春ごろから、三島由紀夫周辺の動向がどうも何かありそうだ、と臭ったので、三島の著書をほとんどその取次店で買い占めた。案の定、その年の十一月に例の市ヶ谷事件、割腹騒ぎである。そこで、一気に三島由紀夫の大ブレイクとなった。ライバルの大手取次店は全国の書店からの注文ににわかに応じることができず、自分の会社がそのときは大勝ちとなり、快哉を叫んだ。だから、おまえたちも、日ごろから世間の動きに敏感になり、アンテナを張っておいてビジネスチャンスを逃さないようにしないといけない。本が好きなのはいい。だが、あくまで本は商品だ。本に惚れ過ぎてはいけない。売れるか、売れないか、という目で本を見られなくなったら、本屋としては失格だぞ。

合宿の座学研修が終わると、次の二週間は、僕ら同期新入社員は、それぞれ支店に行って実地に書店業務の見習いをした。僕は、本店の店長だという初老の男に連れられて、姫路、神戸、尼崎の各支店を見学に行き、その後、それぞれの店で、一週間ずつそこの店長の下で、実習をした。レジ打ち、午前中の商品の搬入の送り状の点検、荷ほどき、陳列の仕方、雑誌の返品期限点検（雑誌は回転が速く、返品期限を過ぎてしまうと買い取りになってしまうから、特に気を遣う）と、荷造り、返品伝票の処理や、その日の売り上げ報告の仕方、書籍類の棚卸の仕方、などなど。要するに、普通の書店員が日常行わなければならない業務を体験した。しかも、僕らは、これから急ピッチで京阪神以外に「業務拡張」する予定地で、開店当初の通常業務をやりつつ、現地で店員を募集し、採用した店員に通常業務を「教育」し、店を軌道に乗せるまで、当該地に「長期出張」するということになっていた。だから、入社から一か月という短期間で、濃密な実習が、待っていたのである。

僕の場合、最初の「長期出張」先は九州で、六か月かかった。九州での最初は長崎市内の港に近い商店街の一角での新規開店業務、それが一段落して、すでに営業を始めていた、熊本店、久留米店の業務点検を兼ねた店番手伝いをした。それから、西宮にいったん帰り、本社にひと月半いた。各地の売り上げの集計分析や傾向の読み方や、今後の経営戦略の考案など、総務的な業務の見習いのようなことをして、また、四国に三か月、北陸に五か月、というふうにそれぞれ出張し、気がついてみると、一年と数か月が経っていた。普通の会社と違って、「出張」先には、同僚というものがいなかったし、現地で店員を採用し、教育し、その人にすべてを任せられるようになるまで、自分自身が九時までには入店し、夜中の一時過ぎまで一人でずっと店番をしなければならなかった。

現地の職安への求人は、本部からしているのだが、面接・採用は僕ら本部の「出張」社員がしなければならない。その際、会社の方針で、他の業界をリタイアした六十歳前後の人を採用することになっていた。リタイア後で、しかも、地方の標準からすれば、少し高めの賃金を提示している求人票を見て、どこの地方でもすぐ何人かが面接にくるのだけれども、店の奥の棚の商品（ビニール本）を見て、驚いて、帰ってしまう人がいた。「家族と相談する」と言っていったん帰った人で、また、来た人はほとんどいない。四国では、元教師だったという人から、面接で、逆に、「あなた、こんな店で働いておられて、恥ずかしくないですか、若いのに……」と言われたこともある。そういう具合だから、店員採用というのも、長引くときは結構長引いたものだ。地方によっては会社がアパートを寮代わりに借りてくれているところもあったが、下手をすると、ひと月もふた月も旅館暮らし、ということもあった。福井では初めて雪かきという重労働を体験した。深夜、雪に閉じ込められて、寮に帰れず、店で震えながら寝たこともある。

二十五歳の春から初夏にかけて、僕は二度目の九州の「長期出張」で過ごした。長崎市内での二つ目の店の新規開店のための出張だった。そのときは、一人目の店員は案外早く採用でき、しかも、幸い覚えのはやい頭のよい人だった。その人は、夕方から夜中の勤務は無理というので、昼の要員ということで、二週間も「教育」すれば、昼は安心して店を任せられた。それで、僕は、午前中から夕方まではわりとのんびりしていられた。

ある日、僕は、職安に出向くついでに、前の「長期出張」のときは、忙しくて心身ともに余裕がなく、長崎市内にいながら、どこにも観光名所に行ったことがなかったので、グラバー園に行ってみた。店の近くの駅から路面電車に乗って、南に向かい、大浦天主堂を見、グラバー園にも上がってみた。登り切ったグラバー邸のある高台の広場は、家族連れや老人の団体客や、台湾の観光客などで賑わっていた。誰も彼もが、実に屈託なく、楽しそうだった。

グラバー邸前から港の方を見渡すと、真っ青な海と、その海を囲むように入り組んだ新緑の岬が見えた。空はよく晴れ、高いところに薄い雲がひきちぎられたようにところどころにあるばかりで、かえって空の青さを際立たせている、といった具合だった。それはもう、申し分のない、名所の風景なのであった。

僕は、振り返って、グラバー園のつややかに照り返す緑や木陰、高い石の塀や、花壇の色とりどりの花や葉を見た。そのあたりに群がって写真を撮ったり、語らい合う人々のいる光景の中で、「あー、おれは一人だなあ」と思う僕がいた。そう思うと、鼻の奥がツーンとした。これは、だめだ、と思った。おれはまだ、二十五だ、と思うが、もう二十五か、という何か醒めたような、あきらめたような気分が湧いてもきた。僕は、自分の中の暗さ・孤独を認めなければならなかった。

一人きりで、この世に立っているというふうに考えるとき、人間は用意周到に、かつ毅然と自分の力を出し切ることができるものなのだろうか、それとも、断崖絶壁を目の前にして立っているような、足のすくむような怯えにとらわれるものだろうか。密室にとらわれているような、どうにもやりきれない閉塞感に絶望するものだろうか。要するに、僕はそのとき、とても淋しかったのである。僕は、いつまでもこんな淋しさには耐えられないだろうな、ということを漠然と感じていたのだ。「いつか、おれにも恋人ができるだろうか……。おれのことをすべて理解し、了解し、愛してくれ、受け入れてくれる女が、おれの前に現れるだろうか」と。

僕は、額から頬に、頸筋から背中に、太腿の裏から膝の裏へと、膚を覆うような汗の湿りを感じながら、グラバー園から大浦天主堂前へと、ゆっくりゆっくり下りていった。

その日の夜中、店番を終えて、僕は店の売り上げの精算などを済ませて、店を出ると、すでに午前一時半だった。店から北に国道二〇六号線沿いを五分ほど歩いたところに、取引している銀行があり、そこの夜間金庫に所定の伝票とともに入金し終えて、また、引き返し、店の前を過ぎて、浦上川の橋を渡り、左に折れて、また五分ほど歩いたところにある小さなビジネス旅館にまっすぐに帰った。

そのビジネス旅館は、二度目の長崎出張で、すでにもう一か月近く使っている旅館である。初めのころ、僕が夜中遅くに戻ってくるのを、五十歳前後の旅館の女主人は不思議がって、

「お仕事、何しとらすですか」と訊いた。僕は、本屋の営業です、と答えたが、彼女は、十分納得できないふうであった。安全上、午前二時には旅館の玄関を閉めないといけない、と言うので、僕は必ず、二時までに旅館に戻った。会社の規則で、ホテル代は三千円以内と決められていたので、そんな安いホテルを店の周辺で外に探すのは難しい。それで、僕は、午前二時までには戻るようにした。

仕事帰りにそこらあたりをぶらつくことができないということに、不満があったわけではない。それどころか、むしろ、仕事で疲れた体を一刻も早く床に横たえたいと思う日の方が多かった。とはいえ、午後五時から夜勤に入り、昼の部の店員と引き継いで、午後七時からは一人で店にいなければならなかった。夕食は、昼の部の店員がいるその五時から七時までの間に、近くの喫茶店で軽食をとるが、それ以降、夜中の一時過ぎまでは、いくら腹が減っても、店から身動きがとれないのだった。一応閉店は一時と決まっていたが、その間際に入店した客が、例えば、少しでも気に入ったモデルの商品を選ぼうと粘りだすと、無下に出ていってもらうわけにはいかず、かといって、いつまでも悠長に

待っていると、旅館の門限が迫ってくるのが気になって、落ち着いてはいられなかった。店を閉めてから、売り上げの精算、銀行の夜間金庫への入金まで考えると、どんなに早くても三十分はかかった。だから、最後の客が粘ると、旅館の門限までに帰るには、どんなにその日腹が減っていても、途中の屋台のラーメン屋に立ち寄れず、空腹を抱えたまま寝なければならないのだった。これは、僕にはつらいことだった。女主人は二時には玄関を閉める、と言ったが、僕が、三日おきにきちんと料金を支払い、言動もまともなのを見て、女主人も安心したのか、一週間もすると、もし帰りが午前二時を過ぎても、あなたが帰ってから、中から玄関の施錠をしてもらえればよい、と言ってくれたので、ほっとした。女主人が、二時の門限を緩めてくれたのは、実にありがたいことだった。彼女が玄関の施錠を僕に任せると言ってくれた次の日の朝、僕が何気なく、女主人に、このあたりが原爆の爆心地ときいたのですが、と言うと、彼女は、「そうですよ」と言い、しばらく自分の身の上を語りだした。実は、自分も原爆で被害を受けた一人だ、と言う。そのころは、市内の南の方の造船所に学徒動員で勤めていて、ものすごい光と衝撃を感じたと同時に体が吹っ飛んで意識を失った。気がついたら血だらけだった。一緒にいた友だちは多く死んだけれども、私は幸い、居た位置がよく、生き延びました、ということだった。そのときの傷とやけどの痕がほれ、と言って、顎と首筋を指さし、女ですから、この傷でいろいろ苦労しました、と言った。見ると、うっすら皮膚が引きつっているのがわかった。彼女はまた、原爆の爆心地が公園になっていて、このすぐ近くですよ、と教えてくれた。「たくさん人が死んだところです。一度見に行ってやってください」とも言った。

旅館の女主人に、あなたが帰ってから自分で玄関の鍵をかけてもらってよいと言われてから、僕は仕事帰りに腹が減っているときには、深夜まで営業している飲食店に立ち寄って帰ることが多くなった。

旅館の近くに、「五円五十銭」という風変わりな名前のラーメン屋があり、初めのころは、何回か立ち寄ったのだが、その店は、外でさんざん飲んで、かなりいい調子になった酔客や、近くにあるラブホテルに入る前の腹ごしらえという風情のカップルがよくいて、酒臭さや、女のきつい香水の臭いが鼻を衝いて、僕にはあまり居心地がよい店とはいえなかった。その後よく入ったのは、その店からさらに浦上川を少しサントス通り寄りに歩いて、橋のたもとの広場のようなところにあった店だ。小さな倉庫のようなものがあり、そのすぐ隣に、夜だけ屋台を組み立てて営業している店だった。その店は、ラーメンのほかにおでんも、酒も、ビールも置いてあった。入り口には、紺地に白抜きで「愛ちゃん」という屋号の書いてある低い暖簾がかかっていた。屋台とはいえ、木組みのしっかりした店で、炊事台を囲むように三方にカウンター代わりのしっかりした長机が置いてあり、客はその前の丸椅子に腰かけて注文し、飲食した。

「愛ちゃん」の店主は、三十歳前後の、背のすらりと高い美貌の女性だった。初め見たときは、深夜一人でこんなさびしい場所でこんな美人が屋台を出していることに、違和感があった。一体に九州は屋台が多い土地柄ではあるけれど、街はずれで、深夜に女性が一人でやっている店を、僕はそれまであまり見たことがなかった。久留米にいたころは、国鉄から西鉄の駅までの大通りにたくさんの屋台が並んでいて、女性店主も何人かいて、活況を呈していたが、長崎のそのあたりは当時（今はどうかしらないが）深夜にやっている店を探すのも楽ではないほど閑静だったから、なおさらそのように感じられたのだ。

仕事帰り、「愛ちゃん」で飲むビールは何ともうまかった。何よりも女主人がおとなしく無口な人で、こちらから何か話しかけない限り、向こうからあれこれと話しかけてくるということがないのだ。僕はこの店がすっかり気に入ってしまった。

店は浦上川を背にして立てられていた。屋台に入ると、女主人の後ろには大きな樹があり、その向こうは静かな闇であった。かすかな水の流れる音もたまに聞こえてきた。女主人は無口ではあるが、けっして不機嫌で不愛想というふうではなかった。黙っているときも、少し口角を上げて、微笑んでいるような表情でいた。注文が入って、茹で上がったラーメンの湯を切ったり、おでんのしみ方の様子を見たり、などというときには、さすがに眉を寄せてきりっとした表情になったが、客たちがうまそうに食べたり、飲んだりしているのをただ見ている、というふうなのだ。ここに来る客の多くが僕と同じようなことを感じるらしく、ある日、客が、女主人に、どうして、こんな場所で屋台を出しているのか、と尋ねた。女主人が答えるには、何でも、この隣の倉庫の持ち主というのが、女主人の親戚に当たり、その縁で場所を定めた、ということだった。だから、水も、横の倉庫の水道栓から、電気もそこから引かしてもらっている、もちろん水道代、電気代は自分が払っています、ということだった。そう言われて客は、納得したような、しないような表情で、「へえ、そう」と言う。僕にもその客の気持ちはわかるような気がした。「なぜこんな場所で……」の問いの中には、なぜあなたのような若い美人がこんな深夜に屋台の店をやっているのか、という疑問もあるのだが、女主人は、そういう疑問を相手が持っているのを見抜いて、わざと場所のことだけ答えているのか、それとも全く意識せずに無頓着に訊かれたことだけを淡々と答えただけなのか、わからない。僕は、女主人が、趣味でこういう仕事をしているのか、と想像してみたことがあるが、客が一時に混み合った夜に、女主人が、たくさんの注文を受け、引き締まった表情でてきぱきと仕事をこなしているのを見て、自分の想像は全く当たっていないと思った。裸電球の黄色い灯光に照らし出され、少しうつむいて洗い物仕事をしたり、ようやく手が空いて、ゆったりとした表情で、うまそうにロングピースをくゆらせているときの女主人の顔は、ひどく生活に疲れているようにも見え、また、そうした自分の生活に満足しているようにも見えた。だが、その「満足」の中には余裕というものが感じられず、やはり、僕は、この人はまさに、この商売で精いっぱい生きているのだ、と思うのだった。

正直にいうと、仕事で疲れた体や頭を引きずってこの店にきながら、僕は、この女主人を欲情の目で見ないことはなかった。旅館に戻ってから、寝床に入ると、僕の欲情の延長にある空想はどんどん進むのだった。

僕は、この女と一緒になって、神戸に連れて帰り、今の会社を辞めて、どこかの町工場ででも働き直す。いや、この女と一緒になって、この地でともに屋台をやっていくことに。

空想は楽しいものではなくて、切なく、悲しげで、暗いものだった。ここでこの女と一緒に暮らす、という空想は、特に淋しい気がした。

ところが、そんな空想にふけるわりに、いや、空想するせいか、現実の僕は、女主人とはろくに話をしたことがなかった。「ラーメンとビールください」とか、「玉子と厚揚げを」などと注文するときと、「いくらですか」と勘定を払うときくらいしかものを言わなかったのだ。

女主人の方でも、僕のことを、よく遅く決まった時間に来て、食べるとすぐ帰っていく客だとは思っていただろう。それくらいの頻度で立ち寄ったのだったが、女からはなじみの客らしい親しげな声をかけてもらったことはなかった。もっとも、僕の方も、もともと、その店に限らず、どんな店であれ、しばしば足を運びながら、そこの主人と親しくなろうという気を起こすことはなかった。友人からも、僕は、「声のかけにくい奴」と言われたことがしばしばあった。僕の方からすると、その人が、どういう男なのか、女なのか十分にわかるまでは、気安く話しかけることができないのだった。僕はあまり広く他人と親しくなりたくなかった。親しくなってしまえば、自分のことをなにもかも全部ぶちまけて話してしまわなければ気が済まないような気になるのが、僕の悪い癖だった。僕にはそれがどうにも面倒に思われてならなかったのだ。僕には、たとえどんなに親しくなったところで、ある時点において、その相手が、どういう価値観、人生観、性向を持った人間なのかを一人で見定めてかかり、そのうえで、言わねばならないこと、また、隠さねばならないことの判断をしなければならなかったからだ。気が小さいとか、臆病だとか言われそうだが、見た目ではわからない、いわゆるマイノリティーの「当事者」というものは、多少そういう荷を背負っているのではないだろうか。いや、それ以前に、僕はなにかと神経質な男だったことは、認めなければならない。

さて、その日は、僕は一時四十五分くらいにその女の店に入った。客は他に誰もいなかった。僕はそれで、どぎまぎというか、気まずい気分で、「ラーメンとビールください」と言い、それきり黙って座っていた。そのうち、他に客が来るだろう、と思った。だが、このまま他に客が来なくて、閉店となったら、どんなにうれしいだろう。僕は、あと二時間ほど、この美しい女と無言で時間と空間を共有できるのだ、と、ありうべくもないことを内心想像して楽しんでいた。ところが、実際に、十分経っても二十分経っても、客は一人も来なかったのだ。ときどき女の背後から川の流れの音がかすかに聞こえたり、何の鳥か、鋭い鳴き声がキー、キーと聞こえてきた。僕がラーメンを食べ終え、そして、ビールもあらかた飲んでしまったときにも、他に客は来なかった。僕は、もう一本、ビールとおでんでも注文しようかという気になって、そのとき初めて女と口を利いた。

「今日は、暇ですか？」

「ええ……」と言い、女はちらりと僕を見て、少し眉を寄せた。

「この屋台……立派ですが、組み立てるのに、どのくらい時間がかかりますか？」

「十五分くらいですよ」

「へえ……。そんなもんですか」僕は言ってしまってから、後悔した。

屋台を組み立てるのはどのくらいかかるか、という質問は、以前、僕はなじみの客らしい四十前後の男が、女主人にしているのを聞いたことがあった。僕がなぜそういうことを印象的に覚えているかというと、そのとき、その男が、さらに「よかったら、夕方に来て手伝ってやろうか」と言ったからだ。その言い方は横で聞いている男の僕ですら、その男の下心が見え透いて、ねっとりした感じがした。その瞬間、女は、露骨に嫌な表情をあらわにして、「よかですよォ」と甲高い声で答え、すぐ無理に微笑でとり繕うような表情で、「こんなもの、ものの十五分もあれば組み立てられるとですよ。慣れとりますけんね」と言って、煙草を取り出して、火を点け、大きく吸った。僕は、この女は、過去に幾度か、こうした男の遠回しのようで、また押しつけがましい申し出を受けたことだろうと思った。実際、その女の屋台は、かなり本格的ながっしりした作りだという印象を誰にも与えた。四本の柱を梁で固定し、柱と柱の間には半透明のビニールの幕が垂らしてあった。その上に木枠にはめ込んだトタンを複数組んで屋根にし、その中に調理台を入れ、その調理台を三方に囲んで長机が置かれ、椅子が置かれていた。少々の雨でも雨漏りがするとは思えないほどしっかり作られていた。手伝ってやろうか、と言った男に限らず、誰もが一度はこの屋台の作りを見て、果たしてこれだけのものを女一人で組み立てられるのだろうか、と疑問に思うのは、無理もない。情夫のようなのがいて、女と二人して組み立てているのではないかと。僕も、初めてこの店に寄ったとき、女主人の美貌に驚くとともに、屋台の作りの頑丈そうなのが印象的だったのだ。

僕もあのときの男と同じ質問を女にしてしまい、女は平気な顔で答えたが、どう思われたか、すごく気がかりだった。もっと他に気の利いたことが言えなかったのだろうか。なにか他に言いたかったが、それきりで終わってしまった。それからすぐ、かなり酔いの回ったらしい男三人が大きな声で話しながら、店に入ってきたからだ。それで、僕は、ほっとしてすぐ立ち上がって勘定をし、店を出た。

そのころ、僕は偶然、車椅子の青年と親しくなった。ろくに話し相手のいない当時の僕にとっては、実にありがたい人となった。僕が「愛ちゃん」の女主人に口を利いて自己嫌悪にかられた日から十日ほどくらいしてからのことだった。もっとも、僕はあれから「愛ちゃん」には寄っていたが、注文以外はついぞ口を利かなかった。そのくせ、僕は、毎夜のように、あの女を思い浮かべては、らちもない空想と自慰にふけっていた。

とはいえ、その間、昼勤要員のおじさんも何とか採用できて、そのおじさんへの業務「教育」と引き継ぎのために、依然、午前中から店に出ていた。

二十歳前後に見える、車椅子の青年が、店の前の歩道を過ぎて、また戻ってくるのを見た。近くに大学病院付属のリハビリ施設があり、たぶん、そこの入所者が、近くを散歩に出がてら、何か買い物に店を探しているのだろうというふうに見えた。ところが、店の前を何度も覗きそうにするので、僕は、彼がこの店に興味を持っているのだが、入りそびれているのだな、とピンと来た。店の入り口はわりと狭くて、それに十センチほどの段になっている。歩く人には何でもないが、その人にとっては、ためらうほどのことなのだろうか、と僕は少し気の毒な思いで見ていた。しかし、正直にいうと、僕は、その青年に、こんな店に入ってきてほしくはなかった。というのは、人の性欲を直接に刺激するような写真集を、あの青年がほしがっているのではないか、ということが、痛ましくてならないように思ったからだ。一方で、こうした店のレジに立っている僕が、その青年の目にはどう映っているだろうかと思うと、恥ずかしい気がした。だから、僕は、彼がまさに店に入ろうとして、普通の男性雑誌や漫画雑誌を積んである入り口の平台で狭まっている店の間口に、その車椅子を差し入れようとして、慎重に両腕で操作しているのを見ても、ずらそうと思えば簡単にずらすことができる平台を、彼のために動かそうともせず、また、「いらっしゃいませ」と声をかけることもできなかった。僕は、すごく自分が恥ずかしいと思いながらも、表面はそしらぬふうに、伝票を整理しているふりを装い、身を固くしていたのだ。

そのとき、店の奥でビニ本の整頓をしていた昼勤のおじさんが、ふと振り返ってその青年に気づき、急いでレジの前を過ぎて、入り口に駆け寄り、

「いらっしゃいませ！　すみません。狭うしてですね。ちょっと待ってくださいね。ちょっとその台をこちらにずらしますけんね」と、いとも気軽に、微笑みさえ顔に浮かべて、声をかけた。そして、てきぱきと動いて彼が安心して店の中に入れるようにした。おじさんの言動は職業人として、実にまっとうなのだ。それを見ていて、僕はさらに自分が恥ずかしくなった。自分があまりにも気を回しすぎるくだらない奴に思えたのだ。僕は、やっと気を取り直して、「いらっしゃい」と、青年に声をかけた。彼は、軽く会釈を返して、店の奥に向かうようだった。そのとき彼をちらりと見ると、やや恥じたような微笑を浮かべていた。そんな表情は他の客と変わるところはなかった。華奢な感じの彼は奥にどんな商品があるかをやはり知っていたのだ。

店は、入り口から中ほどまでは普通の軽い読み物的な本や文庫本、趣味の雑誌・少年漫画雑誌・コミックなどが置いてあったが、中ほどから奥は、ポップや吊飾りなどで外から見えづらいようにして成人コーナーを設けてあった。前にも言ったが、そこに当時流行したビニ本なる写真集を多種大量に置いてあった。店の売り上げの七、八割がそうした商品のものだった。利ざやの大きい商品ではあったが、リスクもあった。

たまに、ヌードの露出が過ぎる、つまり局部が見えるということで、発禁対象になる商品がある。そんなときは本部から電話やファックスで知らせがくるのだが、たまに連絡の行き違いや紛らわしい似たようなタイトルによる勘違いで（例えば、「花園の秘蜜」と「花の蜜園」とかいうふうに）、それを棚に置いたままにしていて、警察の抜き打ちの巡回の折にその「違法」商品が摘発される、ということがあった。なにせ、ビニ本は日々大量に入荷してくるわりに、タイトルは似たものばかりだ。それに、不思議なことに、すごい露出の本が発禁ではなくて、それほどでもない露出のものが発禁になったりしていたから、いったい誰がどういう基準で決めているのか、訳がわからなかった。

僕は、長崎で二度、そうしたことで、地元の警察署の防犯課へ出頭を命じられて、叱責され、さんざん嫌味を言われ、そのうえ始末書に署名し、指紋を取られた。情けなかった。そのときに警察から、成人コーナーには、横何センチ以上、縦何センチ以上の紙に青少年立入禁止と書いて貼り出すように言われていた。

そういう店だったから、通りすがりのアベックが、普通の本屋と思って入ってきて、奥まで進んであっと声を上げ、困った顔で、さっさと出ていってしまうこともあった。また、二人してにたにたと笑いながらＳＭの縛りものを買うものもいたし、男だけしばらく奥にいて一通り見回して、その男が店を出た途端に、女が、「いやらしかねえ」と、男にとも、また店の商売柄にとも、どちらともつかぬ非難の声を上げ、さっ、行きましょう、びっくりしたなあ、もう。という顔で男とともに去っていく、という図を僕はたびたび目にした。

もっとも、男一人でも、恥ずかしがってすぐ出ていくものもいるし、ゆっくり悠々と見回して買うもの、また、買わないもの、いろいろである。当時の僕にはよくわからなかったのだが、性に対する「構え」や立場というようなものが、人それぞれ違い、その抜き差しならぬ違いは、言動にもはっきり表れるのだろう。

ある夜遅い時刻に三十半ばぐらいの真っ赤なタイトなワンピースを着た女が店に入ってきて、ずかずか奥まで進んで、すぐまたレジの前まで戻ってきた。酒の匂いと濃い化粧ときつい香水のにおいをまき散らしながら、「菅原文太の写真集は置いとらんと？」と、かみつくように僕に訊いてきた。僕が、置いていないと言うと、なんだ、ここは女の裸専門か、かっこいい男の写真集も置いておけ、と怒ったように言い捨てて出ていった。僕が不思議に思って、次の日、昼勤のおじさんにこんな女客が来ましてね、と苦笑交じりに話すと、意外なことにおじさんは心得顔に、ああ、あれは、平和公園あたりで、男客をひっぱっている私娼だと言う。

「このあたりじゃあ、幾人か、そんなおなごがおりましてね。気の毒な境遇のものもおりますが、まあ、かかわらんほうがよかですよ」と言うのだった。

車椅子の青年は、店の中ほどまである商品には目を向けようとせず、ずんずん店の奥へ入っていく。おじさんは、親切、丁寧に、彼の後ろをついていき、「どれがよかですか？　高いところのものはとりますけん。言うてください」と言った。ああ、僕はあのおじさんのように振る舞うことができたら、どんなに気が楽であろうか！　と思って、その二人を見ていた。

青年が目をつけたのは、青年には手の届かない高さの棚にあった商品だった。少女の写真集だった。表紙は、超ミニスカートの少女が、むっちりした脚を見せて、木の幹に右手を伸ばして、脚を交差させた身体を木の方へ傾けて立っている写真だった。青年が、「あれを……」と指さすと、おじさんは待ってましたとばかりに、さっとその本を棚からとって、青年に渡した。青年は、ビニールに包まれたその本をしばらく見つめていたが、おじさんにそれを返すと、「すみません。財布を忘れてきてました。お金を取ってきますから、置いておいてください」と言い、その位置から、車椅子をまっすぐバックさせていき、平台に積んだ本がひっかかるごとに、また、おじさんが、「狭うして、どうもねえ……」と言いながら、彼が店を出るまで世話を焼いていた。青年が出ていってしまうと、僕はほっとした。おじさんは、「近くのリハビリの人のごたるですねえ」と言い、にやっと笑った。その笑いには、特に悪意めいたものは感じられなかったのだが、どうも僕は落ち着いていられなかった。「あん人は、また、やってきますすよ」と言うおじさんに、昼食をとってしばらく休んでくる、と言って、僕は店を出た。

僕は、店から五分ほど歩いたところの、同じく国道沿いにある「ベラミ」という喫茶店に入り、ピラフとコーヒーを注文した。僕は、そこで、二時間あまりゆっくりするつもりだった。昼勤要員に採用したおじさんは幸い覚えも要領もよい人で、すぐ仕事も任せることができるようになって、僕は午後過ぎから店に入ればよいようにはなったが、それでも、ときどき本部から僕に電話があり、僕でなければまだまだ、わからないことも多かったので、夜勤に入るまでに何度か早めに店に出る必要があった。とはいえ、もうそろそろ昼勤要員のおじさんにすっかり任せていかないと、まだ、連日夜勤に入らねばならない僕は身がもたなくなっていたのだ。だから、夜勤に入る五時までは、ゆっくりしたかったのだ。喫茶店もちょうど暇な時間帯だったから、僕も気兼ねせずにいられた。食事を終えてから、僕は読みかけの文庫本を読みだした。

一時間ばかりそこで本を読んでいて、少し読むのに疲れを覚えて、本を閉じた。そして、入り口の新聞立てのところに、スポーツ新聞か、雑誌を取りに行こうと立ったところで、ちょうど、入ってくる客がいて、はっとした。先ほどの車椅子の青年だった。彼は、僕の店のネームの入った紙袋を膝の上に載せていたので、あれからまた僕の店に来て、あの本を買ってきたことは明らかだった。青年の方でも、僕を見て、おや、という顔をした。僕も、おや、という気がした。その青年が、店で見たときの印象とは違い、二十歳前後どころではない、もっと年がいっていると感じたからだ。ともあれ、そうして互いにしっかり顔を見合った以上、知らない顔もできなかった。まして、向こうは、もうすでに旧知にでも会ったような人懐こい笑顔になっている。

僕は、新聞立てから新聞と雑誌を抜き取りながら、軽く会釈すると、「さきほどは、どうも」と青年の方から声をかけてきた。僕は、この知らない土地で、久しぶりに、こうして自然な、親しげな声をかけられたので、うれしくなり、「はあ、……、お一人ですか？」と訊いた。青年が、ええ、と言うので、「よかったら、同じテーブルに来ませんか」と誘うと、「ありがとう」と答えて、ついてきた。僕は、テーブルの向かい側の椅子をずらせて、青年の車椅子が直接テーブルの前につけられるようにした。青年は、「すみません」と言いながら、僕の向かい側にきた。そして、コーヒーを注文した。

青年は、注文したコーヒーが来るまでに、僕の店の紙袋から、「こんな本がありましたね」と言って、僕に見せた。それは、最近有名な文学賞を受けた若い作家の小説の単行本だった。「へえ、と思って、ついでに買ったんです」

その本は、僕が取次に注文して入れた本だった。自分の店の客層では、どうせ売れないだろうが、もし、返品期限までに売れなければ、僕が買うつもりで棚に置いていたのだ。だが、僕はその本を店番の暇にまかせて、レジ台の下であらかた読んでいた。今評判の本だが、話は、大都会の軽薄な若い男女の出会いと別れを書いた、ごくつまらない小説だった。ただ、その中に出てくる男女の身に着ける服やアクセサリーや持ち物といったもののブランドの趣味が、今風で目新しく、斬新だという評判だったが、僕にはどこがよいのか、さっぱりわからなかった。

「おもしろそうだから、買ったんですが、どうでしょうかね」青年は、運ばれてきたコーヒーを横目でちらりと見、また僕の顔をまっすぐに見直し、そう言って、はにかんだような表情をした。僕は、「評判ではありますが」と言って苦笑した。すると彼は、ははあ、わかった、というように苦笑し返して、コーヒーを口に含みながら、その本を片手でぺらりぺらりとめくった。が、すぐにその本を閉じて、今度はゆっくりとコーヒーを味わうかのようにして、飲んでいた。

「あなたは、……。ああいう店に、お勤めですが、インテリではありませんか？」

青年は、何を思ったのか、突然、そんなことを言うので、びっくりして、僕は顔を上げた。「ああいう店に」などと遠慮もなく言うものだから、彼の表情に、揶揄するような、見下すような、そんな表情が浮かんでいるのではないかと、一瞬、僕は、じっと彼の顔を見つめ直した。だが、特にそんなふうもなく、平然としていた。そのとき、僕はつくづく彼の顔を見たのだが、彼は非常に端正で、知的な風貌をしていることに気づいた。その眼には何の悪意もなくて、澄んでいるように思った。僕は、言われた言葉そのものよりも、何か、見透かされているように感じて、少し恥ずかしくなった。

「いいえ」僕はどぎまぎして答えた。すると、彼はまた、「大学は、出ているのでしょう？」と言うので、ええ、まあ、と答えると、彼は、にっこりとした。彼は、それ以上訊いてこなかった。

どこの大学を出てるのか、と訊かれ、正直に答えると、僕の場合、ちょっと面倒なのだった。大学名を言うと、その関連で、専攻は？　と訊かれた。正直にそれを答えると、相手はほとんどの場合、変な顔をする。それでも、相手が多少でも「インテリ」であれば、露骨な表情は見ずに済んだのだが、それでも、「へえ、どうしてそれを?」などと訊くので、答えるのが、面倒なのだ。だから、彼がそれ以上訊いてこなかったので、僕は、ほっとした。(そして、その後、彼と僕との間で、その話題は、ついぞ出なかった)

「この本の、作者なんですがね、……。実は、よく知っている男なんですよ」と、彼は言った。

「えっ、そうなんですか」と、僕が驚いて言うと、彼は、自分の経歴を簡単に話した。長崎市の、北の郊外の出身で、大学は東京に出た。誰でも知っている有名大学だった。

「東京の、学生時代に、しばらく一緒に、他の仲間と同人誌をやってたんです。彼は同じ大学ではなくて、一橋だったんですが。結構女出入りの多い、まあ、ちょっと軽い感じの人だったんですがね。大学を卒業すると、有名な商社に就職して、そっちの方でもう、やっていくのかな、と思っていたんですが、今年、こうして突然有名になって、びっくりしてるんです」

「へえ」と、僕が相槌を打ちながら、感心して聞いていると、彼は、「人生には、いろいろ予測しがたいことが、ありますねえ」と、自分のことか、その作者のことか、どちらともとれるように、つぶやくように言った。そして、自分のこの車椅子生活は、こちらに戻ってきてからの事故によるものだ、と言った。

「不思議ですね。初対面のあなたに、なぜか、僕の今までのことを話したくてしかたがなくなってきた。夕方からまた、検査があるので、今日はもう戻らなければなりませんが、よかったら、また、会ってくれませんか」と彼は言い、今入所している施設の住所と電話番号、そして、吉田匡志という名をメモし、僕に渡すのだった。僕も、手帳の後ろの一枚を破って、時本信夫と自分の名前と、店の電話番号を書いて、彼に渡した。僕も、そろそろ店に戻ろうと思っていたから、彼と一緒に喫茶店を出た。彼が、「じゃ、また」と言うのに、僕は軽くうなずいて、旧知のような心持ちで、その日は別れた。

その後、彼、吉田とは、彼のいる施設で確か、二、三度会うことになった。昼勤のおじさんにはもう安心して昼間の業務を任せられるようになっていた。夜勤要員の人も採用して、その人への業務の「教育」が終了すると、そろそろ僕の「長期出張」も終わる。僕は、今回の長崎で、知り合いを作りたいような気になっていたのだ。どういうわけか、吉田には僕は自分と同じような臭いを感じていたのだろうと思う。彼と連絡を取って、そのリハビリ施設に行った。店の前の国道二〇六号線を長崎駅方面に十分ほど歩いて、大学病院前で左に折れ、住宅街の坂道をまた数分歩いて、そこにたどり着くうちにかなり汗をかいた。彼がいたところは、病院の敷地内にある別棟の「長崎県医学検査・研究所」という、ものものしい名の建物内の一角にあった。受付の男性に、彼の名前を言い、来意を告げるとすぐ連絡を取ってくれた。二、三分待つうちに、吉田は、はにかんだように微苦笑して現れた。「よく来てくれました。さあ、こちらへ」と吉田は言って、受付前の廊下を進んで右に折れたところにある面会室に連れていってくれた。僕が、店からここまで結構な道のりがありますね、と言うと、彼は、「そうです。先日は、久しぶりに町中へ出たくなって、施設に断りもなしに、決死の覚悟で、出ました」と言って、笑った。

最初の日、彼は、自分の事故の話を打ち明けた。

「僕が、……、こんな体になったというのも、ほんと、バカげたことからなんですよ」と彼は話しだした。僕は、もう、ひたすら、聞き役に徹した。

「東京でちょっと、まあ、いろいろあって、長崎に帰ってきたんです。ですが、仕事が、こんな地方では、そうそうすぐ見つかるものではありませんで、……。幸い父親が小さな会社を経営していましたので、そこの手伝いをしながら、たまに市内に出てきて、ぶらぶらしてたんです。去年の七月十二日、土曜日でした、事故にあったのは。暑い日でした。その日、高校時代の友人で、地元の大学を出てこの近くのカトリック系の私立高校で教員をしている奴と一緒にプロ野球を見に来たんです。大橋町に県営の球場があるでしょ。そこです。ヤクルトの社長が、長崎出身だものだから、毎年ね、シーズン中に二回だけ公式戦をやるんですよ。ヤクルトと広島がね。まあ、僕は、どっちのファンでもないし、そもそもあまり野球には興味がないんですが、その友人がね、大のヤクルトファンで、入場券が二枚手に入ったからと、誘われて、ついていったんです。あの日の試合はどちらが勝ったか、ということすら覚えていないぐらいで。それで……、試合が終わると、友人と長崎駅前まで出て、飯を食って帰ろうということになって、市電の駅まで戻るうちに、球場帰りのものすごい数の人でごった返しましてね。下りも上りももういっぱいだ。友人に、こりゃ、だめだ、次のにしようよ、と声をかけるつもりで振り返ってみたら、そいつがいない。大勢の人にはさまれてずっと後ろの方にいた。それで、いよいよ次の電車にすると決めて、乗車口から離れようとしたら、そこへ後ろから大勢わっとなだれ込んできたので、僕は、思わず横に逃げた。と同時にもう電車が動きだしてたんです。それを知らず、横に逃げた僕は押されて、踏切に飛び出していた。あわてて背を向けて逃げようとしたところを、背後からドン、ときた。……、気がついたら、大学病院のベッドの上にいた。事故から二日目の午後でした。友人が、仕事を休んで、ずっと付き添ってくれていた。両親も、横で二晩一睡もせず、付きっきりでいてくれたらしい。そんな彼らを見たときに、そういえば、朦朧とした意識の中で、ざわざわと人の声を聞いたような気がしていたのを思い出しました。それで、友人に、『おれ、ぐっすり眠ってたのか？』と訊きましたら、いや、お前、ときどき、苦しそうに呻いてたから、すごく心配した、と言うんです。目が覚めた僕を見て、両親とも、ほっと胸をなでおろしたような塩梅で、『気のついたごたる』と、喜びました。だが、頭が痛みました。気を失う直前に踏切の敷石が目の前にあったから、きっと、頭蓋骨の陥没骨折にでもなっているんじゃないか、と思いました。長いこと僕は頭に包帯を巻いていました。でも、それだけではなかったんです。脊髄を損傷していたんです。車なんかに跳ね飛ばされるときは、数メートルもバーンと弾き飛ばされた方が、かえっていいそうなんですね。運のいいときは、打撲とか、かすり傷程度で済むことがあると、後で人に聞いたことがあります。でも、そういう人は、もともとよっぽど運動神経がよくて、地面に叩きつけられる直前まで無意識に受け身を取ってたりするんじゃないですか？　友人に後で聞きましたら、僕の場合、あっけないほど電車のすぐ横に、ばったり倒れていたらしいんです。それも、倒れていた僕は、額からちょっと血がにじんでいる程度だということでした。それに、助けに来てくれた人が僕に、『大丈夫ですか？　立てますか？』と訊くと、『いや、立ちきらんです。大学病院に連れていってください』と答えて、それきり意識を失ったと言いますが、僕はそれを全然覚えていないんですよ」

こんなふうに、彼は、事故による脊髄損傷の後遺症で歩けなくなった経緯を話してくれたが、その状態からの回復をけっしてあきらめたわけではないことも、淡々と僕に語ってくれた。

それから三日ほどして、正午過ぎに店に出てみると、吉田さんという人から電話があった旨、昼勤のおじさんから聞かされたので、僕はまた、彼に電話をかけた。彼は、また、会えないか、と言う。四時までならば大丈夫だと言うと、では、待っています。相部屋の人が今外泊で自分一人だから、部屋で会おう、と、部屋番号を教えてくれた。

僕が、彼の部屋に入ると、机の前に車椅子を寄せて、本を読んでいた。

「やあ、すみませんね」と、彼は僕の姿を見て、挨拶してきた。いえいえ、昼はわりとゆっくりしてますから、と言いながら、彼の机の傍に近づくと、彼が英語の本を読んでいることに気づいた。僕が、へえ、と感心すると、少し照れたように、なに、アメリカのポルノ小説ですよ。たいしておもしろくもないのですが。と弁解のように言った。

「このあいだ、時本さんに話を聞いてもらってから、なんだか、僕は気が高ぶってきまして、なかなか寝付けなかったんです。まだまだ話したりない、という気もしました。近くに友人がいるのですが、彼は教員で忙しいし、何より、僕の事故の原因を作ってしまった、という負い目があるのか、なかなか来てくれない。僕の方では、彼を責める気は、今となっては、さらさらないのですが……」と言いながら、彼は、やや、早口に話しだした。

「ここに来てから、もう半年経ちます。大学病院で脊髄の手術をしましたが、下半身が動かなくなってしまいましてね。現代医学では、もうどうしようもありません、と言われました。神経が損傷してしまうと、他の細胞のように回復するというのは不可能だと言われました。僕の場合、腰から下の神経に決定的な損傷が生じて、立てなくなったのです。脳からの神経が末端にまで伸びて、さまざまな命令を伝えるから、体の各部が動くんです。これが常識ですが、でもそれだけでしょうか。全く、神経のつながりは一方向だけでしょうか。と僕は考えるんです。末端の神経が、逆に脳に届いていかないか、ということなんです。末端を無理にでも動かす訓練を重ねていけば、途中で途切れた神経が、少しでも回復しないだろうか、と、こうも考えるんです。僕が今受けている訓練は、そういう理屈で神経の機能が回復するかもしれない、という可能性を前提にして、行ってるんです。科学というのは、帰納法的な論理の上に成り立つものですが、僕の場合、逆もまた真なり、という、まあ、三段論法みたいなかすかな希望ですが、でも、少しでも、たとえ、百万分の一の確率であったとしても、希望があるならば、それにすがりたいと思うのが、人情というものではないでしょうか」

吉田の、理屈っぽい話の中で、「人情」という、情緒的な言葉が出てきたので、僕はおかしくなって、その瞬間、思わず苦笑いした。吉田は、そんな僕の表情に敏感に反応して、ちょっと憮然たる表情になった。

「そう、何かに、すがりたいという、人情ね。……、それに何より、僕が、希望を捨てない理由は、実に、不思議なことに、腰から下に全く力が入らないし、動かないのに、右足の親指だけは、かすかに動くような感じがするんです。僕は、しきりにそれを医者に訴えるんですが、医者も不思議がって、訳がわからない、と半信半疑でいます。でも、そのために、僕は貴重な研究対象と見なされて、ここで検査や訓練を受けることができているんです……。医学や科学といっても、けっして、万能ではないんです。いったい、この宇宙や世界の現象のごく一部しか人間にはわからないんです。何が真理で、何が真理ではないか、誰も本当のところはわからないんです。それぞれの立場や理屈で、解釈し、説明は、する。でも、それだけです。例えば、ある時点である一点から膨張しだした空間、それが宇宙であって、なおかつ、その宇宙がいまだに拡大しつつある、なんてことを言ってみたところで、それは、観測であり、理論でありするだけで、それが信じられない者にとっては、何の真理とも、価値とも言えませんでしょう? あてになるのは、自分という存在だけですが、これもまた、偶然の産物ですよね。自分はこんな生き方をしたいからこの世に生まれてきた、という人がいるでしょうか。何もかもが、偶然だけれども、偶然と思うと馬鹿らしくなるけれども、でもそんな偶然は、人それぞれに、切実なものではありませんか。とすると、人生という偶然もまた、侮りがたく思えてくる。偶然を価値のないことだと、鼻で笑うこともできます。しかし人生は偶然だからといって、そこに一切の価値を認めたくない、と言うならば、それはもう、死ぬしかないんです。即身成仏というのが、その意思表示かもしれないけれども、信仰心のないものからすれば、それこそ馬鹿らしいことです」

吉田の話は、なんとなくわかるような気がしたが、簡単に感想を言える類のものではなく、僕は、半ば呆然とした表情で聞いていた。彼は、僕のそんな様子に、はっと気づいたように、

「すみません。ちょっと理屈っぽくなっちゃって……」と、恥じるように言った。

それから、彼は、僕に、仕事の様子を聞いたり、僕がそれに答えたり、また、彼が、自分の東京時代の何気ない思い出話をしたり、最近読んで印象に残った本の話などして過ごした。いろいろと話すうちに、ともに木山捷平が好きだとわかり、互いに、それは意外でした、と思わず笑ってしまった。


吉田と話す機会は、五月中旬のある日が、最後となった。その日、彼が来てほしいと連絡してきた。前回会ったとき、旅館の電話番号も教えていたので、僕が朝遅く起きるころ、電話があった。電話に出ると、今日午前中に来れないか、と言う。いける、と言うと、待ってます、と言う。

僕が、施設に入ると、彼はすでに面会室に来ていて、新聞を読んでいた。彼は、僕の顔を見ると、少し引き締まった顔で、

「時本さん、君、悪いけど、今から一緒に平和公園へ行ってくれないか」と訊くのだった。僕は承知したが、この施設の人に断ったのか、と確認すると、車椅子を押す付き添いの人がいれば、許可が出る、ということだった。なぜ、急にそこへ行くのか、と僕が訊くと、彼は、地元の新聞を僕に示して、理由を答えた。

「今日、昼過ぎごろに、ワレサが、来るんですよ」と言う。

「ワレサ？　ワレサって、あのワレサですか」

「そうです。あの、ポーランド自主労組・連帯の、あの、ワレサです」

「へえ……。どうして長崎に……」

「ワレサはね、カトリックの信徒なんだ。長崎は、カトリックでは、隠れキリシタンの歴史を信仰の奇跡だとして、聖地のように見なされているところです。それに、原爆の被災地でしょう。彼は、日本に招待されて、ぜひ受難の地である長崎にも立ち寄りたい、ということで、来るんですよ」

僕は、東欧の、いわゆる東側の社会主義圏の国の労働者のリーダーが、カトリック信徒だということを意外に思い、また、日本に来る意図もよく知らなかったが、今、話題の人物である、ということに、興味がわいた。遠くからでも、ちらりと見られたら、と思った。

僕は、坂の下り、上りを吉田の車椅子を押して、ゆっくり平和公園へ向かった。道々、吉田に、先日はよく一人で僕の店まで往復できましたね、と訊くと、彼は、急な下りの坂道は、とても怖かった、と言って、苦笑した。僕らは、山王通りから大学医学部横を通り、浦上天主堂下まで出て左折して、住宅街の細い道を抜けて、平和公園へ着いた。

公園につくと、週日の木曜日ということもあったか、それほど人出も多くなく、僕たちは、ワレサが献花をするという平和祈念像のすぐ前あたりまで行った。公園のところどころに、私服警官らしき者や制服姿の警官が、トランシーバーを手にして、用心深そうに立っていた。ときどき、それで大きな声で連絡を取り合ったりしていた。報道関係らしい者たちは、平和祈念像のすぐ前で、したり顔であちらへこちらへと歩いていた。テレビ用のカメラをセットする者の横で、何重にも巻いた重そうな黒いコードを肩に担いで、年かさの男に指示されるままに右往左往している若い男もいた。しかし、そうした連中の忙しさをよそに、そのときの公園の雰囲気は、いつもと変わらず、森閑といってもよいくらいの、のどかさだった。国道の方から上ってきた若い男女が、噴水場からこちらにやってきて、公園の縁の植え込みに沿ってぶらぶら歩いていたりする。

「今日は、外国の偉い人が来るらしかよ」と、噂しながら見物顔できたのは、公園近くの住宅街の人々であるらしい。三十人あまりの人が、僕たちが公園に着いてから、三々五々やってきた。公園の入り口付近で露天で商売をしているアイスクリーム屋が二人いて、それがいかにも今日公園で何か「催し事」がありげな雰囲気を醸していた。とはいえ、いかにも静かであった。

「万事、こんな調子ですよ」と吉田は、ぽつりと言った。

「はあ?」何のことを言っているのか、よく意味がわからず、僕は、聞き返した。

「いえね。長崎の人っていうは、案外、外のものに対して冷めているんですよ。昔から外国貿易の町だったから、ですかね。外国から、あんなに話題の男が来るというのに、迎え出る人の少ないこと、どうです? 夏のおくんちにはあれほど熱狂するというのに」

吉田は、今、世界的に注目を集めている、東欧の小国の労働組合の指導者がやってくることについて、この地の人々の関心の薄いことが、不満らしい。

「同じポーランド人だが、この間のローマ法王の訪問のときは、ものすごい出迎えの人出だった。もっとも、長崎は、カトリックの信徒が多いですがね。それにしても、こう、違うものか。権威や権力に弱いのかなあ。公務員や警察がどんなに威張っているか、時本さん、ちょっと他府県の人では想像できないくらいですよ。土地柄ですかねえ……」吉田は、そう言って、また、以前、市の福祉課に用があって行ったとき、横柄な職員に、二、三時間待たされた、ということを、苦々しく語った。

「しかしまあ、これは、長崎に限ったことではありません。日本人の持ってる体質なのかもしれません。長いものには巻かれよ。寄らば大樹の陰。……うーん、度し難い」

彼は、ひとしきり自分の故郷を批判し、さらに彼のいらいらが一層増していったのには、もう一つ理由があった。新聞の記事によると、ワレサが平和公園に到着するのは、正午過ぎ、ということだったのだが、一時になっても、一時半になってもやってこないのだった。そして、とうとう二時になった。吉田だけでなく、僕もいらいらしてきた。日差しも強くなってきたので、僕らは平和祈念像の裏の木陰に行って、待つことにした。

そこからは、正面から、像の前でセットされたテレビカメラの横で、地元のテレビ局の、白い背広姿のアナウンサーが、何度も何度も、アナウンスの練習をするのが見られた。しばらくすると、次第次第に見物人が集まってきたので、僕らも像の前の方に移動した。それでも見物人は百人前後しかいなかった。二時半過ぎになって、ワレサは、ようやく、総評の幹部一行とともにやってきた。僕らは、人垣をなすとも言えない群衆に交じって、すぐ間近にワレサを見ることができた。

欧米人のわりに背が低く、だが、肩ががっちり張っていて、いかにも頑丈そうな四十前後の男だった。彼は一行とともに僕らの前を通り、すぐに平和祈念像のすぐ前に設けられた案の前に立ち、献花し、頭を下げた。それから、群衆の方へ向き直り、報道関係者の突き出すいくつかのマイクの前で、とつとつと話しだした。いったい、どんな声かと、吉田も僕も興味津々でワレサを見つめていたのだが、そのマイクは、放送用のものであったらしく、実際に現場にいる僕たちには、ワレサの話すかすかなぼそぼそという肉声しか聞こえなかった。それで、僕と吉田は思わず顔を見合わせて苦笑せざるを得なかった。

僕らが、黙って、じっと彼の話を聞いていると、僕らのすぐ近くにいた、報道関係の男たちが、ローマ法王の狙撃の報を受けて、彼は今、すごく打撃を受けているようだ。いつもの快活さがないのは、そのせいだ、と言っているのを聞いた。なるほど、そうかもしれない、と僕は思った。

ワレサの話は短かった。原爆資料館に行き、原爆の恐ろしさをまざまざと見せられた。われわれの運動は、世界の平和を目指すものでなければならないと再認識した、と通訳は伝えた。その後、またワレサはぼそぼそと少ししゃべった。通訳は、またこう伝えた。

「われわれは、長旅で、非常に疲れている。歓迎していただいた皆様にはお気の毒ですが、われわれには、休息が必要だ。どうか、ご理解いただきたい」と。終始ワレサに笑顔はなかった。

ワレサが、平和公園を去ってからも、しばらく僕らは公園内をぶらぶらしていた。公園の北側の入り口のアイスクリーム屋で買ったアイスクリームを食べながら、吉田は、ワレサの到着を待っているときのようないらいらした様子はすでになく、五月の、このやや日差しのきつい薫風のなかでの外出を楽しんでいるように見えた。

吉田は、ワレサがなぜ日本に来たか、ということについて、現在のポーランドの社会主義経済体制の行き詰まりや、自主労組「連帯」の活動の意味、などを、ソ連との緊張関係や、日本の国内の労働運動の現状との絡みで僕に語ってくれたが、そんな彼の持論は僕にはあまりピンとこなかった。当時の僕には無知もあいまって、遠い国々の社会、歴史、そこに暮らす個々人の生活、人生、喜怒哀楽、そういうことに対する想像力があまり働かなったという憾みがある。(その後、ワレサは、ポーランド帰国の数か月後、クーデター軍事政権によって逮捕され、「連帯」は非合法化された。だが、そのときの僕らには、知る由もない)

「六八年の、プラハの春が、弾圧されたようなことにならなければいいですがね。ソ連が黙って見過ごすとは思えないので。……、帰ってからが、また、大変だなあ、彼は」吉田はそんなことを言った。そして、僕に、もしまだ、時間に余裕があるなら、永井隆旧居の「如己堂」を見学に行かないか、と誘うのだったが、すでに三時半を回っていたし、彼をまた、施設まで送っていく時間を考えると、店へ出る時刻までに余裕がなくなる。僕は、正直に自分の都合を言って、それを断った。彼は少し残念そうに、微笑して、じゃ、もう帰りますか、よろしく、と言った。僕らはまた、来た道を引き返した。

施設について、別れるとき、吉田は、少し思いつめたような表情で、

「僕はね、秋に、カトリックの洗礼を受けようかと思っています……」と言った。

宗教の問題など全く考えたこともなかった僕は、かなりびっくりした。

僕は幼少時から、ことあるごとに、父親から、家の宗旨、宗教を変えるものではない。それをした者でろくな者はおらん、と聞かされてきた。そのような父の考えや決めつける物言いに軽い反発を感じることはあったが、敢えて、そうではない、と反論する根拠も経験も僕にはなかった。だから、彼に突然そう打ち明けられて、どう返事を返したものか、見当もつかず、「ああ、そうですか」と言うだけだった。僕のびっくりした表情が、人生の一大決心をした彼の心を多少傷つけたかもしれない、と、後になって思うような僕であった。


その後、長崎で吉田と会うことはなかった。ようやく夜勤要員の人が見つかったが、その人に書店員としての業務を「教育」することは、かなり大変なことだった。これまでも定年過ぎの人を採用してきたので、その人の経歴からくるプライドや、年齢からくる頭の固さもあって、その「教育」は人によっては、困難を極めることもあった。富山で採用したあるおじさんは、元公務員で、レジが暇な折には堂々と新聞を広げて読むので、客にはその図が悪い印象を与えるのだと、何度言っても改めてくれなかった。注意するたびに、「ああ、そうですか」とは言うが、若造が何を言う、おれは何十年とこれでやってきたんだ、と、声には出さないが、表情でそう反応する。しばらくするうちに自分から辞めてくれて、ほっとしたものだが。二度目の長崎で早めに採用できた夜勤要員のおじさんは、会社で長く営業をしていた人で、客への対応・言動など申し分がないように僕には思われた。だが、ひと月ほどして、困った性癖の持ち主だとわかった。在庫数とか売り上げ集計が何度か合わなかったので、注意して見ていると、かなり黒に近かった。僕は、本部と相談して、逆に訴えられるかもしれないリスクを負って、辞めてもらいたいと言ったら、わかりました、と言うので事なきを得た。

吉田と平和公園へ行った後に採用したおじさんは、飲食店や建設現場で働いてきたという人だった。気のよい人ではあったが、何かとリテラシーの面で問題があった。特に売り上げや在庫の集計計算の遅いのと不正確なのとは、困った。それは、本人も気にしているようで、「すみません、すみません」を申し訳なさそうに何度も言うのが気の毒であった。だからそのおじさんの「教育」期間は、僕一人で店番をするよりも、当然疲れるものだった。僕は次の日は午後の二時過ぎまで寝てしまうことが多くなり、入店も、四時、五時になりがちになった。吉田から一度、店に連絡があったらしいが、僕がいないときで、店のおじさんも僕に連絡を忘れていて、一週間ほどしてから、何かで思い出したついでに実は……と言うものだから、間が悪いから僕からも連絡することはしなかった。気にはなったが、諸事取り紛れて、というところだった。

そうしているうちに、西宮の本部から、いったん帰るようにという指示が来た。夜勤要員の「教育」は、本部から別の者を派遣する、ということだった。本部から来た者と一日で業務を引き継いで、長崎を立つ前日、僕は、吉田のことをふと思い出して、彼のいる施設に電話した。だが、彼は今実家に帰っている、ということだった。何なら、実家の電話番号を教えましょうか、と職員は言ってくれたが、そこまで踏み込んだものかと、僕は一瞬迷い、「いえ、結構です」と答えて、そのままになった。

本部に帰り、本店横の倉庫で受配・配送の手伝いや、本店の店番をしていた。ひと月ほどそうしているうちに、また、佐世保で新店を出すための要員として、三度目の九州出張を命じられた。

佐世保に着いたのは九月初めで、まだ残暑の厳しいころだった。佐世保駅に汽車が入るころ、遠目にも巨大な灰色の軍艦が浮かんでいるのが見えて、うとうとした旅の気分が、一気に消えて、ああ、来たんだなあ、という、現実に戻されるような気分になった。

新店開業要員の僕らが、現地に行ってすぐしなければならないことは、会社の規定以内の料金で泊まれる旅館を探すことと、職安へ出向くことだった。本部から求人票を出してはいるが、実際に職安へ行って、そこの職員に挨拶をしておく方がよいのだ。会社の方針でもある。事業所が遠方にあるから、そうすることで信用してもらいやすい。できれば定年後の人に来てもらいたい、ということも念押ししておく。なにせ、よい人を少しでも早く採用できなければ、僕の出張はそれだけ長引くのだから。知らない町で、人に聞きながら、僕は、駅から一キロ離れたところにある職安にたどり着くと、もう、汗でびっしょりだった。

佐世保でも、一週間ほどで、昼勤要員の方は早くに決まった。だが、夜勤要員がひと月近く決まらず、そのせいで、僕は、昼勤要員の「教育」期間に続けて、夜勤要員の「教育」期間とを合わせた約ひと月近く、昼・夜通しての勤務をしなければならなかった。これは、少しこたえた。

ある日、夜勤の人がもうそろそろ一人で仕事をしてもよいと言ってくれたので、その日から二、三日して僕は、前から誘われていながら、その機会がなかった昼勤のおじさんに誘われるままに、ともに歓楽街に出ることとなった。彼は、一度は時本さんとは飲みたかったのだ、と言い、今日は一つ私に任せてくださいよ、というふうに上機嫌であった。店を出て、広い通りですぐにタクシーを拾い、三ヶ町か、四ヶ町にあるという店の名前をおじさんが言うと、タクシーの運転手は、ほう、という顔をし、しかしすぐ、心得顔になった。タクシーは、店のすぐ前で停まった。ワンメーターほどの運賃は、おじさんが、さっと払ってくれた。そして、僕らが入った店は、立派な造りの活魚料理屋だった。僕一人では入るのをためらうような高級そうな店だったので、正直、僕は驚いた。

昼勤のおじさんの名は、矢沢といった。定年まで佐世保重工に勤めていたという人で、もの覚えもよく、仕事もよくできる人であったが、そのぶん、不平も少なくなかった。大企業に勤めていたことを言外に自慢げに漂わすような人であったが、根が陽気な人柄のせいか、それが鼻につく、というほどのものではなかった。職工からのたたき上げで、定年間際には、工場で一定の責任ある地位にまで上っていたらしい。彼の不平というのは、仕事内容そのものについてではなくて、例えば、店番の時刻をたとえ五分、十分でも超過した場合、大企業では、それなりの手当があるのに、この会社では、その辺が曖昧というか、いい加減だ、という、僕らのような小さな会社では、問題にもならぬようなことについてのものだった。僕は、気をつけて、彼がちょっとでも定時を超えないようにしていた。

だが、彼の不平の多くは、僕の勤務条件についての義憤だった。時本さんは働かされすぎだ、時間外手当は、もらっておられんのですか、それなら問題ばい、などというふうに。僕は、苦笑するしかなかった。

その店に入ってから、矢沢は、僕に、「さあ、遠慮せんでよかですよ」と、何度も言って、かなりの料理と酒を注文した。食べ、飲むうちに、彼は、自分の軍隊時代のこと、そして、敗戦後、配置されていた満州からそのまま、ソ連軍の捕虜にされ、シベリアに抑留されたことを切れ切れに語った。そういう方面の知識が僕にはなかったので、一方的な彼の話を、相槌を打ちながら、ただひたすらに聞くしかなかった。酒もだんだん回ってきたし、彼の話し方の未整理なことと、僕自身の酔いのせいで、はっきりしたことは覚えていないのだが、いつの間にか、彼が、兵隊時代、中国のある町で、同僚の兵隊が上官に命じられて、中国人を銃剣で何十人も突き殺すのを見た、と言ったときには、はっとした。

命じられた兵隊は、自分とはあまり親しくない男だったが、なんでも噂では、同和地区出身で、そのせいか、特に上官から目の敵のようにされて、他の者よりも殴られようがひどく、気の毒だった。どう見ても民間人にしか見えない中国人たちを縛り上げて、スパイに違いないと、そのとき、上官は、その気の毒な兵隊に「突き殺せ！」と命じたという。ひどいことを命じるなあ、と思いながら、命じられたその男が、十二人まで突き殺すのを数えていたが、それ以上は気持ちが悪くなって、見ていられなくなった。

また、こんな話も強く印象に残った。シベリアに五年いたが、重労働で、扱いがひどかった。仲間がかなり死んでいった。仲間が体調が悪く、その日の労働は無理だ、と身振り手振りでかばったら、ロ助（ソ連の兵隊）が、なにか喚いて銃底で思い切り胸を突かれた。息が止まりそうだった。あのときほど、おれは人を殺してやりたいと思うたことはなかったとですよ……と。

彼の切れ切れの話は、その後も、話題があっちに行ったり、こっちに行ったりして、昭和四十年代の景気の良かったころの話、エンタープライズ事件のときのこの町の騒動など、とりとめもなく続いた。

矢沢も僕も、刺身の盛り合わせや、鯛の煮つけ、天ぷらの盛り合わせなどの高そうな料理をつつきながら、二人で日本酒や焼酎をかなり飲んだ。三時間近くその店にいたようだ。僕はかなり酔っていながらも、この店の払いのことが、気にかかった。

結局、その店の払いは五万円ほどになったらしいが、彼がさっと払ってしまい、僕には手で制する仕草をし、財布すら触らせなかった。おかげで、仕事にくたびれきっていたそのときの僕も幾分疲れを忘れることができた。いい気持ちになって、さあ、これで帰れる、と思った途端、「さあ、これからですよ、時本さん。わしの知っとるスタンドバーがあっとですよ。行きまっしょう」と言うのだった。

「行きまっしょう、行きまっしょう」と彼は、ひどく陽気に、はしゃぐような口調で言い、道路に出るが早いか、すぐにタクシーを止めた。僕はもう、ついていくしかなかった。

タクシーの中で、僕は、どんなところに連れていかれるのか気がかりだった。「スタンドバー」というものが、どういう店なのか、そのときの僕は知らなかった。「スタンド」といい、「バー」といい、その言葉の響きが、何か安手で怪しげでいかがわしげであった。一応、同僚ないしは上司ともいえる僕に対して、彼に悪意などあるはずもない、と僕はぼうっとした頭で考えた。そう考えながらも、だが、酔った上での善意の、悪い趣味ということもある、などと考えてみた。それに、今度こそ、矢沢に全部払ってもらうというわけにはいくまい、などと吝なことも……。

五分ほどで、僕らは、商店街の海側の外れの、薄暗い飲み屋街で降りた。

「ここですよ」

矢沢に言われて、立ち止まったのは、そのあたりの並びでも少し小さめの飲み屋だったが、入り口の草色のドアの上に、横書きに何やら文字を崩したような細いピンク色のネオンが輝いていた。僕は不意を突かれた感じで、「ここ、ですか」と訊き返すと、彼は、「そぎゃんですよ」と、あっけらかんと答えて、さっさと先にドアを押して入っていくので、僕も続いて入っていった。

店内はかなり薄暗くしてあった。テーブル席などない、カウンターだけの狭い店だった。そのカウンターも、客が七、八人も座れば、もういっぱいの感じだった。

「あーら、いらっしゃい！」と、先に入った矢沢の姿を見て、カウンターの中の女たちが、いかにも馴れ馴れしい、華やいだ声をかけてきた。やはり彼はこの店の常連のようだった。

僕らがカウンターの脚の長い椅子に座ると、ここのママだ、という女が僕らの正面に寄ってきて、おしぼりとコースターとをカウンターの上にそっと置き、「矢沢さん、……こちらの方は？」と尋ねる。矢沢は、僕の名前や、彼と僕との関係を手短に紹介すると、あらまあ、そう、お若いのに、と愛想を言い、すぐにウィスキーの水割りを持ってきた。薄暗いので、女の顔がはっきりわかるというのではなかったが、ほっそりした体つきや、四十前後の女だということは、すぐに察しはついた。

幾杯か飲むうちに、僕は、前の料理屋で相当に仕上がっていた、ということもあったので、かなり饒舌にママと話し込んでいた。ママが商売柄、聞き上手だったこともあるだろう。横の矢沢は、というと、やはりもうかなり仕上がっていて、カラオケのマイクを片時も離さぬ、というように次々と歌を歌ったり、店の女の子を相手に陽気に話をしていた。

僕らは、気がつくと、かなり親しげに話をしていた。僕ら、というのは、僕と、ママのことである。カラオケの歌声がうるさいので、かなり顔を近づけて話していた。そのころになると、僕とママ、矢沢と店の女の子、というふうに、それぞれ、どっぷりとその世界にはまり込んだようなふうであった。矢沢が、文字通りマイクをちっとも離さないので、女の子が、他のお客さんにも譲らんばよ、と言って、彼の手からマイクをひったくろうとするのを、取られまいとして、子どもみたいにマイクを持った手を、後ろにぐいと引いたりして、ざれ合っていた。「こげん、うれしがって、歌うとるもんから、取り上げげんやってよかろうもん、ねえ、時本さん？」などと、僕に言いかけてくるのだったが、僕は酔ったふりをして（実際酔っていたのだが）、無視した。彼は、これを歌うたら、いっぺん他のお客さんに譲らんばよ、と言われながら、「イビョル（離別）」という韓国の歌謡曲を原語で歌いだした。

どうも発音が難しゅうしてなあ、と言いながら、彼はまた、機嫌よく歌いだした。

一方で、僕とママは、互いの年齢を当てあい、若く見えるとか、老けて見えるという戯れ話から、僕の仕事のことに話が移った。意外にも、ママは、以前、僕の店に二、三度行ったことがある、と言った。そして、「あの手の本がなければ、もっと入りやすかのにね」と言う。

たぶん素面のときの僕ならば、もう言葉が出ぬくらい恥ずかしい図であったろうけれど、僕はもう十分に酔っていて、そうした言葉をも、さっと苦笑でかわし、「へえ、そうでしたか。何か買うていかれましたか?」と訊きさえしたのだ。すると、彼女は、推理小説の文庫本を買った、ということを言うので、本は、好きですか、という話になり、言わなくともよいのに、調子にのった僕は、自分は実は、文学をやりたいので、今の会社は、あくまで腰かけなんです、などと言ってしまった。すると、彼女は、あら、そう、偉いのね。で、どんなものを書きたいの? と訊く。いくら酔っているとはいえ、僕はその問いにはっきり答えるほど恥知らずではなかった。僕は、正直に、まだ、わからないと答えると、そうよね、若いんだもの、これからよね、とさすがに客を傷つけぬように、ことを収めてくれ、それはそうと、と言って、地元・佐世保出身の有名な作家の名を挙げて、知ってるか、と僕に訊いた。もちろん、僕は、知っていた。その作家は、戦後五〇年代に左翼系の文学雑誌から出た作家で、炭鉱労働者から身を起こした人で、代表作は、これこれだ、と知っていることをしゃべると、ママは、さすが、文学青年ね、よく知ってるのね、と皮肉でなく言ってくれた。

ママは、その作家をよく知っている、と言ったので、僕はびっくりした。彼は、故郷に帰るたびに、このあたりの飲み屋はすべて顔パスのつけで飲み回る、というのだった。

「いつか、飲み屋仲間の付き合いでねえ、その方の、何とかいう文学講習会に、行ったことがあるのよ。話を聞いたんだけども、それが、難しいの。私なんか、中学しか、出とらんでしょ。リアリズムがどうのこうの、って話されても、よくわからんわけよ。あ、それで、時本さん、あのね、ソ連という国は、何主義の国なの？」

ママがそんなことを言いながら、僕に突然訊くものだから、僕は、呆れて一瞬言葉が出なかった。知らないはずはあるまいと思いながらも、答えるのも照れくさいが、「社会主義の国でしょう」と僕が言うと、ママは、すかさず、

「あら、やっぱり、そう思う？　……そうよね。大学出ておらす時本さんがそう言うんだから、間違いないかよね。私もよ、その、偉い作家の先生がさ、講演中によ、大声で、ソ連は、断じて社会主義の国ではない、と言うもんだから、あれえ、と思って。他のことは何を言ってるのか全然わからんやったけど、その、ソ連の話だけは、よく覚えてるのよ。びっくりしたから……」と言って、水割りをひと口含んでから、また言ったのだ。

「だってよ、時本さん。ソ連という国はさ、例えば、お百姓だって、ビルの掃除のおばさんだってさ、国家公務員だっていうじゃない。どんな人だって、平等で、喰いっぱぐれがないんだって……。それが、社会主義っていうんじゃないの？　私、あれよ、中学ん時の社会の先生が、そう言ったから、しっかり覚えてたの。そんな国っていいなあ、それならうちの親だってあんなに苦労せずともよかろ

う、なんて、子ども心に思うたもんよ。……、今も、私らなんか、みじめなもんよ。ちょっと景気が悪くなったらさ、もうお客さんの足、遠のいちゃうし。お酒も、嫌いじゃないけど、こう毎日毎日飲んでると、しまいに肝臓を悪くして、お陀仏よ。何の保証があるわけでなし。……誰にも面倒みてもらえるわけじゃなし……。でも、まあ、自由は自由よ、私らは。それだけが、取り柄よ」そうママは言って、ふっとさびしそうに微笑して、またグラスに口をつけた。すっかり酔って、僕はもう、感傷的な気分は受け付けなくなっていた。

「誰にも面倒みてもらえないって。ママ、ご主人は?」僕が、そう言うと、

「旦那がいたら、こんなとこにいないわよ」と、彼女はぷっと吹き出すようにして、言った。

「でも、いい人は?」

「あんたも、お若いのに、言うのね。そういう人もおらんとよ」

「それだけの美人が、もったいないなあ」

僕がまたも、そう言って絡むと、ママは、大笑いした。男のような笑い方だった。

「暗いからよう、ここ。もっと明るくしようか?」

「いえいえ、スタイルもいいし」

「なに、本気にするわよ」

そういうふうに戯れ言を口走っているうちにも、僕は水割りを何杯も飲んだ。アルコールの許容量を超すと、体の不具合は一気に噴き出す。僕は、便所に入って、狭いところで、壁に凭れ、自分の一

物を引き出し、そこから出るものが、便器に落ちて、ボチョボチョ音を立てるのを聞き、ああ、こいつを入れるところがない、これを入れるところがない、こいつが泣いている、おれはいったい、ここで何をしてるのか、と思いながら、許容量の臨界が、そろそろ近づいてきたと、かすかに意識したときに、もう何かがはじけた。

それから、僕がかすかに思い出せるのは、僕がカラオケのマイクを持って歌っていたこと、旅館の布団の中に入っていたということだけである。

スタンドバーで失敗した日の翌朝、僕は旅館の寝床から起き上がれなかった。二日酔いのせいもあるが、何より僕は、三週間、昼夜連続勤務で、すっかりくたびれていた。もう、いいだろう、という気になっていた。

もっとも、昼勤も夜勤もおじさんたちに任せられるようになっていたから、ひどい二日酔いという言い訳を自分にして、その日は寝床を出たのがもう宵のころだった。さすがに、店が気になって、軽い食事を摂るついでに、旅館を出た。四ヶ町の商店街の食堂でうどんを食べ、またぶらぶらと十五分ほど歩いて、商店街を抜け、広い通りに出、そこを渡って店に入った。店には二人ほど客がいた。夜勤のおじさんは、僕が入ると、軽く会釈をした。僕は、今日はちょっと用があって、昼には顔を出せなかったことを言い、何か変わったことはないか、と尋ねた。すると、本部から、ファックスがあった、と言って、僕に渡した。それは、佐世保店の目途はついたか、どんな様子かを問うものだった。

僕は、採用した二人のおじさんの勤務状況を簡潔に書き、もう十分任せられる、という旨をその場で書いて、ファックスを返送した。

二日後、昼ごろになって、九州統括の先輩社員の馬場が、久留米からやってきた。彼は、僕が初めて九州出張で長崎に来たとき、ワゴン車で迎えに来てくれた人だ。切れ切れだが、もう三年九州にいる、ということだった。実直で、悪意のない人だった。週明けから、彼がこの店をスーパーバイザーとして回ることになったと言うから、僕は彼に簡単な報告をして、一緒に昼食を食べに出た。

僕は、久しぶりの本部社員と会ってほっとしたのか、ここ三週間あまりは、昼夜勤務で、なかなか休みを取れなかったという愚痴を、つい漏らしてしまった。馬場は、君は真面目すぎるからな、と同情とも批評ともとれる言い方をして、週明けには、いったん本社に戻るように、ということだった。そして、その日のうちに、また、久留米に戻っていった。翌日、また、社長から直接同じ趣旨の電話連絡があった。

社長の口ぶりでは、本社に戻ってからの僕の部署はまだ、はっきりせず、まあ、二、三日ゆっくりすればいい、という。帰ってきたら、また話す、ということであった。

翌日、僕は久しぶりで一日休暇をとった。もうすぐ、この土地ともお別れか、と思うと、ここふた月のことが思い出されて、少し感傷的な気分になった。それは、もっとも、福井や松山、長崎でも同じことだが、そのときの僕にはまた、違う思いも交じっていたのだ。

先の長崎の出張から本部に戻ってひと月ほどいたとき、父が交通事故で入院するということがあった。僕は、こんなやくざな会社に勤めることになって、恥ずかしくて、あまり実家には帰りたくなかったのだが、そうは言っておれなかった。父は、タクシーの運転手をしていて、仕事中に後ろから追突された。重大な事故というわけではなかったのだが、十数年前の事故で負った頸椎の古傷が再発して、入院しなければならなかったのだ。とはいえ、父の計算では、労災でしばらくゆっくりしている方が得だという考えもあってのことだった。しかし、金沢の大学にいた弟も心配して神戸に帰ってきたし、浪人中の三男や、まだ、中学生だった末の弟は、父の入院というだけで心細いのか、見舞いにきて、泣くのだ。

実は、僕は、二度目の長崎出張から帰ったとき、会社を辞めようかと考えて、新聞で求人欄を見て、ある保険会社の営業所に電話したり、職安にこっそり行ったりしていた。そんなときに、父の入院ということがあり、今、また、親や弟たちに心配の種を作るのはまずい、と思い直した。やはり、長男の責任のようなものを感じざるを得ないのだった。

佐世保に来てから、母からの手紙で、父が退院したこと、だが、週に三回は病院に行って、薬をもらっていること。また、労災と、相手方の保険で、何とか、給料ぐらいはあるとのことを知らされた。また、お前がこちらに帰ってきたら、話したいことがある、とお父さんが言ってるよ、とも書いてあった。

僕は、開店早々の店に立ち寄り、矢沢に先日のお礼と、週末には本部に帰ると挨拶して、すぐまた、町へ出た。秋晴れの、空気の澄んだ日だった。僕はなんとなく海の方へ行ってみたくなり、店のすぐ近くの、昔、海軍橋といわれた橋を渡り、進駐軍時代の名残の巨大な劇場の廃墟を見た。また、そこから引き返して、小さな川沿いに商店街の続く方にぶらぶら歩いて、右に小さな橋を渡って、粗い芝草の広がる静かな公園に出てみたりした。公園の向こうの端は、草色のフェンスで、前方の広大なグラウンドと仕切られていた。フェンスのところどころに、プレートがかかっており、そこには、英語と日本語で、その広大なグラウンドが、米軍用地だと記されていた。僕はあっけにとられて見ていた。フェンスの向こうはこちらの公園の数十倍はありそうな広さで、はるか彼方に平べったい建物が見えた。

そこから公園の入り口の方を振り返ると、上り坂が見えた。僕がそこまで行くと、矢印のある木の標識に、『旧海軍総司令監官邸跡』とある。僕は、灌木の緑の枝に覆われたその坂を上った。すぐに坂道は尽きて、広い空き地に出た。少しまた、奥に進むと、左手の灌木のひと群れの内側に、門柱だけが残った小さな庭園の跡があった。そこを出て、また空き地に出ると、灰色の建物が見えた。米軍の施設のようだった。だが、他には何も見るものとてないので、僕はすぐそこを引き返し、公園に戻った。フェンスのある方とは反対側の公園の端に、木のベンチがいくつかあり、その一つに僕は腰かけた。そして、ズボンの尻のポケットの文庫本を取り出して、開いた。四ヶ町の商店街の書店で買った、『暗夜行路』だった。ちょうど、主人公が、尾道に下宿しだして、その部屋から見下ろせる海の景色を眺めているあたりから読みだしていたのだが、その描写を追っていくうちに、春に、長崎のグラバー園から眺めた鮮やかな海の青さを、僕は思い出さずにはおられず、するとあのとき感じた、孤独感が切ないほどよみがえるのだった。しばらく字を追うていたが、ふと目を上げると、あちらこちらで散策したり、少し離れたベンチで腰かけている公園の中の人々のなかにあって、僕というものの存在が、全く何の意味も持たぬというふうに思われて、憮然たる思いにとらわれた。何ということ……。僕は、誰かれ構わず、手当たり次第に、近くの人に「やあ」とか「ちょっと話しませんか」とか、声をかけてみたい衝動にかられた。

そのときだった。僕の方に向かってくる人影があった。はっ、と思ううちに、すぐ前に寄ってきて、僕に声をかけてきた。蝦茶色のスラックスと、黒っぽい薄手のセーター姿で、サングラスをかけた細身の女性だった。

「時本さんじゃ、なかと?」そう声をかけてきたが、僕には、その人が、どこかで見たようだったが、すぐには思い出せなかった。

「はあ?」僕が身構えて聞き返すと、

「私よォ……」と言って、女は、サングラスを外した。

「ああ、あの、ママ……?」

「そうよ。この間、来てくれたでしょう、矢沢さんと」

「ああ、そうか」

「そうよ。昼間見ると、わからんでしょ、こんな格好しとるしね……、ちょっとよか?」

女は、そう言って、僕の横に腰かけてきた。僕は、どぎまぎして、

「こんなところで、また、お会いするとは……。何をしておられたんですか」

「散歩しとったとよ。ここは、私の、散歩コースなの」

「はあ……、そうですか」僕は、足元の黒っぽい乾いた土を見ながら、そう言った。一回り以上も年上とはいえ、こうして公園のベンチで女と並んで座っている、ということが、初めてのことで、かなり照れくさかった。あの日の夜の店の中での会話と調子が違うのだ。

「時本さん、……。このあいだは、大丈夫やったと？」

女は、所在なさそうにしている僕に、何とか間を持たすように、話の糸口をとぎらさぬようにというふうに、訊いた。今のところ、共通の話といえば、それしかないかのように。しかし、僕には、そういう女の心遣いがうれしかった。

「はあ、……。どうもいつ店を出たのか、はっきりしないんですよ」

僕が、苦笑しながら、ぽつりと、そう言うと、女は、手を口に当てて笑った。その笑い声とともに、強い化粧の匂いが、僕の鼻を打った。散歩するのに、女の人は、化粧をするのだろうか、と、ふと僕は考えたが、わからなかった。

「矢沢さんと、私が、一緒にタクシーに乗ったのは、覚えとらん？」

「え、そうなんですか」

「全然、覚えとらん？」

「はい……」

「そう？　あらやだ、なんか、しっかりした声で、詩のごたる言葉を叫んどらしたよ」

「へえ、……。覚えてないですね」

「なんか、難しそうなことを、……何だっけ、過去がどうのとか、記憶がどうの、とか、そんなこと」

「すみません。うーん、今までそんなにつぶれたことって、なかったんですけどね……。恥ずかしいです」

矢沢は、僕にはその件は、何も話さなかったのだ。僕は、女の方をちらりと見ながら、素直に迷惑をかけたことを詫びた。そして、それでは、あの日、タクシーで旅館にまで送ってもらったのか、とわかった。それにしても、矢沢だけでなく、女も一緒だったとは。店の便所で立っていたときから、かすかに、僕自身が歌を歌っていたときから、旅館の寝床にいることに気づくまでのことを解き明かされたように思った。タクシーを降りてからの僕が、旅館まで無事行けるかよほど心配なので、ついていってあげようか、と矢沢も女も言ったが、僕が、「大丈夫、一人で行けます」と、きっぱりと答え、わりとしっかりした足取りで、さっさと一人で旅館への小路を上がっていくのを見て、安心して引き返したのだ、と女は言うのだった。

しばらく、そんな調子で話していたが、その話題も尽きたころ、女も、僕も、何か言わねば、気まずいような気分になった。女は、名刺を取り出して、僕に渡してくれた。「今度は、一人で飲みに来てくれん？」と、僕の顔を正面から見つめて言った。

「ええ、そうですね」と僕が返答すると、女はゆっくり顔を横に向け、「今日は、よか天気ね」と、つぶやくように言い、さてと、というふうに立ち上がった。「じゃあ、また。ほんとに、また、来てね」女は、念を押すように、僕の顔をまっすぐに見て言うので、僕は、「はい」と答えた。

いよいよ本部に帰る前日になった。その日、僕は夕方から店に寄って、夜勤のおじさんに今後のことを念押しした。馬場がこれから、この店を統括することや、店員の休暇を埋めるのに週に一、二度は彼が久留米からくるので、よく連絡を取ってほしいということ、売り上げは、必ずその日のうちに、本部へファックスで報告すること、また、銀行の夜間金庫に入れること、棚卸は必ず月に一回、正確に行うこと、などなど……。おじさんは、はいはい、と調子よく返事をするのだったが、芯からわかっているのかどうか、少し気がかりなところもあるが、あとはもう、馬場に託すしかない。約一時間ほどいて、僕は店を出た。もう外は、すっかり暗くなっていた。

店から旅館までは、駅の方向へ歩いて、約三十分近くかかった。だが、何も急ぐ必要はないので、バスに乗らず、商店街をぶらぶら歩いて帰ろうと思った。商店街は、佐世保駅の近くまで延々と続く。その距離感や光景は、神戸の元町商店街と非常によく似ていた。僕は、初めてその通りを歩いたときの驚きをその日もはっきりと覚えていた。ここに来て間もないときに、神戸の元町を歩いているような、不思議な気持ちになったものだ。

ここに来て、もう、何日になるかな、とぼんやり考えながら僕は歩いていた。いや、ぼんやりと、という言い方は、違う。僕は、先日、昼間偶然出会ったスタンドバーのママのことを、ずっと考えていたのだ。彼女からもらった四隅の丸い小ぶりな名刺を上着の内ポケットから取り出して、歩きながら、それを見ていたのだ。その名刺には、「めぐみ」という店の名前の字の下に、小川洋子、と書かれていた。裏返すと、店の住所と、電話番号、それと、所在地のおおざっぱな略図が記されていた。僕は、それを見ながら、行こうか、行くまいか、ずいぶん迷った。下ばかり向いて歩いていたので、目の前に二人連れの男が立ちふさがったのも、わからなかった。人の気配がして、はっとして顔を上げると、男たちの、胡乱な目に合った。僕は軽く会釈して、道の端に避けた。僕は、果物屋の前で立ち止まった。

財布の中には、二万円ほど入っていた。果たして、それぐらいの金で、あの女の店に入れるものなのかどうか、そのときの僕にはわからなかった。前に行ったときには、すべて矢沢が払ってくれたのだ。

「ほんとに、来てね」と言ったときの女の顔を、僕は思い出していた。若いころには持っていたであろうと思わせるような透明感こそないが、その整った顔には、生活上の屈託と疲れとが混じったような、そしてまた、何かを求めるかのような表情があった。それを僕は勝手に誘惑の色にも受け取り、恐ろしいものに触れたように僕の心はざわついたのだった。僕は、後になって、あの女が、街角でふと僕を見かけ、しばらく僕のあとをつけてきて、そして、偶然を装って、あの公園で、声をかけてきたのではなかったか、と妄想したり、いや、水商売の女が、誰かれにでも言う「また、ぜひ」の商売口に過ぎまい、ともかく、前にあれほど泥酔した僕が、あの女にとっては、それほど厭うべき客と映らなかったのではないか、それだけのことだろう、とも思うのだった。

僕が「ひとみ」に電話したのは、さんざん思い迷って、とうとう商店街を歩ききって、駅前に続く大通りの歩道に出てしまって、そのあたりの一膳飯屋で夕食を摂ってからのことだった。僕は、その飯屋の入り口に置いてある公衆電話から、女の名刺を取り出して、電話をかけた。

電話には、ママが、あの女が出た。受話器の向こうでは、カラオケの音がやかましく、僕が名乗っても、女は、ぶっきら棒に二、三度聞き返してくるので、僕は白けた気分になり、電話を置こうかと思った。だが、そのとき、「時本さん？」と女が、調子を変えた高い声で言うので、そうです、と答えると、今、どこにおらすと？　と訊いてきた。僕が、あたりの様子を言うと、ぜひ、来てくれ、と言い、店までの道順を矢継ぎ早に教えるのだった。そこから、駅とは反対方向へ十分ほど引き返し、大きな何とかいう靴屋から、左側に入る路地を歩いて、少し広い通りと交差するところまで来てくれたら、また、電話してほしい、きっと迎えに行く、というのだった。僕は、では、行きます、と答えて受話器を置いた。

商店街を引き返すときの僕には、これから行く先までの道のりがとても遠く感じられた。すでに大半の商店はシャッターを閉じていたが、ときどき、喫茶店や酒屋や本屋などがまだ開いていた。人通りの少ない煌々とした通りを、また、駅とは反対方向へ歩いていくのは妙な気分だった。

「おれはいったい、何をしているのだろうか?」と、ふと思った。「おれはいったい、何がしたいのだろうか?」とも。

通りの右手の本屋から、有線放送の歌謡曲が聞こえてきた。女の声だった。かすれた声で、甘えているような、泣いているような声だった。僕は、その挑発的な声に腰を打ち叩かれるように感じて、また、歩を速めた。そこを過ぎると、すぐ歌声は遠くなったが、僕は落ち着かなくなって、上着のポケットを探り、煙草を出そうとした。ライターはある。しかし、左右のどのポケットにも煙草がないのを確認すると、さっきの飯屋で忘れたのだと気づいた。わざわざそこから引き返すのも面倒くさいと思い、煙草の自動販売機がないかどうか、歩きながら、通りの左右を見た。なぜか、煙草が買えなければ、女の店に行かず、このまま引き返そうか、などとも思っている自分がいた。だが、煙草の自動販売機が、左手に見えたときには、ほっとしていた。要するに、僕の頭はそのとき、軽く恐慌をきたしていたように思う。セブンスターを買って、すぐその場で火を点けて大きく吸った。

自動販売機をその前に置いていた店は、すでにシャッターを下ろしていたが、そのシャッターの上に大きく書いてある字を見ると、さっき女が指定した靴屋だった。僕は思わず苦笑し、その店から浜側へと続く路地を歩いていった。しばらく歩くと、やや広い通りと交差するところに出たので、近くの公衆電話でまた、女の店に電話をかけた。

その通りは、飲み屋の並びの前で、さすがに人通りは商店街よりよほど多かった。僕は、勤め帰りの酒飲み男たちが、酔いに任せて、あちらにもこちらにも、大声で歩いているのを見、今さらに自分の孤独なのを思い知らされた。

女は、すぐやってきた。僕が新しい煙草に火を点けて、まだ、吸いきらぬうちに。

「時本さん……」女は、後ろから声をかけてきた。先日、昼間の公園で会ったときと同じ格好をしていた。僕は振り返り、会釈した。女は、手を上げて、すぐ近くまで来て、

「早かったですね」と言った。「ええ、まあ」と言いながら、僕は女と並んで歩き、店へ向かった。


店に入ってから、女は、先日、僕に「また、来てね」と言ったときに僕に見せた感じを、そのときも感じさせたのだ。女は、僕の前にほとんど付きっきりだった。僕も、女が、最近読んだという推理小説の話や、彼女の若いころの思い出話や、なんでもない世間話を次々と聞かせてくれるので、だんだん愉快になり、女にすすめられるままに、飲み、歌った。他に三人客がいたが、女は、それを若い女の子に任せきりにしていた。

十時ごろになって、僕は、金のことが心配になってきた。水割りを何杯飲んだのか、覚えていなかった。だいたい、スタンドバーなるものが、スナックよりも高くつくのか、それとも同じくらいのものなのか、知らなかったからだ。僕は、腕時計を見て、この店にもう、二時間近くいることを確かめた。女は、僕の態度がやや冷めていくのを察したのか、

「どうしたの、時本さん。何か用事でも思い出したるごとして……」と、女は、酔って濡れたような眸で、僕をじっと見て、言った。店がかなり薄暗いせいもあったのだろうが、僕は、そのときの女の

眸が、ひどく昏いものに感じて、はっとした。さっきまで、長崎にいた時分のことをあれこれと話していたときの心地よく酔った眸ではなかった。それは、人を心の底から憎んだり、もう死のうというまでに絶望した者でなければ見せるものではない、と思わせるような昏い眸だった。僕は、驚いて、一瞬、酔いが醒めるようだった。しかし、女が、顔を僕のすぐ近くに寄せてきて、低い声で、「今日も、最後までおらして。ねえ？」と言ったとき、その眸を昏くしているのは、悲しいほどの欲情だと、僕ははっと胸をつかれるように感じた。で、僕もそれで酔いが一度にまた回りだしたようで、「わかりました」と返事し、もう、金のことなどどうでもいいや、とやけな気持ちになった。僕はもう腕時計を見るのをやめ、女のすすめるままに、また水割りを空けていった。

僕は、女の言うように、店が終わるまでそこにいた。気がつくと、若い女の子もいなくなり、僕の他に客は誰もいなかった。女は、すでに店の入り口のネオンの灯を消したのか、それまでうっすらと、ちかりちかりと店の中に差していた光も、もうなかったのだ。

女は、「ふう」と大きく溜め息をついて、店の中に流れていた有線放送の音楽を切ってしまった。そして、店の中の灯を少し明るくし、疲れたような笑い顔を作って、黙ったまま、しばらく僕を見、「さびしかねえ」と言った。女も、酔っていた。煙草をゆっくりと吸いながら、僕をまっすぐ見て、言った。

「いつもはねえ、時本さん。こうやって、店が終わってさ、誰も客がおらんごとなっても、一人で体も頭ん中もしゃんとしとるつもりなのにねえ……、どうしたのかしら、あたし、今日は」

「はあ……」

「……今夜、付き合ってくれん？　どこかへ行って、飲みなおさん？　ね、そうして」

僕は、女のこうした申し出にどう答えていいのかわからなかった。ただもう、身の内が熱くなるのを覚えた。まるで、幼児が、大人の意地の悪いおどかしに怯えたように、僕は鳥肌立つ思いだったのである。

女に対して露骨な欲情が湧いたのは、それから僕が女と一緒に別の店に行き、飲みだしてからだった。その店には一時間ほどいただろうか。その後、僕は女と一緒に安いホテルに入り、女を抱いた。性をビジネスとしていない女を抱いたのは、初めてのことだった。酔いと疲れのせいか、うまくいかず、何度かの行為を重ねて、僕は、射精に達した。女は、体を熱くして、激しくそれに応えてくれた。

僕は、女との行為を終えて、彼女に手枕をしながら、ベッドの中で、結婚を申し込んだ。すると、女は、変な声で笑い、天井をじっと見つめだした。しばらくして、突如激しい眠気に襲われ、次に僕が気づいたときには、彼女はぐっすり眠っていた。枕もとのかすかな灯に浮かんだ女の寝顔には、すでに老いの兆しが刻まれていた。僕は、それからまったく眠れなくなった。明け方の五時ごろから、外の白んでくる七時ごろまで、僕は手枕をしながら、女の胸や腹、陰部をさすりながら、ずっと彼女の顔を見ていた。酒臭い彼女の呼吸を感じたとき、僕は、女がひどくかわいそうに思えた。この女の孤独を僕は知らないし、知ったところで、またそれをどうすることもできない、という思いが、なぜかはっきりと頭に上り、こうしてぴったりと身を寄せながら、僕は、自分以外の「他者」の圧倒的な存在感に、うちのめされるように感じたのだ。

第二部

1

九州から帰ってきて、次の日、久しぶりに本部に顔を出したとき、社長の部屋へ来るように言われた。僕の顔を見ると、社長は、ちょっと変な顔をし、顔を曇らせた。社長が、「どないや」と、漠然ときくので、どう答えたらよいのかわからず、「はあ……」と言った。すると、やや間があって、「馬場から聞いとる」と言って、僕の顔をじっと見るのだった。馬場さんから何を聞いているというのかな、と気がかりだったが、僕が黙っていると、突然、「時本、顔色が悪いぞ」と言い、「とりあえず三日休め」と言った。僕が、「ええ?」と声を上げると、何ならあともう二、三日休んでもよい、というようなことを言う。気味が悪くなって、「いえ、三日で十分です」と答えた。

本社に近い寮の部屋で、僕はまる二日、昼か夜か、わからない時間を過ごした。ずっと布団の中にいたのである。泥の中に沈んでいるようだった。こんなに疲れていたのか、と僕はそれで初めて痛感したのだった。

三日目の夕方、ようやく僕は空腹を覚えて、外に出た。国道二号線沿いにある、とんかつ屋に入った。そこの店には前に何度か行っていたので、ご飯と漬物はお代わり自由だということを知っていた。カキフライ定食を注文し、テーブルに置いてある小型のジャーから勝手に飯を盛って食っていった。体中が食料を欲していたようで、僕はそのとき異様に食欲があった。味噌汁と漬物でまず飯を三杯、次に、フライを少しずつ摘まんでまた飯を三杯、というふうに食っていったら、ジャーの中身がなくなってしまった。店のおじさんを呼んで、「もう、ご飯がないんですが」と言うと、妙に気色ばんで、「そんな、あほな。ちゃんと三合入れといたのに」と口を尖らせながら、ジャーを覗いた。すると、「えっ？　ほんまや」とおじさんは高い声を上げて、僕の顔を不思議そうに見、悔しそうにした。それで、僕は一度に、三合の飯を食ってしまったのだとわかり、「ご馳走さまでした」と、苦笑して、そこを出た。その後、寮に戻り、タオルと着替えの下着を持って、久しぶりに近所の銭湯へ行った。こうして僕の三日間の休暇は終わった。

休暇明けに、本部に出社すると、もう、十二月の初めであった。社長はおらず、挨拶もできなかったが、僕の顔を見て、副社長が「おう、時本、ちょっと来い」と声をかけてきた。僕は副社長の部屋に引き入れられた。三十分ほどの面談だった。地方で長くよくやってくれた、という一通りの慰労の声かけの後、さて、というふうに彼が僕に話したのは、次のようなことだった。

当分の間、もうお前の地方出張はない。今、人事を活性化して、会社の業績をさらに上げようと考えている。一方で、新しいビジネスチャンスを窺っている。だから、いろいろアンテナを張って、研究していかねば……。

最近、レコードの低価賃貸をある業者が始めた模様だ。実は、お前と同期の、丸井を使って、その業者のやり方を探りに行かせた、と言う。

「それでな、今日、これをお前に渡すから、今日中に読んでおいてくれ。明日、お前の意見を聞くから」こう言って、テーブルの上にポンと投げるように置いたのは、A４判の十枚ほどのレポートだった。副社長は、僕の反応を探るような表情で上目遣いに僕を見た。僕は、すぐそのレポートを手にして、表題を見た。そこには、『円盤屋のビジネス戦略について』と、かっちりした字でタイトルが書かれてあった。

副社長は、そのレポートを僕に渡すと間もなく、来客があるからと、僕に下がるように言い、僕が部屋を出る前に、常務の土屋のところに行って、仕事の指示をもらえ、と言った。僕は「はい」と返事して、辞した。

土屋のところに行くと、彼はいつものように陽気で冗談めいたしゃべり方で、しばらく地方出張の様子を僕に尋ねるのだった。僕が適当に答えていると、ところで、長崎では、ええ女がおったか。何人の女と寝たのかなどと、平気な顔で言う。すぐ近くの机で仕事をしながら、土屋の声を聞いている女事務員がさっきから顔を顰めているので、僕は気が気ではなかったのに。「わしなんか、出張のときなんかは、そらもう、百発百中で。ははは。時本くんも、あっちで、しっかり、下半身で遊んできたんかな」と。

土屋は、そういう下ネタの話をすることで、同僚や部下たちに親しみを示せると思っている節があった。僕が苦笑いをしながら、はかばかしい返事をしないのに気づいて、ようやく真面目な顔になって、「副社長が、おれから指示をもらえって？　ああ。当分、本店の店長の下で、補佐ということで。山田さんには、もう、ゆうといたから、今から、すぐ行ってあげて。アルバイトがよう休むから困るわ、いうてぼやいとんねん」と言った。僕はすぐ本店に向かった。

本店の山田は、すでに六十近い、小柄で頭の毛の薄くなった男だった。五十を過ぎてからこの会社に入ったという。何でも脱サラをして、自営業を始めようとしたのだが、うっかり知人の借金の連帯保証人の判を押して、その知人がなんと雲隠れしたものだから、自営業を始めるための資金がすっかりその借金のかたに消えてしまった、という話は、以前、研修のときなどに聞かされた。それでも前向きな人で、少しずつ金をためていて、もうすぐ念願のガソリンスタンドの経営権が買えそうだ、とも言うような人だった。

僕が、レジにいる店番の女性に断って、本店のバックヤードを覗いて、山田に挨拶しようとすると、山田は電話をかけながら僕を認め、「ちょっと待ってな」と、手で制する仕草をした。僕がうなずいて、待っていると、すぐ用が済んだようで、「おう」と言って、懐かしいな、と握手を求めてきた。僕はなんとなく、佐世保の矢沢さんを思い出した。

バックヤードで、互いに椅子に腰をかけ、手短に山田が今後の僕の仕事のローテーションを、こうしてほしい、と切り出してきた。一週間ほどは、主に遅番に入ってほしい。地方と違って、ここは、深夜の二時までだ。そして、最近、本部から指示があったのだが、年末から、本店に限り実験的に、二十四時間営業にするつもりだ、と言う。僕は、それは寝耳に水で、かなり驚いた。「二十四時間営業？」と、山田の言葉を鸚鵡返しに言ってしまった。山田は、少し笑いかけたが、すぐ真顔になって、「そうや。二十四時間営業。まだ、他のどの本屋もやったことがない。そやから、まあ、実験やな。これが、うまいことといったら、他の店にも広げる、ということらしい」

僕は、言葉をなくし、気分がちょっとどんよりしてしまった。そうか、副社長が、人事を活性化するだの、もっと業績を上げるだの、新しいビジネスチャンスを窺う、だのと言っていたのは、そういうことだったのか、とようやく気づいた僕なのだった。

その日、僕は、山田に言われた通り、午後六時から遅番に入る、ということになった。山田が、本部に連絡しておくから、というので、僕は、本部に戻らず、いったん寮の自分の部屋に戻り、溜まっていた洗濯物を買い物袋に入れて、近くのコインランドリーに行った。

幸い、コインランドリーは空いていて、僕はすぐ、自分でも恥ずかしいくらいに汚れている下着類を放り込んで、洗剤をまぶすように入れた。その間に、いつもなら本を読むはずだが、その日は丸井のレポートが気になっていたので、読みだした。なかなかおもしろかった。

丸井は、探りに行ったその店の概要を要領よくまとめていた。まず、その店の内部の間取り図と、その場所ごとの意味と機能の説明があった。一週間ほど客を装い、少しずつ時間帯をずらして、行ったらしい。時間帯ごとの客層や客数を見るためだったという。賃貸の単価、客一人当たりの平均の賃借り数、また、店内にいる時間の平均、賃貸のレコードの大まかな音楽のジャンル分け、ないしは品揃え、そこから見えてくるターゲットにしている客層と需要傾向の分析といったものだった。

結論として、今後この貸しレコード業はますます市場規模が大きくなるだろう、と彼は書いている。

「……出版物もそうだが、音楽も消費される『商品』である。客は音楽を欲している。しかし、それが、レコードという媒体である必要はない。この店の顧客は現在のところ、ほとんどが若者であるが、このように音楽を消費したいと思う人間にとって、その媒体は何でもよいのだ。客はレコードが欲しいのではなくて、楽曲が欲しいのである。レコードの単価の高さを考えると、廉価でレコードを借り、楽曲だけ楽しみたいという考えは、実に合理的と言える。この合理性に気づけば、客層はどんどん拡大していくに違いないし、将来こうした業界が一定規模で確立するに違いない……」と。そして、丸井は、最後に、この手の商品を扱う上で、著作権というリスクをどうクリアすべきか、を課題として挙げ、そこは法律の専門家とよく相談して対処していかねばならない、と結んでいた。

僕は、興味深く一気に読んでいた。なるほどなあ、と一息ついていると、すでに僕が動かしていたコインランドリーは静かになっていて、下着たちが、はやく出してくれよ、と言わんばかりであった。


次の日、僕は、昼ごろ本部に行き、副社長の部屋に入り、丸井のレポートを返した。本店の遅番に回ることになったので、と言うと、副社長は、一瞬「えっ」という顔をしたが、すぐ、そうか、とうなずいた。そして、僕に、では、レポートの感想を聞かせてもらおう、と言うので、僕は、実によくまとめてあって、説得力があり、興味深い、と答えた。それが副社長にとってはお気に召したようで、少し口角を上げて、にんまりしてみせた。「そやろ。わしも、これ、いけると思う」と言い、丸井を、この業務部門を立ち上げるリーダーにしようと思っている、と言うのだった。

そのとき、僕は、それで帰ればよかったのだが、彼が、「何か他に意見はないか」と言うものだから、つい、ちょっと気になることが……と、前置きをして、次のようなことを言ってみた。

「このビジネスは、いわば、薄利多売で成り立つという側面がありますね。そういう性質上、原資となるレコードの貸し出しや返却のチェックや管理全般に、大変な労力を要すると思うのですが」と。

こう言うと、彼は、「そんなことは、初めからわかっとる」とたちまち不機嫌になった。

それから三週間ほどして、大きなアクシデントがあった。店長の山田が急に辞めてしまったのだ。本店の者はみな、あまりにも突然のことで、あっけにとられてしまった。本部の事務のおばさんたちも首をひねるような急な退職だった。もちろん、僕もそうだった。陽気で前向きな人だとばかり思っていたのだが、実は、僕の知らないところで、山田はかなり悩んでいたようだ。

これは、後で知ったのだが、九州から本部に戻って間もないころに、山田から、突然、本店が「二十四時間営業」を始めると聞かされたときは、僕はてっきり、それが本部の意向であるとはいえ、山田もそれを厭わず、前向きに考えていて、むしろ店の従業員たちにどのようにローテーションに入ってもらえるか、そのことに腐心していると、考えていたのだ。しかし、実際は、山田は、本部の方針に不服だったようだ。

女性にはもちろん深夜に入ってもらうことはできない。では、僕を入れて三人しかいない男性の従業員でどのようにローテーションを組んでも、どこかに無理がいくし、気ままな学生アルバイトはあまりあてにはできない。それに、時間外の手当など労働基準法の法的な問題もある。山田は、最初簡単に考えていたようだが（もっとも僕もそうだが）、難しい問題が出てくる。山田は、そのあたりのことをしばしば本部に、特に土屋や副社長やらに相談するのだが、要するに、よきに計らえ、というような態で、はかばかしい返答をしてくれない。それで、もう、自分の齢も考えて深夜の仕事をすべてひっかぶるというわけにもいかず、思い悩んで辞めてしまった、というのが、真相らしい。山田には辞めてからその後とうとう会うことがなかったので、僕は同僚たちの断片的な話をつなげて、どうもそうだったらしいと、判断した。そして、これは、その後、僕自身の身にもふりかかってくる問題なのだった。そのあたりのことを思い出すと、今でも夢に出てくるくらい、苦しいのであるが……。

山田が突然辞めてしまい、僕が本部採用の社員という身分上、当然のように、本部は僕に本店の店長をすることを命じた。ちゃんとした会社なら形だけでも「辞令」とやらをくれるそうだが、どうも僕はもらった記憶がない。それほど店長になったころの僕には心の余裕がなかったようだ。

地方出張中の店と違い、本店となると規模が大きい。取り扱う商品の数や種類も桁違いに多い。従業員も多いし、厄介なことに、女性店員もいる。僕はどうも、この女性の店員さんたちが苦手であった。相手は、僕よりも古株であるし、年上でもある。年下の、しかも新参者の僕が、こうして突然上司になってしまったことに対して、胸に何らかのわだかまりを持つのは、当然である。口では言わないが、目つきや言動で僕にはそれが、ひしひしと伝わってくるのだ。たぶんこれは、僕の被害妄想ではなかったと思う。

では、男性従業員は、というと、悲しいことに、この手の零細企業の常なのか、現場にはそんなに古株はおらず、僕と同年配か、僕よりも若いアルバイトがほとんどなのだった。こういう人たちにも、僕の悩みは到底打ち明けられたものではない。僕は、以前、地方出張で味わった孤独を、本部に戻ってきて、また別の形で、味わわなければならなくなったのだ……。

僕の孤独などはさておき、実際にもっと気を遣わなければならなかったのは、客の駐車のことだった。本店は、国道二号線に面しているが、電車の駅からやや遠く、車で来る客も結構多い。店の横に申し訳程度の駐車場はあるのだが、車で来る客が多くなると、そんなものではおっつかない。それが、また間の悪いことに、店のすぐ隣にわりと大きな工場があり、そこの駐車場が、ちょうど本店の駐車場のように思える位置にあり、紛らわしかった。

店に来る客は、そこの駐車場が店の駐車場だと知ってか知らずか、しばしばそこに車を置いてやってくる。そして、しばしば、そこの社員が店に苦情を言いに来るのだった。

初め、事情を知らなかった僕は、男が店の中で大声を出すので驚いた。山田がまだいるときだ。

「こらあ、また、おまえんとこの客がうちの駐車場に車をとめくさって。はよどかせや！　うちの資材のトラックが入られへんやないか」と。

そんなとき、山田は、さっと顔色を変えて、声の方へ小走りに行って、平謝りに謝るのだった。それでも、そこの社員は、ますますいきり立つ。「何度言うたらわかるんじゃい！　このエロ本屋が。うちはなあ、お前らと違うて、ちゃんとした大手優良企業なんや」と。いったい大手優良企業の社員が、あんなふうに品のない怒鳴り方をするものだろうか。必死で当該の客を探し、声をかけ、車の移動をしてもらい、やっと一息ついて戻ってきた山田に、僕は尋ねた。

「山田さん。大変でしたね。それにしても、隣の近藤産業って会社は、大手なんですか。どんな会社ですか？」と。すると、山田は、へ？　という顔で目を瞠くように僕を見て、「君、知らんのかいな。

あそこ、『コンピー』やんか」と言った。僕も、へ、と思った。かつてよくテレビのコマーシャルで見聞きしていた、関西では有名な缶詰会社だったとは！　そう思って、一瞬、僕は自分の迂闊さを笑いかけたが、いやいや、笑ってはおれない。山田がいないときは、僕が彼のように、あの怒り狂う、「大手優良企業」の社員に、平謝りに謝って頭を下げ、すぐに当該の車の客を探して、移動をしてもらわなければならないのだから、と。

そのころ、僕は、長崎にいたころのことが、ふと懐かしくなって、昼ごろに店の電話で長崎の店に電話をかけた。私用で、しかもそんな遠方に電話をかけることなど、よくないことだとは重々承知していたが、図らずも突然、店長となって、もろもろのことで鬱屈していた僕だった。本部にばれたら、という心配よりも、誰かにちょっとでも愚痴を聞いてほしいような気持ちもあったことは確かである。とはいいながら、なんでもないような、ちょっとした用事があったようにかこつけて。すると、電話の向こうで、あの懐かしいおじさんの声が弾むようだった。僕にしても、雇いはしたものの、何かと出入りの多い現地採用の人のこととて、もう辞めていないのではないか、と思わないでもなかったので、うれしかった。

おじさんは、気安い口調で、時本さんのお陰で、仕事にも慣れ、店の売り上げも順調です、と言う。ただ、万引きしそうな若い男がときどきやってきて、それには神経を使う、とも言った。そんなことを言いながら、「あ、そういえば」と、声をちょっと高めて、思い出したことがある、と言って、こんなことを僕に告げるのだった。

「覚えとらすですか？　あの、車椅子の若か人がね、このあいだ、久しぶりに来らしてね。時本さんが、本社に帰らした、と言うたら、たいそう残念がっとらしたですよ。そうですかー、言うて。そしたら、また、三日ほどしてね、時本さんには、何か、前にちょっと世話になったとかで、手紙ば書きたいから、居場所知りたい、と言うもんで、ええ。そいで、一応、本社の方の住所を言うときましたもんね……」と。

僕は、それを聞いて、はっと胸をつかれる思いがした。その車椅子の青年のことを、全く忘れ果てていた、というのではなかったが、正直にいうと、それに近かった。おじさんが話題にした人物が、「吉田」という名前だったと思い出したのも、電話を切ってしばらくしてからだった。彼と、平和公園にワレサを見に行ったことも、なんだか何年も前のことのように思われた。

それにしても、吉田が、僕に手紙を書きたいとまで思うのは、どうしてだろう。何事だろうか、と胸がさわぐ思いがした。

年が明けて、一月半ばとなったが、本店の「二十四時間営業」は本格化しなかった。僕はかなり知恵を絞ったのだが、どうしてもローテーションをうまく組めなかったのだ。本部から何度も催促されて、たびたび持っていったローテーション案は、土屋の段階で、これではあかん、とダメを出され続けた。

というのも、現状の人材をパズルのようにどのように組み合わせても、これでは、Ａくんが休みを取れないやないか、いや、これではＢくんが。いや、これでは、時本くん自身が……。こういう具合で、いっこうに先に進まない。そのくせ、本部から応援を寄越す、とか、その態勢を進めるために人材確保に努めてくれるか、というと、そうはならない。本部の方針というのがどうにもよくわからず、僕は、もう、苦しくて仕方がなかった。一応、今までの深夜二時を三時まで延長して、折衷案的なものを実行してみていたのだ。実際は、仕事の延長は、ほとんど全部僕がひっかぶる形で。しかし、そういう形でいつまで続けられるかというと、それはもう、はっきり先が見えていた。

ちょうど、そんなころ、僕はいよいよこれではと、土屋を飛ばして直接、副社長か、社長に談判しようと思って本部に行ったその日、あいにく、土屋も、副社長も社長も所用でいなかった。

女事務員のおばさんは、僕を気の毒そうな顔で見て、「時本くん、ちょっと」と僕を手招きした。何だろうと思い、そちらに近寄っていくと、おばさんは、僕宛てだ、と言って、郵便物を渡してくれた。手にすると少々持ち重りのする、分厚い封筒だった。差出人を見ると、吉田匡志、住所は、長崎……ではなく、東京都中野区の何とか。僕は、一瞬目を疑い、「えっ」と、小さく声を上げそうになった。

吉田からの手紙は、丁寧な字で書かれ、拝啓と時候の挨拶から始まり、感じのよいものだった。彼の手紙を読み始めると、不思議なことに、長崎で何度か会って、話をしたことのあれこれが一気によみがえってくるようだった。もっとも、僕に対して、このように手紙を書こうか、どうかと、かなり迷った、ということを書いてはいた。なにせ、あなたは、出張先の仮寓の身、自分とて、入院・リハビリと続く療養施設の仮寓の身、そんな二人がたまたま出会って、ちょっと話をしただけなのに、と。確かにそうだった。読んでいて、僕自身が、吉田から手紙をもらうことになるだろうとは、思いもしなかったのだ。しかし、吉田は、国木田独歩の「忘れ得ぬ人々」ではないが、人生の旅の途上においてで全くの偶然による、それもたった一度の出会いによっても、その人の人生に何らかの影を落とす人がいるものだ、という。吉田によれば、僕がまさにそういう人であるらしい。

僕は、そんなふうに書かれてみると、読んでいるうちに、そうかもしれない、と思わされた。文章が実にうまいのだ。そういえば、お互いに、好きな作家が、木山捷平だ、とわかったときには、大笑いした、ということを僕は今、はっきり思い出した。そして、彼の手紙を続けて読んでいった。

吉田は、僕が長崎を去る前後に、家族と相談して、このまま療養・リハビリを続けたものか、どうか、を決めた、という。それで、結論は、現代医学では、もう到底下半身の麻痺の後遺症は治らないと見切りをつけ、自分の、今後の、生きていく道を考えていこう、ということになったらしい。吉田の実家は、まだ親は健在で、吉田の言い方では、少々の資産もある。お前のやりたいと思うことを、応援する、と言ってくれたらしい。それで、吉田は、もう一度東京に出て、勉強をしたい、と希望した。

去年の秋に、カトリックの洗礼を受け、自分のこれから進むべき道がなんとなく、わかりかけてきた、というのだ。ここまで読んできて、僕は、彼とワレサを見に行った帰りに、別れ際に打ち明けられた驚きを頭によみがえらせたのだ。ああ、吉田は、やっぱりカトリックの洗礼を受けたのか、と、感慨深いものがちょっと僕の胸をよぎった……。

キリスト教徒になると、クリスチャンネーム（「霊名」ともいうらしい）といって、片仮名の別の名前をもらうそうだ。仏教の戒名のようなものだと、吉田は書いている。そして、吉田がもらったクリスチャンネームは、「ユダ」……。それを目にして、僕は、かなり変な思いがした。いくらキリスト教に無知な僕であっても、イエスを裏切り、最後の晩餐でそれをイエスに暴かれる、という、聖書の中で悪者として描かれている人物だということは、知っている。太宰治が「駈込み訴え」の主人公にした人物……。どうして吉田がそんな人物の名前をもらったのか、訳がわからなかった。しかし、何か、彼なりに、思いがあってのことだろう、とも思い直したが。

「……今、私は、神学を学びたいと考えていまして、上智大学文学部の哲学科か、神学部への入学の準備をしているところです。前に大学は一応卒業していますので、社会人入学として、三年次からの課程に入ることになりますが、今まで、宗教には全く縁のない人生を歩んできましたので、わからないことだらけで不安でいっぱいです。しかし、一方で、それにもまして、期待、いや、希望をも感じております。できれば、大学院に進み、司祭職になれればとも、考えています。また、長崎のカトリック系の学校に勤めている友人の話では、そういう系統の学校では、必ず、『宗教科』という必修科目があり、その資格を持つ教師、または司祭が、その科目を担当するそうです。そうした、教育者としての進路も視野に入れているところです……。いろいろ自分勝手なことを書いてしまいまして、失礼しました。まだまだ、書きたいことはあるのですが、何分、まだ、入学準備の最中ですので、今回はこれで擱筆いたします。また、落ち着きましたら、お便り差し上げたいのですが、よろしいでしょうか？　宛先はここでよろしかったでしょうか。この手紙が無事に貴兄の御許に届くのを念じつつ。……」

僕は、吉田からの手紙を読み終えて、ふう、と大きく息をついた。何よりも、吉田という人へのなつかしさを感じ、すぐにでも返事を書きたい衝動にかられた。だが、いったい、どう書いたものか、僕には彼に書くべき何かを、今は持っていないような気がした。そして、これからまた、店の遅番に行かねばならない、という現実に一気に引き戻されてしまい、また、ふうっ、と自然と息が漏れた。

吉田の手紙を読んでから出た店の遅番の仕事の間中、僕の身中で何かぷつぷつと細かな泡のようなものがしきりと立ちのぼってくるような、奇妙な感覚にとらわれていた。

店の忙しいのは、午後八時から十一時ごろまでで、日付が変わるころには、客足はほとんどぱたりと絶えてしまう。全く客が来ないときもある。それでも店内は当然、煌々と明るいし、奥の棚の例のビニ本たちは、ひそやかに、いや、おおっぴらに、妖しい媚態をさらけ出している。僕は、客が絶えるのを幸い、気になっていた雑誌の返品作業をこなし、売れた書籍のスリップを整理し、売れ筋をそれなりにチェックしたり、真面目に働いていた。

自分で言うのも変だけれども、僕は、本当に真面目に働く男だった。そう自分でも思うのに、どうして、学生時代はあんなに後先も考えず、漠然と物書きになりたいとか、芝居をしてみたいとか、映画を作ってみたいとか、そういう一種浮世離れした夢ばかり見て過ごしてしまったのだろうか。後悔する、というのとは、ちょっと違うのだけれども、今思うと、実に不思議なのである。そういえば、大学に入ったとき、構内の掲示板に、「資格試験講座」とか「教職対策講座」などの案内があるのを、不思議な思いで見ていた僕だった。いったい、あんな講座を受ける学生がいるのだろうか、いるとしたら、どんな連中なのだろうか、と。

僕の実家は、けっして経済的に余裕があるとはいえなかった。兼業農家の父が、タクシーの運転手をし、母はパートに出るとはいえ、ほとんど専業主婦と同じ。僕の下には、三人の弟がいる、という環境だった。余裕などあるはずがない。かといって、はやくから、何になれ、ということを急かすふうでもなかった。

たまたま、中学時代の成績が良くて、県内でも名の知れた進学校に進んだ僕を、小学校しか出ていない父は、たいそう自慢にして、親戚中にも近所にも言いふらす、という風情であった。韜晦とは無縁の無邪気な父なのであった。僕は僕で、どうも、とんだ勘違いをしてしまって、僕の未来にはきっとすばらしいものが待っている、と、はっきりそう思ったのではないが、そう感じていた節があったのも事実。母はさすがに、貧乏だったとはいっても、村の寺の娘で、抹香臭いがそれなりの教養はある家庭環境に育ち、戦前、西本願寺系の高等女学校に入学、途中、戦後に学制が変わり、その新制高校を卒業している。僕らのような地域の者で、その年代の女性としては、かなりの「学歴」といっていい。だから、父よりも、もう少しは現実がわかっていたようだ。

ともあれ、父の存在感の方が、僕の家では、圧倒的だった。学歴のない父ではあるが、父はけっして「森の石松」のような馬鹿ではなかった。馬鹿どころか、かなり目端が利くというか、計算ができるというか、心身ともにタフで実行力のある、いわゆる、「できる」タイプの男だったと、断言していい。

何度か父から直接聞かされたことだが、小学校五年の初めに原因不明の熱病に罹り、まるまる三か月、人事不省の状態になった。母親が半ばあきらめながら、野良仕事に出る前と、家に帰ってから、彼の口におかゆの上澄みを少しずつ匙で流し込んでいたらしい。そして、三か月後、奇跡的に、忽然と目が覚めた。まわりの者は、もうみなびっくりである。「鏡で自分の顔を見たときは、そらあ、びっくりしたでえ。目えだけがぎろぎろっとしとって、まるで、猿や。これが、おれの顔か、と思うた」と。それまでは級長もするぐらいの出来の良い子だったが、熱病による長期欠席というブランクと、農事の忙しいときは家の手伝いが優先する、という家風のせいか、すっかり勉強がわからなくなり、先生に反抗したり、乱暴な言動の多い、悪い方の子になってしまった、というのが父の弁であった。小学校時代の、男の同級生は、のこらず一度は殴ってきた、とか。

学生時代の僕の生活は、そういう「できる男」の子に生まれた「特権」だった、と僕は今、考えている。要するに、「モラトリアム」が許されたのである。

それはそうと、その日の店番の勤務をするうちに僕の身内から、ふつふつとわき出てきた泡のようなものは、いったい、何だったのだろうか。僕は、その日から徐々に、自分のまわりを覆っていた、見えない薄い膜が剥がれ落ちていくような感覚を覚えたのである。

本部の土屋から、本店の二十四時間営業の開始の目途を一月末を期限に示すように、最終通告のように言われて、僕は、いよいよ来たか、と思った。どうも本部の幹部の面々は、僕のことを、「人が良すぎる」と評しているようだった。「人が良すぎる」というのは、「優柔不断」という評価とほぼ同義である。僕としては、この、二十四時間営業の本部の方針が、どう考えてもメリットがないように思った。深夜の店番を実際にすればわかるのだが、日付が変わると、客足はほぼ途絶える。午前三時を過ぎると、もう店内を煌々と照らす灯りが、時間を白々と流すだけである。かといって、この手の本屋の宿命だが、朝の早くから客が来る、ということはまず、ない。

また、客が来ない時間帯に、無理な交代勤務態勢を組んで、誰かにしわよせが行くということは、避けたいし、土屋自身も、従業員の休暇はしっかり確保するように、とことあるごとに言う。しかし、それを現状の人員でやろうとすれば、そうは言っておれなくなる。

土屋からの通告を受けた三日後、深夜の遅番を上がり、そのまま、眠らないで、僕は朝一番に本部に出向いた。僕が本部に出向くときは、しばしば、土屋、副社長、社長の誰か、ないしはそのうちの二人が所用で不在、ということが多かったので、僕は、その時間なら、おそらく社長か、副社長がいるだろうと考えたのだ。何なら、もう、土屋を飛ばしてトップのうちのいずれかと直接話をしたい、とも。

僕が本部に顔を出したのは、午前九時きっかり。ちょうど、事務室内で朝礼のような簡単な会合をしている最中だった。僕を最初に認めたのは、副社長だった。僕を見て、「む」と、うなずくようにし、ちょっと待ってろ、というように、手で合図してきた。土屋も、その簡単な会合が終わると、僕を認めて、一瞬、「あっ」という顔をしたが、すぐ無言でうなずいた。

「時本、ちょっとこっちへ。土屋も……」と副社長が言ったので、僕は、土屋を先に立たせて、後から副社長の部屋に入った。副社長の部屋へ入るのは、丸井のレポートの感想を言いに入って以来だったから、約二か月ぶりである。それに、いつも所用外出が多い副社長と会うのもひと月ぶりのように思う。相変わらず、小柄で精悍な印象の人である。隙のない、自信に満ちた人、という感じなのだった。僕はこの人を見ると、いつもダスティン・ホフマンに似ているなあ、と思う。男前といっていい。実をいうと、僕は、社長よりも、この人の方が苦手だった。しかし、もう、仕方がない。

副社長は、テーブルをはさんだソファに僕と土屋と並んで座れ、と指示した。土屋は、副社長と同じ側の方に座るものと思っていたようで、「え?」と一瞬驚いたふうであったが、素直に、僕と横並びでソファに腰を下ろした。

「時本、顔色が良うないなあ」と副社長が、言った。僕は、はあ、深夜番明けなので、とぼそりと答えた。すると、「土屋からも聞いとるが、本店の二十四時間営業の件、進んどらんなあ。どないなってる」と、とがった声が返ってきた。僕は、すぐ上が向けず、つい、「すみません」と答えてしまった。本当は、本部の二十四時間営業の方針とそのメリットはどのように考えておられるのですか、と言いたかったのだが。

「従業員やアルバイトに気い遣い過ぎてるのと、違うか」と副社長は、僕に畳みかけてきた。前の声よりやや声のとがりようはましだったが、僕は黙っているしかなかった。

「僕もいろいろアドバイスをしとるんですがね……」と、土屋が、口をはさんできた。すると、副社長は、「土屋、よう話を聞いたってや。もし、時本で無理なようなら、他の者でも、いいんやで。何なら、お前がしても、いい」と言う。土屋はちょっとびっくりした表情をしたが、すぐに例の調子で、「いやあ、僕ではあきませんわ。時本くんはようがんばってましてね。前の山田さんのときよりも売り上げが、一割も上がってましてて。商品の管理も、ほんまにかっちりしてる、いうて、事務方にも評判がいいんです」

副社長は、土屋の言葉には取り合わず、「とにかく、本部が出した方針をちゃんと実行してもらわんとな。全体へのしめしがつかんようになる。組織って、そういうもんやろ。土屋、時本」

そう言って、副社長は、実は今、会社の実情は、厳しくて、各地方の店の売り上げも、横ばいか、ややもすると、落ちてきているのだ、と言う。二十四時間営業をすることで、にわかに売り上げが上がるとは、わしも考えとらん。それは、北林（社長のこと）も同じだ。だが、全国で初めてそれをやることに意味がある。なぜか、それは、話題性をアピールできることが一つ。加えて、社会の動向。

今後ますます、日本中で深夜はもちろん、二十四時間営業の業種が求められてくる。日本もアメリカ並みに二十四時間常に消費活動する時代がもうすぐ来る、いや、もう来ている、といっていい。だから、やれと。

副社長は、得意の持論を熱く語り、所用があるとかで、さっさと土屋と僕を置いて、出ていった。しばらくこの部屋を使ってよいから、一時間でも、二時間でも、じっくり話せ。土屋はよく話を聞いてやってくれ、と言い残して。

土屋と二人残されて、僕は、土屋が僕にどう出てくるか、かなり気がかりだった。彼は、社長と副社長とがこの会社を立ち上げたときからの、古株の幹部の一人。肩書は常務だが、社長とほぼ同年代の三十代後半の男である。同期の仲間から研修時代にちらりと聞いた人物評は、頭も悪くないし、仕事もできるが、やはり、まわりを見て、うまく立ち回るタイプだ、と。外から見ていると、社長との関係はまずまずだが、副社長との間はあまりうまくいっていないようだった。そういう具合だから、今日のように、結局は土屋を飛び越したような形になって、おもしろくない、と思っているだろうことは、容易に想像がつくので。

「時本くん。ちょっと電話してから、来てくれたらよかったのにな……」と、土屋は、やはり不機嫌そうに僕に、ぼそりと言った。だが、すぐに、その不機嫌は副社長の方に向いたようで、

「何なら、お前がやれ、いうて。よう言うよなあ。おれはともかく、君の立場がなくなるのになあ」

と。そう言ってから、土屋は、いつになく静かな口調で、ぽつぽつ彼の本音を僕に語りだした。

土屋の思いはこうだった。トップ二人の考えは、確かに正論ではある。それは、おれにもわかる。では、今の本店の人員でそれができるか、というと、かなり難しいのは事実。あまり無理をして、誰かに労基署に垂れ込まれでもしたら、その対処がまた、面倒なことに。だから、君の作るローテーションではあかんと、言ってきた。その辺の細かいことは、結局おれの監督責任みたいになるから、もうそろそろ、社長にでも談判して、本店の男の従業員をもう一人増やしてほしい、と言おうと思っているところに、君が来た。まあ、間が悪いのか、いいのか、ちょうどいいきっかけになったとも言うか、これで、おれも話がしやすくなった。副社長は、結構しぶちん（吝）だから、まず、社長へ話をしてみる。実際、今会社が苦しいのはおれも承知しているから、うまくいくかどうかわからないが。もし、だめなら、本部の誰かか、おれが助っ人で入ってもよい、と。

そこまで言われて、僕にはもう、返す言葉がなかった。僕はそのあと、すぐに寮に帰って、横になり、泥に沈むように眠りに落ちた。起きたのは、もう遅番に出る一時間前の、午後五時前だった。

土屋が何とかする、と言ってくれた日から一週間しても、僕の方へは何の連絡もなかった。土屋から電話があるかと、自然と待たれるような気持ちで、働いていたのだが、とうとうしびれを切らして、僕は、本部へ電話をかけた。事務員のおばさんが出たので、土屋への取り次ぎをお願いした。すると、彼女は、申し訳なさそうな声で、土屋は、本日付で退職したと言った。僕は、にわかにその声を信じられず、「えっ、土屋さんが、ですか！」と声を上げた。おばさんは、「ええ、今日。私も、びっくり」と言った。

山田といい、土屋といい、今度の、二十四時間営業をめぐっての本部の方針の件で、まるで、泥船から鼠が次々と逃げるみたいに辞めていく。次は、きっと、僕自身がそうなるに違いない、と僕は確信した。そして、実際、僕自身も、二月十五日付で、退職願を本部に出して、辞めることにした。無職になることは、実をいうと、とてもこわかったのだが……。身中からわき出てくるぷちぷちした泡が、そのとき、僕を衝き動かしたのだ、とでも、言うしかない。

会社に退職願を出してから、僕は三日後に寮を出た。もともと寝るだけの部屋だったので、大した荷物もなかったのだが、それでも三か月近く居続けて、部屋には衣類や本は少しはあって、それらを片付けている間、経理かたの責任者で、やはり土屋とほぼ同じくらいの古株の大野が、引き留めに来た。大野は、僕たち同期の研修時代に、いろいろと世話をやいてくれた人で。社長の意を受けて来た、と言って、

「えらい、急やな。土屋といい、君といい。今、戦力になる人材が会社には必要なのに……。もうちょっと、辛抱できひんか」と。僕は、もう、決めたことなので、とぼそりと答えた。大野は、「うーん」としばらく眉を顰めてみせて、「辞めて、どうする？」と訊く。「どうするかは、まだ……」僕が正直に答えると、「なあ、社長もゆうとったが、だいたい辞めたやつでも、また、本屋の業界へ行くのが多い。そしたら、また、キャリアは、一からやり直しやんか。それやったら、うちで

続けて、いく方が」そのように言ってくれたが、僕はもう、気持ちがすっかり切れていた。

大野は、あきらめて、「しゃあないなあ」と言いながら、新しい住所が決まったら、離職証明書などの書類を送らないといけないから、すぐ連絡するように、そして、寮は明後日までに引き払うように、と言った。


二月半ばの空はどんよりと曇っており、めっぽう風が冷たかった。

僕は、どうにも実家に帰る気がせず、寮を出た日から、いわゆる「宿無し」になってしまった。さすがに、これは、困った。あの日、寮の部屋から、寒空に出た瞬間の心細さは、今もどうかすると夢に出てくるのだ。

僕は、会社の近くの安いビジネスホテルで数日過ごし、近くの不動産屋をいくつか回り、なんとか、アパートを見つけ、入ることができた。国鉄西宮駅の北側の、ちょっとごみごみした町中にある、木造二階建ての、古いアパートの一階だった。わずか二年半ほどの勤めであったが、ほとんど地方出張で、金を使うことがあまりなかったので、当時の僕には、百万円近くの貯金があった。新しい住みかを得た僕はほっと一息つく思いがした。なぜか初めて自立生活を始めたうぶな大学生のような気持ちになった。そして、ようやく疲れがどっと出て、三か月前、九州から帰ったときのように、二日間、泥のように眠り、やはり、また前のように空腹を覚えて目が覚めた。食事をしに行こうと外に出ると、町中の小さな公園にたくさんの子どもたちが、甲高い声を上げながら、傍若無人に遊びまわっていた。

公園と道路の境には、もう梅が咲いていた。梅の白さが、まぶしかった。

もうすぐ、春がくるのだ、と思った。

ようやく、現実感が戻った気がして、少し気分が高揚していたようだ。気になっていたことから、まず始めようという、ごく当たり前のことに気づいた。そうだ、僕は、ものが書きたかったのではないか、と。そう思って、僕が最初にしたことは、手紙を書くことだった。僕は、吉田から来た手紙を鞄から取り出した。そして、もう一度じっくりと読み返した。読み終わると、彼に返事を書かねばと思い、便箋を出して、小さな座卓に向かった……。


拝啓　梅が咲き始めて、少しだけ春めいてきましたが、まだまだ寒いですね。先日は、お便り有難うございました。貴兄からの手紙は、会社の事務を通じて私の手元に届きましたので、ご安心ください。

さて、お手紙では、その後、貴兄は東京に出られて、今、大学再入学の準備とか。優秀な貴兄のことですから、きっと成功なさると信じております。

カトリックの洗礼を受け、霊名を「ユダ」とされたとか。信仰というものを持たない私ですが、実は、私の母方の祖父が昔、浄土真宗の僧侶（地域の寺の雇われ住職）をしておりまして、少しは宗教的な雰囲気の環境はあったのですが、キリスト教とは、今まで全く無縁の私でした。キリスト教のことを全く知りませんので、今の私には、申し上げることが何もないのですが、ひとまずは、おめでとうございますと言わせてください。きっと貴兄の中では、大きな決断とか決意があったのでしょう。その決断と、今後の貴兄の進路とに、必ずや幸福あれと、遠くからお祈り申し上げます。これからも折々に私のことを思い出してくださり、お便りくださるならば、キリスト教のことをちょっとお伺いしたく思います。どうして、霊名を「ユダ」とされたのか、とかも。

ところで、私の住所が変わりましたので、お知らせ申し上げねばなりません。住所が変わった、というよりも、つい先日、私は思うことがあり、会社を辞めたのです。ですから、今後貴兄が会社宛てにお便りをくださっても、私のところに届きませんので、そのお知らせもかねて、こうしてお便り申し上げることになりました。貴兄の人生の決断に比べれば、私の退職というのは採るに足らない全く個人的な事情によるものです。ただ、無職でいることは、なにかと怖いことですので、これから、私は、また、職を探すつもりです。今のところ、まだ何もあてがないのですが。私の方こそ、落ち着きましたら、また、ゆっくりお便りを差し上げたく存じます。

まだまだ寒い日が続きます、どうぞご自愛ください。では、また。　敬具

2

吉田への手紙を国鉄西宮駅近くのポストに投函した後、僕は、これから暮らすことになったアパートの界隈を歩いてみることにした。日差しは春らしい明るさだったが、まだまだ寒かった。

平日の昼下がりの住宅街をそぞろ歩きしているような若い男。他人から見ると異様に思うだろう、と思うと、僕の心中はかなり忸怩たるものだった。駅の北側の殺風景なロータリーを一回りして、それから山側に向かった。少し行くと、ごみごみした小さな民家が密集している一画がある。そうかと思うと、路地を抜けてすぐ西側には、十五階建てほどのたいそう立派な団地が五、六棟も聳えている、という具合だった。そのあたりの小さな橋を渡り、濁った溝のような幅の狭い川に沿って西に行くと、突き当たりに、やっているかどうかわからないような、青物市場らしい形跡の広場があった。それを見てから僕はまた、その川の反対側に回って、元の路地の方に引き返した。どこからでも六甲の山並みや、妙に丸いお椀を伏せたような山が見えた。

この町の風景は、かなりバランスが悪い印象を僕に与えたが、どういうわけか、普通の住宅街と違って、濃い生活臭というものが漂っている感じも受けた。というのは、いくつか聳えている高層の団地の一階部分、ピロティというのではないが、要するに道路に面したところには、ほぼ例外なしに商店が入っていたからである。何か乾物の卸商のようなものから、精肉店、鮮魚店、クリーニング屋、金物屋、酒屋、食堂、喫茶店、などなど。子ども相手らしき駄菓子屋まであった。もちろん、民家のごみごみと密集した路地にも似たような業種の店はあちこちにあって、そう多いとも思えないような客を相手に何とかやっていそうなのだった。

また、路地を東へ東へと歩いていくと、電柱の町名標識には、神道関係の本や古事記に出てきそうな、神がかり風の由緒ありげな珍しいものもあった。古い歴史が感じられるように思った。それで、ここはいったいどういう町なのだろうかと興味が湧いた。けれども、そんなことを思いながら歩いているうちに、僕は、いやいや、暢気に散歩などしていられないぞ、という自分の立場に思い至った。……また新しい仕事を探さなくては、と現実にはっと戻るような気分になり、僕はアパートに引き返そうとした。そのとき、道に面した公園の植え込みの木の梢からだろうか、鶯の初音をはっきりと聞いた。

その後、ひと月ほどは、僕は、失業保険の関係もあり、アパートから西北へ一キロ半ほどのところにある職業安定所へ週に三、四日通った。町中を流れている幅の狭い川に沿って山側へ歩き、阪急の高架を抜けた突き当たりの狭い道をまた西へ向かうと職安があった。できるだけ良い条件の仕事を、しばらくじっくり探そう、そう急ぐこともない、と僕は考えていた。僕にとってその良い条件とは、前の仕事で懲りていた深夜勤務のないこと。接客業でなく、できれば事務職で、土日・祝日、普通の

会社のように休めること、だった。(休みの日にのんびり物を書いたり読めたりしたらいいな、と)
だが、職安で見る求人票のファイルをどんなに繰ってみても、当時そんな仕事はまずなくて、それに考えてみれば、僕には掃いて捨てるほどいる大学卒(学士)という以外、何の資格も技能もないのだった。(ああ、そういうことだったのか、と僕は、大学時代に構内に掲示してあった「資格取得講座」の意味を今さらに思い知らされた)
これは、のんびりしていられないぞ、と僕は思った。それに、職安の相談窓口の職員と顔見知りになるうちに、僕がこんな仕事がありませんか、と言うのに対して、「簿記などの資格はお持ちですか」と言うので、「いえ、ありません」と答えると、じっと僕の顔を見つめてから、呆れ顔で、「あなた、本当に仕事を探す気はあるのですか」というようなことを言うようになったので、僕は職安通いが嫌になってきた。
もう一つ、僕が職安通いが嫌になったのは、相談窓口の職員の応対もさることながら、その建物周辺での、「勧誘」だった。
ある日、緑色のジャンパーを着た、体格のよい中年の男が、建物から出たところで、声をかけてきた。「おい、にいちゃん」と言うので、僕が振り向くと、男は意味ありげに、「にたり」と笑った。ちょっと口では言えないような、凄味のある笑い、のように僕には見えた。少なくともそれまでの僕が初めて出会うような種類の笑いをする人だと思った。
「何ですか?」

「……」男がじっとこちらを見て何も言わないので、鳥肌が立つ思いがして、また、「何ですか？」と僕は訊いた。

「あんた、ええ体しとるな。ええ仕事があるんやが、せえへんか。……一日三万にはなるが……」と少し早口で、ちらりと、あたりを見回しながら言うのだった。建物の中の張り紙でよく注意を促している「違法な勧誘」であることはすぐにわかったので、「もう、仕事が見つかったので……」と答えた。すると、男は切り替えたようにさっと僕の近くから離れていった。僕は、ほっとすると同時に、一日三万円になる仕事とは？　としばらく心がざわついていた。それにしても、ああいう人とまたこんなところで顔を合わすのはかなわないな、とつくづく思った。


怪しい男に声をかけられた日の翌週、僕はある求人票が目に入った。「正社員での採用」、「週休二日制」、「販売と軽作業」とあった。それで、その求人票のコピーを取って、そこと連絡を取った。すると明日面接したいから来てくださいと言うので、僕は次の日、履歴書を持って出向いた。向こうが採用すると言ってくれたら決めるつもりで。

実をいうと、そのころもう失業状態でいることに、「怖さ」を感じてきていたのだ。このまま、ずるずると過ごし、失業保険も切れ、アパートの家賃も払えなくなったらどうなるか。……そう思うと、心臓がぎゅっと握りつぶされるような、肌が泡立つような怖さ・不安・切なさを感じる。だから、面接に行って、そこでの仕事が決まったときは、ひとまずほっとした。だが、話はそう簡単ではなかったのだ。

その日、約束の時間に、阪急西宮北口駅の南の商店街を抜けた一筋海側の路地の東の角にあるスーパーマーケットに僕は入った。小さな店だった。用件をレジ台に立っていた若い女に告げると、うなずいて奥の方に向かって、「店長」と呼んでくれた。

出てきたのは若い男で、僕を見ると「あっ」という顔をして、「こっちに来てください」と、レジ台の右端の仕切りを開けて通し、そこからすぐ右手の奥まったバックヤードに案内された。中はいろいろな商品の段ボール箱があちこちに置かれていて狭かったが、それでも簡易な事務仕事ができるような机と椅子があった。店長という男は、丸椅子を持ってきて僕にそこに座るように言い、「狭いところで済みません」と言いながら、自分は机の前の椅子に腰かけた。

「山端といいます」と自己紹介してから、男は僕の持ってきた履歴書にしばらく目を通した。それを見て何か質問されるか、と僕は緊張したが、何も訊かなかった。山端は、どうかすると僕よりも若いのではないかと思えるほどだった。(だが、僕よりも二つ年上で、それにすでに子どもが二人もいることを後で知ったのだが)

山端は、店の説明を長々としだした。こういうことだった。彼によると、この手の店は、小さいながら商品の回転率が非常に良い。というのは、消費者が日常・普通に必要とする頻度の高いものを統計的に分析したデータを基にした販売形態をとっているからだ、と。店舗規模は小さいが、そのぶん、大手スーパーができないようなきめの細かいサービスを提供できるところが特長だ。大手スーパーは従業員を大勢かかえていて、営業時間を早朝から深夜まで、というわけにはいかない。けれどもここは、いつ行ってもいていてとりあえず欲しいものが買える、という安心感を持ってもらえるように、開業当初から年中無休・二十四時間営業をしている。これは、アメリカで始まったというコンビニエンス・ストアという業態なんです。この店の本社は岡山にあって、西日本では現在一番多い店舗数を誇っています、などと。僕はその話に適当に相槌を打って聞いていた。たぶん「本社」で吹き込まれたのだろうが、確かに山端が得々と語るのも無理からぬことではあった。今では当たり前のようにあるそういう店が、そのころはまだ少しは珍しい業態だったといえるから。

だが、山端の言うような話は、僕は会社にいたときにすでに何度か聞かされていた。というよりも、社長や副社長は、「うちは、出版業界のコンビニを目指す」というのが持論だった。店舗規模が小さくても、店舗数を増やせば紀伊国屋や旭屋に負けない売り上げが出せるはず。そして、売り上げ実績をもってゆくゆくは、この業界を自分らにとって都合よく仕切っている「取次」を通さずとも出版社と直で取引ができるようにするのだ。そのためには、ビニ本でもエロ漫画でも構わない。本のバッタ屋と呼ばれようが気にすることはない。効率よく消費者が求める本を提供すること、それを目指すのだ、それが出版流通革命だ、と。

山端が、「二十四時間営業」という言葉を出したとき、僕の心は急にざわついた。「え、聞いてないよ」と思わず声に出しそうになった。その態勢を組むのに悩み、困り果てて僕は前の会社を辞めたのに。

要するに、二十四時間営業のために、三交代制を敷いているので、僕には、週三回、深夜十一時から翌朝七時まで働いてほしいのだ、と山端が言ったとき、僕は突然、相槌を打つことをやめた。昼夜けじめのない勤務で体調を壊し、あるとき、とうとう身体にも心にも震えがきたことを僕はまざまざと思い出していた。あれは、佐世保にいたときだったか。本店にいたときも……。

「できません」と断ると、山端は頬を突然打たれたかのように驚いた顔で僕を見た。「えっ」と絶句する彼に、僕はもう一度、できません、と答えた。

「……職安で、どういうふうに書いてました?」と訊くので、僕は、求人票のコピーを見せ、「そんな深夜勤務のことは聞いてませんし、ここにも書いてませんね」と言った。山端は、ちょっと、と言いながら僕の手から求人票のコピーを取って、それをじっと見て、考え込んでいるふうだった。しばらくして、

「アルバイトで、というのなら、週一回程度の深夜勤務でもいいんですがね。今は、その……正社員が至急ほしいので……」とつぶやくように言う。「深夜勤務は、どうも……。じゃあ、仕方ないですね」と言って僕は立ち上がり、バックヤードを出ようとした。山端は、「ああ、ちょっと、ちょっと」と僕を呼び止めた。「じゃあ、わかりました。週二回で、ね。深夜勤務。それでやってください。正社員で」と早口で言ってくる山端を振り返ると、彼の泣きそうな表情が僕の目に飛び込んできた。それを見て、僕ははっと胸を突かれた思いがした。これは、前の会社で、本部から本店の二十四時間営業を迫られ、スタッフのやりくりがつかず、大方をひっかぶってやっていた以前の僕と同じだ、と。

そう思うと、冷たく突っ放すことが非情に思えて、一瞬迷ったが、僕は「わかりました」と言ってしまった。

その店に勤めるにあたって、住民票や印鑑証明やらを出すように山端から言われていたので、僕は国道二号線を越えて南側にある市役所に出向いた。面接を受けてから一週間ほど経ったころである。深夜勤務明けは疲れて億劫だったこともあるが、何より新しい仕事に慣れるのが大変だった。書店とは客層も違うし、扱う商品も実に多種多様。食品、飲料品、雑貨、文房具、書籍・雑誌・新聞、文房具まである。それに僕が見たこともない女性用のコスメ用品やストッキングまである。どの商品がどの棚にあるか、覚えるのも一苦労どころではないし、客への対応などを記した冊子状のテキストのようなものまである。それをよく読んでやってほしい……などとも言われた。山端は一週間はほぼ付きっ切りで教えてくれた。その間にわかってきたことがある。彼は、端正で童顔という外見とは違って、結構せっかちで、自分の思うようにならないことや意に沿わないことがあると、すぐ表情に出る、というタイプの男だということだ。しかし、そのぶん裏表があまりなく、わかりやすかった。

山端に、本社に君の採用関係の書類を揃えて出さないといけないから、とその間に何度か催促されていたので、市役所に出向いてその用事を済ますとほっとした。前日、なかなか書類を出さないのでしびれを切らした山端に、今日必ず出すように、ときつく言われていたからだ。これで彼も安心するだろう、と他人事のように考えながらも、僕もさすがに一区切りついて、身が軽くなった気分だった。

国道を渡り、また駅の方へ戻りながら僕は山の方を見やった。もう夕方ではあるが、四月に入って日が長くなり、六甲の山並みがくっきりと見える。山の中腹は新緑に膨らんでいるように見え、空は気持ちよいほど青く晴れていた。僕は久しぶりに自然に見とれている自分を意識していた。そして、ああ、これで僕は何とか生き延びていかれる、少なくともしばらくは、とも。

そんなことをなんとなく感じながら、駅の南改札口から北の改札口へ抜ける通路に入っていった。すると急になんだかトンネルに入ったようで陰気な薄暗さだった。ああ、今日は深夜勤務だったかと、ちらりと思った。と、そのとき、前方から自転車が走ってきて、僕とぶつかりそうになった。えっ、なぜ、自転車？ と思うと同時に僕はさっと通路の右側の方へ身を避けた。激しくタイヤの軋む音がして、はっとすると僕の真ん前で自転車に跨がった男が怒鳴った。

「こらあ、どこ向いて歩いとんじゃい。ちゃんと前向いて歩かんかえ、ぼけ！」と。こんな通路で自転車とぶつかりそうになったというのは、確かにショックだったが、それ以上に僕は陰険な顔でそう言われて面食らった。

反射的に、「すみません」と口から出かかった。無用なトラブルを避けたいという小心者のいつものならわしで……。しかし、そのときの僕は相当に虫の居所が悪かったのである。あれほど避けたかった深夜勤務を山端の泣き顔にほだされたようにして了解してしまった、という不始末から、誰にもぶつけようのない苛立ちが僕の身体や心に鬱積していたに違いない。僕は自分でも信じられない言葉をその男に大声で発していた。「なんやて？ そっちこそ危ないやないか。なんでこんなとこを自転車で走っとんのや！」と。
どうでもいいようなことだけれども、僕の顔は、良い意味でも悪い意味でも、ごくごく普通の顔である。「フーテンの寅」のように一度見たら忘れがたい特徴や個性があるわけではない。彫りが深いわけではないし、平べったい顔でもない。もちろん男前、ではない。言葉ですごんでみせても全然凄味が出ないというタイプの顔なのだ。ところが、そのとき僕の目の前にあった四十前後と思われる痩せ形の男の顔は、その年齢相応の皺が目じりに少々あるとはいえ、僕以上にごくごく普通の顔、いや、公平に見て、浅黒いけれども目鼻立ちのすっきりした甘い方の二枚目、といってもよいような顔の持ち主なのだった。それに小柄なように見えた。（自転車に跨がったままなので、はっきりとはわからなかったが）
僕はこの男が、ついさっきの口汚い暴言を吐いた相手か、と思うと強い違和感を感じた。相手の男は、僕のはじけたような反応が意外だったのか、険しい表情は変えないまま、言葉のトーンは落とした。
「ここはな、自転車で通ってもええことになっとんじゃ。知らんのかい。……おまえ、どこの者んじゃ？」とやはりすごんでくる。僕は、気圧される思いで、「お寺の近くや」と答えた。すると、どういうわけか、一瞬で表情を変え、「お前、にくやの……」と訳のわからぬことをつぶやいて、さっと僕から離れていってしまったのである。ほっとする一方で、その男の豹変ぶりがその後もしばらく僕の頭に残った。

その日、深夜勤務に入り、山端に書類を入れた封筒を渡すと、彼はほっとした表情を見せ、受け取るとさっそく中身を改めた。すると、たちまち表情を曇らせ、「時本くん、保証人の書類は？」と訊く。僕は、ひやりとした。この一週間、仕事に慣れることに頭がいっぱいで、面接の翌日渡されていた採用に必要な書類とその説明書きの入った封筒の中身を十分に見ないで、アパートに置いたままにしていた。

住民票と印鑑証明はまず急ぐ分で、という山端の言葉がうろ覚えで頭にあり、それがいつの間にか住民票と印鑑証明だけでよい、というふうに変わっていたのだ。確かに、いついつまでに保証人の書類を、と山端に言われていたのに。そのとき、厄介なものが要るんだな、と思わないではなかったのに……。

迂闊、というより、僕は無意識に保証人が必要だという件を避けていたようだ。そうでなければ、今も自分では説明がつかない。

山端から、あと三日以内にどうしてでも保証人の書類を出してほしい。そうでなければ、君の正社員としての採用はできないので、当面アルバイト扱いとせざるを得ない、と宣告された。僕は返す言葉がなかった。その日どういう気持ちで仕事をしたのか、今となってはよく思い出せない。少なくとも翌日、保証人の用件で帰らざるを得ないと腹を決めて、実家に帰ったときの思い出以上には鮮明に思い出せないのだ。

翌朝七時に深夜勤務が明けて、アパートには戻らず、その足で僕は阪急西宮北口駅へと向かった。眠いのを通り越して頭がぼうっとしていたが、三日以内と山端に期限を切られていることもあったし、自分の部屋に帰って一息つくうちに実家に行く決心が鈍ることも心配したので。駅頭の公衆電話から実家に電話をかけたが、出なかった。だが、その日、僕は非番だったから、行けば夜には親に会えるだろう、と思い、実家の最寄り駅までの切符を買い、改札を通った。駅は、通勤や通学の大勢の人でごった返していた。そんな中をコンコースを抜け、ホームへの階段を下りていく自分の身体や心がどうにも夢の中のようで現実感がなかった。しかし、緊張感、というか、ある種の悲愴感、とでもいうようなものは感じていた。こんな感覚を、前に一度感じたことがあるように、そのとき僕はふと思い出していた。いつのことだったか……。

そう、佐世保にいたとき、知り合ったスタンドバーのママに会いに行こうかどうかとさんざん迷いながら、人の疎らな長い長い商店街を歩いていたときも、こんなふうだったか。しかし、もっともっと前の、高校時代にも似たような思いを感じたな、と思い当たった。

早く布団に入り身を横たえたい、眠りたいと思う一方で、僕は、これから実家に向かわなければならないという緊張感で興奮していたのである。それで、下り電車がホームに来て停まり、ドアが開いて中に足を一歩踏み入れた瞬間、僕はおののいていた。

僕が会社を辞めてしばらくしてからのことだが、母が何かの用事で会社に電話を入れたことがある。それで僕が会社を辞めたことが両親に知られた。たぶん僕が離職証明などを送ってもらうために本社の事務に伝えたアパートの住所も尋ねて知ることとなったのだろう、何度か親から手紙が届いた。「とてもとても心配しています。これからどうするつもりですか。一度家に帰ってきなさい。どう出直すか、今後のことをどうするか、相談しましょう」と。「とてもとても」というのは母の口癖で、立派な筆跡は母のものなのだが、趣旨・内容は明らかに父からのものだった。というのは、小学校教育を訳があって十分に受けられなかったためか、口八丁・手八丁ではあったが、リテラシーの方面では自信がなく、字を書く用事は母か僕にいつもやらせていたから。(僕が高校生のとき、わしの言うように書け、と言って、近所の土地改良区の理事長相手に換地に異議ありという趣旨の「内容証明」まで書かせたことがある。敵にまわすと何をするかわからない厄介な奴、というタイプの男だった)こう書け、と母に書かせたことは明らかだった。

僕はその手紙を無視していた。返事を書くのは新しい仕事が見つかり、なんとかやっていけそうな目途がついてから、と考えていた。そうするうちに、僕が仕事で留守にしているときに、アパートの前にタクシーを停めた運転手が、僕を訪ねてきたことがある、とアパートの管理人のおばさんから聞かされたときには、ひやりとした。運転手はもちろん、彼女に僕の父であることを名乗り、メモをことづけていた。簡易なメモ用紙に頼りない拙い筆跡の鉛筆書きでこう書いてあった。「おかあちゃんも、しんぱいしてる。一ど家えかいってこい。父」と。僕はそれを見ると、ひどく切ないような、また申し訳ないような暗い気持ちになった。

父と子というのはえてしてそうなのだろうが、僕と父との関係はいつからかボタンをかけ違ったような微妙なぎくしゃくしたものになっていた。それは、高校生時代、ある活動に参加してからだった。自分で言うのもなんだけれども、夢多き文学少年だった僕が思いがけず県下有数の進学校に入れたものだから、僕の外にそういう文学少年や少女がいて、新しい仲間ができたらいいなと思い、僕は迷わず文芸部に入部した。ところが、その文芸部に入ったのは四百人あまりいる学年で僕一人だった。しかも二年生に男子一人、三年生に男子一人、女子一人というさびしいもので、活動は年一度「荒地」という作品集を出すだけという低調さだった。だが、僕は地元の新聞の文芸欄にせっせと詩を投稿するような少年だった。一度だけ入選して僕の詩が活字になったとき、気絶するぐらいうれしかった。小説を中心に勝手に「三日一冊主義」と決めて読んでいく、というふうで。

しかし、それは、正直にいうと、一種の現実逃避というか、ある種の韜晦といってよいかもしれないと、今は思うのだ。というのも、田舎の中学校でたいていは首席だった僕が高校に入学して間もなく思い知らされたことが二つある。一つは、僕のまわりに、少なくともクラスに僕と同じような生い立ちの者はいなかった、ということ。これには、びっくりした。中学時代は親が土建屋だとか、石屋だとか、もちろん農家だとか、要するに肉体労働者の子弟が結構多かった。だが、そこは、医師、弁護士、公認会計士、地方公務員、教師、銀行員、大きな会社の社員、などなど。テレビのドラマに出てきそうな「中・上位層」の子弟が多いということだった。声高に自慢するようなことはなかったが、彼らの会話の端々にそれが伺え、ああ、僕はえらいところに来たものだなあと、自分との落差に愕然とした。

今なら笑い話だけれども、例えば、ある連中がコーヒーの味を批評しているのを聞いていると、どうも湯をかければ、すぐ溶けてできるあのコーヒー（ネスカフェ）ではなく、えらく手間のかかるコーヒーのようだった。豆を「ミル」で挽いて「ドリップ式」で飲むのが美味しいとか、いやおれは「サイフォン」でたてるのが好きだという者がいて、当初それが僕には何を話しているのかちょっと見当がつかなかったのだ。（そんな中でも、気負いのないわりと庶民的な感覚の者もいて、二人だけ親しくなれる級友ができた。大きな会社の社員と、地方公務員の子弟である。その二人とは四十代になった今も付き合いが続いているが、一人は国立大学の教授、もう一人は一部上場企業の課長である）

高校に入ってもう一つ思い知ったことは、クラスメートたちが男も女もおそろしく頭が良く、そして自信に満ちていた、ということだった。休み時間や掃除の時間などで彼らの会話を聞くともなく聞いていると、一年生から早々と有名国立大学への進学を考え、その後の進路まで思い描いている、という野心もうかがえた。中には、おれは××高校（東大進学率日本一の私学）を落ちてここに仕方なく来たが、三年後を見てろ、きっとおれは現役で東大に入って見返してやる、と宣言している者もいた、というふうで。

そんな中で僕がみじめにならず唯一プライドを保てそうに思ったのは、文学方面だった。まわりには文学方面の野心を持っていそうな級友は見当たらなかった。こっちで僕は彼らの中で埋もれず、対抗できるのでは、と。十代の少年の浅はかな考えでそう思ったのである。

それはさておき、そのころの僕には現実逃避で済まない深刻な悩みがあった。それは、僕一人の心の持ちようではどうにもならないことだった。僕と父とのぎくしゃくは、僕がそんな悩みを抱くときから始まったのだ。

実は、僕は世間一般から差別される地区に生まれ育った人間なのだ。そのことは、すでに中学二年の夏から知っていた。家の事情で僕はしばらく母方の祖母と別棟で暮らしていたことがある。ある日、祖母が、お前は学校でいじめられることはないか、と訊くので、ないけれども、どうしてそういうことを聞くのかと尋ねた。当時、祖母はもうそろそろ記憶やもの言いが不確かになっていて、言うことがほとんど僕には呑み込めなかったのだが、祖母が何度か口にした奇妙な言葉がひっかかった。それで、父母のいる母屋に行って、その奇妙な言葉の意味をまず母に尋ねてみた。すると血の気がさっと引くような、突然頰を打たれたような驚いた表情をする。明らかにうろたえていた。これはただならないことだと、僕は直感した。母は不機嫌そうに、そんなこと、お母ちゃんの口からよう言わんさかいに、今、お父ちゃんが非番で帰ってきて寝てるよって、お父ちゃんに訊き、と早口で僕に指示した。父に同じことを尋ねると、母と同じような反応をした。動揺しているような、殺気立っているような空気が父のまわりに感じられた。「誰に言われた。誰から聞いた」と訊くので、祖母からだ、と言うと、一瞬の沈黙があり、その後、「あの、くそ婆っ、よけいなことを教えくさって！」と呻くように言いながら、がばっとかけ布団を跳ね上げて起き直った。

それから僕は二時間ばかり父の話を延々と聞くことになった。それでようやく僕の家や暮らす地区の歴史の一部を知ることになったのだ。父はそういう差別は不当なもので、その奇妙な言葉は人を傷つける最も卑劣な言葉だと言った。昔からそういう差別に反対するうちらの運動があり、国でもその対策はせなあかんということになっている、と。

僕はもちろん、その後いろいろな本を読んで、僕らの地区が差別される、忌避されるいわれは不当な習慣的なものだということがわかり、少し安心したが、初めてそれを知ったときは、何か自分が異種の生き物になったような不思議な思いがした。

高校に入って「中・上位層」の子弟を目の当たりにして、自分の生育環境との差に驚いているころ、僕は、自分と同じ立場の一学年上の人と知り合うこととなった。当時、僕らの立場の生徒が利用できる奨学金（いわゆる同和奨学金制度）があり、僕はそれを受けていた。申請すれば給付されるものだった。だが、そんなものをもろたら同和やいうのがばれてしまうがな、と憚って申請しない人もいた。僕の父はそういう見識の家庭を軽蔑していた。解放運動の成果なのだから堂々ともらって上の学校に行かせればいいものを、と。

ところで、そういう奨学金をもらっているという情報は当然高校側もつかんでおり、担任も知っていた。担任から、一学年上のその人が僕に話がしたいと言っている、どうか、というので、僕は隠すことでもないと承知して会った。もちろん彼もその奨学金をもらっていた。入学して間なしのクラブ紹介でこの高校にも「部落問題研究部（部落研）」なるものがあるのは知っていたし、僕に話がしたいというその人が何を目的としているかはうすうす感じていたし、さもあるだろうとは思いながら、その人と会ってみた。

彼の話はまず、なんで自分がこの奨学金をもらっているか、また、君もこの奨学金をもらっている意味を考えてほしい、ということだった。そして、彼自身の生い立ちや今の境遇について、淡々と語るのだった。

彼は両親が離婚していて、母親と姉と三人で明石市内のアパートに暮らしている、という。中学時代までは僕と同じような神戸市の西端に位置する農村で暮らした。母方の実家の納屋の二階を間借りしていた。姉が恋愛した相手の家から結婚を忌避されて、悩み、いろいろな人と相談するうちにこの問題を意識するようになった、と。彼は僕と同様、中肉中背だが、やや大きく骨太のがっしりした体格の男だった。田舎の中学からこの高校に入学した数少ない一人ということもあり、僕は彼に親しみと尊敬の念を覚えた。また、彼は女子にもてそうな甘いマスクの持ち主、つまり、男前で、これは後で知ったが、スポーツ万能といってもよいほど運動神経もよい人だった。ただ、文学方面には関心が薄く、そちらの方面では深い話ができない人だった。

二、三度、彼の属する部落研の「学習会」に呼び出されて、加わるうちに、彼はこう言うのだった。夏休み中の全国奨学生集会へはぜひ参加してほしい、そして、夏休み明けの初めての「同和」ホームルームで、君はみんなの前で自分の立場を明らかにしたらどうか、と。彼自身、去年担任に勧められてクラスの皆の前で自分の立場を明らかにし、この問題から逃げないようにしよう、と決心したという。だから、君も、と。僕はそれまでの流れから、彼がそういうことを言うのはさもあろうと頭では理解できた。たぶんそれは正しいのであろう。差別問題を皆に身近な問題なのだよと訴えるには。だが、彼のそういう慫慂は僕に非常な緊張を強いることになった。中・上位層の子弟の多いあのクラスの雰囲気の中でそんなことをするのにどんな意味があるのか、と。自分の中に弱みを感じている者にとって、「君は変わらないといけない」と言われることは一番辛い。それをした後でまわりの者はどんな目で僕を見るだろうか、僕がひそかに好意を寄せているあの女子はどう思うか、など考えると寝られない夜もあった。それを慫慂した彼自身ももちろんずいぶん悩んだという。しかし、自分はそうしてよかったと思う、と言った。彼は、クラスでそれをしたとき、クラスメートのある女子（背のすらりと高い、学業優秀な）が立ち上がって、こう言ってくれた、というのだ。今、西田くんが、自分の立場を明らかにして差別問題を訴えました。実は私も皆に知ってほしいことがあります。私は山田と名乗っていますが、それは通名で、本当の名前は、金（キム）という在日韓国人三世なのです、これから私は、本名で生きていきます、と。それから自分は彼女の痛みを思うことができたし、民族差別の問題を意識して勉強するようにもなった、と。

自分の感情とそぐわなくとも、正しいと思う方を選べ、という自分の心の中の声に僕は従うこととした。結果として、僕は彼の慫慂に従った。だが、彼の場合のように、感動的なことは起こらなかった。僕はみっともないくらい足が震え、それを言ってしまった後、ありありと白けていくその時間・空間をひたすら下を向いて耐えるだけだった。担任が何かフォローするようなことを言ってくれたように思うが、どんなことを話していたのか全く思い出せない。後悔というわけではないが、ああ、一歩踏み出してしまった、という思いばかりが頭の中で渦巻いていた。

電車を乗り換え、いよいよ実家の最寄り駅のある狭軌の郊外電車の中で、僕は高校時代のことが思い出されてならなかった。「部落研」の活動をしだしたことは、父にとっては少し不本意なことのようだった。加えて僕が「学習会」などで仕入れた知識でときどき父の前時代的な考えや、民族差別的な考え方を正すことがあると、何をわかったふうなことをというように顔を顰めることがあった。

もっとも、そのことがきっかけで、僕の家の中ではその問題をタブー視することはなく、父から折にふれて積極的に昔話をしてくれることもあった。父は自分自身が家庭の事情で学校をあきらめなければならなかったことや、学歴がないことで悔しい思いをしたことや苦労したこと、などを話してくれた。兄弟のために学校を犠牲にしたが、本家の家業や資産（田畑・山）は継ぐつもりで親も認め、自分もそのつもりで励んでいたところ、相続問題がこじれてそれも叶わなくなった。それで母と幼い僕を連れて逃げるように家を飛び出し、市内でアパート暮らしをした。それから母方の義理の親から今の土地を譲ってもらいここに居ついたが、いまだによそ者扱いされることがある。だが、お前たちには学校もできるだけのことはさせてやりたいとがんばっているのだ。だからお前も偉くなるようにがんばってほしい、と。自分には叶わなかったことを子に託すのは無理からぬことではある。父は医者か弁護士になって差別する者を見返してほしい、と漏らすことがあった。僕がそういう父にそれはプチブル的な成り上がり主義だと反発したのは、父の望む方面のことに、僕の思いも、また、そもその力もないのは明らかで、そう言われるたびに切なかったからなのだ……。

電車内は、通勤時間帯だったが、下りなので空いていた。席に座れないことはなかったが、座ってしまえば体がだれてしまいそうで、僕はあえて吊革をつかんで立っていた。立って揺られながら、窓から流れゆく景色を見ていた。

新緑に萌えて膨れるような渓谷の山の斜面。線路に沿ってはるか下に幾重にもくねる渓流が、ところどころ岩にぶつかってあげる白い飛沫。山の襞の奥に地味に咲き残っている山桜もあちこちに。

山間部を抜けると、いよいよ実家のある谷筋に電車は入り、窓の外には右も左も田んぼが広がってくる。トラクターがゆるゆると田んぼを鋤き込み濃い湿った筋をつけていくのが見えたり、苺畑の畝の間に老夫婦がしゃがんで摘果しているような姿も。……そういう風景を眺めながら、さて、と僕は考えた。実家に帰り、どう僕は話を切り出せばよいか。なぜ会社を辞めたか、などをどう説明すればいいのか。そして、これから、僕はどう生きていこうとするつもりか。

なかなか頭の中で整理がつかないまま、電車がいよいよ実家の最寄りの駅に着いた。懐かしい駅なのに、僕はそのとき、初めての駅に来たような頼りない気持ちでホームに降り立った。今でもはっきりと覚えている。ホームに降り立ったのは、僕一人だった。

「ただいま」とわざと元気よく声をかけて家の玄関を開けたが、中からは応答する声がなかった。鍵がかかっていないということは誰かがいるはずなのに、と思いながら玄関の中に足を踏み入れた。すると懐かしい臭いがした。炊いたご飯が少し古くなったようなにおいである。考えてみれば平日の午前九時ごろに実家に帰ったところで誰もいないのは不思議ではないが、鍵がかかっていなかったということは、誰かいるはずなのだ。僕は靴を脱いで座敷に上がった。また声をかけながらあちこち見たが、誰もいなかった。それで、もしや、と思い、また外に出てみて、納屋の方にまわってみた。すると、父と母が、納屋の中の農具やその外の雑多な道具類を片付け、種蒔機を出そうとしているところであった。父は非番か公休で家にいたのだ。

納屋の奥の薄暗いところにいる二人に、「ただいま」と声をかけた。父は、声の方を確かめるように振り返り、僕の姿を認めると、

「おう、信夫、帰ってきたんか」と、作業の手を措いてこちらを向いた。薄暗くて表情は判然としなかったが、声のトーンで父が今それほど不機嫌ではないように感じ、僕は少しほっとした。心なしか父の体の輪郭は前よりも少し小さく見えた。父は僕のところに近づいてきて、

「今、お母ちゃんと機械を出そうと思とったとこや。ええとこに来た。手伝え。今日は泊まっていくんやろ?」と言う。外からの光が差す入り口に近いところまできた父の顔は、声とは裏腹にかなり鋭いものだった。僕はちょっとそれに気圧されて、「ああ」と思ってもいないことを答えてしまった。父の後ろに立った母は、少しうろたえたような表情で、「久しぶりやな」とつぶやくように僕に声を

かけてきた。

僕は母といったん家に戻り、「汚れるから」と父の使い古しの野良着に着替えさせられた。それから また納屋に戻り、種蒔機の設置を手伝い、棚から苗箱用の土の入った二十キロの袋を二十数個降ろして機械の近くに積んだ。

それが済むと、父は今日これから田んぼのくれ返し（田植えまでに二、三度鋤き込むこと）に行くから一緒に行かないか、トラクターの練習をしてみないか、と誘うのだった。どうやら、会社を辞めてしまったためな息子が家に帰ってきたら、しばらく田んぼ仕事をやらせて根性を入れ直してやろうと考えていた節がある。

僕は、朝七時までの深夜勤務明けで、休みたいのだが、こういう用件があって、今日帰ってきたのだと、あわてて帰省の趣旨を説明した。すると父は明らかにがっかりした表情で、

「なんや、そうか。それやったら、もっと早う帰ってきて言わなあかんやないか」と言い、ほな家に戻って着替えとけと命じた。

僕が着替え終わるころ、父母が揃って家に戻ってきて、応接間に来るように言った。両親が並んで座った前で僕は保証人依頼の書類を見せた。父は老眼鏡をかけてじっとその紙に目を通していたが、

「ふう」と溜め息をついた。

「お前も考えて決めたことやろうが……。これでええんか。いっぺん頭を冷やして考え直すことは要らんか？　家に帰ってきて、もういっぺん学校に行って、先生になる資格でもとってきたらどうや。

その間、飯だけは食わしたる。……今、わしが保証人になっても、もう一人要るやろ。どうする？　わしから、先生しとるおっさん（父の兄）や本家のおっさん（父の弟）に頼むのは、嫌やど。恥ずかしい」と言って、老眼鏡を外して僕をじっと見るのだった。そう言われても僕には返す言葉がなく、下を向くしかなかった。僕がじっと黙っているのに、また父は溜め息をついて、言った。

「お前も、頭はそう悪うないはずやが、根性がないのう」と。僕はぽろりと涙が出た。親にそんなことを言わせる自分が申し訳ない、と思ったのか、悔しいと思ったのか。父がそのようなことを言うのは十分に予想できたはずだった。けれども、実際に言われてみると、やはり応えた。

「お父ちゃん、もう今日はそのぐらいで。信夫も夜勤明けでしんどいやろから。上の部屋で寝かしたって」と、とりなす母に、父は眉を顰めてみせ、「田んぼ行ってくる」とぼそりと言って家を出ていった。すると母は「お腹空いてへんか」と訊くので僕は急に空腹を覚えた。母が出してくれた有り合わせのおかずと温めてくれた味噌汁で茶碗に三杯、飯を食った。そして二階の、かつての僕の部屋で翌朝までぐっすり眠った。夢も見なかった。

僕は結局、長期アルバイトという身分でその店に働くことになった。保証人の書類が揃えられないこともあったが、実家に帰って父に言われた言葉が頭の隅に残った。もう少し考えてみよう、と。

山端は、正社員が確保できなくなったことで、がっかりした様子だったが、僕がそのまま週二回、深夜勤務に入ってくれる、ということで納得したようだった。

「職安にまた正社員の求人を出すように本社に言うとくけど、ほんまに、それでええんやね」と念を押しながら。

商品の管理や棚卸は、基本的には書店と変わらないけれども、返品作業がない、というところが大きな違いだった。書店にいたときはこれに相当気を遣った。出版物の場合、利益率がかなり大きいので、期限通りに返品しないとそのぶん無駄な請求が来て損失も大きい。週刊のコミック誌など特に回転が速いから、取次が勝手に多く送ってくると、あらかじめ売れそうな数だけ棚に置いて、残りは即日返品する、ということもある。大げさにいうと一日の仕事の大半が返品作業といってもよいほどなのだ。だが、この店では書籍・雑誌の棚が小さいので、量も知れている。何よりその返品作業は山端がする、ということだった。（彼はその点に関してはアルバイト、特に学生アルバイトを信用していなかったこともある）

そのかわり、この店では食品の賞味期限のチェックと処分作業には気を遣った。その点に関しては、山端はぴりぴりしていた。その作業を怠っていると、学生アルバイトにも声を荒らげることがある。本社にそういうことが伝わると、自分の立場が悪くなるようだ。ときどき山端の口から、「本社の人」が今日来るから……という声が洩れ、顔をこわばらせているのを見ることがあった。「本社の人」というのは、それほど怖いものらしい。

店の仕事に慣れてくると、僕は深夜の客の少ない時間には、また、読書をする楽しみを取り戻していた。もっとも、山端は僕以上に仕事に厳格で真面目な男だった。客がいないからといって、レジ台で本を読むなどというところはけっして見られてはならないので、僕はよくよく気をつけていた。それでも、学生時代にも前の会社時代にも挫折していた大西巨人の『神聖喜劇』という長編小説をこの店にいるときに読破した。といっても、けっして自慢にはならないけれども……。

夏が近づいてくるころから、店のまわりの環境がだんだんと悪くなってきた。夜が長く寒い間は、夜間に出歩く人間は少ないけれども、暖かくなってくると、特に元気をもてあましている若い人間たちが、いつの間にか夜中に煌々と灯る光のまわりに、蛾のように集まってくるのだ。

書店にいたころは、どの店もたいがい駅から遠いこともあり、それほどにも感じなかったが、この店は駅前の短い商店街を抜けた比較的駅に近いところにあるし、また、住宅街にある。店の前の、車三台も駐車すればいっぱいの小さな駐車場が、宵時分になると、暇をもてあましたような青少年たちの格好の溜まり場になるのだった。なにせこの店には、金さえ出せば日常でほしいもの、必要なものはたいていあるのだから。（避妊具という、僕のようなさびしい男には余計で嫌味なものまで置いてある）

店の前に溜まり、しゃがんだり立ったり、どこかへ行ったかと思うと、いつの間にかまた来たりを繰り返す若者たちを見ていると、だんだんそのメンバーが固定化してきていることがわかった。その中には一見して中学生か高校生と思われる者もいる。数にすると七、八人を超えない程度なのだが、僕たち店員にはもちろん、他の客たちにとっても目障りなことこの上ない。「困ったなあ……」と山端が愚痴を漏らすようになったのは無理もなかった。

そうするうちに、溜まってくる彼らのいでたちに変化が見られるようになった。金色や、どうかすると何の色かわからないようなだんだらに染めた髪の色もさることながら、袖や裾の広いだぶだぶの、どう見ても尋常ではない服、中には戦闘服のようなものを着ている者がいる。

「時本くん、どないしたらええんやろ……」山端はほとほと困ったというように、僕にまで相談する始末。

僕もまた、他人事ではなかった。なにせ、僕は週二回、全く一人で深夜から店にいなければならないのだから。何かあったときに、どう対応すればいいのか……。

「本社に相談すればどうですか」と山端に言うと、

「そんなん……。そんなこと、相談したかて、現場でなんとかしろ、って言うに決まってるわ。向こうさんは売り上げのことしか関心がないんやから」と不機嫌になった。さもあることだろうと僕も感じた。

ある日、悪いことが起こる兆候があった。僕が一人で深夜勤務に入って間もなく、店の前に例の若い連中が溜まりだした。外で騒ぎ立てる声がしたかと思うと、髪の毛を赤や黄や紫に染めた女が店の中に入ってきて、つかつかとレジ台に立っている僕の方へやってきて、「おっちゃん！」と僕に訴えかけるように声をかけてきた。僕はこの女と他の連中との間で何かトラブルでもあったたか、とひやり

とする思いで、

「何ですか」と身構えるように訊いた。

「トイレ貸して！　おしっこしたいねん」

「ええっ？」

僕は絶句した。今では普通のことだけれども、そのころは店のトイレを従業員以外が使うということは想定しておらず、もちろん、接客の手引の冊子にもそんなことは書いていなかった。僕はどうすべきか迷って、女の顔を見つめた。女とはいっても、その顔をよく見ると、明らかにまだ十代半ばで、少しあどけなさも残った女の子だとすぐわかった。口だけ変に赤い口紅をつけている。

「なあ、貸してえなあ。漏れそうやねん。ここで漏らしても、うち、知らんでえ」と僕の目の前で足踏みするような仕草をする。僕はやむなく、では、こっちへ、とレジ台の右端の仕切りから彼女を通し、バックヤードに入ってすぐ左手にあるトイレを使わせた。しばらくして水の流れる音がし、女は出てきた。濃い香水の臭いが僕の鼻をついた。

「あー、すっきりしたあ。おっちゃん、おおきになー」

店のドアあたりで、わざとらしくそう大声で言いながら、女は店を出た。その途端、外で大勢の笑い声がどっと起こった。嫌な笑い声だ、と僕は胸がざわついた。

後でそのことを山端に報告すると、彼は顔を顰めた。

「トイレ貸して、か。客がどんどんそんなこと言うてきたら、困るなあ。特にあの連中にはなあ。なんか悪い予感がするなあ……」と。

山端の悪い予感が的中してしまった。学生アルバイトが一人で深夜勤務に入っているとき、例の連中が三人入ってきて、トイレを貸してくれ、と言ってきた。トラブルが嫌なので一人に使わせていたとき、別の一人が、おれも使いたいから、早うせえよ、ひょっとして大きい方しとんのかー、などと大声を上げたのに気をとられたすきに万引きされた、という。

「時本くん、君、悪い前例を作ってしもうたよ。しかし、こういうことは、他の店でもあるかわからんから、一応本社に報告しとくわ。困ったなあ……」山端がそう言うので、僕は、

「すみません」と詫びた。が、釈然とせぬところがあり、

「で、万引きは捕まえたんですか」と尋ねた。山端は、そのアルバイト生が現場を押さえたわけでもないし、声をかける間もなくすっとんで出ていったから、どうにもならなかったらしい、と答えた。そして、「今日から貼っておくわ」と言って、レジ台の前にトイレは貸せない旨の貼り紙をした。どうも僕のせいでまずいことになってしまったかなあ、と申し訳ない気持ちになった。

その後一週間くらいは店の前に若い連中は溜まらなくなり、やれやれと思っていたら、また来て溜まりだした。

僕はもう今度は連中の手には乗らないぞ、と腹をくくって、彼らの動静を厳しい目で見張っていた。彼らも、こっちの出方を探るように店の中を覗いたり、いなくなったかと思うとしばらくしてまた来たり。それを僕はまた厳しく見返す、というような調子だった。

ところで、若い気まぐれな連中とそんな「神経戦」を余儀なくされているころ、僕は勤務明けやその合間に食事をとる店をたいてい決めていた。一つは深夜勤務明けに使った喫茶店。そこではモーニングサービスがかなり安価で、そのわりにパンのトーストがかなり分厚かった。何より、コーヒーの味がよかった。そこで働いている若い女と顔見知りになったことがきっかけで……。

僕が午前午後の通常勤務時間で店にいたときに、その女がレジ台にやってきて、「粉チーズないですか？」と元気のいい声で僕に尋ねた。昼ごろである。自分の不注意で、自分が働いている喫茶店のマスターから補充しておくように言われていたイタリアンスパゲッティー用の粉チーズを切らしてしまい、いつもの取引業者に言っても間に合わないから、大急ぎで買いにきたんです、と訊かれもしないのに言うのだった。僕が、あそこの棚にあります、と指さすと、スキップするような軽い足取りで見に行って、すぐ円筒形のその商品を左右の手に一つずつつかんでレジ台に戻ってきた。そして、「ありました！」と言ってうれしそうに、にこっと笑った。くりくりした目以外、特に特徴もない地味な顔の女と思っていたのに、僕は花がぱっと咲いたようなその笑顔に吸い寄せられるように感じた。僕も思わず、「よかったですね」と言って笑ってしまった。女性に対してこんなにも自然に対応ができ、しかも笑顔まで出てくる自分が不思議だった。

「何という喫茶店で働いてるんですか」と僕がレジからレシートと釣り銭を渡しながら尋ねると、

「『アルル』と言います。ここから同じ筋を北へちょうど百七十七歩。マスターが一番近い店で買ってこい、って言うから、歩数を数えてきたんですよ！　よかったらおにいさんもコーヒーを飲みに来てくださいな。軽食もしてますよ」と、また、にこり。僕もつられて、にこり。

　後日、僕が『アルル』に入ってみると、やはりその女はウェイトレスとして働いていて、僕を認めると挨拶してくれた。朝の七時半からやっていると知ったので、それから深夜勤務明けには必ずそこへ行くようになった。女はいつも愛想よく僕に挨拶してくれるし、僕が好きなジャズがよく店内に流れているので、居心地がよかったのだが、四十代半ばと思われるマスター（ほとんどカウンター中のキッチン場に立って、そこからめったに出ないのだが）がちょっと気になった。背が高い方で、色白でどちらかというと端正な方の顔立ち。鼻の下の髭もきれいに揃えているのだが、どことなく顔に翳りがあり、見ようによってはニヒルな非情さも感じられた。それでも、テーブル席がいっぱいのときはカウンター席に座る僕に、親しく口を利いてくれるようになった。

　だが、やはり、この男には気が許せないぞと思わせることがあった。深夜勤務明けではないが、あるとき、『アルル』に入ると女が見当たらなかった。テーブル席もいっぱいなので、僕は仕方なくカウンター席に座った。あの子、今日はいないんですね、と僕がマスターに何気なく訊くと、「ええ、まあ、ちょっと使いに行かせてまして……」と曖昧な答えが返ってきた。僕がコーヒーを飲みながら、店内に流れている音楽がビル・エバンスだなあ、と思っていたとき、「お客さん」とマスターが声をかけたので、僕ははっとして顔を上げた。すると、彼は、何ともいえない妙な笑いの表情を見せ、「言おうか言うまいか、迷ってたんですが……」と声を低めて、このようなことを言うのだった。

あの子はね、屠場のある、あっちのほうから通っている。そこの地区の、改良住宅で母親と二人で暮らしている。軽い知恵遅れだが、愛想がいいし計算も普通にできる。ちょっと自分には義理のある知り合いから使ってくれと頼み込まれたので、働かしているのだ、と。「あんた、あの子に気がありそうだから……」と僕には意外な言葉も最後に添えた。思わせぶりな、いろいろ気になる言葉を使ってそう言う彼に、僕は少なからず気味の悪さを覚えた。だが、そう言われてみれば、初めて会ったときの、あの彼女の笑顔や、ちょうど百七十七歩、といった天真爛漫さが腑に落ちたようにも思った。名が「杉本恵子」というのも。

もう一つ、そのころ僕がよく使った店は僕の暮らしていたアパートに近い、大きなお寺の向かいの路地にあった。下町の中でもとりわけ庶民的な構えで、十人も入れば窮屈なほどの、小さなお好み焼き屋だった。最初は飛び込みで入ったが、ご飯物の定食もあり、ビールや酒もわりと安かった。味も僕の好みだった。それで気に入って、食事をとる常店にした。『かよちゃん』という店の名は女将の名前からつけたそうだ。

『かよちゃん』は、女将一人がやっていた。たまに女将によく似た丸い顔をした可愛い高校生の娘さんが忙しいときには手伝っていることがあったが、まずたいていは一人できりもりしていた。

僕は、慣れた店ができても、その店の人に、いわゆる「常連面」をするタイプの男ではない。僕の性格もあるのだろうが、そこの主人や女将と親しくなって、何かの話の流れで互いの身の上話などすることになるとちょっと面倒だ、という思いもあった。弁解めくし、それに逆説めくが、僕はけっして「人間嫌い」でもないし、ましてや「女嫌い」では毛頭ない。実は人恋しくてさびしくて仕方のない男なのだ。けれども、一方で、人間はお互いに心から本当にわかり合えるか、どうかということになると、かなりの懐疑派なのだ。かりにわかり合えるものだとしても、その前提として、他人に対して「自分はこうです」というものを鮮明にすることが必要だろうと考える。それが第一歩だろう。自分を鮮明にするためのその第一歩をどう踏み出せばよいか……。それが僕にはいつもいつも悩ましいところなのだ。ましてや、恋愛となるとなおさら。

要するに、二十代も後半に入って、いまだに恋人を持ったことがないという辛い状況は、誰のせいでもない、まさに僕自身のせいなのだが、どうやらこの、自分はこうですと鮮明に打ち出すその中身の一つに、僕の場合、「差別される地域に生まれ、育ちました」という事実を入れざるを得ないことが重いのだ。中学二年でその事実を知ったとき、父からこう僕は刷り込まれた。将来おまえが結婚したいと思う人と知り合うことになっても、「同和」やということは隠し通せるものではないから、言うべきときには言わんといかん、と。僕もそれが生き方として正しいとはわかっている。だが、その後、世間に出て、いろいろな人と知り合ううちに、世間のごく「普通」の人々は、たいていこの問題には相当特殊で隠微な興味と関心があり、かつ忌避している、ということがだんだんわかってきた。

いわく、有名スターの××は、○○県の部落出身で、美人女優の△△は在日朝鮮人である、……などと。何気ない普通の会話の中で、ふっとそんなことが話題になる。「へえ、そう?」「まさか」

「やっぱり」……。そして、にやり。その真偽など、はなからもう問題外。というより、そのように噂されるともうそれが本当になる。（情けないことに、僕自身もその後、その話題にされた人物がテレビに出たようなとき、屈託のない気持ちでは見られなくなった）僕は何度かそういう会話に出くわした。学生時代のアルバイト先で、前の会社の研修の後の酒の場で。そんなとき、さすがに相槌が打てない僕は、自分は今いったいどんな顔をしているか、それが相当気がかりで。そんな話題をともにするなかで、その当事者が今目の前にいるはずがないというふうで、全くの無防備だったのも、おかしいといえばおかしいくらいで。しかし、笑えない。

ところが、『かよちゃん』では、そういう気づかいはなかった。『かよちゃん』こそ、「差別される地域」のど真ん中にあったから。

僕がこの地区に偶然住むことになって幾日も経たないうちに、ここが大きな「同和地区」だということは気がついた。まだ新しい仕事を見つける前、町中を散策しているときに、公民館ふうの「解放会館」という建物を見たし、ところどころの電柱に、『日共差別者集団糾弾！』とか『狭山差別裁判反対！』とかいう貼り紙を見たからだ。大学の構内の立看板の文字に似た角張った字形で刷られた、僕にとっては何とも懐かしい文言のビラである。それらはもう相当古びて黄ばんでいて、中には隅が剥がれ、風にあおられてひらひらしているものもあった。「日共」というのは、日本共産党のことである。（中国共産党を「中共」と略して言うように）それをどうして差別者集団と言うのか。

一九七〇年代の半ばころから、解放運動の方針を巡って、「部落解放同盟」と日本共産党とが激しく対立し、ときには実力でぶつかり合いまでしたことがある。正確にいうと、日本共産党の指導下にあった「解放運動団体」と「部落解放同盟」が対立した、ということだろうが、なにせ日本共産党には『赤旗』という強力で圧倒的な部数を誇る機関紙（メディア）がある。そのころの『赤旗』が、党の指導下にある「解放運動団体」を支援するために、「解同朝田一派」の悪事（利権、暴力）を暴くという形で、連日のように「部落解放同盟」を悪しざまにののしる記事を載せたのだ。一方、「部落解放同盟」もそれに激しく反発し、憎しみを込めて使った言葉が、『日共差別者集団』なのだった。

高校時代、「部落研」に属して学習会をしたり、全県、全国規模の「解放奨学生」集会に参加したりしていた西田も僕も、それに「同和地区」出身ではなかった他の「部落研」メンバーも、「日共」からすれば、まさに「カイドー・アサダイッパ」なのだった。当時の「部落解放同盟」の中央執行委員長、朝田善之助が提唱した「朝田理論」を僕らは信じていた。その理論のベース、三つの命題は彼の長年の差別との闘いの実践と思索から練り上げられたもので、何よりもそれは井上清京都大学名誉教授の「三位一体論」に裏打ちされている。主要な生産関係と農村共同体から排除され、劣悪な居住環境を強いられたこと、これが部落差別の根源だ、と。

だが、僕は「部落研」で学んだそういう理論と父から聞かされた祖先の話とはかなり違うなあ、という違和感も持っていた。部落民は農地を持たなかったというが、父の話では明治以前に時本の本家は約七町の田があり、山林もいくらか持っていた。獣医（人間も診たらしい）をしていた先祖もいたし、中にはいろいろ研究して皮膚病によく効く塗り薬を製造した者もいる。その効能を求めて近隣からも遠方からも多くの人々がやってきた、という。その後、いろいろ僕自身もその関係の研究書を読んだり、知り合った人から聞かされたところによると、僕の本家のような、農村（同和地区）の「資産家」は、全国の部落に珍しくもなかったらしい。また、皮革（産業）とのかかわりが何かとこの問題で取り上げられるのだが、確かにそういう地区があるのだろうけれども、正直、僕にはぴんとこなかった。実家のある地区にも、本家の地区にも、親戚の地区にもそういう業界の関係者を僕は知らなかったから。

考えてみれば、いろいろな「差別起源論」や「解放理論」があるけれども、それぞれ一理あるようで、なるほどそうも言えるかと思えば、また別の違う意見も納得できるものがある。だが、全体を知ることは難しい。ともかく、当時としては主流と思われていた理論が、歴史的にも実態としても必ずしも的を射ていたとは言えないようだが、高校生のころの僕にはそんなことはわかるはずもなく（今もわからないが）、貧しい人のため、共産主義思想に傾き、文学表現で時の権力と闘い、犠牲になった小林多喜二のような立派な人もいたのに、今の「日共」はなぜ僕らの立場の団体を悪しざまにののしり、攻撃してくるのか、そのギャップに戸惑っていた。

ともあれ、僕はこの町でそういうビラを懐かしく見たのだ。あれから十年近くも経つのに、こんなビラがまだそのまま残っていたのか……。

さて、『かよちゃん』の女将のことだけれども、この人は四十代半ばくらいで、目の細い丸い顔、女としてはやや大柄で、ぽっちゃりした体形の人だった。声は、ががら声というか、どうかすると鍛え上げた浪曲師の「ぐれ声」のような声の持ち主で、話好きで、その話すテンポもよく、また、相手の話をやり返すときの間合いも実に絶妙、そのくせ人にあまり嫌味を感じさせない、というタイプの人だった。客にどんなことを訊かれても、うまく捌くこともあるし、結構あけすけに話すこともあった。頭の回転のいい、賢い人だという印象を僕は受けた。（ただ、いつも羽織っている割烹着が相当汚れくたびれていて、あまり洗濯もしてなさそうなのがちょっと気になったが……）

初めてこの店に入ったとき、注文したまま鉄板の前で黙って店の中を見回していると、「あんた、見かけん顔の人やなあ」と言うので、最近近くに越してきました、と答えた。するとまた、どこ、と訊くので、「希望荘」です、と答えると、誰々さんとこやなあ、と大家さんの名前を親しげにあげ、ああ、わかった、というふうににこっと笑った。

女将の人とのやり取りは、相手を全く無防備にさせてしまう独特のおおらかさがあった。客が来たら話したくて仕方なくて、黙っていられないようだった。それが客へのサービスの一つ、と考えていたわけでもなかろうが、初めて入った店なのに、出るまでに僕は、自分の名前と、神戸出身ということと、今の仕事、年齢まで女将に話してしまっていた。二回目からはもうすっかり女将は僕を常連扱いするのだった。「いらっしゃい！　あー、神戸の人、そうや、時本さん。今日何食べる？　ビール飲む？」という調子で。そこに押しつけがましさや、てらいやがなく、女将の人柄なのだろう、全く嫌味がないのだ。それからこの店が気に入り、僕は週に三、四度は食事や一杯飲みに使った。女将ともすっかり親しくなっていた。店の前に溜まりに来るやんちゃ過ぎる若い連中との「神経戦」の最中にあったころには、『かよちゃん』が本当に唯一ほっとできる居場所になっていた。

女将と親しくなって、何かの話のついでで、彼女にはたまに手伝いにくる娘の外に下にもう一人娘がいるということを知った。その娘さんが中学一年生で、小学校のときはそう勉強に困るようなことはなかったのだが、中学生になって、英語がさっぱりわからなくなっている。女将は、うちら中卒やし、どないもしてやれん。うちに似てあほやのはわかってるが、あんまり可哀そうで……と。それで、僕が店に寄るとき、その子ここへ来させるから、店の奥の座敷でちょっと見たってくれへんやろか、と頼まれた。手を合わせて「なあ、頼むわ」と言われると断れず、ではちょっと見ましょうか、ということになった。女将は喜んで、「ほな、月謝はなんぼぐらい……」などと言うから、とんでもない、ビール一本でいいですよ、と引き受けたが、正直、僕はちょっと気が重かった。

その下の娘さんは、目がぱっちりして、顔の輪郭も造作もはっきりしたきれいな子だった。女将とも上の娘さんとも全く似ているという印象を受けなかった。不思議に思って、後で女将に冗談で「ほんまに女将さんの子ですか」と尋ねてみると、女将はあっけらかんと、「うちの子やがな。べっぴんやろ。上の子とは、種が違うねん」と。虚を突かれた僕に女将はさらにこう言った。二番目の亭主はえらい男前だったが、酒癖も女癖も悪く博奕もするという、どうしようもない男だったので、「うちのほうから放り出したった」と。

さて、その下の娘さんだが、女将がいうようなあほどころではなかった。英語のどこがわからないの、と尋ねると、目をきらきらさせて、こう言うような子だった。

一番聞きたいんは、英語でな、例えば、アイ・ハブ・ア・ペン、て言うやんか。訳したら、私はペンを持っています、やろ？　ほな、おっちゃん、いや、先生（と言えと母親に言われたのを思い出して、あわてて言い直したようで）、私はの「は」とペンをの「を」はどこに行ったん？　と。

いきなり難問をぶつけられて面食らってしまった。これは一言で説明するのは困難だな、と。それで、この子はものごとを理詰めで突き詰めて、納得しなければ前に進めないような真面目な子ではないか、と思った。彼女が聞きたいのはつまりは、日本語にある単語と単語の関係を示す格助詞が英語に見いだせないのはなぜか、ということなのだ。こんな本質的な鋭い質問をする賢い子にごまかしは効かない。これは手ごわいぞ、と思った。僕はもう率直に、日本語と英語の性質が違うということを説明した。日本語は単語と単語を「て」「に」「を」「は」なんかでつながないと意味のある文が組み立てられないようになっている。でも、英語は単語を並べる順番で、それがなくても意味のある文が組み立てられるようになっている。だから、「は」や「を」がないのだよ、と。

下の娘さんは「ふーん」と釈然としないようだったが、学校で習った教科書の個所を三回ほど見てやっているうちに、目をきらりとさせて、「わかった！」と言った。何か自分なりにわかったらしい。そして、「もう、ええわ。自分でできる。お母ちゃんに言うとく」と言った。

その後、女将から、「あんた、どんな教え方してくれたん？　こないだ学校でええ点もろてきてなあ。見てもろてから、あの子、よう授業についていってるみたい。おおきにな」と言ってくれたので、僕は芯からほっとした。僕はそれまで必要もないので、女将の下の名前しか知らなかったが、その娘さんの教科書の名前欄に「杉本ちえ」とあったのを見て、初めて彼女の苗字を知った。

ところで、女将から折にふれていろいろな話を聞くことが僕には新鮮だった。この町の人間模様も含めたさまざまな様子や事情も。もしこの人と出会っていなかったら、せっかくこの町に暮らしながら、何も知らないままアパートと仕事場とを行き来するだけの世間の狭い男で終わってしまっただろう、と思う。

二、三回目かにこの店に入ったとき、女将がお好み焼きの上に肉のような蒟蒻のような灰色のものをばらばらとトッピングし、それから手際よくひっくり返して「こて」（フライ返し）で鉄板にぎゅっと圧しつけた。たちまち香ばしい匂いが立った。食べてみると懐かしい旨味と香ばしさがあった。「おいしいですねえ」と僕が感心して声を発すると、女将は、「うちはね、『油かす』使うてるから」と言う。自慢げであった。それに対して僕が「油かす」を「天かす」と勘違いして、とんちんかんな愛想を言ったものだから、

「ちゃうがな。油かす、知らんのんかいな。牛のホルモン、内臓を油で揚げたもんやんか」と教えてくれた。この町にある屠場から上がった新鮮な肉や内臓を使う精肉加工場から直接買っているから品質がいい、旨いはず。実は、そこはうちの身内だ、と。さらに、その屠場だが、その経営者も精肉加工場の経営者の濃い身内で、そこの家は西宮北口や三宮やらでステーキ屋やレストランを数軒持っている「ごっつい金持ちやねんで」と言った。（下の娘さんの一件があってから後で詳しく話してくれ

たのだが、その精肉加工場をやっているのが、交通事故で亡くした前のご主人の親戚筋の人だという）

女将はまた、何かの折に、「あんた、向かいの光願寺、いったことある？」と僕に訊くので、僕が「いえ、どうして」と答えると、「あそこ見たらこの町がどんな町かわかるわ」と切り出し、こんなことを言うのだった。

「いっぺん中へ入ってみ。そら、ごっつい寺やよ。庭なんかすごいもん」と。そして言うには、そこのおじゅっさん（住職）は、本山（西本願寺）でも教学部長までするくらいの偉い人だ。まあ、これだけ檀家も多いし、商売の上手い金持ちも檀家に仰山いてるさかい、お金はなんぼでもある。本山にはそらすごい上納金を納めてる。そうでなかったら本山で偉い人になられへんわなあ、やっぱり最後は、あんた、金やんか、あはは、と。

女将にそんなことを教えてもらい、僕はその後、町中にあるという屠場や精肉加工場の前を通ってみた。屠場も精肉加工場も大型トラックが出入りするような大規模な建物で、外からはよくわからなかったが、確かに大きな産業がこの町にはあるのだなあ、と実感した。もちろん寺にも入ってみた。境内の広さはさほどではないが、それでも普通の寺の敷地と比べるとよほど大きく、何より目を引くのは巨大な石をふんだんに使った枯山水の庭だった。普通の寺とは明らかに格が違う、という印象だった。僕はその威容に打たれ、僕が生い育った田舎の地区とは違う、この地区の持つ桁違いの「力」に圧倒される思いがした。

僕の店では、例の若い連中が、不穏な動きを見せだした。万引きこそしないのだが、夕方から深夜にかけて、何人かずつ、無駄に店に出たり入ったりを繰り返しだした。他の客から見ても明らかに忌避すべき存在になってきたのだ。売り上げは目に見えて落ちてきた。山端はもう、腹に据えかねる、ということで、西宮警察署に営業妨害の対処を陳情に行った。僕も気になって、どうでしたか、と尋ねると、こういうようなことだった。

「うーん。連中が、何か事を起こしてからでないと、警察としては動けん、ということなんやな。ただ、不穏や、目障りや、いうだけでは……。ただね、警察の少年課もね、あの連中があちこちでトラブル起こしている、ということはつかんどったみたい。定期的に、こっちに補導に回ってみる、とは言うてくれた。それと、どんな些細なことでも、何かあったら、その日時と内容を必ず記録しておいてほしい、と言われた。そやから、君もその辺、頼むな」と。

定期的に補導に回ってくれる、という話に僕は少し安心したが、確かに巡回はしてくれたが、そんなときに限って彼らは姿を消しているのだった。どうにも厄介なことだった。

『かよちゃん』で僕が女将に、今こんなことで参ってるんですよ、とふと愚痴を漏らしたことがある。関係のない人に言っても詮無いこととは思いながら、ちょっと女将から「大変やなあ」という慰めの言葉をかけてもらい、ビールを飲んで少し気分を楽にしてからアパートに帰ろうと思ったのである。

新しい仕事をしだしてからもう半年ほど経ち、すっかり秋になっていた。僕は例の連中は、夏休みが終わって九月に入ったら、もうそんなに来ることはないだろうと、高をくくっていたのだが、どうも彼らは学校に行っていないようで、かといって職についているふうでもない。もっとも、髪の毛を信号機のように赤や青や黄にだんだらに染めて、だぼだぼの服を着て勤まる仕事はないだろうけれど。店に近い商店街の組合も近ごろ警察に何度も陳情に行っていると聞く。などと僕が個人的な苦境を話し終えると、女将はいつになく眉を顰めてみせた。彼女のそんな顔を見るのは珍しいので、言わでもの愚痴を聞かせてしまったかと僕は後悔した。だが、

「あ、あの子らか」と、女将は声を発した。僕は思わず、

「えっ、あの連中、このあたりでも溜まってるんですか？」と訊いた。すると、女将は、

「いいや。あの子らこの辺でそんなこと、するかいな。あの子ら、このムラの子らやんか。よそで悪さしとんねやんか」と言う。僕はびっくりして、前のめりになって、

「知ってる子、いますか？」と尋ねると、女将は、「たいがい知ってるわ。中には、親が誰か、まで知ってるで」と言い、そしてこういうことを話してくれた。

女将が言うには、その連中の中にはおぼこい子も交じっているが、そのリーダーは、いわゆる「半ぐれ」。かなりあっち（暴力団）に足突っ込んでるのがいて、自分たちもはらはらして見ている。しかし、あの子らを束ねて、あっちとつなげている者がいてる。それはたいがい見当が付いている。あまり悪さが過ぎたら、うちらにもその筋の偉い知り合いがおるから、ぎゅっとやいと（灸）をすえてもらわなあかんかも、と。

僕があっけにとられて女将の話を聞いていると、女将は、「読んでみいな」と僕の目の前にチラシのようなものを差し出した。

手に取って見ると、『沿線ニコニコ新聞』というタイトルのミニコミ紙のようなものだった。目を通してみると、西宮北口を中心に阪急沿線の駅周辺の商店街の宣伝広告を兼ねた情報紙のような体裁だった。いろんな店の広告が載せられていた。そこには「二十四時間営業の死角」と題する記事があって、僕はどきっとした。こんな内容だった。

昨年、西宮北口駅前の商店街のはずれに二十四時間営業の小さなスーパーができた。日常必要なものはたいてい置いてあるし、いつ行っても開いているという、消費者にとっては安心感がある大変便利な店で、当初は人気があったが、そこには予期せぬ死角があった。最近、その店の前が無職の青少年の夜間の溜まり場になっている。変な髪形をしたり、髪の毛を派手に染めたり異様ないでたちでたむろするので、周辺住民が恐がり、商店街にも客足が遠のくなど、悪い影響を与えている。治安が心配されるという声もあがっている。本記事は、そのスーパーの近くの喫茶店の店主に取材してまとめた（T生）と。

僕は一読して嫌な感じがした。遠回しに僕の勤める店が原因を作ったかのように読める。悪意を感じた。それに、僕はその「取材」に応じた喫茶店の店主は『アルル』の、あのマスターではないか、と思えて仕方がなかった。

僕は、「これ、僕が勤めている店のことのようですね」とその個所を指して女将に言うと、「うん」

と答えた。

「こんなゴロ新聞やってる奴が、あの子らの後ろで糸引いてるねんやんか。この新聞を買うてくれんような店を狙うて、悪う書くねんや。食べ物が腐っとったとか、虫が入っとったとか。あることないことを。嫌がらせやな。ほんま、しょうもない奴やで」女将は、また眉を顰めて、明らかに誰かを念頭に置いたような言い方をするので、

「知ってるんですか？」と僕が訊くと、

「知ってるもなにも……、うちが放り出したった前の亭主や」と女将は吐き捨てるように答えた。

「えっ」僕は次の言葉が出なかった。

思いもよらない女将の言葉に呆然としている僕に、女将はさらにまた僕が思いもよらないことを言った。その男、女将の前の亭主を、僕が一度この店で見ているはずだ、というのだ。女将の言葉でいえば、「放り出された」亭主というのは、遊び人で、根っから悪い奴。数年前、離婚してやるかわりに養育費は出さないと承知しろと言いながら、そのくせ、定期的に実の娘に会わせろ、と言うのだった。

「養育費もなにも、あんな甲斐性なしに払えるはずもないのに。そやのに、わしもあの子の実の親や、月一回は会う権利がある、言うて」と、そしてまた「しょうもない男や」とつぶやくのだった。それで、彼が下の子と会いにこの店に来たときに僕がその人を見た、というわけですか、と言うと、まあ、そうやけど、ちょっと違う、と次のようなことを話した。

先々月、前の亭主が、娘と会うはずになっていた西宮北口にある喫茶に行ったが、娘が来ていない、と電話をかけてきた。小学生時分はそんなに嫌がることはなかったのだが、最近になって娘は、お父ちゃんと会うの、嫌や、何かこわい、と嫌がりだした。うすうす父親がろくでもない男だとわかってきたのだろう。だから、娘が行かないこともあるだろうと女将は思ったが、知らぬふりして、そっけなく「今日行かせたで」と答えた。嘘ではなかった。しかし、彼は、嘘言え、どこに隠してるか、とえらい剣幕。隠してない、と言っても信用せず、今から店に行くぞ、ええんか、と言うので、来てほしくはないけれど、来て気が済むのなら来て、見たらええがな、と応じた。そして、店に来たが、結局その日娘と会えずに彼は帰ったという。その日、僕が居合わせたらしいのだ。

そういえば、あれか、と思い当たる男が女将の言うその日の客にいたように思った。僕が夕方までの勤務を終えて、六時ごろに『かよちゃん』に入ると、女将の真正面に座り、女将の顔をじっと黙って見ている男がいた。ちょっと変な雰囲気だった。僕の外にもすぐ続いて客が入りだして、女将がいつもの調子で注文を聞き、準備をしながら、その男に意味ありげに顎を軽くしゃくると、男は憮然とした様子で椅子から立ち上がり、店を出ていこうとした。その男に女将は挨拶の声もかけずにいるのも不思議に思ったが、その男が店を出ようとする瞬間、振り返ってふと僕と目が合ったとき、男の表情が「あっ」と声を上げそうに変にゆがんだと感じた。と思う間もなく男はさっと店を出ていった。その間、ものの一、二分のことだった。どこかで、一度見たような男だとそのときちょっと思わないではなかったが、僕は例の若い連中との「神経戦」に屈託しているときで、深く気にも留めなかった。

だが、国鉄西宮駅から三宮に出る用事があったときに、突然思い出したのだ。あの男、前に南と北の改札口をつなぐ通路であやうくぶつかりそうになった、あの自転車の男ではないか、と。

せっかく居心地のいい店を見つけたのに、また、あんな男と出くわすのだったら嫌だな……と、気にかかったが、その男とは『かよちゃん』で出くわすことは、二度となかった。

僕が、そういえば……と、思い出したことをかいつまんで女将に話してみると、彼女はにたりとして、それやがな、とうなずいた。それで僕は、あの自転車の男が、女将の前の亭主だったのか、と確信した。だが、駅の通路でのわかれ際といい、この店での一瞬の出会いといい、どうしてあの男は僕の顔を見てあんな反応をしたのかは、全く謎のままだった。

3

『かよちゃん』の女将に思いもよらぬ話を聞いてから、しばらくして山端と勤務時間がぴったり夕方に重なる日があった。

山端の指示で飲み物の品出しをし、それが終わると、彼は珍しく雑誌類の返品作業の指示を僕にした。雑誌類の返品チェックはたいがい彼がするのだが、僕が前に本屋に勤めていたことを思い出したらしい。その間、彼は難しい顔をして、バックヤードの机に向かって、本部に急いで出さなければならないという書類を作っていた。

僕が、指示された作業が一段落して、レジ台に戻ってくると、山端も作成した書類を本部にファックスし終え、一段落したようで、ほっとしたような顔で僕に近寄ってきた。

「最近、どう？　あの連中は」と山端は訊く。

「相変わらず、ですね」

「そうか……」

「ええ、それもですが……」

僕は、ちょっと気になることがあるので、と前置きして、

「あるミニコミ紙で、この店のことを書いているのを見まして……」

山端は、「えっ」という顔をして、そのあとちょっと考えるふうだった。

「どこで見たん？」

「ええ、ちょっと、知り合いのところで……」僕がそう言うと、山端は、「ちょっと待ってな」と言ってバックヤードに入り、自分のロッカーを開けた。いくつかの荷物やファイルを上にしたり下にしたりとかき分けているようだったが、しばらくして書類のようなものを手にして、またカウンターの中に出てきた。

「これのことちゃうか？」と山端が差し出したのは、まさにあの、『かよちゃん』の女将に見せられた『沿線ニコニコ新聞』だった。僕は、ちょっと見せてくださいと言い、手にとってざっと目を通

した。女将に見せられたものとは違う号のようで、この店に関する記事は見当たらなかった。僕が目を通してからそれを山端に返すと、山端はこんなことを話すのだった。

自分がこの店を任されるようになって半年ぐらいしたころ、二人連れの男がやってきた。小柄な男と背の高い白髪交じりの男の二人連れだ。背の高い白髪交じりの方の男が名刺を差し出し、こういう小さな新聞を出しています、とその実物を渡してきた。そして、ご覧になったらわかるが……、とその趣旨を説明しだした。

最近、このあたりにもいくつか大規模小売店が出現するようになり、阪急沿線の風情ある個人経営の飲食店や食料品店や雑貨店が大資本に圧されてだんだんさびれてくるのではと心配している。それで、沿線や山の手の風情ある小売店の良さや特長をアピールし、応援したいと思っている。今日は、この店が最近できたと聞いて、伺いに来た。おたくの店の特徴や「売り」を話してもらえませんか。こうして、いろいろな店を回って取材させてもらい、こんなふうに協力していただいた店には紹介の記事を載せ、定期発行している。部数は約一万部。西宮・伊丹周辺の地域に配布している。このお店もぜひ協力してほしい、と。

それに対して山端は、この店は本部からすべて経営のノウハウを指示されているチェーン店であること、二十四時間営業の新しい形態のスーパーマーケットであることなどを話した。山端は、取材に応じることが協力だと考えていたが、その掲載料および購読料を払うことが「協力」だとようやくわかった。それで、私の一存でそちらに「協力」できるかどうか、今は返事できない、本部と相談しなければ、と答えた。すると、それまで連れの男が話をする間、微笑しながら黙っていた痩せ型で小柄な男が急に不機嫌になり、ちょっと荒っぽい口調で、あんた、店長いうのやったら、その本部とかいうのに相談して、月に二千円ぐらい協力できんのかいな、悪いようにはせんから、どうや、というふうに言葉を荒らげた。それまでの紳士然とした物腰から、圧迫するような言動へ豹変するその男が気味悪かった。だが、本部に相談してから返事させてほしいと再度答えると、その日は引き下がった。

その後、本部に相談すると、そんな訳のわからない話は論外だ、とにべもない結論だった。もらった名刺の連絡先に電話すると「協力してもらえませんか。それは、残念ですな」と言って、それきりだった。

「その後、何もなかったから、忘れとったんやけど、今君の話で、あ、あれちゃうかと思い出したもんでね」と、山端は遠くを見る目つきをして言った。

「僕が見たのもそれですよ。でも、発行の号が違うので。僕が見たのはこの店のことを、その、……悪く書いていましてね」と僕が言うと、山端は目を剥くようにして、

「えっ。どんなふうに？」とすかさず訊いてくる。

僕は一瞬、言おうか言うまいか迷ったが、山端の探るような目つきに気圧されたようにして、『かよちゃん』で見た記事の内容をかいつまんで話したのだった。僕の話を聞くと山端は端正な顔を顰めて、「うーん」と溜め息のような声を漏らすのだった。

「つまり、その……、二十四時間営業のうちの店が、不良青少年の溜まり場になってる、というわ

け？」

「まあ、そうです」

「困るなあ……」

「その……、前に協力しないと言ったので、悪意をもってそんな記事を書いたのではないかと……」

「それって、営業妨害とか、ゆすりとか、そういうことになるねえ」

「まあ、そうでしょうねえ……」僕は、不良少年たちを後ろで束ねているその『沿線ニコニコ新聞』の男の存在を彼に言おうか、どうか迷ったが、僕自身がまだ、その事実に驚いているさなかで、さすがにまだ、そこまでうがった物言いはできかねる思いがして、それ以上何も言わずにいた。

山端は、黙って何か考えているようだったが、しばらくして厳しい表情でこう言った。

「時本くん。君が見たその記事のある号が手に入るなら、ぜひ一度見せてよ。コピーを取らせてもらいたい」と。

「わかりました」と僕は答えた。


山端に例のミニコミ紙の話をしてからも、『かよちゃん』の女将から聞いた話はその後、僕の心の中で暗い影を落としつづけることとなった。半年前に国鉄西宮駅の通路でかち合った、あの言動の乱暴な男が女将の前の亭主だったとは……。そして、またその男が、今僕の店の前でたむろするやんちゃな若い子たちとつながっていたとは。それに、せっかく、気軽に言葉がかわせるウェイトレスと出会い、居心地よく、コーヒーの旨い、好きなジャズが聴ける店を見つけたのに、その『アルル』のマスターが、その男となにかで、どこかでつながっていそうな気配がすること。それも僕には実に実に憂鬱なことだった。……もう、あそこに行くのはやめようか、とも思うのだった。

僕の知らないところで、僕をいたぶり、試すために、いろんなことがつながってきたという、被害妄想めいた、そんな気がしてならなくなったのだ。

だが、そう思う一方で、どういうわけか、僕にはその男、女将の前の亭主にまたどこかで会うことになるのではないかという嫌な予感もしたのは不思議なことだった。

山端に約束した例のミニコミ紙は、それから数日後にまた『かよちゃん』に寄ったときに女将から借りて山端に渡した。山端は、「ありがとう」と少し厳しい顔をして、それをすぐに近くの文房具店に行ってコピーしてきた。山端は僕に現物を返すときに、「そや、そや。うちの店にもコピー機を置いたらどうやろ。きっと需要があると思う。駅周辺に学生も多いし。な、そう思えへん? 時本くん」とせき込んだように言った。

僕が、そうですね、とうなずくと山端はにんまりした。しかしすぐにまた厳しい顔をして外出するのだった。

その日、僕は一人で夜勤だった。例のやんちゃたちが店の前でうろうろするのを横目にしながら、レジ台に立っていた。連中が姿を消すと、ほっとして、品出しや売れ筋の補充作業ができた。夜半を過ぎて客足が途絶えるころ、さすがに例の連中もほとんど姿を現さなくなった。そのころになって、ようやく僕は本を読んだり、ものを書いたりすることできるのだった。

その日、実は僕は、『かよちゃん』の女将から、自分の店の記事がある号だけでなく、別の二つの号も借りてきていた。バックヤードの自分のロッカーに置いてある鞄からそれを取り出して、僕はその『沿線ニコニコ新聞』をじっくり読むことにした。

まず、そのミニコミ紙の創刊間なしと思われる号を見た。編集発行人は内中勉とあり、発行所を見ると、意外にもこの店のすぐ近くだった。それでまず、僕はどきりとした。

内容は、阪急沿線の阪神間のショッピング案内や季節の行楽情報（その号では桜の見どころ）やその近辺での催しものなどの紹介がほとんどだった。だが、一つだけ、ある飲食店に関する不祥事を小さな記事にしていた。夙川駅の北出口から徒歩何分のとある店、と特定するのを避けながら、こう書いてある。

「最近、この店に暴力団関係者が出入りしているという噂がある。あくまで噂の域を出ないが、周辺住民からは、こんな閑静な住宅街でなぜこんな噂が？　という不審の声がささやかれている……」と。

また、別の号でも、一つだけ、今度は店を名指しし、「伝統ある洋菓子店でどうしてこんな」という見出しを付けた記事がある。「去る五日、この店のバウムクーヘンにホッチキスの針が入っていたという購入者の苦情があったが、その苦情の対応を巡っても問題が生じているようだ」云々。こんな調子だった。

そのような記事を読んでいるうちに、学生のころ、解放運動で知り合ったある年上の仲間から聞いたことを僕はふと思い出した。こんな手合いの、いわゆる「ゴロ新聞」を出して、「協力」を拒む店に嫌がらせをしたり、どこかの会社の起こした醜聞や失敗をねたにゆすったり、たかったりする総会屋が自分の住んでいるムラにおる、と。そんなんが、差別と偏見をばら撒きよるんや、と憎々しげに言うのだった。そのときはぴんと来なかったが、そうか、こういうのがその、「ゴロ新聞」というものなのか……。

そんなことを思い出し、真夜中に一人感心していると、店の外で、騒ぎ立てる若者たちの声がして、また僕ははっと現実に引き戻される思いがした。そして、何とかせねば、と考えた。

夜勤明けは、いつも多少神経が昂っているもので、アパートに帰ったからといって、すぐに寝られるものではない。腹も空いている。どうせ、どこかで食べなければならない。

山端に例のミニコミ紙を見せた日の夜勤明け、行こうかどうか迷ったが、結局、僕は『アルル』に寄ってみることにした。僕の働く店について取材に応じたという「近所の喫茶店」の店主とは、『アルル』のマスターではないか、と僕には思われてならなかったことと、発行人の住所が店の近くであることが気になって仕方なかったからである。

僕は、午前番のアルバイトに引き継いでから、自分の鞄を持って、店を出た。外の空気はもうそろそろ秋の気配が深まり、やや肌寒い感じだった。それでも、やっと店番が終わった、という解放感に浸ることができた。

　昨夜の夜半に何人かの若者が店の外で大声を上げるのを聞き、それからしばらくしてパトカーの音、救急車が近づき、遠のいていく音がした。外で何かあったようだが、店内に入ってくる者はいなかった。僕はてっきり、例のやんちゃたちの誰かが駆け込んでくるものと思い、緊張し、息をつめていた。その後、何もなく時間が過ぎていったけれども、いったん緊張した神経はなかなか静まるものではないのだった。たぶんそうした神経の昂りの余韻がまだ僕の身内にあって、それで、その日はいつになく探索心が動いたのだろう。

　僕は、手帳にメモした発行所の住所を見ながら、駅前の商店街を山側へ向かった。手帳にメモした住所は高宮町二丁目5の3興和ビル401。どこかのビルの四階のようだった。商店街がある一角は電柱の住所標識を見ると、高宮町一丁目から二丁目だった。やはり僕の勤める店からすぐ近くのところだった。駅へは二丁目から一丁目へとなる。ちなみに僕の勤める店は高宮町三丁目にある。

　僕は、電柱の住所標識を一つひとつたどりながら駅方面に歩いていった。いくつかあるビルには特に注意して歩いた。

　歩きだしてしばらくすると、高宮町二丁目5の3の標識があった。見ると、『アルル』の店の前だった。『アルル』は小さなビルの一階にある店である。どきっとして、僕は『アルル』の上の階を見上げた。だが、このビルの一階は『アルル』が占有していて、その間口の横に上の階に上がる階段は見当たらないし、ビルの名の表示もない。不審に思い、それでも僕はあきらめきれず、そのビルのまわりを歩いてみた。すると、ちょうど『アルル』の裏側、そのビルの東北隅に当たるところに狭い鉄製の扉があり、どうやらそこからそのビルの上の階へ行けそうなのだった。

僕はその灰色の、ところどころ錆びの浮いた扉のノブを回して引いてみた。少し軋むような音を立てたが、すっと開いた。中に入ると暗くて様子がよくわからなかった。しばらくすると目が慣れてきて、上の方からぼんやりと光がさしているようだった。薄暗いながら、一メートル半四方ほどの空間の右側の壁際に、団地の一階にあるような集合郵便受けがあるのがわかった。どんなテナントが入っているのかと、目を凝らしてみたが、どの郵便受けにも名前はなかった。鉄製の階段を上がると一メートル四方ほどの狭い踊り場があり、左手がすぐ部屋のドアだった。鉄のドアには何の表札もなかった。その踊り場からまたまっすぐ階段を上がると、また同じような踊り場があり、左手にやはり部屋のドアがあった。表札を見ると「飛竜塾」というプレートが貼ってある。学習塾だろうか、まだ朝の間のことで、何の物音もしない。僕はまた、階段を上がった。しかし、今度の階段は数段で尽きて踊り場となり、踊り場の左手にはドアがなく、そのかわりに突き当たりに鉄の扉があった。その扉の下のわずかな隙間から光が漏れている。その光の細い帯が僕の方に向かって差していた。その光の筋のなかに白っぽいほこりがかすかに揺れ、舞っている。くねくねと静かにいろいろな動きをする。それをじっと見つめていると、なんだか懐かしい思いがした。

本家にいたまだ幼いころ、行くなと言われていた中二階の階段をなぜだか僕ひとりで上がり、薄暗い板の間を覗いたときの光の筋を思い出した。そのなかに白っぽいものがたくさん浮いて揺れている。

煙のような白い小さな粒々はうねりながら上にのぼったり、静かに下に沈んだりしながら、光の筋から闇へと消えていく。だが、また新しい白い粒々が闇から光の筋に現れて、静かにくねくねと舞いだすのだった。僕は不思議に思い、じっと見ていた。目が慣れてくると、ぼんやりと湿り気を帯びた黴臭いにおいのなかにたくさんの什器らしきものが見えた。近所で冠婚葬祭があると、ムラの人たちが借りにくるのだと聞かされていたが、僕は見たことがなかった。何か大きな箱のようなものの影も見えた。なぜか、禁を犯し、後戻りできない異界に踏み込んでしまったような、恐怖と悲しみに突き落とされたようなあのときの記憶……。

屋上に出るとおぼしいその扉の把手をひねって押したり引いたりしてみたが、びくともしなかった。僕はまた、不思議な映画を見ているような気味の悪い気持ちに陥った。だが、このビルには四階がないということがこれでわかった。このビルは果たして「高宮町二丁目5の3興和ビル」なのだろうか。僕はそれを確かめたくて、階段を下りるときに各階のドア、踊り場、郵便受けをよくよく注意して見たが、どこにも表示がなかった。鉄の扉から外に出ると、ほっとするとともに、秋の朝の光がまぶしくて、ほんのしばらく目の奥が痛い感じがした。僕はまた、そのビルを一巡したが、ビルの名前の表示は見当たらなかった。

僕はしばらくためらったが、やはり『アルル』に入った。

「いらっしゃいませ!」と、例のウェイトレスが元気よく声をかけてくれた。一週間ぶりに見る顔だ。

僕の方に近づいてきて、「テーブルがいっぱいなので、カウンターへどうぞ」と促した。僕がうなずきながら笑顔を返すと、意外そうな恥ずかしそうな表情を見せた。初めて見るような表情だった。その反応に僕はちょっと違和感を感じたが、さっきビルの裏から入って中を探ろうとした緊張がまだ持続していて、その違和感の意味を自分の中で受け止め、考える余裕がなかった。

「いらっしゃい」

僕が入り口に一番近いカウンターの椅子に腰をかけると、マスターが近づいてきた。僕は心なし緊張した。

「何にします？　モーニングですか」と聞かれたので、僕は「はい。コーヒーで」と答えた。マスターはうなずいてすぐカウンターの奥へ進み、用意を始める。僕はレジ台の横のマガジンラックのところに行き、今日の朝刊を取って戻った。そのとき、ちらりとウェイトレスを見たが、静かにうつむいて立ったままだった。今までならなじみの客の誰や彼やに「お水いれましょか」とか「お仕事大変ですか」など、無邪気に話しかけていたのだが……。今日のその様子を見ていて、僕はこの店に入ったとき、ウェイトレスに感じた違和感を確認する思いがした。今までにない、何か屈託するところがありそうだ、と。

持ってきた新聞を見ると、一面ぶち抜きで「田中角栄元首相に懲役四年の実刑判決」と報じられていた。僕が大学に入った年に大問題になったいわゆる「ロッキード疑獄」裁判の判決だった。僕は久しぶりに新聞を見た。貧しい家に生まれ、苦労しながら努力と才覚によってのし上がり、「今太閤」

といわれた男。最高権力にのぼりつめ、「日本列島改造」を唱えた大物政治家に下った判決。栄光と転落という格好の話題だったが、そのときの僕には何か遠い出来事のように、時代の曲がり角の一コマとしか感じないのだった。

「どうせ控訴して、長引くでしょうな、この裁判は」

僕が新聞に目を通していると、マスターは僕の前に寄ってきて、ぼそりと意見を漏らした。僕も「そうですね」とうなずいて、新聞を閉じた。僕はそれで、マスターに思い切ってビルのことを尋ねる機会を得たように思った。

「すみません。ちょっとお聞きしたいんですが、ここのお店の住所は、高宮町二丁目5の3、ですか?」

僕がそう言うと、マスターは一瞬「えっ」という表情をしたが、すぐ「ええ、そうですけど」と言って憮然としている。僕は、続けて、「興和ビルというのは、ここのことですか?」と尋ねた。マスターは表情を変えることもなく、

「さあ、どうだったか……。ビルというほどの建物でもないのでね。どうして?」とちょっと僕の顔を意味ありげに見た。

「ええ、地図にそう書いてあったもので」と、とっさに僕は嘘をついた。マスターは、「あ、そう」と言ったまま取り合わず、カウンターの奥に行き、別の客と話をしだした。

僕が注文したモーニングセットを食べ終えるまでマスターはもう寄ってこなかった。コーヒーを飲

み切ったのを潮に僕はレジで勘定をして店を出た。レジの対応も、女は薄く笑うだけで、やはりおとなしかった。

『アルル』を出てビルを振り返り、「ビルというほどの建物でもないのでね」と言葉を濁したさっきのマスターの言葉を頭の中で反芻し、納得できない思いがした。自分の店のあるビルの名をはっきりとは知らないなど、そんなことがあるだろうか、と。

その足で、僕は駅の北側のロータリーへ出た。そのロータリーから山側へ向かう商店の並ぶ路地に入り、本屋へ入った。そこで、地元の詳しい地図を探し、開いて見た。この近辺の詳細が載っているページを探し、自分の店の付近から指でたどり、『アルル』の住所で指を止めた。すると、そこには、「和興ビル」とはっきり記してあった。「和」と「興」がひっくり返っていたのだ。「興和ビル」ではなかった。

山端と例のミニコミ紙の話をしてから、彼の方でも何とかしなければならないと動いたということを数日後、知らされた。

彼はあの日、厳しい顔で店から出ていってから、地元の警察署に出向いて、例の新聞のコピーを見せ、また最近の若い連中の動向を伝えた。警察は、そのコピーをまたコピーしてファイルし、今までの流れから見て、確信犯的な「信用毀損罪」ないしは「威力業務妨害罪」の事案になるかもしれない、と言ったという。山端にとって(もちろん僕にとっても)意外だったのは、警察もその『沿線ニコニコ新聞』の存在をすでに知っており、自分の店以外からもいくつか被害届が出されているらしいことが係の警察官の口吻から察せられたことだったという。それで、引き続き若い連中の動向や、その新聞の発行人という者がまた店に来るようなら、すぐに連絡してほしい、ということだった。

僕はそれを聞いて、警察では例の「発行人」をすでに捜査対象として一定の動きをしているのではないか、という気がふとした。もちろん、若い連中との神経戦に参っているので、かなりの希望的な予感だったのだけれども。

十月中は特にその後、何もなかった。僕は、その後、『アルル』にも二、三回寄ったが、必ずテーブル席に座り、マスターから距離をおいて、それとなく彼を観察した。例のウェイトレスも相変わらず働いていたが、前のように屈託のなさそうな人ではなくなっていた。それが僕にはとても気になった。

十一月に入ったある日の夕方、僕はアパートから近い銭湯に入り、さっぱりしたその足で、数日ぶりに『かよちゃん』に寄った。ビニール袋に詰めた濡れタオルと替えた下着とは別に、以前借りたミニコミ紙をその日返すために手提げ袋に入れていた。

「いらっしゃい。あ、時本さん。久しぶりやなあ」と女将は声をかけてくれた。僕もほっとして、鉄板の前の席に座った。お好み焼きを肴にビールを飲んでいるときも、いろいろ女将は話しかけてくれるのだった。

「あれから、どうなん？　店の前で溜まっている子ォらは」と訊くので、「うーん、相変わらず、です」と僕は苦笑した。正直にいうと、店の中に入ってきて、菓子パンを買って、それを店内で食べて包装のビニールを床に捨てていったり、雑誌の立ち読みを長時間入れ代わり立ち代わりして、雑誌を丸めて元に戻したり、とますます大胆になってきている。金を払えば客だから何をやってもよいという「嫌味」戦術で来ているようだ。

彼らが来るのは午後八時前後が一つのピークで、それが過ぎるとまるで召集がかかったように一斉に店を出ていくのだった。それからもう一つのピークが午後十一時前後だった。このときは商品は買わないが、しょっちゅう商品に手を触れてはまたそれを元に戻したり、どうかするとわざと別の棚に置いたりする。少しでも目を離すと万引きもしかねない風情であるので、その時間帯は極度に緊張を強いられた。

そんなことを僕が女将に話すと、女将も苦笑して、「知能犯みたいやな」と同情してくれた。

僕は、礼を言って例のミニコミ紙を女将に返した。女将は別に返さんでもええのに、と言いながらも受け取って、奥の座敷の入り口にポンと投げ置いた。

借りた礼代わり、ではないけれども、僕はその発行所の住所とおぼしいところを訪ねたことを話しだした。

「えっ」と女将は一瞬目を瞠いたが、苦笑いして、

「それで」と促す。

僕は、その住所のビルあたりを探し、入ったが、該当の階はなく、それらしい部屋もなかった、と話した。すると、女将は、「そらそうやろ。ほんまの住所を書いて足がつくようなことはせえへんわな」と言い、ハハハと笑った。そして、そのとき他の客には聞こえないような小声で、僕の方に身を乗り出してきて、こう言うのだった。

実は、あんたにだから言うが、と前置きし、女将は、三日前に警察官が前の亭主のことを問い合わせに店に来た、と言う。警察官に何のことか、と反問すると、いやちょっと、と言葉を濁すのだったが、話の流れで推測すると、前の亭主がどうも詐欺まがいのことで、ある人とトラブルを起こしているようだった。女将もすでに知っていたことだが、前歴のある男ではあるし、相手方から被害届も出されているので、警察としては放っておくわけにもいかないらしい。女将は、もう別れた亭主だから、今何をしているかも知らないし、連絡も取り合っていない、と。それに、なんでその男とうちの関係がわかったのか、と女将は反問した。すると、警察官は、その男の「会社」の連絡先がこの店になっている、と言う。女将は呆れた。

「だいたい、そんなわけのわからん会社作って悪いことする奴が、ほんまの住所を言うわけないやんか」と言ってやったという。すると、警察官は眉を顰めて、やはりそうでしたか、しかし、もし何かありましたら連絡してくださいい、と言って帰っていったという。開店前の、客がまだいないときだったので、よかった。客がおったら気恥ずかしいことやった、と。

「あっ、ちょっと！」と僕は見知らぬ人から声をかけられた。

『かよちゃん』の女将から前の亭主の悪行事案で警察官が問い合わせに来た、と聞かされた後の、昼間の勤務で終われたある日、寺の東側に面した通りをぶらぶら歩いていたときだった。

ハッとして声の発せられた方を振り向くと、声の主は、ある店の六十代半ばとおぼしい婦人だった。眼鏡をかけた白髪の人だった。

その店は煙草屋の出張った店構えの奥に食料品や雑貨を置いていた。僕はその店に寄って何かを買ったということもなく、不審に思っていると、

「あんた。どこに行っとったんや。お母さんがえらい心配しとったで」と、婦人は店番から通りに飛び出してきそうな勢いで、大きな声でまた僕に声をかけてくる。振り向いた僕をじっとにらみ、もし無視されたら僕の行く方向を確かめようとするかのような構えだった。これは明らかに人違いをされている、と思い、その誤解を解こうと僕はその婦人の店に寄っていった。

「あの、すみません。どなたかと人違いされていませんか」と言いかけると、婦人は「ええっ」と目を剥いたようにして驚いた。

「え、あんた、よっちゃん、ちゃうの？」

「いえ、違います。このあたりに最近、越してきた者です」

「うそ！」

「いえ、ほんまです」

僕がそう言っても、彼女はじいっと僕の顔を見つめて吟味しているようだった。数秒そうしていたが、やっと憑き物がとれたような表情になり、

「ごめんな。あんまりそっくりやったさかいに……」と素直に詫びてくれたが、僕は銭湯帰りで気分もさっぱりしていたからか、こんな余計なことを彼女に言った。

「いいえ、誰でも勘違いはありますから。それにしてもそんなに似ているんですか、その人に」

「そらもう、びっくりするくらい。顔もそやし、歩き方もそっくりや。ほんまに、よっちゃんと違うんやね」

彼女がもう一度、上目遣いで僕を見て念押しするのがおかしくなり、そんなに似ているなら、一度、僕もその人に会ってみたいものですね、と言って思わず笑ってしまい、立ち止まって婦人の話を聞くことになった。

彼女が言うには、そのよっちゃんというのは、この地区にある大きな精肉屋の当主の次男坊で、高校を卒業してから親の仕事を継ぐのを嫌がって他で就職した。優秀な長男は大学を出て大手の銀行に就職をして東京にいるらしい。長男は早くから家業を継がないことを決めていたので、次男のよっちゃんに期待を寄せていた当主夫婦は失望していたが、他所で苦労してやがて地区に帰ってくるかもしれないと、淡い期待は寄せていたらしい。よっちゃんは三年もせぬうちに会社を辞めて地区に帰ってきた。喜んだ両親は家業を継がそうとしたが、もともとこの地区ではかなり権太でならしていた彼は家業の見習いも長続きせず、加えて従業員の知人とのトラブルで、相手を相当痛めつけて警察沙汰

になった。

彼は、また地区を出て、自衛隊に入ったとか、どこかの暴力団の組に入ったとかの噂が立った。父親が心筋梗塞で急に亡くなったときはさすがに顔を見せたが、四十九日が済むとまた地区を出てしまった。今はお母さんが大勢の従業員を抱えて一人でがんばっているが、見ていて気の毒である。ちなみに自分はその精肉屋の先代の当主とは又従妹に当たる、云々。

婦人は話好きなのか、話があちらこちらと飛びながらも、全くそれが無駄に終わることなく、上手にその「よっちゃん」の身の上を語って聞かせた。

ははあ、そういう人物と僕とが瓜二つとは、と変に納得がいったと同時に、突然、僕の記憶に雷鳴のようによみがえったものがあり、鳥肌が立った。

それは、以前西宮駅の通路でかち合った小柄な男が、すごんでみせたその直後に驚いた表情で発した「おまえ、にくやの」という言葉。

その瞬間は僕も動転していて、「にっきゃの」と聞こえた。だが、今こうして考えると、それは「肉屋の」と言ったのではないか。また、『かよちゃん』でちらりと会ったときもあの男は僕の顔を見て、ぎょっとした表情を見せたではないか。とすると、あの男は、「よっちゃん」と面識があり、僕のことをその肉屋の息子、「よっちゃん」と間違えた可能性がある……。しかも、その「よっちゃん」とトラブルを起こした従業員の知人だとしたら……。まかり間違って、またその男と出会ったとき、僕がその、「よっちゃん」ではないとわかったら、あの男、『かよちゃん』の女将の前の亭主はどう出てくるか、と気味悪くなった。まさか、そんなことはないだろう、という気もしたが、世の中はどこでどうつながっているか知れたものではない、と僕は思い直した。

『アルル』に久しぶりに入ると、例の女がいなかった。いつもなら「いらっしゃいませ！」と元気な声をかけてくれるのに。それに、テーブル席もあいにくと満席で、あれ以来マスターと距離を置きたかったので、引き返そうと思ったのだが、ちょうどそのとき、マスターが僕を認めて、「いらっしゃい！」と珍しく愛想よく声をかけてきた。それで、僕は引き返すのも不自然だと思い直して、レジ台の横のマガジンラックから新聞を取って、空いていた一番奥のカウンター席に腰かけた。マスターが「何しますか」と問うのに、モーニング、コーヒーで、といつものように答えてから、僕は新聞に目を通す前にもう一度、後ろのテーブル席のほうをちらっと振り返ってみた。やはり、例のウェイトレスはいなかった。

新聞の一面は「中曽根内閣発足」だった。閣僚の面々の写真や経歴をぼんやり眺めていると、マスターがモーニングセットを僕の前に置き、「もう、いませんよ」と言った。

「えっ？」僕が意味がわからず、声を発すると、

「前にいた女の子」と言う。

「辞めたんですか？」と僕が思わず問い返すと、

「普通に仕事ができなくなりましてね。……ほら、ああいう子は、ちょっと環境が変わると、途端に

不安定になるでしょう。だから、辞めてもらったんですよ」

「普通に仕事ができない、というと?」

「まあ、どういうか、注文をしょっちゅう間違えたり、客の前で突然泣きだしたり……」

「何かあったんでしょうか」

「さあね。母親が入院しているようなことはちらっと聞きましたけどね……」マスターは特に表情を変えることもなくそう言って、勘定を払おうとする客のためにレジに向かった。

僕はマスターに対して今さらながらに酷薄なものを感じて、心がざらつく思いがした。あの女がいないとなれば、もうここへ来ることはないだろう、と僕は考えた。……

『アルル』を辞めたという女のことを思いながら、僕はその後の一週間ほどを過ごしていた。仕事をしていても、アパートにいても考えていた。もう会えないかと思うと、まともに息ができないような気がして、胸が苦しくなった。

忽然と消えた少女……。

今はもう、まるまる谷間を満たした産業廃棄物の下に埋もれ、跡形もないが、家から数キロ離れた山の谷間に二反ほどの僕の家の田があった。バス道から歩いて三十分近くかかる山道の奥にある、沼のようなぬかるむ田だった。(後で知ったのだが、そこは「沼谷」という地名だった)小学校の中学年のころ、暗くなるまで稲刈りをしなければならないから先に帰れと親に言われ、バスで帰ろうと一人で夕暮れ間近の山道を歩いていた。(今でも不思議なのだが、どうしてあの日に限って、親があんな遠いところから子どもを一人で帰らせたのだろうか。おそらく僕が早く帰りたい、と何度もむずかったからかもしれないが……）

そのころ、山あいを抜けるまでに、ぽつんと山道の脇に小屋掛けをして住んでいる老夫婦がいた。顔が合えば挨拶ぐらいはする、という程度の老夫婦だったが、僕の両親とも、その老夫婦がどんな人たちで、どんな事情でそのような不便な山の谷間の生活をしているのか、詳しくは知らないようだった。父は、「何か不義理をして里におれなくなった」人たちのようだと、ちらりと僕に漏らしたことがあるが。

それでも、二、三度、その小屋に出入りする孫とおぼしい小さな女の子を見たことがある。可愛い女の子だった。僕がその女の子のことを話すと、両親は不思議そうな顔で、自分たちは見たことがない、と言うのだったが。その日、僕はその女の子が小屋の前に立っているのを見た。狭い谷間にもう日没が迫り、だんだんと夕闇が山間の底からしみ出てくるようだった。女の子は小屋を少し離れて、僕の家の田のあるところとはまた別の筋の谷の田へ続く山道に入りかけていた。どうしてあんな方へ行くのかと、僕は不思議に思って見ていたら、前方の竹藪がざわつく音がしたので、ふと藪の上の方を見た。入日の名残りの茜空に竹藪の梢が黒々と見えた。一瞬目を離しただけなのに、その後、その女の子は谷の陰に溶けるように消えてしまっていた。また引き返してくるのかと僕はしばらくそこに立ちすくんでいたが、女の子は戻ってこなかった。そのあと、僕は夕間暮れの竹藪の横の山道を上がり、そしてまた下りして、ようやく人家のある山の出口に来て、そこからまたしばらく歩いて橋のたもとのバス停に着いた。もうあたりは暗く、電柱の外灯に灯がともっており、そのまわりを大きな蛾が音を立てて飛んでいた。

その後、女の子を見たことは一度もない。僕はその記憶が夢だったのか現実だったのか自分でもよくわからなくなくなり、いつかその記憶さえ全く忘れはてていた。だが、『アルル』からあの女が突然いなくなったと聞かされて、僕は急に昔の記憶がよみがえったのだ。

……あの子はね、屠場のある、あっちのほうから通っている。そこの地区の、改良住宅で母親と二人で暮らしている。軽い知恵遅れだが、愛想がいいし計算も普通にできる。ちょっと自分には義理のある知り合いから使ってくれと頼み込まれたので、働かしている……。あんた、あの子に気がありそうだから……。

以前、マスターが言いかけてきた言葉が、何度も頭の中を巡る。あの女に実は好意を抱いていたのだ、ということを僕は今は認めないわけにはいかなかった。

僕が女のことで屈託しているころ、夕方『かよちゃん』に寄ると、女将が店を閉じて出ようとしていた。珍しいことだと思い、声をかけると、

「あ、時本さん。ごめん。今日あかんねん」と言う。

「何かあったんですか」と言うと、

「今からお通夜に行かなあかんねん。知り合いの人が亡くなってな」

「ご近所ですか」

「同じ号棟の人が亡くなってん。そこの集会所であるねん。ほなね」

僕は『かよちゃん』で夕飯を摂るあてが外れたので、女将とそこで別れて、駅のほうに向かって歩くことにした。どこかの食堂かホルモン屋にでも入るつもりで。だが、どうも気の進む店が見つからず、また山側に引き返し、ぶらぶら歩いていると、ある高層の改良住宅の端に隣接した建物の前に十数名の人々が集まっているのが見えた。十二月の夕暮れのことで、もう薄暗かったが、その建物の入り口の電灯や、その前の道の街灯で照らされて、その中に『かよちゃん』の女将がいるのがはっきりわかり、僕は足を止めた。お通夜があるという集会所とは、ここのことか、と僕は見ていた。女将が、喪服姿の若い女の前で肩を抱くようにして、相手に顔を近づけ、声をかけているのもわかった。

女将がその女の前を離れて、また別の婦人がその女に声をかけようとしたとき、「えっ」と僕は思わず声を発した。

『アルル』からいなくなった、あの女だった。……

「ほんで、恵ちゃん。あんた、これから、どうするつもりやの」と女将が真顔で女に訊いていた。

けいちゃん、というのは杉本恵子。『アルル』でウェイトレスをしていた女である。

お好み焼きを作っている鉄板のテーブルをはさんで、女将と向かい合っているその女の横に、僕もまた座っていた。

偶然といってよいのか、お通夜の場を目撃してから後、僕は『かよちゃん』に寄って、顔見知りだったのに、突然いなくなり気になっていた子をあの日のお通夜に見たと女将に漏らした。僕の話を眉間に皺を立ててふんふんと聞いていたが、「わかった」と女将は言った。そしてうっすらと笑った。

「まだ、葬式出して間なしやから、折見てうちがあんたの話をしてあげる」

「えっ？」と驚く僕に、

「わかってるがな、あの子とまた会いたいんやろ？」

その問いに僕は素直にうなずいていた。

折を見て、この店であの子と会わしてあげるが、知っといてほしいことがある、とその後、女将から彼女の詳しい境遇を聞かされることとなった。

杉本恵子、というのは、自分とは遠縁筋のようだが、まあ、他人のようなものだ。この辺には杉本姓が多い。あの子は小さいときからよく知っている。幼いときから人見知りしない性格の子で、近所の誰からも可愛がられるような子だった。

あの子が二、三歳のころ、鳶職をしていた父親が足場から転落して死んだ。それで母親は「失対」でアンコ（女土方）をしたり、その後、甲山のゴルフ場のレストハウスのまかないやらコース整備やらしているうちに、いつの間にかキャディーになっていた。ちょっと男好きのする顔立ちの女だったので、どこかの小金持ちの男に見染められて、あの子を残してその男と出奔してしまったのが、あの子が小学校に上がるころ。今となっては、母親はどこにいるかわからない。

先日葬式を出したのは、実はあの子の父方のお祖母さんだが、長くあの子は、外ではお祖母さんのことをお母さんだと言ってきていた。そのお祖母さんだが、連れ合いを早くに亡くし、元来病弱で、働くことができなかったので「民生」の世話（生活保護）になってきた。あの子は中学を上がると高校に行きたかったようだが、祖母の世話があるし家が貧乏なこともあり、就職ということになった。中学校時代の同和教育に熱心な先生の世話で土建屋の事務の口があり、二年ほど働いていたが、人間関係に悩んで辞めたらしい。本人がちょっと「とろい」ように見られることも災いしてか、その後、どうもいい口がなかった。

あの子のお祖母さんに頼まれて、しばらくうちでアルバイトしたこともあるが、こんな店でそれほど時給を払ってあげられない。親戚の肉屋に頼んでしばらく働きに行かしたこともあったが、気の張った忙しい職場のこととて、「のんびりや」のあの子には合わなかったようだ。

こういうと、あの子がどこでも長続きしないわがままな子のように聞こえるが、私から見ると、わがままどころか、あの子は気が良すぎて、頼まれると断れない、人に利用されやすい性質の子である。

女将の口から、「とろい」とか「のんびりや」という言葉が出たので、僕は女将の話が終わってから、気になることを聞いてみた。

「あのう、軽い知恵遅れだと言う人がいたのですが」

それに対しては女将はこう答えた。

「それは違う。けど、いらちの人が見たらそう思うかな。ちょっと人とはテンポが違うのは確かやけど。本は好きで、ようけ読んでるみたいやで」と。

杉本恵子と再会できたのは、女将が「折を見て」と判断したころに僕が『かよちゃん』に寄ったとき、彼女に電話してくれたからだった。

再会したとき、彼女は僕を見て、目を開くようにして驚いたようだった。後で聞くと、女将は僕の話をはしょって、あんたを知っている人が、あんたと会いたいと言うてるから、すぐおいで。来なかったら後悔するで。と言ったという。彼女は、それで、何やら就職の世話をしてくれるのか、と思って、来たということだった。なるほど、そんな言い方をされれば、無理もないことだった。

「あれっ、喫茶店によう来てくれとったお客さんや！」と、彼女は僕を見るなり、にっこりして声を発した。前のような屈託のない素振りに僕は安心した。

僕は改めて彼女に自己紹介し、この店の常連で女将とは親しくさせてもらっていることなどを話した。そして、『アルル』であなたを見なくなってから気になって、会ってまた話がしてみたいと思っていた、と話した。すると、

「ふーん。そうなん？　なんで？」と彼女は僕の目を遠慮なく覗き込むようにして言うのだった。僕は返事に困り、下を向くしかなかった。

「あほやな、恵ちゃん。この人はな、あんたのことが好きなんやんか。わからへんの？」女将が見かねて、あっけらかんとそう言った。僕が女将の言葉にびっくりしていると、彼女は「へ？」という顔

をしてから、くすくす笑うのだった。そして、また、「なんで?」と僕に真顔で訊くので、僕はどぎまぎした。

「君の無邪気な、屈託のないふうに接すると、僕も同じように素直になれるから、かな」とようやく答えることができた。うまく言えたとは思わなかったが、言葉にするならば、それが一番僕の思いに近かった、と今でも思うのだ。彼女は、そんなこと言うてくれる人初めてや、うれしい、と僕の言葉を受け入れてくれたようだった。僕もまた、自分の人生で、こんなことがあるのか、と思い、心が震えていた。


僕は恵子と二人きりで会うようになった。

唯一の肉親を失い、一人になった彼女の部屋に初めて入った日、まだ祖母と二人だった静かな雰囲気が漂っているようだった。

小さな座卓の上に置かれた祖母の位牌の前の線香立てに僕が線香を一本立てて手を合わすと、「ありがとう」と彼女は言い、後ろから僕の首に腕を回してきた。僕は女の腕をそっと解いて振り返り、二人して座ったたまもつれるように畳の上に崩れた。すぐ間近に女の動悸や荒い息遣いを感じたが、それは僕自身のものだったかもしれない。

その日、僕は女の中へ激しく欲情を放出した。僕が脱力したとき、女の深い目の色がうっすらと濡れていた。

独りであることにくたびれ、餓えていた僕の心と身体は、それからたびたび恵子の柔らかな体に包まれ、満たされ、彼女の漏らす熱い深い吐息に慰められることになった。（だが、それから、そういう関係になったからこそ、これからの自分の行く末を考えざるを得ないように感じだしていたのだ。恵子という他者を抱え持つようになって。女の方はどうか知らないが、僕はといえば、これからの行く末を考えて屈託することがまた多くなった……）

夜に寝物語で話す恵子の話は、僕にとってさびしいものだった。女将からおおよそ聞いていたとはいえ、本人から聞く彼女の生い立ちや来し方はまた違った感慨を僕にもたらすのだった。もちろん、その性格のせいか、とぎれとぎれで、泣き言めいた話しぶりではなかったのだが……。

父親の死は、恵子はほとんど記憶にないようだった。だが、母親の様子がそのころを境に変わったということがなんとなく膚で伝わってきた、という。恵子は母親が家にいない間（仕事に出ているとき）はずっと祖母と家にいた。保育園にも幼稚園にも行ったことがないという。そのせいかどうか、小学校に入ってからなかなか集団生活になじむことができなかった。自分にしつこく意地悪をする男の子がいて困ったこと。母親が突然家にいなくなったとき、祖母が泣きながらぎゅっと抱きしめてくれたこと。（あのときは悲しかった、と言いながら、恵子は僕の首に食らいつくようにして泣き顔を見せないようにした）中学校に入ると、主に花壇の花の世話をする「理科クラブ」に入って、仲良くしてくれる女友だちもできて、わりと楽しく学校生活を送っていけたらしい。恵子は花の名前をよく知っていた。部屋にはそのころに買ったという花の図鑑が小さな本棚に置いてあった。

あるページを開けて、赤紫色のすぼんだ朝顔のような花をさして、「これがな、白粉花、いうんよ」と教えてくれた。恵子が言うには、この花が黒い実になり熟すると、中に真白な粉が入るようになる。まるでお化粧に使う白粉のようだからそのように呼ぶのだ、と。友だちとその白い粉を出して互いの頬っぺたに付け合ったことがある、と言って、くすくす笑った。また、こんなことも聞いた。

「夏休みにな、向日葵の世話をしに学校に行くねん。水遣りに。それでも夏休みの終わりごろになると、萎れてしまう。友だちと、それ見て、さびしいね、言いながら、向日葵の顔の種を採るのんよ。それでまた来年、蒔くんやね。その種をちょっとだけ持って帰って、フライパンで炒ったんよ。そしたら、おいしい、いうてお祖母ちゃんが喜んでくれて。そんで、また、お祖母ちゃんが、『かよちゃん』のおばさんに持っていってあげたら、言うので、おばちゃんにあげたら、おいしいな、言うてくれて」

二人で『かよちゃん』に寄りだすと、女将はもう僕たち二人の関係をいちはやく見抜き、「若い人らはええねえ」と言いながら、僕たちのことをいろいろと心配したり、同情してくれたりした。「高校に行こうと思てるねん」と恵子は言った。女将からこれからどうするつもりか、と訊かれたことへの返答だった。

恵子は中学時代、成績はよくなかったが、仲の良いまわりの友だちがみんな高校に行くというなかで、自分も高校に行きたいし、行けるとも思っていた。だが、三年生になると、貧しい家の事情がだんだんとわかってきて、学費の高い私立高校は無理そうだ、とうすうす感じだした。祖母は昔の人で、小学校を出ているか、出ていないかという人なので、学校のことはよくわからなかった。三者面談のとき、担任の先生が「奨学金」の話を出してくれたが、そんなものはごく優秀な子のためだけのものだ、と思い込んでいて、はきはきした返事ができなかった。その後、同じ号棟に住むこの地区の顔役の人がやってきて、祖母にこの地区の子だけがもらえる奨学金があるから利用すればいい。それには、何とかいう団体のこの地区の支部に入ることが条件だ、というようなことを言うので、ちょっと気味が悪くて断ったらしい。

恵子が話した「奨学金」は、おそらく僕も利用したいわゆる「同和奨学金」に違いなかった。自分は大学までそれをもらっていたよ、と僕が言うと、恵子はびっくりしていた。そして、「ほんまは、うち、高校に行きたかったなあ……」と漏らすのだった。今からでも行けるよ、と僕が言うと、「ほんま？　うちみたいな、あほでも行けるん？」と訊く。

「昼働いて、夜勉強する学校があるよ。それに、きみは、あほと違うよ」

高校時代に「部落研」の集会でしばしば目にした僕より年上の元気のよい（だが、貧しいがゆえに苦労したという）、定時制高校のメンバーを僕は思い出していた。あのころ、僕は彼らの境遇や言動にぴんとくるものがなかった。いや、正直にいうと、かなりの違和感があったのだ。

僕の育った環境から見ると、彼らの境遇は戦後の混乱期を生き延びてきた僕の父の世代の感覚に似ているように思えた。（青春時代の父はかなり荒れていたらしい。十分勉強できないまま小学校を終えたため、字の読み書きに困ったこと、運送屋時代に胴元の親方に可愛がられて、その道に入りかけたこと、明石の飲み屋でちんぴらと喧嘩して大けがをさせ、留置場に入ったこと、などは僕がしばしば聞かされたことだ）彼らもまた、「馬鹿にされた」から、学校の窓ガラスを割った、先生を殴った、友だちを殴った。「泥棒」と言われた、悔しかった、とむき出しの怒りをぶちまけるように語るのだった……。

同じ差別される地域の仲間と言いながら、田舎と都会の地域ではこうも境遇や考え方や感受性に違いがあるものか、と当時の僕は瞠目していた。だが、そう感じる一方で、僕はまさに父の時代の青春も含めて、そういうものこそ文学が描かなければならないのではないか、とも感じたのだ。しかし、僕にそれが書けるだろうか、とも。

今、僕の目の前に、恵子という、あのころの、定時制高校の人たちと同じような境遇の女がいる。恵子はその生い立ちや境遇をどのように受け入れてきたのだろうか。僕はそれを知らなければならない、と思った。

「ああそうか。もうお祖母ちゃんの世話ものうなったしな」と女将は納得顔で応じたが、もう二十歳を越したあんたが、ほんまに行けるんかいな、と言うのに、恵子は、

「定時制やったら行けそうやねん。この間、中学校の先生に相談に行ったんよ」と言い、僕の方を見た。

「時本さんとも相談したら、それはいいね、言うてくれて」
「ああそうかいな、ご馳走さま」女将はぺろりと舌を出してみせた。

恵子との蜜月は長く続かなかった。彼女は、年末から年賀状で忙しい郵便局での臨時アルバイトをし、年を越してからは駅の南側の新聞屋で朝刊・夕刊の配達のアルバイトに出だしていた。僕も恵子も生活していかなければならず、ままごとめいたことをゆっくりしておられる状況ではなかった。だから、恵子がアルバイトとはいえ新しい仕事に出ていくことについては僕に何の異論もないのだった。だが、会う回数はめっきり減ってしまった。僕にはそれが、こたえた。僕は恵子と会うたびに性急に激しく彼女の体を求めた。女はそれを拒むふうではなかったが、しばらくすると、「うちら、やり過ぎと違うやろか」と言うようになった。恵子が新しい仕事を見つけたころにそう言われた。

恵子のその言葉には棘のようなものは感じられなかったのだが、僕はちょっと恥ずかしくなった。と同時に、恵子が僕から離れようとしているのかもしれないと、ちらりと嫌な思いが脳裏をかすめた。

そんなころ、年が明けて僕は仕事に行かず、アパートにいて、読んだり書いたりしていた。恰好をつけずに言うなら、僕はまた失業者となっていた。こういうことがきっかけだった。

店に嫌がらせを繰り返す例の若者たちのうち、一人が万引きする現場を僕は見た。深夜勤務の日だった。

「おい、ちょっと！」と声をかけると、若い男がドアへ向かい、店から飛び出した。僕もレジ台から飛び出した。今思うと、一人で店番をしていたのに、どうしてあのような行動をとったのか、おかしいのだが、要するに僕はもう、ぶち切れていたのだ。もうこういうバカげた神経戦はやめだ！　と思っていたのだ。そのときの僕は虫の居所が悪かった。

「待て！」と叫んで店を飛び出た僕の前に、何か黒いものがすっと過ぎったように感じた。その瞬間、体が宙を舞う感じがした。直後に、うつぶせの状態でしたたか道路に叩きつけられていた。男の仲間が、店から飛び出した僕の足を横からひっかけたのだと、しばらくしてわかったが、その瞬間は何が何だかわからなかった。若い男とその仲間たちが大声でわめきながら夜の闇に消えていくのを、痛みで起き上がれないまま僕は聞き、見ていた。倒れる瞬間、とっさに出した左ひじが砕けたのではないかと思うほど痛かった。痛みがなかなかひかないので、後で医者に行って診てもらうと、骨に罅が入っていることがわかった。

翌朝、僕は引き継ぎの山端に事情を話し、しばらく深夜勤務を外してほしいと要請した。彼は気の毒そうな顔で聞いていたが、万引きを未然に防げなかったこと、レジ台から目を離してしまったこと、すぐ警察に通報すべきだったのにしなかったことなどがまずかった、と言う。僕はいったんそれは自分の落ち度だったと謝ってはみたが、釈然としなかった。

いったい、たった一人で店番をしているのに、あのような組織的な動きをする連中にどう対処せよと言うのか。店の規模からして確かに店番は一人でよいかもしれないが、こんなことがこれからも続くようなら対処できないし、第一、自分の身の安全も確保できないではないか、と。だが、僕は思っていることは山端に言わなかった。もやもやが残ったけれども、それよりも、これで僕は見切りがついた、というふうに考えた。

その後一週間、今後どうすべきか悩んだ。恵子とも電話で相談してみた。彼女は、危ないなあ、それなら、もう辞めたらええやん、と言った。僕自身もよくよく考えて、ついに山端に店を辞めることを告げた。

前の会社を辞め、そして今度の店も辞めることになって、僕はこの町にとどまるべきかどうか、まで考えた。

『かよちゃん』に寄り、女将に事情を話すと、ふんふんと聞き、同情してくれた。そして、あ、そうそう、と言い、こんなことを教えてくれた。

例の若い連中を後ろで束ねて操っていたというあの男（女将の前の亭主）が、とうとう警察に検挙された、という。

あんな男にもどこか人望があるのか、若い子でなついてくる連中がいる。いざとなれば、自分の交渉ビジネスに利用しようという魂胆だが、その子らには変に気前のいい話のわかるおっちゃん、と思われている。

女将によれば、彼はこの近辺で「コンサルタント」と称して、土地や部屋の明け渡しや借金返済の滞りなどのトラブルに介入して、問題解決の報酬を得る、ということを繰り返しているという。この辺でよく知れた暴力団の組との誼をちらつかせて相手の恐怖心をあおって交渉していくのが手だったらしい。ところが、最近、その男がちらつかせていた組との誼が嘘だとばれて、あるトラブル相手から告発された。その前から例のゴロ新聞のことでも線上に上がっていて、このたびは主としてある投資話の件に絡む詐欺容疑、だという。

女将は、一度は惚れて一緒になった男だが、と前置きして、一緒になる前は、そんな男だとは気づかなかった。話し上手できっぷがよく、世間のこともよく知っている、いわゆる「やり手」の男だと思ったのだという。だが、一緒になってみると、裏表の激しい質だとわかった。男との間に子どももなした身であれば、だんだん男の本性がわかってきたからといって、簡単に別れられるものではない。第一、子どもが可哀そうである。しかし、外の仕事でうまくいかないことがあると、荒れて暴力を振るうようになってきて、やっと別れる決心がついた、という。今は別れてせいせいした。子どものためにもよかった、と。

「そんで、びっくりしたんやけど、あんたが前に探りにいったゴロ新聞の住所になっとったいうビルやけどな。あのビルの一階が、喫茶店なんやな？」

僕は、ドキッとして、「そうです」と相槌を打った。

「そこの喫茶店の住所があの男のわけのわからん会社の住所になっとったらしいねん。そない言うたら、娘があの男と会うのはたいがいその店やったなあ。それでそこのマスターが、今度の件で、任意聴取されたらしいんや」

「へえ……」僕が不思議そうに曖昧な相槌を打つと、

「うちには、いろいろ情報が入ってくるねん。地獄耳やで」と女将はにやり、とした。僕はそれを見て、彼女の見えない一面を見た思いがした。ごく普通のおばさんのように思っていたが、案外、女将は今までの人生で、僕の知らないような、普通の渡世とは違う人たちともかかわってきたのかな、と。

第三部

電車が郊外に入り、しばらくすると、山裾に沿って走りだす。車窓から見下ろすと、深くえぐれたような谷底の水が、ごつごつした岩の合間をときどき白い飛沫を上げながら冴え冴えと流れている。谷底からすぐ上は常緑樹の中に裸木が交じる蕭条とした山肌の風景が続き、電車はその風景の中、山間を縫うように幾重にもくねって少しずつ上がっていく。

この電車は戦前、神戸市内から山間部を縫って有馬温泉につなぐために通したと言われ、今でも狭軌の登山鉄道の規格である。僕の実家から神戸市内に出る唯一の交通機関で、高校、大学の学生時代もずっとこの電車を利用した。昔の避暑地だったという駅に来ると、有馬温泉へ行く北向きの路線と西の方へ向かう路線とに分かれる。僕は西の方へ向かう路線の電車に乗り換えるために駅に下りた。一月も下旬。前の日に降った雪がまだあたりに残っており、寒かった。

僕はまたもや心屈して、いったん実家に戻ろうとしていたのだ。その前の年の春の終わりころ、したたるような郊外の緑が目にまぶしかったが、今はもう一切がくすんで見えるのだった。ちょうど僕のこれからの行く先がはっきりと見渡せないように……。

西に向かう電車が来て、僕は乗り込んだ。平日の昼下がりのこととて、車内は空いていた。空いている座席に座ると、

「お、時本くん」と、向かいの座席に座っている男に声をかけられた。見ると、昔の解放運動の仲間だった。僕よりも七、八歳上の、市内の大きな都市部落の支部で活動している人だった。彼は僕の隣に移って話しかけてきた。

「久しぶりやな。どないしてんの、今?」と、親しく声をかけてくれるのは、さすがに懐かしく思うのだったが、僕は答えに困った。僕は、ええ、ちょっと、と言葉を濁して、

「どこに行かれるのですか」と反問した。彼は、市の福祉事務所の職員で、今から二つ先にある駅で降りて、ある人の福祉関係の相談を聞きに行くところだ、と言う。彼は僕の父親とも親しく、「おやっさん元気か?」などと聞くのに、「ええ、まあ」と曖昧な答えをしているうちに彼が降りる駅に着いた。挨拶をして別れた。立派に仕事をしているその人の去っていく姿を見送るとき、僕はかつてなく「ひけめ」を感じていた。

「ただいま」と僕は実家の玄関の戸を開けて中に声をかけた。母と父が出てきた。僕はすでに手紙でこれまでのことを簡単に知らせていた。スーパーの仕事を辞め、一月いっぱいで今いるアパートも引き払うこと。当面、実家にお世話になること、など。そして、教員免許取得を目指して、実家から大

阪市内のある大学の二部に通う予定であること、などを書いて知らせていたのだ。しかし、恵子のことは書かなかった。

父は、交通事故で痛めた頸椎の調子が思わしくない、という名目でタクシーの運転手から、タクシーの配車などをする無線の方に配置換えになっていた。その日は夜勤明けで家にいたらしい。

その日の夕食は久しぶりに両親と一番下の弟を交えてのものとなった。一番下の弟はすでに高校生になっていた。彼と僕とは十歳も離れていて、幼いときには親に代わってたびたび僕が風呂に入れてやった。そのころの印象が今も僕には強く残っており、彼の幼かったころの愛くるしい容貌の面影が今もかすかに僕の中にある。だが、現実には、もうすっかり大きくなり、ろくに口も利かず、不機嫌な顔で僕の前に座り、飯を食べるとさっさと自分の部屋へ戻るのだった。

その後、僕は大阪市内にある大学の二部に入学するための準備を始めた。その大学の事務まで出向いて、相談した。すると、意外にも親身になって聞いてくれた。大卒なら、学士入学という手が使えると知った。入学試験も英語と専門分野の問題と面接でいいこと。入学すれば、教養課程は免除され、すぐに三年生の専門課程から始めることができ、うまくすれば二年で卒業できる、と。だが、出願の際に、卒業した大学の卒業証明や、中途半端に取っていた教職課程の一部の単位証明書が必要だと言われた。帰りには、親切にも、過年度の入学試験のコピーまで渡してくれた。

そんなことを聞いて、僕はまた、その足で、今度は大阪の北部にある卒業した大学まで二時間近くかけて出向いた。本部棟に向かい、教務課に事情を話すと、事務員はめんどくさそうな顔をして、急に言われてもすぐには出せないと言う。がっかりしたが、実家の住所に郵送してほしいと頼んで帰った。用事が一度に果たせず、もやもやしたまま三時間かけて戻ることとなった。（途中、恵子に会ってみようと電話してみたが、出なかった。考えてみれば、仕事の時間だった。新聞屋に電話するのも気がひけて、あきらめて帰ってきた……）

書類を揃えて無事に出願はできたが、次に心配なのは入学試験だった。なにせ、もう学校の勉強からは遠ざかっていたし、英語にもあまり自信がなかった。過去の問題を見ると、英語はまだなんとかなりそうだが、僕が行こうとした専門（国文科）の問題が厄介なのだった。蚯蚓が這ったような字を読み解け、というのがあるのだった。そのときは、「変体仮名」というのを知らなかったのだ。しかし、なんとか、これを少しでも読めるようにしなければならなかった。僕は市の中央図書館に行って、古典の「影印本」を探して借り、それと翻刻してある普通の古典文学全集とを照らし合わせて、なんとなく少しは読めるようになった。試験の後、

「ほう、二十七歳でよく思い切りましたね。それにしても、変体仮名がよく読めましたね。どこで勉強しました？」と面接官の初老の男が感心したように言ってくれた。僕は、影印本と活字の本と照らし合わせて練習したと答えた。彼はにっこりして、「まあ、これから、がんばってください」とまた言ってくれた。

こうして、僕の学生生活がまた始まった。会社時代とスーパーにいたときの賃金の蓄えで、入学金

と前期分の授業料は何とか払えた。入学後、育英会の奨学金の説明会があり、受けられたら受けようと思い、僕は出席した。必要な書類を整えて提出すると、夏季休暇前に採用の通知があった。育英会の奨学金は、僕が前に利用した「同和奨学金」と違い、貸与制なので、卒業後一定の利子をつけて返済せねばならないものだった。だが、その返済には抜け穴があり、卒業後、運よく教員に採用され、一定の期間が過ぎれば、返済免除となる規定があった。僕はもう背水の陣を敷く心構えだった。何としても最短期間で卒業・教員免許取得を目指さなければならなかった。

奨学金がもらえることになり、実家から学校までの通学定期代は確保できた。僕は急いでアルバイトを探す気もなく、当分は昼から学校に出向いて、授業までの間、図書館で好きな本を読む時間を確保できた。図書館にはまばらに学生がいた。どういう境遇の人たちかわからないが、僕よりもかなり年上と思えるような男もいた。たいがいは、猛烈な集中力で勉強していた。そういう人たちが、気晴らしにふと廊下に出て、煙草をふかしながら仲間とおぼしい二、三人で話しているのを聞くともなく聞いていると、彼らはみな司法試験の勉強をしている人たちなのだとわかった。なかには、もう十年がんばっている。一次試験は何度かパスしたけれど、二次がだめだ。女房にはもうそろそろあきらめてどこかで働いてほしいと言われている、などと。聞いていると、なかなかあわれをさそうものだった。だが、僕もまた、他人事ではなかった。無事に教員免許を取得できたとして、採用試験に受かるという保証はないのだ。噂では、最近の教員採用試験の競争倍率は十倍、とか二十倍だとか。

僕は、アパートを引き揚げる日、何とか恵子と会うことができ、いったん仕切り直して実家に帰る決心をしたこと、もうこの年で就職は難しいから教員を目指す、ということを告げた。恵子は、暢気に「それ、ええねえ。時本さんやったらええ先生になれる気がするわ」と言い、そして「うちも春から高校に行くねん。がんばるわ」とも言うので、そのとき思わず、「じゃあ、お互いにがんばろう」とは言ったのだが、高卒の資格を得て、彼女に果たしてよい就職口があるのか、僕だってどうなるかわかりはしない。現実は厳しいものなのだ。

学生生活が一年過ぎるうちに、恵子と連絡が取れなくなった。彼女は僕に告げずにあの改良住宅を出ていってしまったようで、電話をかけても、すでに使われていないというアナウンスが流れるばかりだった。

そのころ僕は図書館にこもっているばかりでは済まなくなっていた。恥ずかしいことだが、僕の性欲の激しさは絶頂に達していた。恵子と関係を持って以来、これはもう堰を切ったようにどうしようもなく膨張しつづけるのだった。

僕は神戸の人工島にあるコーヒーの焙煎工場に長期のアルバイトに行きだした。そこの給料で金をためては、福原に出入りするようになった。月ごとの給料では金が不足するので、週ごとにもらうようにした。だが、それも冷や水をかけられるような興醒めなことがあってからやめてしまった。

病気をもらうのが嫌だったので、僕はゴムを嵌めてしていたのだが、あるとき、女の子が終わってから、申し訳なさそうにこう言うのだった。

「ごめんやけど、これ持って帰ってもらえんやろか。これ、部屋に置いといたら、マスターに怒られるねん」と。僕は自分の精液で中が濁ったゴムを持って帰らなければならなかった。もちろん、それは駅のごみ箱に捨てたけれども……。

二年生になると、長期アルバイトの勤務日を減らしてもらい、教育実習や採用試験の準備に力を入れた。今思うと、あのころの僕は生まれて初めて真剣に勉強したと思う。採用試験の過去問題集を何度も解き、論文試験の対策本に基づいて何度も文章を書いた。七月の採用試験を受けて、一次合格の通知が来た。次の八月の二次試験は面接だった。僕は、これに失敗した。面接官のひっかけに迂闊に乗ってしまったようなのだった。面接官との話のやり取りの中で、授業以外の仕事を僕が「雑務」と言った途端に、面接官の顔色が変わった。

「じゃあ、あなた、校長からこうしてください、という指示が出ても、あなたはそれを雑務と言うのですか。ええ、校長がもし、煙草を買ってきてくれと言ったら、あなたはどうしますか?」と。僕はそのとき、その面接官の気色ばんだ物言いの意味が、にわかにはわからなかった。

後で考えてみると、要するに、授業はもちろん、教員の仕事の一切合切が「校務」なのだ、「雑務」などと言うのはけしからん、と言いたかったのだろう。

二次試験は不合格だった。専門教養や論文の対策に加えて、面接で問われそうな質問やその対策まで考えておくべきだったのか、と思っても、後の祭りだった。不合格の通知を受けて、僕の頭の中には、涸れた池の罅割れた底が広がっている光景が浮かんだ。三日ほどは放心状態だったが、その放心も底をついたとき、さて、これから、どうしたものか、とやっと考える気持ちが出てきた。

採用試験は不合格となったが、秋になって、いやでも教育実習の期間はやってきた。これを修了しないと、この二年間のすべては水の泡となる。

地元の出身中学は実家の近くにあったのだが、人より何年も遅れて実習に行くのは恥ずかしいからやめてくれと親に言われて、市内の遠くの出身高校で実習をすることにしていた。実習の受け入れの礼を兼ねて、春に挨拶に行ったとき、僕が在校時に習った先生がまだ二人いて、怪訝な顔で迎えてくれた。そのうちの一人、井上先生に、久しぶりだね、と喫茶店に誘われて、僕の今までの経歴を簡単に話した。彼は、僕の話をおもしろがったり、気の毒がったりしてくれて、最後には、そういう回り道をした人の方が、よい教師になれるんだよ、と励ましてくれた。回り道は、けっして無駄ではないよ、と。

井上先生は、生徒に強烈な印象を残す教員だった。彼は右足が太腿から無い人だった。左足一本と松葉杖を支えにして教員生活をしていた。僕は入学したときに彼の姿を見て、びっくりした。

後に、「部落研」や「朝文研（朝鮮文化研究会）」の学習会にしばしば顔を出してくれる彼から、幼時にトロッコ事故で足を切断したことを聞かされた。自身のその身体の障害によって味わった苦労や痛みを、僕は直接聞いたことはなかった。「部落研」の一年先輩の西田は一年生のときのクラス担任が井上先生だったので、井上先生の「生き難さ」を多少は聞かされていたようだ。「部落民宣言」（カミングアウト）を西田に慫慂したのも、西田の同級生の在日の女子生徒に本名を名乗ってはどうか、と勧めたのも彼だった。変に同情めいた言動で彼に近づく同僚に先生は強い違和感を持っているらしいことは在校時の僕にもうすうす感じられたが、正直にいえば、在校時の僕は井上先生をかなり遠くから見ていた。

そういうわけで、井上先生が僕のことをよく覚えていてくれて、親しく声をかけてくれたのは、うれしかった。何よりも教育実習なるものが無事に終えられるものだろうか、僕自身が本当に教師に向いているのか、また、本質的にそもそもその「資格」があるのか、釈然としないときだったので。

教育実習の初日、「よお」と、井上先生は僕に声をかけてくれた。指導担当のところで打ち合わせが済んだら、「国語科研究室」へおいで、と。

本田という、僕の教育実習の指導教員との小一時間ほどの事務的な打ち合わせが終わり、「国語科研究室」を訪ねると、井上先生の他に奈良先生もいた。春に職員室に挨拶に行くと、怪訝な表情をしながらも、「お、お、……時本くん」と迎えてくれた人だ。

在校時には僕の学年の担当ではあったが、担任ではなく、古典・漢文を習ったというだけの関係だった。「源氏物語」の一節を習ったあるときに、授業の後で、

「先生の先ほどの現代語訳と、与謝野晶子の現代語訳とは、この部分が違うのですが……」と試すように質問すると、「おっ」という顔をし、「そういう解釈もありえますが、谷崎潤一郎の現代語訳では、

私のした解釈のようになっていますよ。君もいろいろ比べてみては。おもしろいことがわかるかも」と言われた。小賢しいことを言う生徒だという印象を僕は残していたようだ。

「本田さんとの打ち合わせ、終わったの？」と訊く井上先生に、はい、とうなずくと、

「どうやった」とまた訊く。

「はあ、まあ、気楽にやりなはれ、と言われました」僕が答えると、井上先生は苦笑して、「あの人らしいな」とつぶやくように声を漏らした。井上先生の横にいた奈良先生が、

「ちょうどよかった。今、井上先生と、外に出ようかと、言ってたとこだ」と言った。すでに放課後の時間になっていた。

二人は僕を最寄りの電車の駅の近くの居酒屋へ連れていってくれた。酒を飲みながら、二人は僕の行く末を心配したり、励ましてくれた。ともに文学に造詣が深く、人権問題にも理解と共感を寄せてくれる人だと感じた。在校時、「部落研」仲間で暗黙のようにあった、あまり教師を信用するな、という空気を僕は思い出していたが、回り道してこういうふうに母校に顔を出した者に、この先生たちは親身になって話を聞いてくれる。ありがたいと思った。

そのうち、二人は、僕にはわからない職場の話をしだした。聞いていると、どうやら管理職や同僚の学校運営やその考え方に不満があるらしく、彼らは生徒の気持ちがわかっていない、とか、民主的でない、とか、の愚痴を語りだした。ややもすると悲憤慷慨の癖のある井上先生はさもありそうだと感じたが、どこか飄々としていそうな奈良先生も、その日はわりと日ごろの鬱憤を晴らしたげなふう

を感じた。在校時にははっきりとはうかがい知れなかった教員の裏の部分である。

気がつくと、井上先生はもはやおらず、僕は奈良先生と二人で夜遅くまで飲んでいた。二人で一升五合は空けたらしい。翌日、僕は二日酔いで非常に苦しかったが、奈良先生はけろりとしていた。

（その後、二人の先生とは連絡を取り合って長く親しくさせていただくこととなった）


次の年の三月、僕はなんとか、無事に卒業し、教員免許も取得した。二十九歳になっていた。

県の教員採用試験に落ちたが、一次試験合格者は教育委員会に名簿が残るらしい。また、前年の夏に地元の私学連合会が実施する「適性検査」（教員希望登録）を受けていた関係で、そうした登録名簿を見て、三月も下旬というころになって、ある私立学校の教頭だという男から突然電話があった。今までに聞いたこともない学校だった。通勤できるか、と訊くので、はい、もちろんです、と答えた。すると、明日面接をしたい、と。何とも急なことだと不審に思ったが、僕に選択するような余裕などなかった。次の日、面接に出向いた。

そこは、春休みのせいか、校内は深閑としていた。受付の女性に来意を告げると、すぐに応接室に案内してくれた。しばらくして、僕に電話してきた教頭だという六十代と思われる男と、時代がかったベールと丈の長い灰色の服を着た、中年と初老の女の人が二人一緒に入ってきた。

話を聞いていると、そこがキリスト教の女子校だとわかった。キリスト教についてどう思いますか、抵抗はありませんか、と中年の背の高い穏やかそうな女の人が訊くので、抵抗はありませんが、もし勤めるとしたら勉強したいと思っています、と答えた。すると、もう一人の、六十代と思われる押しの強そうな貫禄のある女の人が、「そうよねえ、勉強してくださらないとねえ」とにんまりしたかと思うと、

「あなた、われわれが、先生を採用するときに一番気をつける教科があるの、何だと思いますか？」

と訊く。

「それは、……社会科、でしょうか」と答えた。

「そのとおり。社会科の先生が、共産主義を生徒に吹き込まれては困りますでしょう。でも、もう一つあるのよ、何だと思われる？」謎解きのようで、僕はちょっと気味悪かったが、少し考えてから、

「それは、……理科、でしょうか」

「そう。あなた、頭いいわね！」

「いえ……」僕がかしこまっていると、

「理科では命の仕組みを教えますね。でも、命の根源は神様なの。科学万能で、神様はいない、などと言われると困りますからねえ」

「はあ……」

「人生には、二つの生き方があります。わかりますか？」また訊かれたが、これには面食らってしまった。僕には皆目見当がつかなかった。わかりません、と言うと、その女の人は、こう言うのだった。一つは、世俗の人として生きる道。仕事を持ち、結婚し家庭を築き子どもを育てる道。もう一つ

は、私たちのように、家庭を持たず、修道に一生を捧げる生き方です。どちらが尊い、ということではありません。どちらを選択しようとも、それは神様のお望みに叶った生き方なのです、と。

それを聞いて、僕は、ははあ、と変に納得したことだった。何より、その、てらいのない、まっすぐな自信に満ちたその人の価値観や物言いに圧倒された。だが、この面接でも、僕はやり取りの中で、失敗をしてしまった。キリスト教の女性の出家者を「修道女（シスター）」と呼ぶことを知らなかったので、「キリスト教の尼さんですか」と言ってしまった。途端に教頭の男が舌打ちをし、「君、そういう言い方はないよ、シスターと言いなさい」と、顔を顰めて言った。それで、妙な雰囲気のうちに、三日以内に採用の可否を通知します、と言われて、面接は終わった。

帰りに、その学校のパンフレットを一部もらって出たが、僕は先刻の面接の最後の雰囲気を思い出すたびに心が落ち着かず、駅の待合の椅子で読んでいても、その学校の様子がさっぱり理解できなかった。そして、場違いな世界をちょっと覗いてみたものの、所詮その学校とは縁のないことだったとあきらめ、電車がホームに入ってきたとき、そのパンフレットを座っていた椅子の上にそのままそっと置き残して乗り込んだ。乗り継ぎの駅に着いて、僕は酒でも飲まなければやりきれないと思い、降りて立ち飲み屋に入っていった。

三日後、その学校から採用通知が来た。それが確か三月の月末だったと記憶している。その翌日から、国鉄が四月から分割・民営化された結果、ＪＲ、と呼ばれだしたことが印象に残っているから。

僕はようやくまた仕事にありつけて、ほっとした反面、今まで聞いたこともない小さな学校ではあったし、キリスト教という全くなじみのない環境で、僕はやっていけるのだろうか、という不安はなかなかぬぐえなかった。しかし、勤めだすと、そういう不安は二の次となった。

だいたい、教員というのは、生徒からも保護者からも、また世間からも「先生」と言われ、表面上は尊重されるふうではあるが、いったんなにかことがあると、その責任が厳しく問われ叩かれるという、非常に神経を使う仕事であることが徐々にわかってきた。授業のやり方も、最初の数年間は蓄積がないものだから、生徒には気の毒なほど下手だったと自分でも思う。実際に何度かは、時本先生の授業はわからない、と授業中、生徒のほとんどが立ち上がって談判に及ぶ、ということもあった。学校現場を知らない人にはぴんと来ないようだが、教員の仕事のうち、授業の占める割合は十のうち、二ほど。それ以外のいろいろな「校務」が一日のうちにひしめいているのだった。

教員の仕事はやたらと「指導」が多い。いわく、風紀指導、生活指導、校門指導、掃除指導、登校指導、下校指導、進路指導、放課後の部活動指導。「指導」だけでなく、他にもホームルーム計画・運営、野外活動、文化祭、運動会、遠足、修学旅行の準備など、季節季節の行事ごとの諸準備は山ほどある。日々の中身が濃いうえに、年中息を抜く暇がないのである。

中でも厄介なのは、「問題」を起こした生徒の「特別指導」である。生徒が素直に「問題」の事実を認めれば話は早いが、普通はそうはいかない。目撃したとか、関係したとかおぼしい生徒を別室に呼んで警察の取り調べまがいのこともしながら、聞きだした情報の整理をし、吟味し、事実が確定したと思われる時点で、処分を審議・決定する。保護者召喚のうえ、処分や特別指導の内容や期間の申し渡し、それ以後の指導実施、と続く。担任の生徒に「特別指導」が入れば、少なくとも二週間ほどは仕事が五倍に増える。別室指導、日記指導、罰作業指導、家庭訪問、それらが生徒の反省のほどが見えるまで続く。たまに、親がもう、子どもを煮て食おうが焼いて食おうが勝手にしてくれ、と居直ることがあると、親からの説得も要することになり、それこそ神経が擦り切れる。くたびれる。……。こんな具合で、あっという間に数年が過ぎた。

それでも僕は最初の二、三年は、恵子の行方を探しだして、また関係を戻そうと、心当たりをあたった。彼女が行くと言っていた定時制高校にも問い合わせてみたが、彼女は、確かに入学はしたが、一年生の半ばで辞めたので、その後はわからないと言われた。大阪方面に出張があった折に、西宮駅で降りて、『かよちゃん』にも寄ってみた。

「ご無沙汰してます」と、僕が名刺を渡すと、女将は、

「最近、細かい字が見にくうなって」と言いながら老眼鏡をかけて、じっと見て、「ああ、時本さん、あんた、学校の先生になれたんやなあ。よかったなあ、がんばりや」と言い、下の娘も無事高校を卒業し、短大を出て、今は市内の保育所で保母をしている、と誇らしげに教えてくれた。僕は、あの聡明で愛くるしい娘さんのことを思い出し、懐かしさに思わず、「それはよかったですねえ！」と声を発した。

その後、僕は恵子と連絡がとれないので、心当たりがないでしょうか、と来意を話した。すると、女将は「ん」と少し顔色を変えた。そして、気の毒そうに僕の顔を見て、

「あんた、今でもあの子が好きなん？」と訊くのだった。僕が黙ってうなずくと、女将は一瞬、僕をじっと見た。僕も何かあると思い、女将を見返した。その途端、ふっと彼女は目をそらした。それで、僕はわかった。女将は何かを知っていると。

「何か心当たりがあったら教えてほしいんですけど」

僕がそう言うと、

「ないことは、ないけどなあ……」と遠いところを見るような目をした。そして、恵子は今は和歌山にいるらしいことを聞いている、と言った。僕が、「えっ」と聞き返すと、「男とな」と言うのだった。

その後、僕は親の勧めるままに二回見合いをした。そして、三十三歳の春、結婚した。だが、見合い結婚ではなかった。相手は学校に出入りしていた教材出版会社の営業の人だった。ベテランの教員が不在で、僕がたまたま対応したのがきっかけだった。

彼女は、もともと関東の人だが、就職で京阪神に来たと言い、なかなか関西弁がなじめない、などと自己紹介した。少し飄々としながら、教材の特長を上手に話しては押し込んでくるような芯の強さも感じられた。美人ではないが、笑顔の感じがよかった。

何度か訪問してくるうちに、彼女の方から受付で時本先生に説明したい、と指名するようになって

いた。不思議と僕の授業がない時間を知って狙っているかのように。毎回毎回、押しの強さと雄弁で教材の特長をとうとうと説明するが、僕は苦笑しながら聞くしかなかった。教材（問題集やワーク類）の採用の権限は教科主任ではない僕にはなかったので。

後で聞いてみると、彼女の方が僕に興味をもったらしい。教材屋などと軽くいなす教員が多い中で、僕がやけに丁寧に話を聞いてくれるからついつい訪問したくなった、と。だが、僕の方でも、うかうかと、それで勘違いしたのだ。もらった名刺のところに電話をかけて、個人的に会うようになってしまった。……

関係をもって、付き合っているときに僕は自分の出自を打ち明けた。彼女は変な顔をした。だが、関係は続いた。

僕は、いよいよ真剣に結婚を考えるために、彼女と一緒に関東の実家に赴いた。夏休みに入り、部活動の試合引率も一段落したころだ。暑かった。東京から上野へ出て、そこから初めて高崎線に乗った。三十分もすると風景は一変した。僕は初めて見る関東平野の広大さに圧倒されていた。行っても行っても山が見えないのだ。そのことに驚いている僕を見て、彼女はおかしがった。

埼玉県を過ぎ、群馬県に入ってすぐの駅で降り、彼女の実家についた。彼女の両親に挨拶をし、結婚の意志を伝えた。そのとき僕は出自のことを正直に話した。すると、彼らは道端で蛇を踏みつけそうになった、とでもいうような「あ」という顔をした。僕は、まずいことになったなあ、と思った。もし、話がこじれたら、僕はどうすべきか、と。だが、彼女の父親は、ひとつ大きく呼吸してから、

「もうそういう時代ではないから……」と忌避する素振りは見せなかった。ただし、娘を絶対に幸せにしてやってほしい、ときつく念押しをされた。むしろそういう真剣な要請の方が僕には強い圧迫を感じることだった。

僕が結婚したことを井上先生と奈良先生に知らせると、それはめでたいことだ、とたいそう喜んでくれた。しばらくして、井上先生から、奈良先生と語らって、僕の結婚祝いにぜひ一席設けることにしたので、都合の良い日を言ってほしい、と電話があった。

両先生は、明石の藤江海岸を臨むある保養所に僕ら二人を招いてくださった。その歓談の中で、井上先生はその後、望まない異動を強制された、ということで教育委員会に異議申し立てを起こしている、ということを聞いた。相変わらず、熱い反骨の人だと僕は思った。奈良先生は、というと、その後、公立学校の教員を辞めて、ある私立学校の教員になっていた。管理職から、教頭試験に口を利いてやるかわりに金を要求されたという。それで、すっかり公立の教員界に嫌気がさした、という経緯があったらしい。そんなドラマのようなことが本当にあるのか、と僕も聞いて驚いた。そんなとき、ちょうどタイミングよく私立学校から引きの話があったので、転身の腹を決めたという。

先生たちもそれぞれに人生のうえで転機があったようだが、前向きで、励まされる気がした。僕はあの高校に教育実習に行ったことで、よい縁に恵まれたことだ、とつくづく思った。在校時、あんなに悩み、苦しい三年間だったのに、と。僕は感激していた。両先生と別れるとき、駅のホームから見えた瀬戸内の夕日の美しい風景を妻は今でも忘れられない、という。僕もまた、そうだ。

その年の夏に妻から妊娠を告げられたときは、うれしいというより、変な気がした。その気持ちはうまく言えないが、つまりは、何も「無い」状態から、僕という存在を契機に（もちろん、妻がいてこそだが）何かが「在る」という状態が生じる、という驚き、とでもいうべきものだった。その驚き、いや、違和感は、さらに深まる。

次の年の春に子どもは無事生まれた。

「生まれましたよ、男の子です」と看護婦が告げに来てくれた。待合には僕と母、そして予定日の一週間も前に関東から来ていた妻の母がいた。僕たちは互いに目を合わせ、うなずき合って、すぐに妻と生まれた子に会いにいった。生まれた子はぐにゃぐにゃしながらも元気よく泣いたり、欠伸をしたりしていた。

次の日、仕事帰りに病院に行った僕に、面会の終わりの時間を看護婦から告げられた妻が「さあ、お父さんが帰るってよ、バイバイしましょうね」と歌うように赤ん坊に言った。

「お父さん」が誰をさして言っているのか、ということに、はっと気がついたとき、僕は、自分が、父親になったのだ、と何とも言えぬ驚きと感動で、身内が震えた。僕は、子どもを抱いている妻を振り返って見た。彼女は、にんまりと僕を見てうなずいた。

それから五年後、一月十七日の未明に阪神淡路大震災があった。僕の勤めていた学校の建物は大半が全壊だった。震災後の二週間は、生徒や保護者家庭の安否確認に明け暮れた。連絡がとれないところは、生徒の住所の近くの避難所に出向いて安否を確認した。幸い生徒や保護者で亡くなった人はいなかったが、家が倒壊したり、全壊や半壊となり、しばらく車中や避難所生活をしていた家庭もあった。その後一週間は、理科室の散乱した実験用具の片付け、図書館の何万冊とある本の移動、その他の備品の処分、移動作業に追われた。生徒を登校させられたのは、震災のひと月後だった。それから、二年間のプレハブの仮設校舎での生活を余儀なくされた。

その年の夏休みに、あるカトリック教会が拠点となっているボランティア活動に、僕が顧問をしていたバレーボール部の生徒を数名引率して何日か行ったことがある。

教会のまわりはそのころ何度となくテレビで映し出されたところで、火事で一画が燃え尽きた街だったが、その教会は奇跡的に火事を免れたことで有名になった。教会の庭に建てられていたイエス像が守ってくれたのだ、ということと、これから復興に向けてここを拠点にしたいという意味も込めて、そこの教会の若い神父さんがそのイエス像の頭にしばらくヘルメットを被せていた。

行ってみると、いろいろな人種の人々が右往左往していた。そこの土地柄か、ベトナム人が多かった。生徒にもかつてそこの地区のベトナム人がいた。サイゴン陥落後のいわゆるボートピープルと言われた難民関係の子弟だった。在日コリアンの人々、それからコロンビアなど中南米のスペイン語圏の人々も。もちろん、日本人もたくさん右往左往しながら、支援物資の仕分けや、ごみの処理や、若いボランティアたちへの仕事の指示を大声で出したり。とにかく活気がある。人の出入りの激しさから、無秩序に見えながら、どこかで統制が利いているような、不思議な場であった。

僕は連れてきた生徒たちをボランティア活動の女性の責任者に引き合わせ、その人から生徒たちが次々と仕事を分担してもらい、「行ってきます！」と言い、張り切って出ていくのを見届けてから、僕自身も教会内の司祭の居住する建物内に溢れている支援物資の仕分けの手伝いに行った。

しばらく他の人と一緒に作業をしていると、「ご苦労様です」と後ろから声をかける人がいたので、僕は振り返った。見ると、器用に車椅子を操って、あちこちに置かれた物資を避けながら近づいてきた。そして僕の前を過ぎて、司祭の部屋に入り、しばらくしてまた膝に何か分厚い資料を載せて出てきた。また、「ご苦労様です」と言って通り過ぎようとしたが、ちょっと首をかしげて車椅子を僕の前に止めた。

無精髭を伸ばした四十前後とおぼしい男の人だった。あの、と彼は僕の顔を見て、不思議そうな顔をする。僕は、こんな一種殺気立った現場にこんな人がいる、ということにちょっと意外な気がして、彼を見ていた。

「どこかで、お会いしたことが、ありませんか」と彼の方から言われ、僕は「あっ」と声を上げた。と同時に、相手も「あっ」と声を発し、にやり、と白い歯を見せて笑った。名前はすぐには思い出せなかったが、僕が本屋にいたころ、長崎で出会った、あの青年に違いないと思った。

「時本です」と僕は彼に名乗った。「吉田です」と彼も名乗った。彼も僕も思わず嘆息を漏らし、どちらからということもなく手をしっかり握り合った。

吉田は司祭になって、今は横浜の教会にいるとのことだった。ここの教会の司祭に請われて、ひと月ほどの予定でボランティアの応援に来たという。何でもここの教会で外国人被災者のための情報を多言語で発信するFM放送局を立ち上げることになったので、経験者のアドバイスがほしいとのことだった。彼はすでに関東でそういう活動をしていたらしい。僕は、長崎で別れてからの彼の来し方を聞きたかったし、彼もまた同様の気持ちがありげではあったが、人の出入りの激しい慌ただしい現場でそういうしんみりした話は互いに到底できるものではなかった。僕が名刺を渡すと、彼はちらりとそれに目を落としてから、「じゃあ、また」と言い、それを胸のポケットに収め、すぐまた別の場所へと車椅子をせわしなく操り出ていった……。


あの震災に関して、そう、僕はもう一つ書き残しておかなければならないことがある。それは、僕がスーパーに勤めていたころ、一時暮らしていたアパート周辺のことだ。

あの街も震災で甚大な被害を受けた。高層の改良住宅は何とか持ちこたえたのだが、木造の古い建物はほとんどが倒壊してしまった。『かよちゃん』があった建物もやはり強震に耐えられず倒壊してしまった。あの地震のあった未明になぜ、女将が改良住宅ではなくて、店の奥の座敷にいたのかわからないが、あの地震で彼女は倒壊した店の建物の下敷きになって死んでしまった。地元の新聞で震災後しばらく毎日のように地区ごとの犠牲者の記録が載っていたが、そこに僕は、あの女将の名前を見てしまったのだ。

電車が復旧してから、大阪に出張があったときに、帰りに西宮駅で降り、あのあたりを歩いてみた。『かよちゃん』のあったあたりはもう、すっかり更地になっていた。僕は茫然と突っ立ち、あたりを見回した後、「さよなら、お世話になりました」とつぶやいて手を合わした。

駅へ戻る道々、僕の中で何かが一つ終わったのだ、という思いがしきりと浮かんで仕方がなかった。ホームから街の方を見やると、遠くに六甲の山並みが夕暮れの空に黒々と続いていた。

あとがき

十四歳で部落問題を知り、「差別される」当事者であることに驚き、悩んだ。だが、この不条理な問題と向き合い、自分の人生をどのように切り拓き、自己表現していくべきかを懸命に模索していたころ、土方鉄（のちに鐵）氏の「地下茎」という作品と出会った。その圧倒的な体験が、私にとっては大きな道標となり、その作品が所収されている単行本『浸蝕』（合同出版、一九七二年）の、あのおどろおどろしい装丁とともに今も鮮烈に脳裏に残っている。

その後、一九七七年十月、部落問題を中心に据えた文芸誌『革』が創刊された（当時、野間宏、井上光晴などをはじめ、名だたる文学者も編集委員に名を連ねていた）ことを知り、書店で購入して読んだ。

私もこの文学運動に参加したいと考え、投稿した作品が、さいわい第三号に掲載されることとなった。その校正で大阪の芦原橋の部落解放センター（当時）の解放新聞社の一室に呼ばれ、初めて土方鐵氏とお会いした時、「これが、あの『地下茎』を書いた作家か」という畏敬の念で身内が震えた。一九八〇年、二十三歳だった。

それ以来、この文学運動を通じて知った先達・先輩諸氏（敬称略）は、野間宏、土方鐵はもちろん、植松安太郎、山崎智、小林初枝、直原弘道、川元祥一、木村和彦、前川む一、村田拓、日野範之、高村三郎、一瀬興一、山口公博、山岡東作、大洞醇、荒川洋子、池田栄子など、直接お会いしたことがない方もあるが、ここにお名前を挙げるのは、これらの人々の「志」や「生き方」、そこから生まれる「表現」から、多くの刺激や励ましを受けてきたこと、また、私の表現活動がそれらの人々の「仕事」とどこかでつながっている、またつながっていたい、と考えることからである。

この作品集は、二十代の初めから今日まで四十年あまりかかわってきた文芸誌『革』（文学運動）に発表した作品の軌跡と集成をなすものである。『百年のチークダンス』（長征社、一九九〇年）所収の作品と合わせると、私の作品のほぼすべてとなり、寡作を恥じるほかない。また、二〇〇四年から、「部落解放文学賞」小説部門の第一次選考（下読み）を務めさせていただいているが、私自身は生涯文学賞とは無縁であった。このような無名かつ寡作の書き手の作品集を、野間宏、土方鐵に続く〝解放文学双書〟の一つとして引き受けてくださった解放出版社のご英断に感謝申し上げる。

今、わが文芸誌『革』には、力のある若い書き手が参加し、良質の作品を書き続けている。今後、そうした人たちの〝肥やし〟に私はなりたいと思うし、この作品集がそうした人々の励ましにもなれば、無上の幸いである。

最後に、出版に至るまで、解放出版社編集部の小橋一司氏には、大変お世話になった。表記や表現面、また時代検証にまでわたる綿密な校正をしていただき、プロの編集者の仕事のすごさに敬服させられた。また、大部の校正を忙しいなか、快く引き受けてくれた玉田崇二氏、装丁画で私のわがままな注文に応えてくれた長年の親友、上田耕平氏にも、ここに記して深く感謝申し上げる。

二〇二〇年五月二十九日

初出一覧

時の流れ	文芸誌『革』五号（一九八四年四月）
十年後の手紙	未発表（一九八四年頃の創作ノートより改筆）
年暮記	文芸誌『革』七号（一九八六年七月）
窒　息	文芸誌『革』一五号（一九九七年四月）
師走の記	『新日本文学』六〇一号（一九九九年四月）
陽炎の向こうから	文芸誌『革』二一号（二〇〇二年十月）
旅の序章	文芸誌『革』二六号（二〇一六年十二月）
	〃　二七号（二〇一七年八月）
	〃　二八号（二〇一八年二月）
	〃　三〇号（二〇一九年二月）

善野 烺（ぜんの・ろう）

1957年　神戸市の農村に生まれる。
1985年　大学卒業後、会社員、アルバイトなどを経て神戸市内の私立学校教員。
2016年　教員を退職。
現　在　農業。
　　　　文芸誌『革』編集発行（年２回）
　　　　俳句結社「六花」同人　俳号〝行〟
　　　　俳人協会会員

著　書
『百年のチークダンス』（長征社、1990年）
『句集　聖五月』（邑書林、2020年）

解放文学双書３　旅の序章

2020年７月30日　初版第１刷発行

著者　善野 烺

発行　株式会社 解放出版社
　大阪市港区波除4-1-37 HRCビル３階 〒552-0001
　電話 06-6581-8542　FAX 06-6581-8552
　東京事務所
　東京都文京区本郷1-28-36　鳳明ビル102Ａ 〒113-0033
　電話 03-5213-4771　FAX 03-5213-4777
　郵便振替 00900-4-75417　HP http://www.kaihou-s.com/

印刷　モリモト印刷株式会社

ISBN978-4-7592-5603-1　NDC210.1　413P　20cm
定価はカバーに表示しています。落丁・乱丁はお取り換えいたします。

障害などの理由で印刷媒体による本書のご利用が困難な方へ

本書の内容を、点訳データ、音読データ、拡大写本データなどに複製することを認めます。ただし、営利を目的とする場合は、このかぎりではありません。

また、本書をご購入いただいた方のうち、障害などのために本書を読めない方に、テキストデータを提供いたします。

ご希望の方は、下記のテキストデータ引換券（コピー不可）を同封し、住所、氏名、メールアドレス、電話番号をご記入のうえ、下記までお申し込みください。メールの添付ファイルでテキストデータを送ります。

なお、データはテキストのみで、写真などは含まれません。

第三者への貸与、配信、ネット上での公開などは著作権法で禁止されていますのでご留意をお願いいたします。

あて先

〒552-0001 大阪市港区波除4-1-37 HRCビル3F 解放出版社
『旅の序章』テキストデータ係

テキストデータ引換券
『旅の序章』
5603